MW01706907

Kelley Armstrong, chez Milady :

Les Femmes de l'Autremonde :
1. *Morsure*
2. *Capture*
3. *Magie de pacotille*
4. *Magie d'entreprise*
5. *Hantise*
6. *Rupture*

Chez Castelmore :

Pouvoirs Obscurs
1. *L'Invocation*
2. *L'Éveil*
3. *La Révélation*

Jim Butcher, chez Milady :

Les Dossiers Dresden :
1. *Avis de tempête*
2. *Lune fauve*
3. *Tombeau ouvert*
4. *Fée d'hiver*
5. *Suaire Froid*

Chez Milady Graphics :

Les Dossiers Dresden :
Welcome to the Jungle

www.milady.fr

Sommaire

Traque

Kelley Armstrong

Les loups-garous Elena Michaels et Clayton Danvers sont les protagonistes des deux premiers tomes de la série Femmes de l'Autremonde, *et sont des personnages récurrents des romans parus ultérieurement.*

Il fallait que je me débarrasse du cabot.

Le plus simple aurait été de le tuer, mais malheureusement, c'était hors de question. Si Elena l'apprenait, elle péterait un plomb. J'en entendrais encore parler dans dix ans : « Clay n'a même pas pu tenir jusqu'au bout de notre lune de miel sans buter quelqu'un. »

Elle le dirait en rigolant… dans dix ans. Mais sur l'instant, elle serait furax. Elle soutiendrait qu'il y avait d'autres moyens de régler le problème. Je n'étais pas de cet avis. Le cabot savait qu'on était en ville et qu'en restant dans les parages, il mettait sa vie en jeu. S'il s'était fondu dans l'ombre et s'était tenu à carreau, j'aurais fermé les yeux. Après tout, c'était ma lune de miel.

Même s'il s'était contenté de camper sur ses positions en refusant de se planquer, je n'en aurais pas fait tout un plat. Je lui aurais défoncé la gueule, ça oui. J'y étais obligé par la Loi de la Meute. Et la Loi spécifiait que tout loup-garou étranger devait céder son territoire à un membre de la Meute. Injuste, peut-être, mais si on laissait un seul cabot transgresser la règle, l'instant d'après, ils débarqueraient tous à Stonehaven et frapperaient à la porte en demandant s'ils pouvaient utiliser les toilettes.

Mais ce cabot ne cherchait pas à se faire discret. Il ne défendait même pas son territoire. Il suivait Elena. Il nous avait filés toute la matinée, et à présent, il était assis au fond du restaurant, reluquant ses fesses alors qu'elle était penchée au-dessus du buffet.

Quand vous avez pour compagne la seule loup-garou femelle qui existe, vous finissez par avoir l'habitude de voir les autres loups lui tourner autour. Cela faisait dix-huit ans que je supportais cette situation, ou plutôt que je laissais Elena la gérer. Elle n'appréciait pas qu'on se mêle de ses affaires. Elle était parfaitement capable d'en découdre et le prenait très mal si je lui en volais l'occasion. Mais c'était notre lune de miel et il était hors de question que je laisse ce cabot nous la gâcher.

Lorsque Elena regagna la table, il eut la présence d'esprit de s'occuper à ronger un travers de porc.

— Ça va ? demanda-t-elle en se glissant sur le siège. Tu n'as pas décroché un mot depuis qu'on est revenus de l'Arche.

C'était là que le cabot avait commencé à nous suivre.

— J'étais affamé, c'est tout. Ça va mieux, maintenant.

— J'espère bien. Tu t'es resservi trois fois. (Elle beurra son bout de pain, puis me dévisagea.) Tu es sûr que tout va bien ?

— Je ne sais pas… (Haussant les épaules, je fis mine de m'enfoncer dans mon siège, puis plongeai vers son assiette pour lui faucher une tranche de bacon que j'avalai goulûment.) Non, j'ai encore faim.

Elle brandit sa fourchette.

— Bas les pattes, sinon...

J'attrapais un second morceau, mais d'un geste trop lent cette fois, et elle me planta le couvert en travers de la main.

— Je t'avais prévenu, dit-elle en riant.

La femme assise à la table voisine nous regarda d'un air épouvanté. Elena jeta un coup d'œil dans sa direction. Cinq ans auparavant, elle aurait rougi. Dix ans auparavant, elle aurait cherché une excuse pour s'en aller. Là, elle se contenta de murmurer un petit « oups » d'une voix penaude, et s'attaqua à ses pommes de terre.

J'allai me resservir, luttant contre la tentation de passer devant la table du cabot. Dehors, il avait fait exprès de rester sous le vent, mais là, il était à moitié caché derrière un pilier, trop loin pour que son odeur parvienne jusqu'à nos narines. Pour l'instant, j'allais lui laisser croire qu'il était en sécurité, que je ne l'avais pas remarqué.

À mon retour, Elena me dit :

— Je sais où on pourrait aller. Dans la file d'attente, j'ai entendu quelqu'un parler d'un parc national. Ça pourrait être sympa. (Ses yeux bleus étincelèrent.) Bien sûr, ce serait plus sage de ne pas s'y rendre en plein jour, avec tous ces gens qui flânent dans les allées.

— Ce serait plus sage, en effet. (J'entaillai un pavé de viande avant de lui adresser un clin d'œil.) Bon. Cet après-midi, alors ?

Elle sourit jusqu'aux oreilles.

— Parfait.

Quand on en vient à reprendre la routine quotidienne alors qu'on est en pleine lune de miel, c'est qu'il y a de l'eau dans le gaz. Si Elena me proposait d'aller courir pour la deuxième fois en si peu de temps, cela devait vouloir dire qu'elle s'ennuyait et faisait tout son possible pour ne pas le montrer.

Les deux premiers jours s'étaient très bien passés. Avec deux jumeaux âgés de deux ans à la maison, les rares fois où l'on sortait, c'était lorsque notre Alpha, Jeremy, nous envoyait sur la piste d'un cabot qui faisait du grabuge. Être en mission ne signifiait pas qu'on ne pouvait pas s'amuser. Rien de tel que faire l'amour comme des bêtes pour fêter dignement le succès d'une chasse. Ou pour évacuer la frustration d'un échec. Ou pour apaiser l'excitation qui précédait.

Mais ce n'était pas désagréable non plus de sauter toute la partie « traque, capture, mutilation » et d'être capable d'aller directement dans une chambre d'hôtel pour s'y barricader. Cependant, on n'avait pas tenu longtemps sans que l'envie de sortir nous démange, et quand on avait mis le pied dehors, on avait découvert une faille dans la destination qu'on avait choisie pour convoler : il n'y avait pas grand-chose à faire.

De retour à l'hôtel, on passa un coup de fil aux enfants. Ou plutôt, ils nous écoutèrent leur poser des questions, et Jeremy se fit l'interprète de leurs réponses. Malgré le bonheur qu'on éprouvait à les appeler quotidiennement, on passait la majeure partie de l'appel à redouter l'inévitable : « Maman ? Papa ? Maison ? » Ou, dans le cas de Kate : « Maman ? Papa ? Maison ! » Jeremy parvint à nous épargner ça, cette fois. Il interrompit la conversation dès que Logan demanda « Maman où ? » et confia nos mouflets à Jaime, sa petite amie venue lui rendre visite.

Puis Jeremy et Elena commencèrent à parler des enfants et à discuter des dernières nouvelles en provenance de la Meute ou du conseil. En temps normal, je tendais l'oreille et donnais mon opinion – qu'ils la veuillent ou non –, mais ce jour-là je m'esquivai, prétextant d'aller chercher une carte du coin et une bouteille d'eau au rez-de-chaussée.

J'étais à peu près sûr que le cabot ne nous avait pas suivis, mais préférais explorer les environs pour en avoir le cœur net. On avait marché jusqu'à l'Arche, puis jusqu'au restaurant, ce qui voulait dire qu'on avait dû regagner l'hôtel à pied. Il avait donc eu toute liberté de nous emboîter le pas. Prendre un taxi aurait réglé le problème, mais si j'avais proposé de passer du temps cloîtré dans un véhicule avec un étranger, Elena aurait immédiatement appelé Jeremy, paniquée à l'idée que mon bras s'était de nouveau infecté et que j'étais en train de sombrer dans le délire.

Par conséquent, j'avais suggéré de faire un détour. Le cabot n'avait pas suivi. Il avait peut-être changé d'avis. S'il avait entendu les rumeurs sur mon compte, il devait savoir qu'il courait droit à une mort lente et douloureuse. Cela dit, s'il les avait crues, il aurait dû filer dès le moment où il avait croisé notre route. Donc, même si j'espérais qu'il avait abandonné, je restais méfiant.

Je m'emparai d'une brochure sur les parcs nationaux, la fourrai dans ma poche arrière, puis me dirigeai vers la sortie pour faire le tour de l'hôtel. Je parcourus cinq pas avant d'être assailli par son odeur. Je m'arrêtai pour lacer mes baskets et jetai un coup d'œil autour de moi.

Le salaud se trouvait juste de l'autre côté de la rue. Il était assis sur un banc en face de l'hôtel, occupé à lire un journal. Culotté ? Ou simplement trop jeune et inexpérimenté pour savoir que je pouvais le flairer de là où j'étais ?

Me relevant, je m'abritai les yeux, faisant mine de contempler les vitrines des magasins. Lorsque je me retournai dans sa direction, il se cacha derrière son journal, mais d'un geste lent. Culotté. Et merde.

En temps normal, j'aurais été ravi de montrer à un jeune cabot impudent ce qui m'avait valu ma réputation. À cet âge-là, une bonne raclée suffisait. Mais bordel, c'était ma lune de miel.

Je traversai la rue et m'engouffrai dans la première ruelle venue.

Le cabot pouvait réagir de deux façons, selon la raison qui le poussait à filer le train à Elena. Soit c'était un prétexte très maladroit pour me défier. Totalement idiot : n'importe quel loup savait que sa compagne n'allait pas lever la queue devant le premier jeune mâle qui croiserait son chemin. Seul un humain piquerait une crise de jalousie et provoquerait son rival en duel. Mais si son but était de m'inciter à attaquer en premier, alors il me suivrait dans l'allée.

Soit il lui courait réellement après. Il ne serait pas le premier cabot à s'imaginer qu'elle puisse vouloir d'un nouveau partenaire.

Je m'éloignai suffisamment dans la ruelle pour sortir de son champ de vision, puis rebroussai chemin en rasant le mur, invisible dans l'ombre. Je m'arrêtai lorsque j'aperçus la porte de l'hôtel. Au bout de quelques minutes, un klaxon retentit et une silhouette s'élança à travers le flot incessant des voitures. C'était le cabot, qui fonçait droit en direction de l'hôtel.

Je fis le tour du pâté de maisons, puis empruntai la porte de service, à côté de l'accueil. Je restai tapi là, à moitié caché par une énorme plante artificielle. La puanteur des fougères en plastique étouffait tout le reste. Je jetai un coup d'œil à travers les feuilles. Il était là, à l'autre bout du comptoir, toisant le personnel d'un air menaçant. Espérait-il obtenir le numéro de notre chambre ? Je sortis de ma cachette. Au moment même où il se retourna, je vis une queue-de-cheval blond pâle traverser le lobby. Elena.

Je détournai le regard du cabot avant qu'il s'aperçoive que je l'avais repéré. J'ouvris la bouche pour appeler Elena, puis me ravisai. Si elle me voyait, elle viendrait vers moi. Mieux valait la laisser poursuivre et la rejoindre une fois qu'elle aurait passé la porte.

Merde. C'était par là qu'il était entré. Son odeur devait encore y flotter, et Elena avait le flair le plus développé de tous les loups-garous que je connaissais. Je m'avançai vers elle d'un pas vif pour lui barrer la route. Elle aperçut le présentoir à brochures et se dirigea dans cette direction.

— Elena !

Sortant le guide de ma poche arrière, je l'agitai devant elle. Puis, je me déplaçai vers la gauche pour lui masquer la vue du cabot. Elle ne pouvait pas le flairer à cette distance, mais comme elle était responsable des dossiers sur les cabots, elle risquait de le reconnaître.

— J'ai déjà un plan, dis-je. J'étais en train de chercher de l'eau, mais je ne trouve pas de distributeur…

Elle désigna le magasin de souvenirs.

— Quel couillon. Bon, on en chope une et on y va.

Du coin de l'œil, je vis le cabot nous observer. Elena tourna la tête dans sa direction, comme si elle sentait quelque chose. La saisissant par le coude, je la fis pivoter vers le magasin.

Elle retira doucement mes doigts de son bras.

— Je cherche…

— La boutique est derrière toi.

— Sans blague ? C'est moi qui te l'ai montrée. Je cherche l'entrée du parking. J'allais dire qu'on pourrait boire un verre en chemin. C'est trop cher ici.

— Parfait. Je veux dire, d'accord. L'escalier est par là, près de l'ascenseur.

Elle hocha la tête et me laissa ouvrir la marche.

Le parc n'étant pas bondé, il était facile d'éviter les humains. Cela enlevait un peu de piment à la chose, mais c'était toujours agréable de courir dans un nouvel endroit.

On passa la majeure partie de l'après-midi sous forme animale, explorant, jouant, et s'ouvrant un féroce appétit pour la chasse. On avait repéré la piste de quelques cerfs, mais notre chahut avait effrayé le petit troupeau, qui s'était précipité à l'abri. C'était sans doute mieux ainsi ; ce n'était pas le style d'endroit où une carcasse éventrée aurait pu passer inaperçue et on se serait sentis coupables plus tard, sachant qu'on avait frôlé la limite entre l'acceptable et l'inacceptable. On décida de s'attaquer à des lapins, du genre de ceux qu'on trouve dans les espaces protégés : abrutis et engraissés par le manque de prédateurs naturels.

Ce casse-croûte ayant suffi à apaiser nos estomacs affamés sans nous endormir, on reprit nos jeux, cette fois plus vigoureusement, poussant des grondements plus féroces, mordant au lieu de mordiller, griffant jusqu'au sang, jusqu'à l'inévitable conclusion : une Mutation rapide, et du sexe brut et sauvage, qui nous laissa couverts d'éraflures et de contusions, heureux et somnolents, étendus côte à côte sur le tapis de la forêt, nos pieds entremêlés.

J'étais allongé sur le dos, m'abritant les yeux du soleil qui filtrait à travers les arbres, trop paresseux pour me déplacer hors de sa portée. Elena était couchée sur le ventre, contemplant une fourmi arpenter sa paume tendue.

— Et si on faisait escale ailleurs ? demandai-je.

Elle fronça les sourcils, l'air de me demander « Quoi ? ».

— Eh bien, je sais que notre lune de miel ne s'annonce pas comme tu l'espérais...

— Cet après-midi était parfait. (Elle sourit et frotta son pied contre le mien.) Je passe un très bon moment, mais si ce n'est pas le cas pour toi...

Qu'est-ce que je pouvais répondre à cela ? *Non, chérie, notre lune de miel est nulle à chier. Je m'emmerde et je veux aller ailleurs.*

Si je l'avais vraiment pensé, je ne me serais pas gêné pour le dire, même si, étant donné qu'on était au beau milieu d'une escapade romantique, il aurait sans doute fallu que je le formule d'une manière plus nuancée. Non, fuir devant la menace me faisait grincer des dents, mais cela valait mieux que de laisser ce cabot tout gâcher. Toutefois, à choisir entre rester et laisser entendre à Elena que je me faisais chier, mon petit doigt me disait que la première option – même si elle impliquait que je me batte avec un loup-garou plus jeune et plus costaud – était bien moins risquée.

— Moi, ça va. C'est juste que tu avais l'air de... t'ennuyer tout à l'heure.

Une lueur d'inquiétude étincela dans son regard, et elle s'empressa de m'assurer que ce n'était absolument pas le cas. J'aurais dû m'en douter. À n'importe quel autre moment, Elena n'aurait eu aucun mal à l'admettre. Mais là, c'était différent. Une lune de miel était un rituel, donc une somme de règles à observer. Avouer qu'elle ne s'éclatait pas aurait dérogé à chacune d'entre elles.

Peu de temps après notre rencontre, je m'étais rendu compte que, tandis qu'elle luttait pour se conformer aux coutumes et aux attentes de la société humaine, il y avait certains aspects auxquels elle adhérait sans réserve, à tel point que ça frisait la vénération. Les rituels en faisaient partie. Comme Noël, par exemple. Demandez à Elena d'apporter des cookies à un pique-nique et elle les achètera à la boulangerie, puis les balancera dans une boîte en fer-blanc pour qu'ils aient l'air d'avoir été faits maison. Mais à partir de la mi-décembre, elle se lancera dans une sorte de frénésie pâtissière dont elle savourera chaque minute parce que c'est Noël.

Quand on avait évoqué le fait de rendre notre union officielle pour le bien-être des gamins, je m'étais attendu à ce qu'elle exige tout le décorum qui allait avec : un vrai mariage, le genre dont elle avait rêvé dix-huit ans auparavant quand on avait acheté les alliances, le visage illuminé de rêves de robe blanche et d'un avenir aussi radieux que dans les contes de fées.

Au lieu de cela, elle avait écopé d'une morsure à la main et le rêve avait viré au cauchemar.

Je ne cherche pas à légitimer ce que j'ai fait. La vérité, c'est qu'une décision d'une demi-seconde peut bouleverser votre vie entière, et que cela ne change rien que vous juriez de ne plus recommencer ou de ne rien avoir prémédité.

Il suffit d'un rien : un instant de panique intense où une solution point soudain à travers les ténèbres et vous la saisissez… pour la voir se réduire en cendres dans votre main. Il n'y a pas d'excuse à ce que j'ai fait.

Une fois que j'avais mordu Elena, il lui avait fallu onze ans pour me pardonner. Mais oublier lui était impossible. Le souvenir était toujours là, tapi dans l'ombre.

Quand Elena avait opposé son véto au mariage, j'y avais encore vu l'influence des mœurs humaines : elle se sentait mal à l'aise du fait qu'on avait déjà des enfants. Alors, j'avais décidé d'en organiser un en douce. Une surprise. Jeremy m'en avait dissuadé et c'était à ce moment-là, tandis qu'il se répandait en explications vaseuses et tournait autour du pot, que la véritable raison m'était finalement apparue. Le mariage était inconcevable parce que chaque étape – de l'envoi des faire-part à l'échange des vœux – ne ferait que lui rappeler celui qu'elle avait planifié si longtemps auparavant, et l'enfer qu'elle avait traversé quand tout s'était écroulé.

Mais la lune de miel était un élément du rituel dont nous n'avions jamais discuté. Alors, si le mariage était hors de question, je pouvais au moins lui offrir ce cadeau.

Je m'étais occupé de tous les préparatifs, œuvrant comme un damné pour que tout soit parfait. Ma façon de lui dire que j'avais tout fait foirer dix-huit ans plus tôt, et que j'avais une chance folle qu'on soit parvenus à un stade où une lune de miel était ne serait-ce qu'envisageable.

Le cabot refit surface au cours de la soirée, gâchant mon second repas de la journée. Et pas un simple repas cette fois, mais un dîner spécial dans un restaurant si huppé que j'avais dû – enfin, que Jeremy avait dû – réserver la table plusieurs semaines à l'avance. C'était un de ces endroits où la lumière était si tamisée que je me demandais comment faisaient les humains pour voir où planter leur fourchette ; des portions anémiques perdues dans une assiette remplie de garnitures non comestibles. Mais c'était romantique. Du moins, c'était ce que le guide affirmait.

Ce restaurant correspondait aux attentes d'Elena, et c'était tout ce qui importait. Elle s'extasiait devant les plats alambiqués, les vins raffinés, le personnel obséquieux... puis se gaverait de pizza une fois de retour dans la chambre, mais cela me convenait parfaitement. Jusqu'à ce que le cabot fasse son apparition.

Alors que je revenais des toilettes, il pénétra dans le lobby pour demander son chemin au maître d'hôtel. Je croisai son regard. Il sourit et sortit d'un pas nonchalant.

Je savais que j'aurais dû laisser tomber, m'occuper de lui plus tard. Mais je ne pouvais pas savourer mon dîner en sachant qu'il rôdait au-dehors. Et si j'étais de mauvaise humeur, Elena le serait aussi, et on se lancerait dans une dispute. Elena me demanderait pourquoi je l'avais emmenée dans un endroit que je détestais si c'était pour faire la gueule pendant tout le repas. J'étais déterminé à aller jusqu'au bout de ce voyage sans engueulade – ou du moins à ne pas en provoquer.

J'attendis que le maître d'hôtel escorte un couple dans la salle à manger et me lançai à la poursuite du cabot.

Je le trouvai qui m'attendait dans l'allée, derrière le restaurant. Il était adossé au mur, chevilles croisées, les yeux clos.

Qui peut bien élever ses gosses de cette manière ? C'était le problème, avec les cabots. Pas tous, je l'admets.

Certains enseignent à leurs fils le b.a.-ba de la survie, et une poignée font leur boulot avec autant de sérieux que n'importe quel loup de la Meute, mais la grande majorité s'en fiche éperdument. Au moins, quand vous faites partie d'une Meute, si votre père ne vous apprend pas à vous comporter correctement, quelqu'un d'autre s'en charge.

Devant moi se trouvait un parfait exemple du manque de compétences parentales chez ces créatures : un gamin assez idiot non seulement pour me défier, mais pour feindre une confiance en lui presque blasée, et baisser la garde dans l'espoir que cela lui donnerait l'air cool. Je n'avais plus le choix ; il fallait que je lui donne une leçon, tout ça parce que son père n'avait pas pris la peine de l'avertir qu'il ne fallait surtout pas me chercher des noises.

Les loups-garous se forgent une réputation à travers toute une série de défis. Vingt-sept ans auparavant, quand j'avais voulu protéger Jeremy lors de son ascension à la tête de la Meute, je n'avais pas eu de temps à y consacrer. Alors, j'avais scellé ma renommée par un seul et unique acte. Un acte décisif qui ne manquerait pas de convaincre tous les cabots foulant ce continent que le tristement célèbre enfant loup-garou était devenu un fou dangereux. Pour atteindre Jeremy, il leur fallait en découdre avec moi et, après ce que j'avais fait, peu avaient osé s'y risquer.

Je ne pouvais qu'espérer que ce cabot ne s'était pas rendu compte de qui j'étais, et qu'une fois qu'il aurait compris, l'affaire se réglerait par de pitoyables excuses et une bonne petite rouste – après laquelle je pourrais retourner à ma lune de miel.

Je m'avançai et me plantai en face de lui.

Il ouvrit les yeux, s'étira et fit semblant de bâiller.

— Clayton Danvers, je suppose ?

Adieu mes illusions…

Je le dévisageai. Au bout d'un moment, il se redressa en se dandinant comme un étudiant de première année que j'aurais chopé en train de dormir en plein cours.

— Quoi ? demanda-t-il.

Je l'inspectai des pieds à la tête en plissant les yeux.

— Quoi ? insista-t-il.

— J'essaie de déterminer ton problème.

Son large visage se plissa en une grimace qui lui étira les lèvres, m'offrant un échantillon de son haleine, qui manifestement ignorait l'existence des bains de bouche.

— Alors, c'est quoi ? demandai-je. Cancer, fièvre hémorragique, rage…

— Mais de quoi tu me causes ?

— Tu es bien atteint d'une maladie mortelle, n'est-ce pas ? Voué à une lente et terrible agonie ? Parce que c'est la seule raison qui pousserait un cabot à peine sorti de sa première Mutation à me défier : l'envie de mettre un terme rapide à une existence insupportable.

Il laissa échapper un petit rire sifflant.

— Ah ah ! Très drôle. Est-ce que ça marche souvent ? L'intimidation pour éviter le combat ? Parce que c'est la seule raison qui expliquerait qu'un gringalet de ton espèce ait une réputation de dangereux psychopathe.

Il se rapprocha, en se redressant de toute sa taille, juste pour me prouver, au cas où je ne l'aurais pas remarqué, qu'il me dépassait d'une dizaine de centimètres et pesait bien vingt kilos de plus que moi. Ce qui ne faisait pas de moi un avorton pour autant. Quand j'étais jeune, j'étais plutôt petit pour mon âge, mais je m'étais rattrapé par la suite. Pourtant, les cabots aimaient à insister sur le fait que je n'étais pas le colosse qu'on prétendait, comme si je les avais déçus.

— Tu as bien un papa, n'est-ce pas ? demandai-je.

Il esquissa une nouvelle grimace.

— Quoi ?

— Tu as bien un père, non ?

— C'est une insulte, chez la Meute, ou quoi ? Bien sûr que j'ai un père. Theo Cain. Tu as peut-être entendu parler de lui.

Je connaissais les Cain. J'avais tué l'un des leurs au cours d'un soulèvement contre la Meute.

— Et ton papa ne t'a jamais mis en garde contre moi ? Il ne t'a pas montré les photos ?

— Pfff... (Il leva les yeux au ciel.) Ouais, j'en ai entendu parler. Des photos d'un type que tu as charcuté à coups de machette.

— De tronçonneuse.

— Si tu le dis. C'est des conneries, de toute façon.

Je me déplaçai sur le côté, éloignant mon nez de sa bouche.

— Et le témoin ? Il est toujours vivant, aux dernières nouvelles.

— Un type que t'as payé.

— Et les photos ?

— Photoshop.

— Ça s'est passé il y a presque trente ans.

— Et alors ?

Je secouai la tête. Le problème avec les crétins, c'est qu'on ne peut pas les raisonner. Je n'aurais fait que perdre mon temps, alors que mon repas refroidissait et qu'Elena était en train de passer notre dîner aux chandelles toute seule.

Oh, et puis merde.

J'inspectai la ruelle sombre. Jamais de benne quand on en a besoin. Je jetai un coup d'œil aux poubelles, puis à Cain, jaugeant sa corpulence…

— Bon, on se bat, oui ou merde ? demanda-t-il.

— Quoi ?

— Tu sais. *Mano a mano.* Un combat à mort – la tienne, bien sûr. J'ai hâte de mettre la main sur le butin. (Il glissa la langue entre les dents.) Hmm. J'ai un faible pour les blondes au petit cul bien ferme, et ta nana est pas mal, dans le genre. Je suis sûr qu'un peu retapée, elle sera parfaite.

— Retapée ?

— Tu sais. Maquillée. Et puis faudra virer la queue-de-cheval. Troquer le jean contre une jolie minijupe pour montrer ses gambettes. Il faut faire gaffe à ce genre de choses, sinon elles ont tendance à arrêter de prendre soin d'elles, à se laisser aller. Bien sûr, elle est déjà jolie, mais avec un peu d'efforts, ce serait une vraie bombe.

Je secouai la tête.

— Quoi ? dit-il. T'as jamais essayé ?

— Pour quoi faire ?

— Ben pour essayer !

J'ouvris la bouche, puis la refermai. Encore une perte de temps. Il ne comprendrait pas mon point de vue, pas plus que moi le sien.

— Alors, tu crois que, si tu me tuais, tu aurais Elena ?

— Bien sûr. Qu'est-ce qui m'en empêcherait ?

— Si je ne devais pas mourir pour ça, je serais tenté de te laisser faire, juste pour te voir lui dire ça.

— C'est ça, ouais. (Il pivota sur ses talons.) Finissons-en. J'espère que t'as apporté ta tronçonneuse, parce que sinon, ça va être beaucoup moins drôle que je l'espérais, avec ton bras en miettes.

Je me figeai, puis levai lentement les yeux, croisant son regard.

— Mon bras ?

— Ouais, Brian McKay m'a dit que tu lui avais bousillé les couilles l'année dernière parce qu'il avait passé du bon temps avec une pute. Il a raconté que tu avais un problème à un bras, que tu ne te servais que de l'autre. Tyler Lake m'a dit que c'était lui qui t'avait fait ça, pour se venger de ce que tu avais fait à son frère.

— Ah ouais ? Est-ce qu'il a mentionné de quel bras il s'agissait ? Celui-ci ?

Je le saisis par la gorge et le clouai au mur, serrant jusqu'à ce que son visage vire au pourpre et que les yeux lui sortent de la tête.

— Ou est-ce que c'était celui-là ?

Je lui balançai un coup de poing dans la mâchoire. L'os et les dents craquèrent. Il voulut pousser un cri, que la pression de ma main contre sa trachée réduisit à un gémissement.

Je le fis glisser le long du mur, jusqu'à ce que son visage soit au niveau du mien et me penchai, nez contre nez.

— J'aimerais croire que ça t'apprendra à ne pas te fier aux rumeurs, mais tu as le cerveau un peu ramolli, hein ? Il va falloir que je…

Un bruit sourd à ma gauche m'arrêta net. Je jetai un coup d'œil par-dessus mon épaule tandis que la porte de service du restaurant s'ouvrait à la volée. On était trois mètres plus loin, et le battant nous dissimulait. Je maintins Cain immobile tout en restant à l'affût du moindre bruit ou mouvement, prêt à le traîner dans la ruelle si un pied apparaissait sous la porte.

J'entendis le claquement de couvercles de poubelles. Elles étaient juste à côté de la porte. Inutile de sortir. Il n'y avait qu'à balancer les sacs…

Cain laissa échapper un couinement – le son le plus fort qu'il était en mesure de produire. Puis il se mit à se cogner la tête contre la fenêtre barricadée derrière lui. Je resserrai ma prise, lui jetant un regard noir pour lui signifier d'arrêter. Un pied apparut sous la porte. Quelqu'un sortait. Je lâchai le cabot et fonçai me réfugier au coin de la ruelle.

— Hé ! Hé, vous là-bas !

Je me pressai contre le mur. Des pas résonnèrent. Un homme invectiva Cain, le prenant pour un ivrogne. Il bredouilla une histoire d'agression, peinant à parler avec sa mâchoire brisée.

Je serrai les dents. C'était déjà assez méprisable de mettre un terme au combat en alertant les humains. Mais tenter de les mettre sur ma piste ? Là, c'était de la lâcheté caractérisée.

Je balayai cette pensée et m'en allai, avant que quelqu'un ne se mette en quête de l'« agresseur » de ce minable.

De retour au restaurant, je mourais d'envie d'aller faire un tour aux toilettes pour me laver de la puanteur de Cain. Mais j'étais parti depuis déjà trop longtemps. Alors, j'attrapai une serviette en lin sur une desserte, essuyai le sang de mes mains pendant que je traversais la salle, et jetai le linge sur une table qui n'avait pas été débarrassée.

Elena leva les yeux des restes de son repas.

—Ah, te voilà ! dit-elle en souriant. J'ai cru que tu étais parti manger un morceau en douce.

—Non. (Je m'emparai de ma veste posée sur ma chaise et l'enfilai, afin d'empêcher l'odeur du cabot de se propager, tout en masquant les taches de sang.) C'est juste un truc que j'ai eu du mal à digérer.

—Le déjeuner, je parie. C'est le problème, avec les buffets : plein de nourriture, mais rien de bon. Bien, j'imagine qu'un dessert est hors de question ?

Je secouai la tête.

—Donne-moi juste une seconde pour finir de dîner.

Notre hôtel n'étant qu'à quelques rues du restaurant, on fit la route à pied. En chemin, je dus changer de côté chaque fois qu'on tournait au coin, en prenant soin de rester sous le vent par rapport à elle, et en laissant trente centimètres de distance entre nous. Elle ne parut pas surprise. Aucun de nous n'était trop enclin aux câlins en public, alors elle ne s'attendait pas à ce que je lui prenne la main.

Le stratagème fonctionna… jusqu'à ce qu'on regagne la chambre. Elle s'appuya contre moi pendant qu'elle se déchaussait, puis me caressa l'arrière de la jambe, en me souriant, la tête à l'envers, les cheveux balayant le sol. Elle les rejeta dans son dos lorsqu'elle se releva, remonta la main le long de ma cuisse pour la plonger dans ma poche arrière.

—Alors, on se fait une pizza maintenant ? demanda-t-elle. Ou on s'ouvre d'abord l'appétit ?

Je retirai sa main de ma poche, mêlant mes doigts aux siens, et tendis le bras pour l'empêcher d'approcher suffisamment et sentir l'odeur de Cain sur moi.

—Attends une minute. Je vais aller prendre une douche.

Elle haussa les sourcils.

—Cette nausée au restaurant… Je crois que j'ai dû rouler dans un truc cet après-midi. J'ai la jambe qui me démange horriblement. Laisse-moi m'en débarrasser avant que je te le refile.

Elle inclina la tête, les taches de rousseur s'égrenant en travers de son nez tandis qu'elle me dévisageait, son détecteur de bobards commençant à s'affoler. La Elena de d'habitude m'aurait demandé des comptes, mais la « Elena version lune de miel » s'efforçait d'éviter les confrontations tout autant que moi. Alors, au bout d'un moment, elle haussa les épaules.

—Prends ton temps. Je vais regarder les infos.

Je me passai la main dans les cheveux et levai le visage vers le jet. Mon avant-bras m'élança lorsque l'eau chaude le frappa. Le lendemain, j'allais souffrir d'avoir trop sollicité mon muscle blessé, mais cela en valait la peine si Cain rentrait chez lui avec la preuve que le bras de Clayton Danvers était tout sauf bousillé.

J'avais passé deux ans à faire particulièrement attention, convaincu que personne ne remarquerait que j'utilisais surtout mon bras gauche. J'aurais dû me méfier. Comme les charognards, les cabots détectaient les faiblesses.

Putain de Brian McKay. Si Elena m'avait écouté, on n'aurait pas eu à s'inquiéter qu'il crache le morceau. Quand il avait tué une prostituée à El Paso, Jeremy nous avait envoyés à ses trousses, mais avait laissé Elena décider de son châtiment, comme il le faisait souvent ces derniers temps. Pour moi, la réponse était simple. McKay était une sale vermine qu'il fallait éliminer tant qu'on avait une bonne excuse. Elena avait refusé, et on l'avait laissé s'en sortir avec une bonne raclée. Résultat : il était allé raconter à tout le monde ce qui m'était arrivé au bras.

M'écartant du jet, je m'essorai les cheveux et baissai les yeux vers la croûte grêlée du tissu cicatriciel. Toutes ces années de combat sans la moindre séquelle et qu'est-ce qui me fait finalement flancher ? Une petite égratignure infligée par un zombie en putréfaction. Au pire de l'infection, j'avais failli perdre le bras, alors je n'allais pas me plaindre de quelques lésions musculaires.

Mais si des rumeurs circulaient déjà, il fallait que je les étouffe. Et cela ne suffirait peut-être pas. Le fils de Theo Cain n'était-il que le premier membre d'une nouvelle génération de cabots qui avait entendu des bruits sur mon compte et les considérait comme des légendes urbaines ou, du moins, de l'histoire ancienne ?

Au départ, j'avais scellé ma réputation pour protéger Jeremy. Désormais, j'avais de nouvelles préoccupations : une compagne, des gamins et un bras pourri qui n'irait jamais mieux. Alors, comment allais-je convaincre cette génération de cabots que Clayton Danvers était réellement le dangereux psychopathe contre qui leur père les avait mis en garde ?

Je me frottai le torse à l'aide du gant de toilette, jusqu'à ce que la peau me brûle. Je ne voulais pas revivre toutes ces conneries. Jusqu'où devais-je aller pour qu'on reconnaisse mon statut ? Que pouvais-je faire qui n'aurait pas incité Elena à embarquer les gamins dans un motel en se demandant si j'étais vraiment le type avec qui elle voulait élever ses gosses ?

Elena comprenait pourquoi j'avais charcuté ce cabot à la tronçonneuse. En insistant un peu, il se pourrait même qu'elle admette à contrecœur que c'était une bonne idée. On avait pris soin de l'anesthésier pour atténuer ses souffrances ; le seul intérêt était de faire croire aux autres qu'il avait souffert le martyre. Pourtant, cela ne faisait que quelques années qu'elle avait arrêté de ciller chaque fois que quelqu'un évoquait les photos. Admettre que j'avais pu avoir raison ne signifiait pas qu'elle avait envie de penser à ce que j'avais fait. Et une chose était sûre : elle ne me laisserait jamais recommencer.

Je fermai les robinets et me séchai, me débarrassant des dernières traces de Cain.

En sortant, j'entendis la télévision depuis la pièce voisine. Les informations n'étaient pas terminées. Parfait. Je ne portais aucun intérêt à ce qui se passait dans le coin, ni dans le monde – ça ne regardait que les humains –, mais Elena devait être captivée. Pour capturer son attention, j'allais devoir me montrer inventif... un excellent moyen de me vider la tête de pensées qui n'avaient pas lieu d'être au beau milieu d'une lune de miel.

Me drapant les épaules de la serviette, j'entrouvris la porte pour jeter un coup d'œil au terrain de jeu. Je voyais le lit dans le miroir. Un lit vide, le dessus-de-lit froissé et recroquevillé à l'endroit où Elena s'était allongée pour regarder les informations.

Un commentateur sportif égrenait les derniers résultats. *Merde.*

J'essayai d'apercevoir le salon dans la glace, mais l'angle n'était pas bon. Tant pis. Si elle avait cessé de regarder les infos, j'avais perdu l'occasion de jouer. Je m'essuyai les cheveux une dernière fois, jetai la serviette sur le sol de la salle de bains, pénétrai dans la suite et m'effondrai sur le matelas en faisant grincer les ressorts.

— J'ai fini. Toujours envie de t'ouvrir l'app… ?

La pièce était vide.

Je m'avançai vers la porte, le cœur battant la chamade tandis que j'essayais de sentir l'odeur de Cain. Je savais que mes craintes étaient infondées. Il n'aurait jamais pu faire sortir Elena… pas sans que les murs et la moquette soient maculés de sang.

Mais s'il avait rôdé de l'autre côté de la porte ? Si elle l'avait entendu, jeté un coup d'œil au-dehors et qu'il avait filé ? Elle se serait lancée à sa poursuite.

J'ouvris la porte et commençai à m'accroupir dans l'embrasure lorsqu'un glapissement me fit sursauter. Au bout du couloir, une femme d'une cinquantaine d'années regagna sa chambre en hâte, piaillant à l'attention de son mari. Sur l'instant, je pensai : « Ben quoi, je n'étais même pas en train de renifler le tapis ? » Puis, je me rappelai que j'étais nu.

Je refermai la porte d'un coup sec et me hâtai vers la salle de bains. Les humains et leur esprit tordu. Si cette femme avait vu Elena se faire traîner à travers le couloir en se débattant, elle se serait dit que ce n'était pas ses affaires. Mais apercevoir un homme nu ? Grands dieux, quelle horreur ! Elle était sans doute au téléphone en ce moment même, en train d'appeler les vigiles.

Une fois la serviette en place, j'entrouvris la porte. Après m'être assuré que la voie était libre, je m'accroupis et flairai la moquette. Aucune trace de Cain. Un bref coup d'œil aux environs, puis, glissant le pied dans l'entrebâillement, je me penchai dans le couloir pour renifler à nouveau. Rien.

Je marquai une pause, le temps de prendre quelques profondes inspirations et chasser la peur. Puis, j'arpentai la pièce en quête d'indices. La réponse était juste devant moi, sur le bureau. Une page arrachée à un calepin. L'écriture tout en boucles d'Elena : « Crabe salé + pas de flotte = saut à la supérette. »

Merde.

J'enfilai un tee-shirt, me disant que Cain avait dû filer depuis longtemps. Je l'avais chopé à la gorge avant qu'il ait pu bouger le petit doigt. N'importe quel cabot sensé en aurait tiré une leçon d'humilité et aurait ravalé sa fierté, quitté la ville et trouvé un médecin pour lui redresser la mâchoire avant d'être défiguré de façon permanente. Mais un cabot sensé ne se serait jamais fourré dans un tel pétrin à la base.

Cain ne nous laisserait tranquilles que le temps de se dégotter des antalgiques. Puis l'humiliation se cristalliserait en rage. Trop lâche pour me prendre en chasse, il frapperait en traître, en s'attaquant à ce qu'il considérait comme mon point faible : Elena, qui venait de sortir seule dans la nuit, sans la moindre idée qu'un cabot l'avait suivie toute la journée, parce que je n'avais pas pris la peine de le lui dire.

Merde.

Pendant que j'enfilais mon jean d'une main, je composai le numéro du portable d'Elena de l'autre. Sa robe, abandonnée sur une chaise, se mit à vibrer. Au-dessous se trouvait, ouvert, le sac qu'elle avait emporté au restaurant, duquel elle avait sorti son porte-monnaie, laissant le sac – et son portable – derrière elle.

J'attrapai mes baskets et me ruai au-dehors.

Je ne pris pas la peine de jeter un coup d'œil à la boutique de souvenirs. Elana avait déjà décrété que l'eau y était trop chère. Jeremy et moi avions peut-être connu des périodes de vaches maigres pendant notre jeunesse, mais Elena savait ce que c'était que de porter trois pulls superposés pendant tout l'hiver parce qu'elle n'avait pas les moyens de s'offrir un manteau. Même si elle aurait désormais pu s'acheter toute la fichue boutique, elle ne leur aurait jamais filé trois dollars pour une bouteille qui n'en coûtait qu'un juste en bas de la rue.

Franchissant la porte d'entrée, je m'arrêtai pour prendre une grande inspiration. Un couple me jeta un regard noir lorsqu'ils durent se lâcher la main pour me contourner. Je scrutai la rue, et passai l'air au crible. Enfin, je la repérai : la faible odeur d'Elena, charriée par le vent. Je me ruai au bas de l'escalier.

Une petite supérette se trouvait au croisement, mais la piste d'Elena traversait la rue et prenait la direction de la ruelle où j'avais attendu Cain en vain cet après-midi. Mais qu'est-ce qui n'allait pas avec ce magasin ? Est-ce que l'eau était trois cents moins chère à trois pâtés de maison de là ? *Bon sang, Elena !*

Je m'emportais contre elle, mais en fait, c'était à moi que j'en voulais. J'aurais dû la mettre en garde contre ce cabot. Si j'avais vraiment cru que je pouvais garder l'œil sur elle vingt-quatre heures sur vingt-quatre, je me faisais des illusions. Elena n'aurait pas compris pourquoi elle ne pouvait pas sortir le soir s'acheter une bouteille d'eau. C'était un loup-garou ; elle n'avait rien à craindre d'un voyou ou d'un violeur. Mais un cabot furibard de deux fois sa taille ? Je me mis à courir.

Au moment même où je pénétrai dans l'allée, je sentis l'odeur de Cain. Il avait dû rester à l'affût devant l'hôtel le temps d'élaborer un plan. Puis, sa proie avait franchi la porte d'entrée… et bifurqué dans la première ruelle obscure.

Le temps qu'il se remette de sa surprise, il avait perdu l'occasion de la rattraper. Elle avait traversé, parcouru quelques dizaines de mètres, puis… coupé à travers une autre artère.

Et merde !

Je courus jusqu'à la ruelle, puis m'arrêtai net. Cain se tenait à l'autre bout, me tournant le dos, le regard rivé sur un point de l'autre côté de la route. Elena.

J'aurais pu le diriger vers elle pour qu'elle le cueille… si elle avait su à quoi s'attendre. Je fis le tour par une contre-allée, espérant le prendre de court. Presque parvenu au bout, je me faufilai dans l'ombre.

Elena était encore là. Je sentais sa présence, et ce calme viscéral qui l'accompagnait toujours.

Les rues et les trottoirs étaient déserts. Notre hôtel était situé dans un quartier d'affaires. C'était ce qui nous avait plu quand on l'avait choisi en ligne : entouré de restaurants et autres commodités. Mais en arrivant, on avait découvert que les commodités n'étaient pas si commodes lorsqu'elles fermaient à 17 heures, quand les bureaux se vidaient.

En jetant un coup d'œil au coin d'un bâtiment, je découvris une autre rue tout aussi calme, vide à l'exception d'une passante qui contemplait des vêtements dans la vitrine d'un magasin fermé. Il fallait que je m'assure que c'était bien Elena. Certes, la jeune femme lui ressemblait beaucoup : grande, élancée, vêtue d'un jean et chaussée de baskets, avec des cheveux blond pâle retombant gracieusement sur une veste en jean. Mais occupée à faire du lèche-vitrine ? Le regard rivé sur des tailleurs ? Cette lune de miel devait vraiment l'ennuyer à mourir.

Tandis qu'elle examinait les modèles, elle jetait sans cesse des coups d'œil sur sa droite. Je plissai les yeux pour voir ce qui attirait son attention, mais les lampadaires transformaient la vitre en miroir, réfléchissant la lumière… et la silhouette de Cain de l'autre côté de la rue, derrière elle.

Elle savait qu'il était là. Je poussai un soupir de soulagement. À cette distance, il était impossible qu'elle l'ait entendu. Pourtant elle s'immobilisa, puis pivota juste assez pour me voir.

Elle sourit, et reprit une expression neutre tandis qu'elle reportait son attention sur la vitrine, me faisant signe de ne pas bouger.

Puis elle m'adressa rapidement une série de signaux tout en gardant le regard rivé sur les modèles : elle leva le nez pour inspirer, désigna l'allée sur sa droite et tendit de nouveau la main dans le but de m'avertir qu'un cabot se trouvait dans la ruelle.

Elle effectua encore quelques gestes pour me signifier qu'elle s'en occupait et que je pouvais rester à couvrir ses arrières. Puis, elle s'interrompit en plein geste. Lentement, elle esquissa un sourire, ses dents étincelant dans l'obscurité. En voyant ses lèvres s'étirer, je sus ce qu'elle pensait avant même qu'elle regarde dans ma direction et articule silencieusement : « On joue ? »

Je lui répondis d'un sourire.

Aucun jeu n'est juste – ni amusant, d'ailleurs – si l'un des deux camps ignore qu'il y participe. Elena se chargea donc de faire passer le message au cabot. Elle commença par se tapoter la jambe en tournant la tête dans sa direction, manière subtile de lui indiquer qu'elle l'avait repéré et était impatiente qu'il fasse le premier pas.

Je ne voyais pas le cabot d'où j'étais, mais je l'imaginais campé au bout de l'allée, trépignant, voyant les signaux d'Elena mais craignant de mal les interpréter.

Elle jeta un coup d'œil par-dessus son épaule et rejeta les cheveux en arrière, inclinant la tête dans sa direction. Là encore, inutile de voir son expression pour me la représenter. Je l'avais vue assez souvent : lèvres entrouvertes, yeux scintillants sous ses sourcils arqués, regard qui signifiait, en langage humain comme animal : « *Bon, alors, tu viens, oui ou non ?* »

Cain jaillit de la ruelle à une telle vitesse qu'il trébucha. Elena laissa échapper un rire, un grondement rauque qui m'incita à crisper les jambes pour m'empêcher d'y répondre moi-même. Tandis que Cain retrouvait l'équilibre, elle se tourna vers moi en souriant. Puis elle partit en courant, ses cheveux étincelant derrière elle.

Cain chancela et lui jeta un regard empreint de perplexité et de déception, son côté humain lui soufflant que, si une femme s'enfuit, ce n'est pas bon signe. Elle s'arrêta au croisement suivant et se retourna pour lui faire face.

Il descendit du trottoir. Elle recula lentement d'un pas. Un deuxième pas en avant, un autre en arrière, et ce ne fut qu'au bout de cinq pas de cette danse que l'instinct du loup prit le dessus et qu'il comprit qu'aux yeux d'Elena, s'en aller en courant ne signifiait pas qu'elle fuyait, mais qu'elle le défiait de l'attraper.

Son large visage se fendit d'un sourire. Aussitôt il grimaça, portant la main à sa mâchoire brisée. Lorsqu'il leva les yeux, Elena avait disparu. Il jeta un regard paniqué autour de lui, puis se mit à courir.

Si Elena s'était réellement lancée dans une parade amoureuse, elle aurait laissé tomber Cain au bout de cinq minutes, jugeant qu'il manquait soit de motivation soit de compétence pour la prendre en chasse et que, dans un cas comme dans l'autre, il n'était pas digne de son attention.

Il ne cessait de perdre sa trace et de rebrousser chemin. Parfois, il apercevait un piéton au bout d'une rue et partait dans cette direction avant que son flair lui indique qu'il se trompait de proie. Quand un loup-garou vit désolidarisé d'une Meute, il grandit immergé parmi les hommes, et même s'il ressent les instincts d'un loup, il ne s'y fie pas, incapable de les gérer.

Cain semblait uniquement mû par le désir et l'enthousiasme, ce qui – bien qu'amusant – n'offrait pas grand intérêt en matière de défi... ni de divertissement. Après qu'il fut revenu deux fois sur ma piste – heureusement, sans me remarquer –, Elena décida qu'il était temps de mettre un terme à cette manche du jeu avant que Cain ne comprenne qu'il y avait un troisième joueur. Elle avait l'intention de passer au niveau supérieur de toute façon. Chasser sous forme humaine, c'était comme jouer à chat dans une cour de récré : pas très stimulant... ni très amusant.

Elle le conduisit jusqu'à un parc, près de la rivière, puis fonça dans un bosquet pour procéder à la Mutation. Cain la rattrapa rapidement ; Elena s'était assurée qu'il était sur ses talons. Cette fois, ayant pris conscience de ce qu'elle était en train de faire, il n'avait pas hésité. Après avoir vainement tenté de l'apercevoir nue à travers les buissons, il partit comme un bolide pour trouver un endroit où muter.

Je surveillai Elena jusqu'au moment où j'entendis le premier grognement de Cain, me garantissant qu'il n'allait pas changer d'avis. Puis je me trouvai une cachette et me déshabillai.

Lorsque j'en sortis, Elena était déjà tapie dans l'ombre, la queue battant le sol, impatiente de bondir au-dehors. En m'apercevant à trois mètres, elle souffla doucement et leva les yeux au ciel, l'air de dire : « Prends tes aises, ça risque de prendre un moment. »

J'étais en train de regarder autour de moi lorsque j'entendis une série de bruissements et de craquements en provenance du buisson où s'était caché Cain, ponctués de grognements foncièrement humains. Il venait à peine de commencer.

Elena posa le museau sur ses pattes avant tandis qu'un soupir lui parcourait le corps. Je grognai de rire et partis à grande enjambées pour camper le terrain de jeu.

Perché sur un rocher plat surplombant le chemin, je fronçai le nez lorsque les effluves de la rivière flottèrent jusqu'à mes narines, et salivai à l'odeur du poisson. J'agrippai le bord du rocher de mes pattes avant, puis m'étirai en cambrant le dos, sortant les griffes, les coussinets frottant contre le rebord déchiqueté. Je patientais depuis un bon moment et sentais la douleur envahir mes muscles, m'exhortant à me lever, bouger, courir.

Je m'étirai une nouvelle fois et jetai un coup d'œil en contrebas. C'était l'endroit parfait pour une embuscade. Elena conduirait Cain le long du sentier, et d'un bond, je pourrais satisfaire mon besoin de me dépenser. La poursuite, la chasse, la mise au sol, toutes ces choses bien plus excitantes que le combat en soi.

Une plainte sourde fendit le silence. Je levai la tête, pivotant les oreilles lorsque je repérai le bruit d'un loup brun posté à une trentaine de mètres. Cain appelait Elena, redoutant sans doute qu'elle ait laissé tomber et fichu le camp.

Au bout d'un moment, elle apparut, spectre pâle sortant de l'ombre sans un bruit. Cain laissa échapper un gémissement plus prononcé et se mit à danser sur place, comme un chien qui voit son maître rentrer à la maison. Elena continua d'avancer vers lui, prenant son temps, queue basse mais tête haute. Elle s'arrêta à un peu moins de deux mètres de lui, le forçant à venir vers elle. Puis elle le regarda droit dans les yeux, telle une reine accordant à son sujet la permission d'approcher.

Cain se mit à faire les cent pas tout en gardant ses distances. Son langage corporel était parfaitement clair : elle établissait une hiérarchie, mais il ne savait pas quoi en penser et continuait à tourner en rond.

Lorsqu'il déclina son invitation à s'approcher et la renifler, Elena fit mine de tourner les talons. Encore une fois, c'était un comportement typique chez les loups. Elle ne le repoussait pas, mais se contentait de lui signifier d'une manière aguicheuse : « *Bon, si tu n'es pas intéressé…* »

Le cabot s'immobilisa. Alors qu'elle lui présentait le flanc, il pencha la tête et hérissa le poil. Je me relevai d'un bond, les griffes raclant contre la pierre, et étouffai un grondement d'avertissement. Mais avant que j'aie pu émettre le moindre son, Cain se jeta sur Elena.

Il l'agrippa et planta les crocs dans son épaule, lui faisant perdre l'équilibre. Je dévalai la pente tandis qu'il la projetait dans les airs. Elle heurta le sol, fit volte-face et plongea vers lui en poussant un grondement qui fendit l'air de la nuit. Cain laissa échapper un jappement de surprise et de douleur lorsqu'elle le mordit.

Je dérapai pour m'arrêter quinze mètres plus loin, toujours invisible. Les oreilles tournées vers l'avant, je plissai les yeux pour mieux observer et jauger la situation.

Au bout d'un moment, je regagnai mon perchoir, le regard rivé sur eux, prêt à redescendre en trombe si la bataille tournait en défaveur d'Elena.

Ils poursuivirent le combat, grognant leur hargne, agrippés l'un à l'autre telle une boule de fourrure maculée de sang. Je le sentais. Celui de Cain, et celui d'Elena. L'odeur fit monter un gémissement de mes entrailles. La chassant de mes narines, je me ressaisis, décidant de ne pas céder à la peur.

Enfin, Elena recula en montrant les crocs, nuque baissée, poils hérissés. Cain se releva et secoua la tête, projetant du sang partout. Elena me jeta un regard, se demandant si elle devait lui porter le coup de grâce ou suivre son plan.

Mes muscles se nouaient et se dénouaient alors que je le toisai. Deux fois plus gros qu'elle, il était trop imposant pour qu'elle tente de le terrasser à moins d'y être contrainte, et je priai pour qu'elle fasse le bon choix, celui de la sécurité. Et bien sûr, c'est ce qu'elle fit. Avec Elena, le bon sens prend toujours le pas sur l'ego. Retroussant les babines dans un dernier grognement, elle s'élança en direction du sentier.

Elle avait parcouru la moitié du chemin lorsque, dressant brusquement le museau, elle bifurqua pour faire le tour d'un chêne et rebrousser chemin. Je venais de regagner mon rocher lorsque je perçus les odeurs, canine et humaine. Je les suivis et aperçus un homme flanqué d'un fox-terrier qui s'avançait dans cette direction.

Elena suivit une boucle qui la ramena en arrière et se mit à décrire des cercles autour de tous les obstacles qu'elle pouvait trouver, essayant de gagner du temps. Je jetai un coup d'œil au promeneur. Un vieil homme et son vieux chien, qui arpentaient le chemin d'un pas lent, sans se rendre compte de quoi que ce soit.

Alors qu'Elena contournait un petit bâtiment, elle se baissa brusquement, ayant sans doute trébuché dans un trou creusé par un rongeur, pas assez profond pour la faire chanceler mais suffisamment pour la ralentir. Cain se rua sur elle. Il ne lui arracha qu'une touffe de poils à la queue. Lorsque son grognement de frustration résonna à travers le parc, le vieux chien leva le museau pour humer l'air d'un reniflement paresseux, puis reprit sa promenade aux côtés de son maître.

Elena disparut derrière le bâtiment. Un glapissement retentit, si bruyant que même le vieil homme leva la tête. Elena. Je me levai d'un bond. Elle sortit en trombe de derrière le bâtiment, tel un éclair blond rasant le sol, galopant à grandes foulées, Cain sur les talons.

Une troisième silhouette, plus large que les deux premières, s'élança du même endroit. Ça, c'était Cain ; je le reconnus à l'angle bizarre que formait sa mâchoire. Je reportai le regard sur Elena et le nouveau cabot qui la poursuivait. Cain avait appelé du renfort.

Je m'accroupis, prêt à bondir de mon rocher. L'homme et le chien tournèrent au coin et passèrent juste au-dessous de moi. Je regardai par-dessus mon épaule, en direction de la route principale, puis d'Elena, qui fonçait à travers le parc, se dirigeant vers la rivière, s'éloignant de moi à chaque foulée.

Une demi-seconde d'hésitation, puis je bondis par-dessus l'homme et son compagnon pour atterrir lourdement de l'autre côté. Le petit chien se mit à japper, un « kai-kai-kai » haut perché. Le vieil homme se mit à respirer bruyamment et crachoter, chacun de ses halètements faisant écho au martèlement de mes pattes tandis que je partais en trombe.

Cavalant comme un fou, je commençai à gagner du terrain sur Cain, mais il n'était pas le seul à m'inquiéter. J'avais reconnu l'odeur de l'autre cabot. Brian McKay. Celui qui avait propagé la rumeur sur mon bras blessé.

McKay n'était pas un petit morveux comme Cain. C'était un cabot aguerri qui s'était taillé une solide réputation d'assassin. Et il était juste derrière Elena, l'écart entre nous se creusant sans cesse.

—Allez, fais une volte ! Ramène-le vers moi !

Je savais qu'elle n'était pas en mesure de le faire. Elle commença enfin à virer de cap, mais vers l'est, en direction de la rivière, grimpant le long d'un talus qui flanquait une voie ferrée. Parvenue au sommet, elle redescendit à toute allure puis fit une nouvelle embardée, poursuivant sur sa lancée. McKay mordit à l'hameçon, bifurquant pour filer au bas de la colline, espérant sans doute lui couper la route en pleine descente. Lorsqu'elle vira de nouveau, il tenta de s'arrêter, mais tourna trop vite, perdit l'équilibre et dégringola au bas du talus.

Je modifiai ma trajectoire et filai droit sur McKay. Il me vit fondre sur lui et, dans un sursaut d'énergie, redoubla de vitesse, oubliant ses blessures alors qu'il fonçait à la poursuite d'Elena.

J'entendis un cliquetis de griffes sur le bois et compris qu'elle courait à présent sur les traverses. En parvenant au sommet du talus, je la vis traverser en trombe le pont de la voie ferrée, Cain à une dizaine de foulées derrière elle.

Je rattrapai McKay à l'entrée du pont, m'élançai et lui atterris sur le râble. On dégringola au bas de la pente tout en se battant, se mordant et s'arrachant des morceaux de chair et de fourrure.

L'année précédente, quand on s'était affrontés sous forme humaine, McKay m'avait vraiment poussé dans mes retranchements, ce qui ne m'était pas arrivé depuis des années. C'était un excellent combattant, de dix ans mon cadet. J'avais atteint l'âge où ces années de plus commençaient à faire la différence et mon bras esquinté n'avait pas facilité les choses. Mais sous forme animale, j'étais un adversaire acharné. Là, j'avais l'avantage, je savais mieux que quiconque – cabot ou frère de Meute – comment tirer parti de mon côté loup, comment être loup.

Le combat n'était pas facile pour autant. McKay avait une revanche à prendre. Je l'avais renvoyé dans ses pénates avec des os brisés et le visage ensanglanté. Mais ce n'était rien comparé aux blessures subies par son ego. Lorsqu'il avait rapporté l'histoire de mon bras « bousillé », on lui avait sûrement posé la question qui s'imposait : « Si son bras était en si mauvais état, pourquoi ne pas lui avoir réglé son compte ? » J'imagine que McKay avait dû s'en sortir en racontant des bobards – dans sa version j'étais sans doute accompagné de la Meute au grand complet –, mais cela n'empêchait pas la blessure de saigner. Il avait eu l'occasion de me tuer et il avait tout foiré.

On roulait furieusement, chacun s'efforçant de trouver une prise, lacérant l'autre à grands coups de griffes et cherchant à mordre à l'endroit le plus critique : la jugulaire. Je réussis à m'en approcher, mais ne parvins qu'à lui arracher une touffe de poils. Lorsque je reculai, il me balança un coup de tête au bas du museau. Aveuglé par la douleur, je chancelai.

McKay poussa un grondement amusé et se rua sur moi. Je secouai la tête, feignant d'être désorienté. Au dernier moment, je bondis de côté. Il fit volte-face. Profitant du fait qu'il était déséquilibré, je plongeai sur lui, le frappant au flanc. Il tomba à la renverse et on dérapa sur l'herbe, fonçant à travers un petit buisson, les branches craquant sous notre passage.

Il baissa la tête, cherchant instinctivement à se protéger la gorge. Je visai le ventre pour le prendre au dépourvu. Il poussa un glapissement de surprise et de douleur en sentant mes griffes lui entailler la chair. Il tenta de se relever, donnant de grands coups de pattes, griffant tout ce qui se trouvait à sa portée, balafrant mon pelage, éraflant la peau au-dessous. Il ouvrit la gueule et la referma sur ma patte arrière, mordant jusqu'à l'os. Un gémissement de souffrance monta en moi, mais je le réprimai avant qu'il n'atteigne ma gorge. Si je lâchais prise, il s'enfuirait. J'avais l'occasion de prouver que j'étais toujours aussi vaillant et impitoyable malgré les années, que je n'étais pas accablé par un bras abîmé. L'occasion de tordre le cou aux rumeurs en supprimant le cabot qui leur avait donné naissance.

J'enfonçai les crocs dans son ventre, surmontant la douleur tandis qu'il s'acharnait sur ma patte. Lorsque j'eus la meilleure prise possible, je tirai de toutes mes forces, fermant les yeux pour me protéger du sang chaud qui jaillit quand je parvins à l'éventrer, ses intestins se répandant sur le sol.

Alors seulement, il relâcha sa prise. Puis, il se mit à se tordre, comme s'il pouvait encore s'échapper. Je l'attrapai par la gorge et l'envoyai s'écraser contre une poutre du pont. Un énorme morceau de chair s'arracha et son sang m'emplit la bouche. Je le lâchai. Il retomba, frémissant, agonisant. Le mordant à la nuque, je le soulevai et le jetai dans la rivière en contrebas.

Une mise à mort rapide, mais durant ces quelques minutes le sang qui battait dans mes oreilles masquait tout autre bruit, et ce ne fut que lorsque le cadavre de McKay atterrit dans l'eau que j'entendis enfin les grondements d'Elena. Je m'élançai à son secours. La morsure à ma patte m'élançait, mais celle-ci n'était ni cassée, ni ruisselante de sang. C'était déjà ça.

Elena s'était arrêtée au milieu du pont, face à Cain, tête baissée, les oreilles en arrière, le poil hérissé. Au début, le cabot sembla hésiter, bondissant en avant puis reculant comme un boxeur qui sautille sur place en attendant le signal de l'arbitre. Alors que je fonçais le long de la voie, les pattes martelant les traverses, il se plaça en position de combat. Visiblement, il pensait que c'était McKay qui arrivait en renfort.

Je ralentis, appuyant sur mes coussinets pour ne pas faire de bruit. Puis, juste derrière lui, je m'accroupis et poussai un grondement sourd. Il se retourna brusquement. S'il avait été sous forme humaine, il serait tombé. À quatre pattes, il ne fit que trébucher, les pattes raclant le gravier quand il pivota vers moi.

Retroussant les babines, je montrai les dents, puis secouai la tête en projetant des gouttes de sang. Il jeta un coup d'œil par-dessus mon épaule, priant sans doute pour que le sang provienne d'un oiseau ou d'un lapin. Ne voyant aucun signe de McKay, il comprit et fit volte-face, bondissant avant même d'avoir achevé son tour. Il réussit à parcourir deux foulées avant qu'Elena lui barre la route, grondant et claquant des mâchoires.

Il recula de deux pas et s'assit. Puis il nous regarda tour à tour, l'air perplexe, comme pour signifier : « Vous allez me sauter dessus, hein ? »

Elena se rua sur lui. Elle l'atteignit en pleine poitrine, le renversant en arrière. Ils tombèrent tous les deux sans cesser de se battre.

Le combat fut bref. Cain était effrayé et troublé, conscient que son pote était mort et que l'assassin se trouvait à un mètre cinquante de lui, attendant de lui faire subir le même sort. Il ne parvint qu'à arracher quelques touffes de fourrure pendant qu'Elena lui enfonçait les crocs dans le flanc, l'épaule, le ventre.

Enfin, lorsqu'elle le mordit à quelques centimètres de la gorge, la lâcheté prit le dessus. Il se dégagea et tenta de fuir. Elena lui sauta sur le dos. Elle saisit une de ses oreilles entre ses dents et la mordit si fort qu'il glapit de douleur, puis elle tira d'un coup sec, arrachant des lambeaux de chair. Il hurla et rua. Elle bondit à terre, le ramenant entre nous.

Il se retourna d'un bond et parcourut quelques foulées vers moi. Je poussai un grognement. Il nous regarda tour à tour, hésita un instant, puis se jeta entre les poutres et plongea dans la rivière.

Tandis qu'Elena passait la tête entre les barres d'acier pour l'observer, je lui tournai autour pour inspecter ses blessures. La plus sérieuse était une sale entaille au flanc. Je donnai un coup de langue pour ôter la terre. Mais lorsque j'entrepris un travail plus minutieux, elle me repoussa puis m'examina, flairant et léchant ma patte arrière, avant de juger que la morsure n'était pas fatale et de se placer près de moi.

On contempla Cain s'agiter dans l'eau.

Elle me jeta un coup d'œil, comme pour me demander : « *Tu crois que ça suffit ?* »

Je l'étudiai un moment, puis grognai, hésitant à lui répondre de manière catégorique. Elle pouffa, puis traversa le pont à grandes foulées. Je partis du côté opposé.

On joua pendant quelque temps avec Cain, courant le long des berges, plongeant sur lui chaque fois qu'il tentait de regagner la rive. Lorsqu'il montra enfin des signes d'épuisement, Elena donna le signal et on l'abandonna.

Aurait-il compris la leçon ? Probablement pas. Dans un an ou deux, il serait de retour, mais en attendant, il allait devoir retrouver ses potes avec une oreille lacérée et sans McKay. Et quelle que soit sa version de l'histoire, la conclusion serait claire : je restais fidèle à moi-même, et ils restaient dans la merde. Je ne souffrais d'aucun handicap et je ne m'étais pas rangé, installé confortablement avec ma famille. J'avais gagné un peu de temps.

Elena leva la tête, scrutant les buissons qui nous entouraient.

— Ne t'inquiète pas, dis-je. Personne ne peut nous voir.

— Détail dont j'aurais dû m'assurer il y a une dizaine de minutes.

Elle s'écarta de moi en prenant appui sur mon torse, sa peau chatoyant dans l'obscurité. Elle renifla l'air, cherchant à repérer l'odeur de Cain.

— La voie est libre. (Elle s'étira et poussa un long bâillement.) Un de ces jours, on arrivera à rentrer chez nous avant de faire l'amour.

— Pourquoi ?

Elle s'esclaffa.

— Bonne question, en effet.

Elle fit mine de s'éloigner de moi, mais je la maintins plaquée contre moi, les mains autour de sa taille.

— Pas tout de suite.

— Hmm. (Elle s'étira de nouveau, ses orteils me chatouillant les jambes.) Alors, quand est-ce que tu vas m'engueuler ?

— Pour être partie te promener dans les ruelles à minuit ?

— À moins que tu n'aies glissé une clause secrète dans les vœux de mariage, il me semble que j'ai encore le droit d'aller où je veux, quand je veux. Mais tu crois vraiment que j'irais traîner dans des allées obscures, dans une ville que je ne connais pas, dans le simple but d'aller acheter une bouteille d'eau ? Autant me coller une étiquette « Agressez-moi ! » dans le dos.

— Ben… Tu avais vraiment l'air de t'ennuyer un peu…

— Oh, arrête. Ce cabot nous suivait depuis ce matin. J'essayais de m'en débarrasser.

— Quoi ?

— Oui, je sais, j'aurais dû t'avertir. Je m'en suis rendu compte un peu tard, mais tu avais passé tellement de temps à préparer notre lune de miel que je ne voulais pas que ce cabot vienne tout gâcher. Je pensais que, si on lui fichait une bonne frousse, il regagnerait ses pénates avant même que tu n'aies remarqué qu'il traînait dans le coin.

— Euh…

J'essayai d'adopter un ton surpris. Un air surpris. Mais elle braqua le regard sur moi en plissant les yeux.

— Tu savais qu'il nous suivait.

Je haussai les épaules, espérant rester évasif.

Elle me balança une tape sur le bras.

— Tu comptais tout me foutre sur le dos et la fermer, hein ?

— Oh que oui.

Une deuxième tape.

— C'est ça que tu faisais pendant le dîner, hein ? Tu lui as défoncé la mâchoire. Je me disais bien qu'il avait une drôle de tronche et j'aurais juré sentir du sang quand on est revenus du restaurant. (Elle secoua la tête.) Communiquer. On devrait essayer, un jour.

Je me déplaçai légèrement, glissant le bras sous sa tête.

— Et si on commençait maintenant ? Si on parlait de ce voyage ? Tu t'ennuies. (Quand elle ouvrit la bouche pour protester, je la couvris de la main.) Il n'y a strictement rien à faire hormis rester terrés dans notre chambre d'hôtel, courir dans la forêt, et chasser des cabots. Ce qui est amusant, d'accord, mais on pourrait faire ça n'importe où. Alors, je me disais, il serait peut-être temps de songer à une deuxième lune de miel.

Elle éclata de rire.

— Déjà ?

— Je crois qu'on a fait le tour de celle-ci. Alors qu'est-ce que tu penses de ça ? On plie bagages, on rentre à la maison, on reste avec les gosses quelques jours, et puis on repart. Quelque part où on puisse se terrer et courir dans la forêt, mais sans craindre de tomber sur un cabot. Une cabane à Algonquin…

Elle se pencha sur moi, ses cheveux formant un rideau entre nous.

— Ce n'est pas le lieu que je t'ai suggéré quand tu m'as demandé la première fois ?

— Je croyais que tu voulais y aller mollo avec moi. On peut louer une cabane n'importe quand. Je tenais à ce que ce soit différent, spécial.

— Oh, mais ça l'a été. J'ai été traquée, poursuivie, attaquée… et j'ai eu l'occasion de foutre une dérouillée à un cabot de deux fois ma taille. (Elle se pencha encore, ses lèvres effleurant les miennes.) Une lune de miel exceptionnelle, offerte par un mari exceptionnel.

Elle me passa les bras autour du cou, roula sur le dos et m'attira contre elle.

Kelley Armstrong est l'auteure de la série *Femmes de l'Autremonde*, des romans à suspense situés dans un univers surnaturel. Elle a grandi au Canada, dans l'Ontario, où elle vit toujours, entourée de sa famille. Vous pouvez visiter son site officiel : www.kelleyarmstrong.com (site en anglais).

Heorot

Jim Butcher

Les Dossiers Dresden *racontent le quotidien de Harry Dresden, le seul magicien professionnel de Chicago. Il existe aussi une série télé chez Sci Fi.*

J'étais assis dans mon bureau à fourrager dans mes factures quand Mac m'appela.

— J'ai besoin de ton aide.

C'était la première fois que je l'entendais sortir une phrase aussi complexe que ça.

— D'accord, répondis-je. Où ?

Autre première : c'était moi le laconique cette fois.

— Le pub *Loon Island*. Quartier de Wrigleyville.

— J'arrive

Je raccrochai, me levai, enfilai mon trench-coat en cuir noir et me tournai vers mon chien.

— On a du boulot. En route.

Plein d'entrain, Mouse, le chien plus lourd que la plupart des voitures européennes, abandonna sa sieste près de l'unique radiateur. Il s'ébroua, et plus particulièrement la masse de poils quasi léonine ornant son cou et ses épaules, puis on partit aider un ami.

Octobre avait apporté encore plus de pluie et de froid que d'habitude. Ce jour-là, j'avais droit à du vent, en plus. Je trouvai une place pour ma vieille Coccinelle déglinguée, et rentrai les épaules dans mon manteau pour affronter la bise. Mouse à mes côtés, je remontai Clark Street vers le nord.

Le *Loon Island* donnait sur le stade de Wrigley. C'était un repaire populaire avant ou après les matchs. Plus grand que la moyenne de ces établissements, il pouvait accueillir plusieurs centaines de personnes, entre ses étages et ses nombreuses pièces. À l'extérieur, de grandes affiches ornaient les murs de brique du bâtiment. Elles étaient détrempées, mais on y lisait toujours « Amicale des brasseurs de Chicago » et « La nuit des morts brassants », ainsi que l'annonce d'une fête et d'un concours de brassage artisanal. C'était le jour même. Beaucoup de monde entrait et sortait.

— Ha-ha, dis-je à Mouse. Ça explique que Mac soit ici plutôt que dans son trou habituel. Il s'est enfin décidé à lâcher sa nouvelle bière brune sur un public innocent.

Le chien me jeta un regard plein de reproche sous ses épais sourcils, puis baissa la tête en soupirant avant de reprendre le chemin du pub sous la pluie battante. Mac nous attendait à l'entrée. Chauve, musclé, vêtu d'une chemise blanche et d'un pantalon noir, il pouvait avoir entre trente et cinquante ans. D'ordinaire, son visage extrêmement banal arborait une expression patiente et pensive.

Aujourd'hui, seul « sinistre » me vint à l'esprit.

J'avançai sous le porche pour échapper à la pluie et passai ma crosse d'un mètre quatre-vingts à Mac le temps d'enlever mon manteau. Je secouai vigoureusement le vêtement, provoquant une petite averse, avant de le remettre bien vite.

Mac tient le pub où se retrouve la grande majorité de la communauté surnaturelle de Chicago. Ce bar a connu plus que sa dose de saloperies paranormales. Si Mac a l'air aussi soucieux, je préfère avoir mon cuir de protection magique entre mes petites fesses et l'origine de son inquiétude.

Je repris ma crosse ; Mac me salua d'un hochement de tête, puis s'agenouilla près de Mouse qui lui tendit une patte à serrer. Mac s'exécuta avant de le gratter derrière les oreilles.

— Une disparue, dit-il.

J'acquiesçai, remarquant à peine les regards interrogateurs que nous lançaient plusieurs personnes à l'intérieur. Question d'habitude.

— Que sait-on ? demandai-je.

— Le mari, répondit-il en me faisant signe de le suivre.

Je lui emboîtai le pas et pénétrai dans les entrailles du pub. Mouse resta collé contre moi, remuant la queue avec enthousiasme. Je soupçonnai ce comportement de n'être qu'une mascarade. Mouse est un sacré morceau, et les gens deviennent nerveux quand il ne joue pas au gros nounours.

Mac me guida à travers quelques pièces où chaque table, chaque alcôve était attribuée à un brasseur différent. Des pancartes artisanales couvertes d'un nombre obscène de points d'exclamation vantaient les mérites des diverses recettes. Sauf à l'endroit où Mac s'arrêta. Il n'y avait qu'une petite pancarte pliée en triangle portant l'inscription « L'ombre de McAnally » soigneusement calligraphiée.

Dans l'alcôve jouxtant celle de Mac, un jeune homme présentant plutôt bien, dans le genre bibliothécaire filiforme, parlait à un policier en se tordant les mains.

— Mais vous ne comprenez pas, disait le grand échalas. Elle ne partirait pas comme ça. Pas aujourd'hui. Notre lune de miel commence ce soir.

Le flic, un type trapu à la calvitie naissante et au nez peut-être un peu trop rouge pour que ça puisse être attribué au froid, haussa les épaules.

— Je suis désolé, monsieur. Mais elle est partie depuis combien de temps ? Une heure ou deux ? Nous, on entame même pas les recherches avant vingt-quatre heures.

— Mais elle ne partirait pas ! gémit le jeune homme.

— Écoute, fiston, répondit le flic. C'est pas la première fois qu'une jeune mariée panique et s'enfuit. Tu veux un conseil ? Commence par appeler ses ex-petits copains.

— Mais…

Le policier enfonça son index dans le torse du « fiston ».

— Reprends-toi, mec. Et reviens dans vingt-quatre heures.

Il se retourna pour laisser le jeune homme et manqua de me percuter. Il recula d'un pas et se renfrogna.

— Vous voulez quelque chose ?

— Je me contente de savourer votre compassion, monsieur l'agent.

Son visage s'empourpra, mais Mac lui colla une rasade de brune dans la main avant qu'il ait pu reprendre sa respiration et jouer au dur. Le flic l'avala d'un trait. Il savoura la dernière gorgée juste pour la forme avant de rendre la choppe à Mac. Il rota, puis partit.

— Monsieur McAnally, dit le jeune homme en se tournant vers lui. Dieu soit loué. Elle n'est toujours pas revenue. C'est lui ? demanda-t-il en me regardant.

Mac hocha la tête.

— Harry Dresden, confirmai-je en tendant la main.

— Roger Braddock, répondit le fil de fer angoissé. On a enlevé ma femme.

Il serrait trop fort et ses doigts étaient froids, un peu moites aussi. Je ne savais pas ce qui se passait, mais Braddock semblait vraiment effrayé.

— Elle a été enlevée ? Vous avez assisté à la scène ?

— En fait, non. Pas vraiment. Personne, d'ailleurs. Mais elle ne serait pas partie comme ça. Pas aujourd'hui. On s'est mariés ce matin et on part en voyage de noces ce soir, dès que le festival sera terminé.

— Vous avez décalé votre lune de miel pour participer à un concours de bière ? m'étonnai-je.

— J'ouvre mon propre établissement, expliqua Braddock. M. McAnally m'a donné des conseils. C'est un peu mon mentor. C'était… Je veux dire, le concours a lieu une fois par an, j'y assiste toujours. Imaginez le prestige en cas de victoire… les contacts, et…

Il se tut et regarda autour de lui.

Et voilà. Le spectre d'un deuil soudain provoque souvent une révision des priorités. Il est parfois difficile de comprendre ce qui a vraiment de l'importance avant de s'apercevoir qu'on l'a peut-être perdu à jamais.

— Vous occupiez tous deux cette alcôve ? enchaînai-je.

— Oui, répondit-il en s'humectant les lèvres. Elle est allée récupérer des serviettes au comptoir, juste en face. Elle n'était pas à plus de cinq mètres, et puis elle s'est évaporée je ne sais comment.

Personnellement, j'étais plutôt de l'avis du flic. Les gens sont souvent égoïstes, cupides et imprévisibles. Il y a toujours des exceptions, bien sûr, mais personne ne veut jamais admettre que les aspects les plus vils de la nature humaine se sont placés entre eux et la personne qu'ils aiment.

Le gamin avait l'air affreusement sincère. Même s'ils sont touchants, les gens affreusement sincères laissent leurs émotions prendre le dessus sur la réflexion et sont capables de se planter de manière apocalyptique. Plus la situation semble grave, plus ils cherchent de raisons pour ne pas y croire. Il était fort probable que la fille s'était tirée, tout simplement.

D'un autre côté, une probabilité n'est pas une certitude. Et Mac n'est pas du genre à crier au loup.

— Depuis combien de temps êtes-vous ensemble ? demandai-je.

— Depuis que nous avons quinze ans, répondit-il, tandis qu'un sourire anémique flottait sur ses lèvres. Ça fait presque dix ans.

— Il était temps d'officialiser la chose, hein ?

— Nous nous sentions enfin prêts, rétorqua-t-il en perdant son sourire. De même que je sens qu'elle ne s'est pas enfuie. Pas de son plein gré.

Je contournai le jeune homme pour examiner l'alcôve et sa haute cloison. Sur la table se trouvait un tonnelet, à côté d'un petit panneau représentant une abeille avec un casque viking et une grande épée dans un baudrier. Sous l'abeille, on lisait « La cannelle du soleil de minuit ».

Je me baissai en grommelant et sortis un sac à main en cuir de sous le banc. Un sac très simple d'ailleurs.

— Il y a peu de chances qu'elle soit partie sans ça, dis-je. Même aucune.

Le jeune homme se mordit les lèvres en fermant les yeux.

— Élisabeth, murmura-t-il.

Je soupirai.

Et merde.

Elle avait un nom, à présent.

Élisabeth Braddock, jeune mariée. Elle s'était peut-être barrée. Peut-être pas. Difficile de me regarder dans une glace plus tard si je laissais tomber et qu'on apprenait qu'elle était vraiment en danger. Qu'elle s'était vraiment fait amocher.

Oh et puis zut. Ça ne coûte rien de jeter un œil.

— On tient peut-être quelque chose, dis-je en indiquant vaguement le sac. Je peux ?

— Bien sûr, répondit Braddock. Bien sûr, bien sûr.

Je posai le sac sur la table, derrière le tonnelet, et en examinai le contenu. Classique. Un portefeuille, du maquillage, un portable, des Kleenex, divers objets liés à l'hygiène féminine, une boîte de pilules contraceptives avec un bout de papier collé dessus.

Et une brosse à cheveux. Un truc d'aspect ancien avec un long manche pointu en argent.

J'en retirai quelques longs cheveux noirs.

— Ce sont bien ceux de votre femme ?

Braddock me regarda en clignant des yeux quelques secondes avant d'acquiescer.

— Ça vous dérange si je vous les emprunte ?

Manifestement, non. J'empochai la brosse en attendant. J'étudiai la boîte de pilules, puis l'ouvris. Seules les premières alvéoles étaient vides. Je décollai le papier et le dépliai. Une notice pour l'usage du médicament.

Mais qui garde ce genre de truc, bon sang ?

Je réfléchissais à cet épineux problème lorsqu'une ombre tomba sur Braddock. Un gros bras très tatoué le repoussa contre la cloison qui séparait les alcôves.

Je suivis le bras du regard et remontai jusqu'à la grosse brute en cuir noir tout aussi tatouée qui y était attachée. Le type ne mesurait que quelques centimètres de moins que moi, super baraqué sous une bonne couche de gras. Il était chauve et portait une barbe hirsute. Aux cicatrices autour de ses yeux, je devinai qu'il avait été boxeur. Son nez épaté et plusieurs fois cassé laissait à penser qu'il n'avait pas été très bon. Les anneaux qui ornaient chaque doigt de sa main droite étaient assez gros pour servir de poing américain. Sa voix était à l'image du reste : épaisse et vulgaire. Il jeta un petit triangle de carton plié sur le jeune homme.

— Où est mon tonnelet, Braddock ?

— Caine, balbutia mon nouveau client. De quoi parlez-vous ?

— De mon tonnelet, petite pute, grogna le balaise. (Deux types qui auraient bien aimé ressembler un peu plus à Caine se rassemblèrent derrière lui, gonflant son ego.) Il a disparu. Tu as eu peur de ne pas avoir le niveau cette année ?

J'observai le bout de carton sur le sol. Une petite abeille wagnérienne y figurait aussi, et on pouvait lire « La baffe de Caine ».

— Je n'ai pas de temps à perdre avec ça, répondit Braddock.

Caine le repoussa contre la cloison. Plus fort cette fois.

— On n'a pas fini. Te défile pas, petite pute, ou tu pars avec le cul en écharpe.

Je regardai Mac, qui toisa Caine mais ne broncha pas. Mac n'aime pas s'impliquer.

Il est plus malin que moi.

Je m'approchai, saisis la main du finaud et la secouai énergiquement.

— Bonjour. Harry Dresden, détective privé. Comment allez-vous ? m'exclamai-je en lui souriant, à lui et à ses potes aussi. Êtes-vous allergiques aux chiens ?

Caine fut si surpris qu'il en oublia presque de me broyer la main. Puis il s'en souvint. Je dus lutter pour ne pas grimacer. Je ne suis pas très baraqué, mais je frôle les deux mètres. Il faut plus de force que la moyenne pour que je le sente.

— Quoi ? dit-il plein de repartie. Je suis quoi aux chiens ?

— Allergique, répétai-je en désignant Mouse du menton. Certaines personnes réagissent mal au contact du mien, et je déteste quand ça arrive.

Le motard me dévisagea méchamment, puis baissa les yeux.

Cent kilos de Mouse plus du tout nounours le foudroyaient du regard. Mouse ne montrait même pas les crocs, ne grognait même pas. Inutile. Il se contentait de regarder.

Caine montra les dents en un petit sourire hideux. Mais il libéra ma main et regarda Braddock d'un air cruel.

— Au fait, où est ta petite bombe ? Elle s'est barrée pour trouver un vrai mec ?

Braddock devait être moitié moins gros que la brute, mais il se jeta sur Caine avec un abandon total.

Cette fois, Mac s'interposa entre le jeune homme et le motard, collant son épaule contre le torse de Braddock. Il encaissa l'élan et repoussa le mari inquiet, lui évitant ainsi le massacre, même si le jeune homme continua à se débattre en hurlant des injures.

Caine éclata d'un rire gras et fit un pas en avant, ses poings énormes déjà crispés. Quand il avança, j'inclinai ma crosse de manière à en coller le bout arrondi contre sa gorge. Il produisit un son qui ressemblait à « glurk », recula, puis me fusilla du regard.

Je ramenai mon fidèle bâton contre ma poitrine, histoire de pouvoir lever les mains, paumes ouvertes, au moment précis ou le gros flic, attiré par les cris de Braddock, entrait dans la pièce, une main sur sa matraque.

— Du calme, mon gars, dis-je assez fort pour être entendu du policier. Le gamin est juste énervé à cause de sa femme. C'est tout.

La brute leva le poing comme s'il s'apprêtait à me l'envoyer dans la tronche, mais l'un de ses deux amis l'avertit :

— Y a un flic !

Caine s'immobilisa et jeta un coup d'œil par-dessus son épaule. Le policier était peut-être bien en chair, mais il avait l'air de savoir se débrouiller. De plus, il avait une matraque et un flingue. Et je ne parle même pas des coéquipiers qui devaient le suivre.

Caine ouvrit son poing et baissa le bras.

— Bien sûr, dit-il. Bien sûr. On s'est mal compris. Ça arrive à tout le monde.

— Je crois qu'il est temps de partir, ajouta le flic en sortant son bâton. File maintenant, ou je te raccompagne.

Caine et ses sbires partirent dans un silence renfrogné non sans me foudroyer du regard. Bon, disons, m'envoyer un petit coup de jus. Caine n'avait pas l'air d'être une lumière.

Le flic s'approcha de moi d'un pas plus léger qu'il n'aurait dû. Pas de doute possible, ce type savait la jouer à la dure. Il m'observa, puis examina ma crosse, et garda la matraque à la main.

— C'est vous Dresden ?

— Mouais.

— J'ai entendu parler de vous. Vous travaillez avec le bureau des enquêtes spéciales, des fois. Paraît que vous êtes magicien.

— Exact.

— Vous connaissez Rawlins ?

— Un mec bien, répondis-je.

Le policier grommela son assentiment et rangea son arme. De la tête, il désigna Caine.

— Ce type est un ex-taulard. Un brutal, en plus. Il aime tabasser les gens. Faites gaffe, monsieur le Magicien, ou il va vous faire avaler quelques dents.

— Ouais, j'en tremble dans mes pantoufles elfiques.

Le flic me toisa, puis renifla.

— C'est vous qui voyez.

Il hocha la tête, avant de prendre le même chemin que le motard. Sûrement pour s'assurer qu'il partait pour de bon.

Le policier et la brute n'étaient pas si différents en fait. Le flic avait envie de matraquer la tête de Caine autant que ce dernier aurait voulu me casser la gueule. Et il était tout aussi insensible à la disparition d'Élisabeth Braddock. Mais au moins, le policier avait canalisé son casseur intérieur pour aider les gens autour de lui… Enfin, tant qu'il n'y avait pas trop d'escaliers à monter, j'imagine.

Je me retournai vers Mac. Il se tenait toujours entre le gamin et la porte. Mac me remercia d'un hochement de tête. Braddock semblait sur le point de pleurer, ou peut-être de hurler.

— Vous n'êtes pas vraiment amis, hein ? lui dis-je.

Le jeune homme lança un regard venimeux à l'endroit où s'était tenu Caine quelques minutes auparavant.

— Il y a quelque temps, ma femme l'a humilié. Il n'aime pas qu'on lui dise « non » et il est rancunier. Vous croyez que c'est lui, le coupable ?

— Pas vraiment. (Je me tournai vers Mac.) Quelque chose te donne à penser qu'on trempe dans du bizarre. Les lumières ont faibli ?

— Deux fois, grogna-t-il.

Braddock nous observa tour à tour.

— Quel est le rapport avec mon histoire ?

— En général, la magie active perturbe les installations électriques, expliquai-je. Elle brouille les portables, plante les ordinateurs. Les trucs plus simples, comme les lampes, ont juste tendance à clignoter.

Le jeune homme afficha une expression à mi-chemin entre le doute et la répulsion.

— De la magie ? Vous plaisantez, n'est-ce pas ?

— Cette conversation me fatigue, dis-je en sortant les cheveux d'Élisabeth de ma poche. Ce boui-boui a une sortie de secours ?

Mac me la montra sans dire un mot.

— Merci. Viens, Mouse.

La porte de service donnait sur une longue ruelle aussi sale qu'étroite, parallèle à Clark Street. Le vent avait encore forci. De fait, l'averse glacée se concentrait surtout sur la partie supérieure d'un des murs de l'allée. Tant mieux. C'est déjà difficile de lancer un sort physique sous une simple pluie. Sous une grosse averse, ça devient presque impossible, même pour un sortilège tout simple comme un sort de pistage.

J'ai lancé cet enchantement des centaines de fois, et c'est devenu une sorte de routine. Je me dégottai un endroit propre près du mur, à l'abri de la pluie, et traçai un cercle à la craie autour de moi tout en associant une parcelle de volonté au mouvement.

Je sentis immédiatement le résultat en achevant le tracé. Le cercle libéra une bulle magique qui m'entoura, repoussant toute forme d'énergie qui pourrait faire échouer le sortilège. J'enlevai mon médaillon, un vieux pentacle usé accroché à une chaîne en argent, murmurai doucement, et attachai quelques cheveux d'Élisabeth au centre du pendentif. Ensuite, je concentrai ma volonté, percevant la puissance canalisée par le cercle comme une chose presque tangible. Je marmonnai en latin de cuisine et libérai la magie accumulée dans le pentacle.

L'étoile à cinq branches étincela une fois, et une dizaine d'étincelles d'électricité statique coururent à la surface du métal et sur les cheveux. Je grimaçai. Quel maladroit ! J'avais laissé un peu d'énergie se transformer en électricité statique. Et dire que je rebattais les oreilles de mon apprentie depuis des semaines au sujet de la précision !

Je brisai le cercle en effaçant la craie de la pointe du pied, et regardai Mouse, qui restait assis patiemment, la bouche ouverte dans un grand sourire canin. Il était présent lors de certaines leçons, et était plus intelligent que la plupart des chiens. J'ignorais ce qu'il comprenait vraiment, mais à ce moment précis j'aurais pu jurer qu'il se moquait de moi.

— C'est la faute de la pluie, lui dis-je.

Mouse éternua et remua la queue.

Je le toisai. Je n'étais pas sûr de bien le vivre si mon chien s'avérait plus futé que moi.

L'averse allait dissiper le sort si je laissais l'amulette sans protection. Je fis de mon mieux pour la couvrir avec mes mains. Un chapeau aurait été bien pratique, d'ailleurs. Je devrais peut-être en acheter un.

Je brandis le médaillon et me concentrai sur l'enchantement. Le pentacle frémit à l'extrémité de la chaîne avant de se tendre brusquement vers le bout de la ruelle.

Je remontai ma main et l'amulette dans la manche de mon manteau avec un sifflement impressionné.

— Elle est passée par ici. À en juger par la force de la réaction, elle devait être terrifiée. Elle a laissé une sacrée piste.

Mouse me répondit en haletant et remonta l'allée en reniflant l'air. Le bout de sa courte laisse traînait par terre. Elle ne servait qu'à sauver les apparences, de toute manière. Je le suivis et à peine eut-il parcouru une vingtaine de mètres qu'il commença à gronder.

C'est le genre d'événement qui mérite bien un haussement de sourcils. Mouse n'émet aucun son à moins d'être en présence d'un truc vraiment bizarre. Il accéléra le pas et j'allongeai le mien pour le suivre.

Je me mis à gronder de concert. Depuis le temps, je commençais à en avoir marre des saloperies qui accablaient les habitants de ma ville.

Mouse ralentit quand on émergea dans la rue elle-même. La pluie ne perturbait pas seulement la magie. Il grogna de nouveau et me regarda par-dessus son épaule, la queue entre les pattes.

— J'assure tes arrières, lui dis-je.

Avec ma crosse, je relevai un pan de mon long manteau pour créer un abri de fortune afin de sortir l'amulette. Je n'avais presque pas l'air ridicule.

Va falloir que je me procure un chapeau. Obligé.

Le sort de pistage tenait bon et le médaillon me guida vers Wrigley Field. Sous la pluie grise et froide, l'enceinte silencieuse dominait les alentours. Sans cesser de renifler avec zèle, Mouse tourna brusquement dans une autre ruelle et accéléra d'un coup. Je relevai mon manteau et consultai de nouveau le pentacle.

J'étais tellement occupé à me sentir mouillé, glacé et empoté que j'en oubliai d'être paranoïaque. Caine sortit de nulle part et me balança quelque chose dans le crâne.

Je tournai la tête et m'écartai à la dernière seconde. Le coup me cueillit à la tempe. Il y eut un éclair de lumière et mes jambes se ramollirent. Le motard réapparut dans mon champ de vision et je remarquai qu'il tenait une grande chaussette sale lestée à l'extrémité. Une sorte de fléau improvisé, quoi.

Je me cognai la hanche contre une poubelle et n'eus que le temps de placer un bras entre l'arme et mon visage. Les sorts de défense dans mon manteau sont efficaces, mais ne me protègent que des balles et des trucs pointus ou coupants. Le fléau s'écrasa sur mon avant-bras, qui s'engourdit.

— Alors comme ça, t'as volé mon tonnelet pour Braddock ? Pour que sa gouinasse d'abeille à la cannelle de merde remporte le concours ? Je vais te le sortir du cul, moi !

Caine accompagna cette agréable image d'une seconde attaque.

Hélas, en s'arrêtant pour me sortir sa petite tirade, il avait commis une erreur. S'il m'avait frappé tout de suite, il m'aurait vite assommé. Il n'avait pas hésité longtemps, mais ça m'avait suffi pour reprendre mes esprits. Alors qu'il s'apprêtait à cogner, je lui flanquai un coup de crosse en plein dans les testicules. La brute écarquilla les yeux et sa bouche s'ouvrit en un cri silencieux.

Comme quoi, le bonheur tient à peu de chose.

Caine tituba avant de s'affaler. Mais l'une de ses « Cainettes » le dépassa et me frappa à la bouche. D'ordinaire, j'aurais encaissé sans problème, mais son chef m'avait déjà bien secoué. Un genou à terre, je m'affaissai en essayant de comprendre ce qui se passait. Quelqu'un portant de grosses bottes de moto me donna un coup de pied dans le ventre. Je tombai sur le dos et lui envoyai mon talon dans la rotule. Il y eut un léger craquement et il s'effondra en hurlant.

Le troisième avait un démonte-pneu à la main. Pas le temps pour la magie. Mes yeux partaient dans tous les sens, alors mes pensées… Par je ne sais quel miracle, je bloquai les deux premiers coups avec ma crosse.

À ce moment-là, cent kilos de chien mouillé percutèrent la Cainette numéro deux au niveau du torse. Mouse ne mordit pas. Il y a une limite à ce qu'un chien accepte de prendre dans sa gueule. Il se contenta de renverser le voyou et de l'écraser sous son poids. Puis tous deux commencèrent à se débattre.

Je me relevai au moment même où Caine revenait à la charge, le fléau tournoyant au-dessus de sa tête.

À mon avis, cette brute n'y connaissait pas grand-chose en combat au bâton. En revanche, Murphy m'entraînait depuis quatre ans. Je levai ma crosse et interceptai la chaussette. Le bout lesté s'enroula autour du bâton, et je désarmai Caine d'un simple pivot du poignet. Dans le même mouvement, je ramenai l'autre extrémité vers le haut et lui cognai la tronche.

Le motard s'écroula.

Je m'appuyai sur ma crosse en haletant. Je venais de gagner une bagarre. Ça arrivait rarement sans que j'utilise la magie. Mouse avait l'air de s'en sortir, même s'il se concentrait pour maintenir l'autre brute au sol.

— Connard, lançai-je à un Caine inconscient en lui donnant un petit coup de pied dans les côtes. Je n'ai pas la moindre idée de ce qu'est devenu ton putain de tonnelet.

— Hé bien, dit une femme derrière moi. Je dois admettre que je ne vous croyais pas capable de vous en sortir aussi bien contre eux.

Elle parlait dans un anglais parfait avec une pointe d'accent vaguement allemand ou peut-être scandinave.

Tout en changeant ma prise sur le bâton, je me tournai légèrement vers la fille de manière à garder mes agresseurs dans mon champ de vision.

C'était une grande blonde, près du mètre quatre-vingts même sans talons. Son tailleur gris ne parvenait à cacher ni son corps athlétique, ni sa féminité. Les yeux d'un bleu glacé, un beau visage un peu anguleux, elle tenait un grand sac de toile dans la main droite. Je la reconnus. Elle était conseillère en sécurité surnaturelle pour John Marcone, le parrain de la pègre de Chicago.

— Miss Gard, n'est-ce pas ? dis-je, encore essoufflé.

— Monsieur Dresden, répondit-elle en hochant la tête.

Mon bras m'élançait et mes oreilles sifflaient toujours. Encore une heure, et mon front s'ornerait d'un magnifique œuf de poule.

— Content que le spectacle vous ait plu. Si vous voulez bien m'excuser, j'ai du boulot.

— Je dois vous parler, dit-elle.

— Appelez-moi aux horaires de bureau.

Caine gémit sans bouger. Le type dont j'avais amoché le genou chouinait en se balançant d'avant en arrière. Je regardai le malfrat que Mouse maintenait au sol.

Il frémit. Il n'avait plus du tout envie de se battre. Dieu merci, car moi non plus.

— Mouse, grognai-je en avançant dans la ruelle.

Le chien abandonna sa victime qui lâcha un gros « ouf » quand le molosse lui planta ses deux pattes dans le ventre en se relevant. Mouse m'emboîta le pas.

— Je suis sérieuse, monsieur Dresden, continua Gard dans mon dos en nous suivant.

— Marcone n'est roi que dans sa tête, répondis-je sans m'arrêter. S'il veut me transmettre un message, il peut attendre. J'ai des choses importantes sur le feu.

— Je sais. La fille. Elle est brune, dans les un mètre soixante, avec les yeux marron, un polo vert et un jean. Et elle est à moitié folle de peur.

Je m'arrêtai et me retournai, la mâchoire crispée.

— Marcone est derrière tout ça ? Ce fils de pute va regretter d'avoir même regardé cette…

— Non, m'interrompit-elle. Écoutez, Dresden : oubliez Marcone. Il n'a rien à voir là-dedans. Je suis de repos aujourd'hui.

Je l'observai un moment. Et pas seulement parce que la pluie avait commencé à rendre transparent le chemisier blanc qu'elle portait sous sa veste de tailleur. Elle semblait sincère. Ce qui ne voulait rien dire. J'avais appris à me méfier de mon intuition quand il y avait une blonde dans l'équation. Ou une brune.

Ou une rousse.

— Que voulez-vous ? demandai-je.

— Presque la même chose que vous. Vous voulez la fille, je veux la chose qui l'a enlevée.

— Pourquoi ?

— La fille n'a pas assez de temps pour qu'on joue à *Questions pour un champion*, Dresden. Soit on s'entraide et on la sauve, soit elle meurt.

Je pris une profonde inspiration avant de hocher la tête.

— Je vous écoute.

— J'ai perdu sa trace à l'autre bout de cette ruelle, dit-elle. Pas vous, manifestement.

— Ouais. Abrégez et expliquez-moi comment vous pouvez m'aider.

Sans un mot, elle ouvrit son sac de toile et en sortit – je jure que c'est vrai – une hache à double tranchant qui devait bien peser dans les sept kilos, et qu'elle cala contre son épaule.

— Si vous me guidez jusqu'au Grendelkin, je m'en occuperai pendant que vous sauverez la fille.

Grendelkin ? Qu'est-ce que c'est que ça ?

Attention, ne nous méprenons pas, je suis un magicien. Je m'y connais en surnaturel. Je pourrais remplir plusieurs cahiers avec les noms des entités que je connais. Mais le truc avec le savoir, c'est que plus on en apprend, plus on se rend compte de ce qu'il reste à apprendre. L'univers paranormal est bien plus vaste que le monde matériel et les humains sont vraiment en infériorité numérique. Même si je découvrais de nouvelles créatures jusqu'à mon dernier souffle, je n'en aurais même pas catalogué le quart.

Et celle-là était un inédit.

— Chaque seconde peut être décisive, continua Gard.

Sous le masque calme de son joli minois, je sentis une ombre d'angoisse, d'urgence.

Tandis que je digérais tout ça, le claquement sec d'une brique cassée – ou d'une petite pierre tombée du toit – résonna un peu plus loin dans l'allée.

Gard fit volte-face, adoptant aussitôt une position de combat, la hache brandie devant elle pour se défendre.

Oh putain…

J'avais vu Gard se mesurer à une nécromancienne de classe mondiale et sa goule apprivoisée sans même froncer ses jolis sourcils dorés. Qu'est-ce qui pouvait bien l'effrayer ainsi ?

Elle abandonna lentement sa position, inclina la tête, puis grommela quelque chose avant de se retourner vers moi.

— Vous n'avez pas idée… de ce qui va arriver à cette fille. Personne ne devrait subir ça. Je vous en supplie. S'il vous plaît, aidez-moi.

Je soupirai.

Et merde.

Elle avait dit « s'il vous plaît ».

La pluie affaiblissait le sort de pistage lancé sur le médaillon. Elle effaçait aussi les traces du Grendelkin et d'une Élisabeth terrifiée mais, entre Mouse et moi, on parvint à découvrir où le méchant s'était enfui.

Enfoui, même. La piste s'arrêtait devant l'entrée d'une vieille cave derrière les immeubles à l'est de Wrigley Field, sous la ligne du métro aérien près de la station Addison. Les portes semblaient anciennes et scellées par la rouille. D'un autre côté, si la piste nous y conduisait, elles ne devaient pas être si bloquées que ça. Un grillage en faisait le tour. Il n'y avait pas de portail, mais un panneau qui déclarait l'endroit dangereux et interdit. Vous connaissez la musique. C'est le genre d'avertissement que les demeurés en quête de frissons et les mages migraineux au grand cœur ignorent toujours.

— T'es sûr ? demandai-je à Mouse. Il est passé par là ?

Le chien fit le tour du grillage en reniflant le sol sec, protégé de la pluie par les rails du métro juste au-dessus. Puis, il se concentra sur les portes et grogna.

L'amulette oscilla, mais avec moins de force qu'elle ne l'avait fait quelques minutes auparavant. Je grimaçai.

— Il est descendu là-dedans, mais après, il a filé vers le nord.

— Merde, lâcha Gard.

— Merde, confirmai-je.

Le Grendelkin s'était enfui dans les souterrains.

Chicago est une vieille ville – enfin, selon les normes américaines. Elle a été inondée, brûlée plusieurs fois, bâtie et rebâtie sans relâche. De larges portions ont été construites jusqu'à trois mètres au-dessus du niveau original, tandis que d'autres immeubles se sont installés dans la boue marécageuse autour du lac Michigan. Des dizaines et des dizaines de réseaux de tunnels courent sous la surface. Nul ne sait combien de galeries et de chambres différentes ont été creusées, que ce soit exprès ou par accident. Sachant que la plupart des gens considèrent le surnaturel comme une vaste blague, personne n'a remarqué tout le boulot supplémentaire ajouté par des « non-gens » pendant ce temps.

Les souterrains commencent juste à la limite des tunnels routiers normaux et des galeries de maintenance, où des pans de murs et de toits s'effondrent régulièrement et où quiconque avec deux sous de bon sens n'ose pas aller. À partir de là, les ténèbres et le froid s'installent ainsi que leurs habitants. Plus on avance, plus ils sont nombreux, et territoriaux.

Des choses habitent là-dessous. Toutes sortes de choses.

Une visite dans les souterrains ressemble plus à du suicide qu'à de la spéléo. Ceux qui s'y risquent cherchent franchement à alléger le patrimoine génétique de l'humanité. En bref, les gens intelligents n'y vont pas.

Gard nous ouvrit une grande brèche dans la grille à coups de hache et on descendit de vieilles marches croulantes – dans l'obscurité.

Je murmurai un mot et ajoutai un petit effort de volonté. Mon amulette se mit à étinceler d'une jolie lumière bleutée qui illumina juste assez le tunnel pour qu'on y voie, sans pour autant trahir notre approche. Gard sortit une petite lampe torche à filtre rouge de son sac. Un éclairage de secours. Je me sentis mieux. Quand on est sous terre, avoir de la lumière est presque aussi important que d'avoir de l'air. Ça prouvait qu'elle savait ce qu'elle faisait.

La galerie de maintenance que l'on emprunta céda la place à une série de chambres diverses, des espaces entre les sous-sols et les fondations des routes construites au-dessus du sol d'origine. Mouse passa devant, ma crosse, mon médaillon et moi sur les talons. Gard fermait la marche, avançant d'un pas lent et prudent.

On progressa pendant dix minutes peut-être, à travers des accès difficiles à repérer et même un tunnel en partie inondé par près d'un mètre cinquante d'une eau stagnante et glacée. Par deux fois, on s'enfonça plus profondément sous terre, et je commençai à me demander comment on retrouverait notre chemin au retour. La spéléologie est déjà assez dangereuse comme ça, pas besoin de rajouter quoi que ce soit qui rime avec « vorace ».

— Ce Grendelkin, dis-je. Dites-m'en plus.

— Vous n'avez pas besoin de savoir.

— Un peu, que j'en ai besoin, putain ! Vous voulez que je vous aide ? Aidez-moi. Dites-moi comment nous battrons cette chose.

— Pas de « nous » qui tienne. Je le ferai seule. C'est tout ce que vous avez à savoir.

Je me sentis un peu insulté d'être laissé dans l'ignorance avec une telle désinvolture. J'admets que j'avais agi de la même manière des millions de fois, surtout pour protéger les gens, mais ça n'en était pas moins frustrant. Juste ironique.

— Et imaginons qu'il se débarrasse de vous. J'aimerais bien avoir quelques informations, s'il nous poursuit, la fille et moi, et que je doive le combattre.

— Ça ne devrait pas arriver.

Je m'arrêtai net et me retournai pour la dévisager.

Elle me rendit mon regard en haussant les sourcils. Quelque part, de l'eau gouttait. Un léger grondement passa au-dessus de nos têtes. Peut-être le métro qui partait pour je ne sais quelle station.

Elle crispa la mâchoire et hocha la tête dans un geste de concession.

— Il s'agit d'un descendant de Grendel.

Je repris la marche.

— Oh putain ! Genre, *le* Grendel ?

— Manifestement, soupira Gard. Avant que Beowulf ne l'affronte à Heorot…

— *Le* Grendel ? *Le* Beowulf ?

— Oui.

— Et ça s'est passé comme dans la légende ?

— À peu près, répondit Gard avec une note d'impatience dans la voix. Avant son combat contre Beowulf, Grendel avait déjà enlevé plusieurs femmes lors de ses précédentes visites. Il les a fécondées.

— Beurk, grimaçai-je. Mais je crois qu'on a inventé la pilule entre-temps, non ?

Gard me jeta un regard interdit.

— Vous ne savez pas de quoi vous parlez.

— Sans déconner ? répondis-je. C'est justement pour ça que je me renseigne.

— Vous en savez largement assez.

J'ignorai sa déclaration, et le sentiment qui allait avec. En général, un bon détective privé est un poseur de questions professionnel. Si je m'obstinais, je finirais forcément par obtenir une réponse.

— Il y a eu une anomalie électrique dans le pub. Cette chose utilise de la magie ?

— Pas au sens où vous l'entendez.

Vous avez vu ? Une réponse. Vague, certes, mais une réponse quand même. Je continuai.

— Alors comment ?

— Les Grendelkins sont forts. Rapides. Et ils peuvent affecter les esprits des gens autour d'eux.

— Les affecter comment ?

— Les gens ne les remarquent pas, ou alors très vaguement. Il leur arrive de se déguiser. C'est leur tactique d'approche. Parfois, ça perturbe la technologie.

— De la magie de camouflage, dis-je. Une illusion. Mouais, je connais par cœur. Mac a parlé de deux anomalies. Pourquoi cette saloperie voudrait voler un tonnelet pendant un concours de bière ?

Gard me crucifia du regard.

— Un tonnelet ?

— C'est pour ça que les autres fondus dans la ruelle étaient énervés, expliquai-je. Quelqu'un leur a volé un tonnelet.

La jeune femme cracha un mot qui aurait sûrement été censuré si elle l'avait prononcé dans une émission de télé scandinave.

— Quelle bière ?

— Hein ? répondis-je.

— Le tonnelet contenait quel genre d'alcool ?

— Comment voulez-vous que je le sache ? Je ne l'ai même jamais vu.

— Malédiction !

— Mais… (Je me grattai le nez en réfléchissant.) Il y avait une abeille viking dessinée sur le petit carton près de la table. Ça s'appelait la Baffe de Caine.

— Une abeille, répéta-t-elle les yeux brillants. Vous êtes sûr ?

— Ouais.

Elle jura de nouveau.

— De l'hydromel, lâcha-t-elle.

Je fronçai les sourcils.

— Ce monstre a volé un tonnelet d'hydromel et une fille ? Elle va lui servir de… d'apéritif ou quoi ?

— Il ne va pas la manger, dit Gard. Il veut l'hydromel pour la même raison qu'il veut la fille.

Je laissai passer quelques secondes pour qu'elle s'explique. En vain.

— J'arrive franchement à court de bonne volonté pour continuer à faire mumuse, lui déclarai-je, mais je pose quand même la question : pourquoi veut-il la fille ?

— Pour procréer.

— Merci, je comprends mieux maintenant. Ce monstre pense qu'elle va avoir besoin d'une bonne rasade de bière avant de passer à la casserole, c'est ça ?

— Non, répondit Gard.

— Bien sûr, il n'est pas humain. C'est le monstre qui va avoir besoin d'une bonne rasade de bière, alors.

— Non, rétorqua Gard un peu plus sèchement.

— Je vois. Il veut juste mettre une petite ambiance, alors. Il a peut-être embarqué quelques CD de musique douce aussi.

— Dresden, gronda la blonde.

— « Je me lève et je te bouscule, tu ne te réveilles pas, comme d'habitude », chantai-je.

Faux.

Gard s'arrêta et me foudroya du regard, ses yeux bleu clair étincelant d'une rage glacée. Son ton se fit plus dur encore.

— Et comme d'habitude, les bébés des femmes enceintes déchirent le ventre de leur mère pour sortir, les tuant par la même occasion ?

Vous avez vu ? Une autre réponse. Bon, elle était plus dure que je ne l'aurais souhaité.

J'arrêtai de chanter. J'étais un peu sous le choc.

— Ils sont solitaires, continua Gard d'une voix rendue encore plus terrifiante par son ton monotone et calme. La plupart du temps, ils enlèvent leur victime, la violent, la déchiquettent et la mangent. Celui-là a autre chose en tête. Il y a un truc dans l'hydromel qui le rend fertile. Il va la féconder. Se reproduire.

Une idée illumina mon esprit.

— Voilà le genre de personne qui garde la notice de ses pilules contraceptives ! Quelqu'un qui ne la prend pas depuis longtemps.

— Elle est vierge, confirma Gard. Les Grendelkins ont besoin de vierges pour procréer.

— Plutôt rare de nos jours.

Gard lâcha un rire grinçant.

— Croyez-moi, Dresden. Les adolescents ont toujours été et seront toujours des adolescents. Bourrés d'hormones, curieux, et se moquant complètement des conséquences de leurs actes. Il n'y a jamais eu de surplus sur le marché de la virginité. Ni à l'époque victorienne, ni à la Renaissance, ni à Hastings et pas plus maintenant. Mais même si c'était dix fois plus rare à l'époque moderne, il y aurait toujours plus de choix qu'à n'importe quel moment de l'Histoire. Il y a tellement de gens maintenant !

Elle soupira.

— Quelle information intéressante, dis-je. Vous parlez de ces époques comme si vous y aviez été. Vous voulez me faire avaler que vous avez plus de mille ans ?

— Ce serait si incroyable que ça ?

Touché. Beaucoup d'êtres surnaturels sont immortels, ou presque. Même les magiciens humains peuvent tenir trois ou quatre siècles. D'un autre côté, j'avais rarement eu l'occasion de rencontrer une immortelle qui ait l'air aussi humaine à mes yeux de mage.

Je l'observai quelques secondes avant de répondre.

— Si c'est vrai, vous ne faites pas votre âge. Je vous aurais donné à peine la trentaine.

Elle eut un léger sourire.

— Je crois qu'il est plus poli de dire vingt-neuf ans, à notre époque.

— La politesse et moi ne nous sommes jamais bien entendus.

— C'est ce que j'aime chez vous, acquiesça Gard. Vous dites ce que vous pensez, et vous agissez. C'est rare de nos jours.

Je continuai à remonter la piste sans rien ajouter. Soudain, Mouse se figea et émit un son presque inaudible. Je levai une main en m'arrêtant. Gard se tut et s'immobilisa.

Je m'agenouillai près du chien.

— Un problème, mon pote ?

Mouse regardait droit devant lui, la truffe frémissante. Il avança d'un pas incertain, puis gratta le sol près du mur.

Je le suivis, l'amulette lumineuse à la main. Quelques touffes de poils gris gisaient sur le sol de pierre humide. Je me mordis la lèvre et levai la lumière pour examiner la paroi, qui portait de longues griffures. Guère plus larges que l'ongle du pouce, mais profondes. Difficile d'en distinguer le fond.

Gard me rejoignit et regarda par-dessus mon épaule. Parmi les effluves de chaux et de moisi, je distinguai son parfum, une odeur de fleur que je ne reconnus pas. Plaisante distraction, en tout cas.

— Ce qui a laissé ces marques était très affûté, observa-t-elle.

— Yep, dis-je en ramassant les poils. Tendez votre hache.

Elle s'exécuta. J'approchai les poils du tranchant de la lame. À son contact, ils se recroquevillèrent et noircirent avant de se ratatiner complètement. Une puanteur de cheveux brûlés se mélangea au pot-pourri ambiant.

— Magnifique, râlai-je.

Gard haussa les sourcils et me dévisagea.

— Des Fées ?

— Des Malks, j'en suis quasi certain, acquiesçai-je.

— Des Malks ?

— De la Cour d'Hiver. Des Félidés à peu près de la taille d'un chat sauvage.

— Bon, rien qu'on ne puisse gérer avec de l'acier, répondit-elle en se relevant brusquement.

— Oui. Vous pourriez sûrement en « gérer » cinq ou six.

Elle hocha la tête, brandit sa hache et se retourna pour continuer dans la galerie.

— C'est pourquoi ils préfèrent se balader par groupes de vingt, ajoutai-je au bout de quelques pas.

Gard s'arrêta et me jeta un coup d'œil.

— C'est ce qu'on appelle partager ses informations, dis-je en désignant le mur. Ce sont les symboles territoriaux d'une meute locale. Les Malks sont plus forts que des animaux normaux. Ils sont rapides et presque invisibles quand ils le décident. Leurs griffes sont plus acérées et résistantes que de l'acier chirurgical.

J'avais déjà vu une de ces teignes déchiqueter une batte de base-ball en aluminium. Ils sont intelligents aussi, comme si ça ne suffisait pas. Plus que certaines personnes de ma connaissance.

— *Od's bokin*, jura doucement Gard. Vous pouvez vous en charger ?

— Ils détestent le feu. Mais dans un espace aussi réduit que celui-ci, moi aussi.

— Est-ce qu'on peut négocier avec eux ? Acheter un droit de passage ?

— Ils tiendront parole comme n'importe quelle Fée, répondis-je. Mais il faut déjà qu'ils la donnent. Maintenant, pensez au plaisir qu'éprouvent les chats quand ils chassent, même s'ils n'ont pas faim. Pensez à la manière dont ils jouent avec leur proie. À présent, extrayez ce charmant petit instinct de tueur de tous les félins de Chicago et injectez-le dans un seul Malk. Ils sont aux chats ce que Hannibal Lecter est aux hommes.

— La négociation n'est pas envisageable, donc.

Je secouai la tête.

— Je pense que les seules choses qui pourraient les intéresser chez nous, ce sont nos hurlements et notre viande.

— Il vaut mieux qu'ils ne nous repèrent pas, alors, conclut Gard en fronçant les sourcils.

— Bonne idée, mais ces fumiers ont des sens de félin. Je pourrais sûrement nous dissimuler ou supprimer notre bruit, mais pas les deux en même temps. En plus, ils pourraient toujours nous sentir.

Ma blonde compagne se renfrogna. Elle fourragea dans une des poches de son manteau et en sortit une petite boîte en ivoire jauni par le temps. Elle l'ouvrit et commença à trier méticuleusement quelques carreaux, eux aussi en ivoire.

— Des lettres de Scrabble ? demandai-je. Je refuse de jouer avec les Malks. Ils font chier avec les pluriels et les noms propres.

— Ce sont des runes, expliqua Gard d'un ton égal.

Elle trouva ce qu'elle cherchait, prit une profonde inspiration, puis choisit un seul carreau avec le même soin qu'un soldat qui manipule des explosifs. Elle referma le couvercle et rangea la boîte dans sa poche, conservant la pièce d'ivoire dans la paume de sa main tendue devant elle.

Je connais bien les runes nordiques. Celle qui ornait le carreau m'était totalement inconnue.

— Heu, qu'est-ce que c'est ? demandai-je.

— Une rune de Routine, souffla-t-elle. Vous avez dit être doué pour les illusions. Si vous pouvez nous donner leur apparence, même l'espace d'un court instant, elle devrait nous permettre de les dépasser sans nous faire remarquer.

Techniquement, ce que j'avais dit à Gard, c'était que je connaissais la magie des illusions, pas que j'étais doué. En toute honnêteté, c'était même plutôt mon point faible. On ne peut pas être bon partout, pas vrai ? Moi, je suis fort en magie de combat. Ma maîtrise de l'illusion ne vaut guère mieux qu'une brave nature morte, en termes d'arts plastiques.

Il ne restait plus qu'à espérer que ce que Gard ignorait n'allait pas nous coûter la vie. Élisabeth n'avait plus beaucoup de temps, et je n'avais guère plus d'options. Et puis, qu'avions-nous à perdre ? Si la discrétion ratait, on pouvait toujours essayer de négocier ou de lancer la baston.

Mouse me regarda d'un air grave.

— Super, dis-je. On y va.

Pas de bonne illusion sans imagination. On crée une image mentale, avec tous les détails. On la visualise si fort qu'elle en devient presque tangible, presque réelle. On doit pouvoir la voir, l'entendre, la toucher, la goûter, la sentir. On doit investir tous nos sens dans son hypothétique réalité. Une fois qu'on arrive vraiment croire à une fausse version de la réalité, alors on peut lui insuffler de l'énergie et la projeter dans l'esprit et les sens de tous ceux qui la regardent.

Entre nous, c'est aussi comme ça que les meilleurs menteurs font leurs affaires. Ils rendent leur version de la réalité si cohérente qu'eux-mêmes y croient presque.

Je ne suis pas un très bon menteur, mais je connais les bases pour faire fonctionner une illusion. Et puis, je disposais de deux armes secrètes. La première était la touffe de poils d'un vrai Malk. Je pouvais m'en servir pour ajuster les détails de mon illusion. La seconde était un de mes potes, un gros matou gris baptisé Mister qui daignait partager son appartement avec Mouse et moi. Il ne m'accompagnait pas lors de mes aventures, il était au-dessus de considérations aussi triviales. Mais en général, il appréciait ma compagnie et ne bougeait pas énormément quand j'étais à la maison. Quand ça le dérangeait, il partait en vadrouille.

Une fois mon cercle achevé, je fermai les yeux, serrai la touffe de poils dans ma main et construisis mon phantasme en m'inspirant de Mister. J'avais déjà vu ces Félidés, et ils portaient les mêmes cicatrices que mon chat affiche avec orgueil. Mais ils ne ressemblaient pas exactement à des chats. La forme de leur tête était différente, et leur fourrure plus rêche, plus rigide. Leurs pattes comptaient un orteil de plus également, et étaient plus larges que chez un chat normal. Mais ils bougeaient absolument de la même manière.

— *Noctus ex illuminus*, murmurai-je, une fois que l'image de trois Malks aussi laids et élancés que couturés s'imposa à mon esprit.

Je libérai l'énergie nécessaire pour alimenter l'enchantement et rompis le tracé d'un geste lent et précis.

— Ça marche ? chuchota Gard.

— Oui, répondis-je, les yeux toujours fermés, concentré sur l'illusion.

Je titubai un peu, puis trouvai le dos large de Mouse et posai une main sur sa fourrure.

— Ne me perturbez pas, ajoutai-je. Avancez.

— Parfait, dit-elle en prenant une courte inspiration avant de murmurer autre chose. (Il y eut un craquement suivi d'un éclair.) Voilà, la rune est activée.

Elle posa une main sur mon épaule. Les Malks n'utilisent aucune forme d'éclairage. Si un soi-disant trio de ces bestioles se baladait avec de la lumière, ça risquait de gâcher le résultat que nous essayions d'obtenir. Nous étions donc obligés d'avancer dans le noir.

— On dispose de quinze minutes au maximum.

Avec un grognement, je posai une main sur mon chien, et on commença à marcher. Nous nous en remettions à Mouse pour nous guider. Même s'il faisait noir, je n'osais pas ouvrir les yeux. La moindre distraction de l'image mentale, et elle se désintégrerait comme du papier toilette dans un ouragan. De fait, j'avançais, concentré, en espérant que ça fonctionnerait.

Impossible même d'évaluer le temps, mais j'eus l'impression de marcher une demi-heure. J'allais demander à Gard si nous avions franchi la zone dangereuse quand une voix inhumaine résonna à moins de trente centimètres de mon oreille gauche, déclarant dans un anglais parfait :

— De nouvelles Griffes arrivent tous les jours. Nous sommes affamés. Nous devrions déchiqueter le singe et nous en arranger.

La surprise manqua de me faire trébucher, mais je me concentrai sur l'image dans ma tête. J'avais déjà entendu des Malks parler. Leur accent étrange et leur intonation déconcertante ne firent que renforcer la qualité de mon illusion.

Un concert d'approbations et de quolibets retentit autour de moi, le tout dans un anglais « malkien » nonchalant. Ils étaient plus de vingt. Nous nous trouvions au milieu d'une petite horde.

— Patience, dit un autre Malk.

Au ton de sa voix, je devinai qu'ils avaient déjà dû avoir cette conversation un million de fois.

— Laissons le singe penser qu'il nous a domptés et que nous lui servons de gardiens, poursuivit-il. Il chasse sur le territoire du magicien ; ce dernier viendra forcément l'affronter. Le Roi des Aulnes nous comblera quand nous lui apporterons la tête du magicien.

La vache. J'avais l'impression d'être une vedette.

— J'en ai assez d'attendre, dit un autre Malk. Tuons le singe et sa proie avant de traquer le mage.

— Patience, les chasseurs. Il viendra à nous, reprit le premier. Nous réglerons son compte au singe une fois que nous aurons tué le magicien. (Une note de plaisir emplit sa voix.) Et son petit chien avec.

Mouse émit un nouveau grondement inaudible que je sentis à peine avec la main sur son dos. Pourtant, il poursuivit son chemin et on traversa la portion de tunnel occupée par les Malks. Il se passa encore de longues minutes et plusieurs virages avant que Gard pousse un long soupir de soulagement et lâche :

— Ils étaient plus de vingt.

— Oui, j'avais remarqué.

— Je crois qu'on les a dépassés.

Je soufflai et abandonnai l'image mentale pour illuminer mon amulette. Enfin, je tentai de repousser l'illusion. Je clignai plusieurs fois des yeux, mais ma tête ressemblait à une télé de magasin où une image s'est incrustée dans l'écran. Je regardai Mouse et Gard. J'eus du mal à effacer l'apparence sauvage – et l'horrible tête aplatie – que je leur avais collée avec tant de force.

— Vous avez d'autres runes comme celle-là ?

— Non, répondit Gard.

— On a intérêt à être créatifs quand on va revenir.

— Inutile de s'en inquiéter pour l'instant, dit-elle en reprenant sa route.

— Mais bien sûr que si. Une fois qu'on aura récupéré la fille, on va devoir la ramener. Le mythe du héros, Joseph Campbell et le reste, ça ne vous dit rien ?

Elle haussa les épaules.

— Les Grendelkins sont des adversaires dangereux. Ce sera lui ou nous. Il y a donc cinquante pour cent de chances qu'on n'ait pas à s'inquiéter au sujet des Malks au retour. Pourquoi gaspiller de l'énergie alors qu'on ne sait même pas si ça en vaut la peine ?

— Au risque de vous paraître farfelu, j'aime bien planifier à long terme. Par exemple, savoir comment on va remonter à la surface m'aiderait à rester optimiste sur le court terme, c'est-à-dire rester en vie.

Elle leva une main.

— Attendez.

Je m'immobilisai et tendis l'oreille. Mouse s'arrêta et huma l'air, pivotant les oreilles comme des radars miniatures. Aucun danger invisible ne sembla le titiller.

— Il est tout proche, murmura-t-elle.

— Son repaire n'est pas loin, murmura Gard.

Je haussai les sourcils. Le tunnel ne semblait pas différent du reste de la galerie.

— Comment le savez-vous ?

— Je le sens.

— Vraiment ?

— Oui, répondit-elle en avançant. C'est comme ça que j'ai su qu'il se trouvait dans cette ville, d'ailleurs.

— Sympa. Ça ne vous serait pas venu à l'idée de partager ce genre d'information, bien sûr, grommelai-je.

— C'est tout près. On va peut-être arriver à temps. Allez.

Je haussai les sourcils malgré moi. Mouse nous surclasse largement en termes de sensations purement physiques, et il ne semblait pas avoir décelé de présence hostile dans les parages. Mes propres sens sont en phase avec toutes sortes d'énergies surnaturelles, et je les avais mis en alerte maximale dès notre entrée dans les souterrains. Je n'avais rien détecté de maléfique.

Si la connaissance est une force, alors l'ignorance est une faiblesse. Dans mon domaine, l'ignorance tue. Gard n'avait rien dit au sujet d'un éventuel lien mystique entre le monstre et elle, mais cela expliquerait pourquoi elle pouvait le localiser quand moi je n'y parvenais pas.

Le problème avec ce genre de connexion, c'est que ça marche souvent dans les deux sens. Si Gard pouvait sentir le Grendelkin, il y avait de grandes chances qu'il puisse faire de même.

— Holà, un instant, dis-je. Si cette chose sait qu'on arrive, on ferait mieux de ne pas foncer tête baissée.

— On ne peut plus attendre. Il est sur le point de procréer, indiqua-t-elle d'une voix rauque.

La hache quitta son épaule, puis Gard sortit ce qui ressemblait à un feu de détresse de son sac, qu'elle abandonna.

Soudain, elle redressa la tête et poussa un hurlement de pur défi primal – un son si puissant, si brut, si primitif, qu'il semblait à peine humain. Ce n'était pas un mot, mais il communiquait parfaitement la rage de Gard, son mépris total du danger, de la vie… et de la mort. Ce cri de guerre me flanqua la chair de poule, et je n'en étais même pas la cible.

D'un mouvement de poignet, Gard alluma le feu de détresse, et elle me regarda par-dessus son épaule. Des ombres bizarres jouèrent sur son visage, soulignées par l'étrange lueur verdâtre. Ses yeux glacés et exorbités étaient entourés de blanc. Son sourire était si crispé que ses lèvres avaient pâli.

— Assez discuté, dit-elle avec un chevrotement déconcertant dans la voix.

Saint Schwarzenegger, priez pour nous.

Gard avait craqué.

Elle n'avait plus rien de la professionnelle imperturbable que j'avais connue au service de Marcone. En fait, je n'avais jamais vu personne se transformer en berserker à l'ancienne. Mais ce cri… J'eus l'impression d'entendre l'écho de siècles oubliés issus d'un monde antique, un monde plus sauvage perdu dans l'abîme du temps.

Je n'eus plus aucun mal à admettre son âge.

Elle chargea, fendant l'air avec sa hache dans la main droite et s'éclairant avec l'étoile étincelante du feu de détresse dans la gauche. Gard émit un nouveau hurlement, un cri inintelligible de défi adressé au Grendelkin. Sa signification était aussi claire qu'une batterie de phonèmes : *Je viens pour te tuer.*

Devant nous, dans le tunnel, quelque chose de bien plus gros que Gard lui répondit. Une vocifération puissante et grave qui ébranla les parois de la galerie. *Viens me chercher.*

J'avais le trouillomètre à zéro. Bordel, même Mouse avait les oreilles plaquées sur le crâne, la queue entre les jambes. Je ne devais pas avoir l'air plus courageux, mais je bottai le cul de mon cerveau, crachai un juron, et suivis la guerrière.

Charger tous feux allumés droit devant soi peut paraître stupide, mais il aurait été encore plus con de rester à ne rien faire en abandonnant la seule aide dont je disposais. En plus, pour le meilleur ou pour le pire, j'avais accepté de bosser avec Gard. Je n'allais pas la laisser foncer sans assurer ses arrières.

Bref, je chargeai dans le tunnel vers la source du beuglement terrifiant. Peut-être un peu plus sage que moi, Mouse hésita quelques secondes avant de s'élancer à ma suite. Il me dépassa pour se placer juste devant moi. Nous avions parcouru une vingtaine de mètres quand son souffle se transforma en un grognement de pure hostilité. Il aboya son propre défi.

Bon. En Cimmérie, fais comme les Cimmériens. Je poussai également un cri. Il se perdit parmi les échos qui rebondissaient dans la galerie.

Courant à cinq mètres devant moi, Gard émergea dans une grotte. Soudain elle bondit et tournoya habilement dans les airs avant de disparaître. La lueur verte qui faiblissait m'indiqua que le tunnel devait s'ouvrir au sommet d'une chambre grande comme l'atrium d'un petit hôtel. Si Mouse ne m'avait pas barré la route en s'appuyant contre moi, je n'aurais pas pu m'arrêter et j'aurais basculé dans le vide.

Une chute d'au moins dix mètres sur un sol de pierre humide.

Ma berserker atterrit sur ses pieds et transforma son élan en une roulade avant, esquivant ainsi une forme échevelée de la taille d'un réfrigérateur industriel qui partit s'écraser contre le mur avec un hurlement rauque et un grand bruit sourd.

La blonde se releva d'un bond, prit appui contre un mur, se retourna et retomba sur ses pieds, la hache levée vers le plafond. Elle avait lâché le feu de détresse, le laissant au centre de la grotte. J'eus un premier aperçu de l'endroit et de ce qu'il contenait.

Tout d'abord, la chambre – ou la caverne, je ne savais pas comment appeler ce truc – était énorme. Dix mètres de hauteur sous plafond, au moins autant de large, et l'espace se poursuivait dans les ténèbres au-delà de la lumière émise par le feu de détresse. Ça ressemblait à une grotte naturelle, même si certains endroits montraient des signes d'excavation au moyen d'outils primitifs. Près du sommet, une corniche large de moins d'un mètre formait un « C » dominant une partie de la chambre. J'avais failli la dépasser et tomber dans le vide. Je surplombais un escalier taillé dans la roche, si on pouvait qualifier de marches de vagues saillies pointure 45 espacées d'une cinquantaine de centimètres.

J'observai la caverne : une énorme pile de journaux, de vieilles couvertures, de vêtements tachés de sang et de trucs informes qui servait sûrement de nid ou de lit à la créature. Il devait faire un peu moins d'un mètre de haut et au moins trois mètres de long. Un monticule d'os – presque aussi gros – se trouvait non loin de là. Le vieil ivoire dépouillé de toute trace de viande luisait sous l'éclat étrange jeté par le feu. Je distinguais les yeux rougeoyants des rats et autres vermines qui grouillaient dans le tas d'ossements.

Une pierre énorme occupait le centre de la pièce. Dessus, un tonnelet de métal était placé entre les jambes d'une jeune femme plutôt jolie et plutôt déshabillée. De grosses cordes l'entravaient, lui maintenant les membres écartés sur un épais vernis de sang coagulé qui formait une couche presque caoutchouteuse sur la pierre. Elle avait les yeux grands ouverts, le visage baigné de larmes, et elle hurlait.

La hache de Gard fendit l'air en direction de la masse de poils. Comment faisait-elle pour se déplacer aussi vite que la créature ? Ils bougeaient aussi rapidement que dans un film de kung-fu. L'acier de Gard dut trouver sa cible, car un cri de rage résonna soudain et le monstre s'enfonça dans les ténèbres.

La berserker hurla de frustration. La lame de sa hache dégouttait d'une humeur sombre et, dans le sillage de celle-ci, des étincelles argentées révélèrent d'autres runes.

— Mage ! hurla-t-elle. Donne-moi de la lumière !

J'y travaillais déjà, concentrant plus de volonté dans l'amulette levée au-dessus de ma tête. La faible lueur magique s'embrasa, illuminant la longue galerie sur une trentaine de mètres et arrachant un cri de douleur mêlée de surprise au Grendelkin.

Je le vis pendant deux secondes peut-être, recroquevillé avec un bras dressé pour se protéger les yeux. Une peau flasque pendant sur au moins deux cent cinquante kilos de muscles, des ongles de mains et de pieds aussi longs et noirs que menaçants. Il était grand, près de trois mètres, et couvert de poils. Pas de la fourrure comme un ours ou un chien, mais des cheveux. Des cheveux humains, sous lesquels on distinguait facilement une peau pâle. On avait plus l'impression de voir un homme exceptionnellement hirsute qu'un animal.

Et c'était un mâle. Aucun doute possible – et c'en était terrifiant. J'avais vu des extincteurs moins gros. D'ailleurs, d'après ce que je voyais, Gard et moi avions dû interrompre les préliminaires.

Pas étonnant qu'il soit en colère.

La blonde aperçut le Grendelkin et chargea. Je saisis ma chance d'intervenir et pointai mon bâton vers la créature. Je rassemblai un nouvel éclair de volonté et grognai « *Fuego* ! ».

Ma crosse est un outil important. Elle me permet de canaliser et de diriger l'énergie avec bien plus de précision et de puissance que je ne pourrais le faire seul. Elle ne projetait pas le feu aussi bien que mon bâton de combat, plus spécialisé, mais elle convenait très bien pour l'occasion. Une colonne de flammes dorées large comme un tonneau de bière traversa la caverne pour envelopper le torse et la tête du Grendelkin. Elle était trop dispersée pour tuer la bête, mais j'espérais au moins l'aveugler et le distraire suffisamment longtemps pour que Gard l'achève.

Le monstre baissa le bras et j'entrevis des yeux jaunes, un visage hideux, et une bouche hérissée de crocs, qui s'étira en un sourire. Je compris que j'aurais tout aussi bien pu l'arroser avec un tuyau de jardin vu l'effet que le feu semblait lui faire. Il bougea. D'un rapide mouvement d'épaule il me lança un morceau de roche.

Croyez-moi sur parole, ce Grendelkin gâchait son talent, dans le circuit de l'enlèvement-viol-consommation.

Il aurait dû jouer au base-ball.

J'eus à peine le temps de comprendre qu'il m'avait envoyé une pierre avant qu'elle me frappe. Mon épaule gauche émit un craquement sourd et une vague de souffrance me submergea. Quelque chose me projeta au sol et mes poumons se vidèrent d'un coup. Mon amulette glissa entre mes doigts soudain tout engourdis, et la lumière s'évanouit d'un coup.

Merde ! J'avais cru que gros et hostile rimait avec débile. Rien à voir avec le Grendelkin. Il avait patiemment attendu que Gard charge loin de la lumière avant de lancer sa pierre.

— Mage ! hurla la guerrière.

Je ne voyais rien. Le court instant d'illumination magique m'avait rendu incapable de distinguer la faible lueur du feu de détresse, et Gard ne devait pas être mieux lotie. Je me levai en essayant de ne pas crier sous le coup de la douleur irradiant de mon épaule et vacillai vers le bord de la corniche pour inspecter la grotte.

Le Grendelkin poussa un nouveau beuglement, et Gard hurla. De souffrance, cette fois. Un coup sourd résonna, et Gard, les mains vides, vola comme une ombre fugace au-dessus de la lueur verdâtre. Elle heurta le mur juste en dessous de moi avec un horrible bruit mou.

Tout se déroulait si vite ! Par les cloches de l'enfer, j'étais vraiment dépassé.

Je me tournai vers Mouse et grognai des instructions. Mon chien me regarda quelques secondes, les oreilles plaquées sur le crâne, et ne broncha pas.

— Va ! lui criai-je. Va, va, va !

Mouse fit demi-tour et remonta le tunnel.

Gard gémit doucement et se traîna vers le faible cercle de lumière projeté par le feu. J'ignorais l'étendue de ses blessures, mais, si je ne réagissais pas avant que le monstre l'attaque de nouveau, elle n'allait sûrement pas se remettre d'aplomb. J'entendis les sanglots désespérés d'Élisabeth.

— Lève-toi, Harry, fulminai-je. Active.

Je pouvais à peine bouger mon bras gauche. Je dus saisir ma crosse avec la main droite avant d'entamer la périlleuse descente par l'escalier de pierre.

Un rire éclata dans les ténèbres. Une voix grave, masculine et suave. Quand le Grendelkin parla, ce fut de manière nette et cultivée.

— Salope de Geat, murmura-t-il. Je ne m'étais pas autant amusé depuis un siècle. Surt soit remercié, j'aimerais tant qu'il reste plus de Vierges d'Odin dans le monde. Vous êtes en voie d'extinction.

Je distinguais à peine les marches dans la lueur du feu. Mon pied glissa et je manquai de tomber.

— Qui est ce *Seidrmadr* ? demanda le Grendelkin.

— À tes souhaits, répondis-je.

Il apparut à l'orée du cercle de lumière et je m'arrêtai net. Les yeux jaunes du monstre brillaient d'un éclat aussi malveillant qu'affamé. Il déplia lentement ses doigts griffus tout en découvrant ses dents dans un nouveau sourire. J'avais la bouche sèche et les jambes en coton.

Je l'avais vu se déplacer. S'il me chargeait, les choses tourneraient mal pour moi.

Rectification : *quand* il me chargera, les choses *tourneront* mal pour moi.

— Dis donc, lui dis-je en le regardant attentivement. Tu caches un extincteur dans ta poche, ou tu es juste content de me voir ?

— La seconde option, sans aucun doute possible, répondit-il en souriant de plus belle. J'aurai bientôt deux bouches à nourrir. Que t'a-t-elle promis pour que tu la suives dans cette folie ?

— Tu inverses les choses. C'est moi qui l'ai autorisée à m'accompagner.

Le Grendelkin éclata d'un rire grave, haché et malfaisant. C'était atrocement déconcertant d'entendre une voix pareille sortir d'un tel monstre.

— Tu te crois assez fort pour me vaincre, petit homme ?

— Tu en doutes ?

Innocemment, la créature laissa une de ses mains griffues courir sur le sol de pierre, provoquant des étincelles çà et là.

— Je combattais déjà la *Seid* avant même de quitter le Vieux Monde, gronda-t-elle.

La Seid ? Ha oui, le vieux terme nordique pour la magie.

— Sans elle, tu n'es qu'un singe avec un bâton, continua le Grendelkin. Un singe plutôt faible et maladroit en plus, ajouta-t-il après un bref instant.

— Gros balaise comme toi pas avoir de problème contre pauvre petit moi, alors, dis-je. Je suppose que tu as une histoire avec Mlle Gard ici présente.

Ses yeux étaient étranges. Je n'en avais jamais vu de pareils. En revanche, son visage hideux me rappelait quelque chose.

— Les querelles de famille sont toujours les pires, répondit le monstre.

— Je suis obligé de te croire sur parole dans ce domaine. De même que je vais être obligé d'emmener ces femmes. Je préférerais le faire en douceur, d'ailleurs. Tu choisis. Laisse tomber, gros balaise. Ça nous arrange autant l'un que l'autre.

Le Grendelkin me dévisagea, avant de partir dans un grand éclat de rire.

— Non seulement j'ai une reproductrice et une petite louve blessée pour jouer avec, mais j'ai aussi un bouffon. C'est presque un festival !

À ces mots, le monstre se rua sur moi. Je vis un poing calleux de la taille d'un ballon de volley m'arriver en pleine face. J'eus à peine le temps d'esquiver le coup. Je me jetai au sol, et le choc de l'atterrissage dans mon épaule m'arracha une grimace. Le marteau-pilon de chair et d'os percuta le mur avec un craquement sourd et des fragments de pierre me piquèrent la nuque.

J'étais mort de peur, et c'était tant mieux. La terreur est un excellent carburant pour certaines formes de magie, et la décharge de force façon *casse-toi-connard* que je projetai sur le Grendelkin aurait propulsé une voiture de l'autre côté de la rue et dans l'immeuble derrière.

Mais le monstre ne plaisantait pas quand il prétendait s'y connaître en contresort. La puissance brute le frappa, et sembla lui glisser dessus comme de l'eau autour d'une pierre. Il recula de deux pas à peine, mais j'eus assez de place pour m'agenouiller et balancer mon bâton. Sachant que je n'utilisais qu'une main, et dans une position difficile encore, ce ne fut pas un coup dévastateur.

Mais je le touchai dans l'extincteur.

Le Grendelkin poussa un hurlement au moins deux octaves plus haut que le premier, et je le dépassai pour me précipiter vers l'autel où Élisabeth Braddock gisait, impuissante, loin de Gard. Je voulais monopoliser l'attention de la créature.

Ça fonctionna parfaitement.

— Derrière vous ! hurla la jeune femme, les yeux écarquillés de frayeur.

Je fis volte-face, et le Grendelkin envoya ma crosse valser à l'autre bout de la pièce. Une sorte d'étau se referma autour de mon cou, et mes pieds quittèrent le sol.

Le monstre amena mon visage au niveau du sien. Son haleine puait le sang et la viande avariée. La fureur étincelait dans ses yeux. Je lui donnai des coups de pied, mais il m'éloigna de tout endroit vital, et mes attaques rebondirent inutilement contre son ventre et ses côtes.

— J'allais t'offrir une mort rapide, grogna-t-il. Parce que tu m'as amusé. Mais je vais commencer par tes bras.

Si je ne l'avais pas amené exactement là où je le voulais, j'aurais été bien moins optimiste sur mes chances de survie. Au moins j'avais réussi quelque chose : il tournait le dos au tunnel.

— Je vais les arracher l'un après l'autre, petit *Seidmar*, expliqua la créature. Ce qui, d'un point de vue littéraire, offre une certaine mesure d'ironie. Je vais te permettre de me regarder te dévorer les mains. Je vais te laisser observer ce que j'infligerai à ces chiennes avant de t'achever.

Il n'allait pas être déçu.

Il montra un peu plus les dents et me saisit le bras gauche. La souffrance dans mon épaule embrasa mon esprit. Je combattis la douleur, arrachai de ma poche la brosse au manche pointu d'Élisabeth, et l'enfonçai comme un pic à glace dans l'avant-bras du Grendelkin.

Il hurla et me projeta contre le mur le plus proche.

Ce fut douloureux. Très douloureux.

Je glissai sur le sol, comme un tas de chiffons. Juste après, ma vue se brouilla avant de commencer à s'obscurcir.

Ce qui était plutôt une bonne chose. Comme ça, moins de distractions. Il ne me restait plus qu'à bien calculer mon coup.

Un grondement résonna à l'entrée du tunnel au-dessus. Un hululement insolite qui se répercutait en une bouillie inintelligible.

Furieuse, la créature arracha la brosse de son avant-bras et la lança au loin. Mais quand elle entendit le cri, elle tourna sa tronche infâme vers la source du bruit.

Je ne m'étais jamais autant concentré sur un sortilège. Pas de cercle pour m'aider, plein d'éléments perturbateurs et pas la moindre marge d'erreur.

Le son étrange se transforma en un chœur de vociférations, un peu comme une cinquantaine de scies circulaires sous hélium, et Mouse surgit de la galerie avec une tempête de Malks à ses trousses.

Mon chien se jeta dans le vide, et les Félidés le suivirent, bien décidés à l'attraper. Mouse tomba de neuf mètres, droit sur le nid improvisé, et poussa un glapissement. Les Malks n'abandonnèrent pas la poursuite pour autant. Certains sautèrent, d'autres dévalèrent l'escalier avec fluidité, et d'autres encore plantèrent leurs griffes dans la pierre, glissant le long des murs comme des pompiers sur une rampe d'incendie, tous crachant leur rage, des dizaines et des dizaines d'yeux malveillants étincelant dans la lueur du feu.

Je lançai mon sort.

— Vermine inutile ! beugla le Grendelkin, d'une voix encore plus aiguë qu'avant.

Il me désigna, moi, le mec à l'air épuisé dans un long manteau de cuir, et mugit :

— Tuez le magicien ou je vous mange jusqu'au dernier !

À présent consumés autant par la peur que par la colère, les Malks se ruèrent sur moi. Je les laissai se déchaîner un bon moment, mais ils étaient sûrement une bonne trentaine sur mon dos et le manteau ne pouvait pas me protéger partout.

Les griffes et les crocs brillèrent sous la lumière du feu de détresse.

Du sang gicla.

Les Malks devinrent complètement fous.

Je hurlai en battant des bras, tuant un Félidé ici ou là, mais impossible de me protéger de toutes ces morsures, de toutes ces griffures. Le Grendelkin se tourna vers Élisabeth, toujours ligotée.

Quelle galère, d'ailleurs, de dénouer les liens serrés par le monstre tout en entretenant l'illusion dans mon esprit. Enchanté pour me ressembler, il se battait avec frénésie, déchiquetant et cognant les Malks qui l'attaquaient. En plus, la jeune femme hurla de plus belle en me voyant sous l'apparence du Grendelkin. Ce n'était pas fait pour m'aider, mais que voulez-vous, aucun plan n'est parfait.

— Mouse ! criai-je.

Un Félidé vola au-dessus de ma tête et alla s'écraser contre le mur.

Mon chien me rejoignit au moment où je libérais enfin ma vierge victime.

— Sors-la d'ici, dis-je en lui confiant la jeune femme. Cours ! Allez, allez, allez !

Élisabeth ne comprit pas tout ce qui se passait, mais elle capta assez bien le dernier point. Elle s'enfuit vers l'escalier rudimentaire. Mouse l'accompagna et, quand un Malk voulut se jeter sur le dos nu de la fille, il intercepta le petit monstre en plein vol, le rattrapant aussi facilement qu'un frisbee dans un parc. Le chien gronda et donna un coup de mâchoires. Le cou du Malk se brisa dans un craquement net. Mouse le lâcha et reprit sa course.

Je retrouvai ma crosse et accourus auprès de Gard. Les Félidés ne l'avaient pas encore remarquée. Ils étaient bien trop occupés à submerger le monstre…

Merde ! J'avais relâché ma concentration. Il avait repris son apparence, et moi la mienne.

Je me retournai et canalisai ma volonté sur l'immense pile d'ossements bien nettoyés. Je tendis mon bâton et tonnai :

— Contre-moi donc ce sort, *Forzare* !

Des dizaines de kilos de morceaux d'os acérés frappèrent le Grendelkin et les Malks. Je projetai les os avec violence. Encore plus fort que lorsque la créature m'avait lancé la pierre. Les fragments les déchiquetèrent comme une énorme charge de chevrotine.

Sans attendre de voir le résultat, je ramassai le feu de détresse toujours allumé et le lançai dans le tas de tissus, de vêtements ensanglantés et de journaux qui formait le lit. Le tout s'enflamma instantanément, projetant une vive lumière et une épaisse fumée.

— Levez-vous ! criai-je à Gard.

Un hématome lui déformait un côté du visage et elle avait un bras cassé. Un os avait perforé la peau de son avant-bras. Je l'aidai à se lever. Hébétée, elle s'étrangla avec la fumée, qui étouffait aussi la lumière. Je la conduisis jusqu'aux marches, et même dans notre piteux état, on parvint à établir une forme de record de vitesse en les gravissant.

Le vacarme assourdissant des hurlements combinés du Grendelkin et des Malks diminua un peu tandis que la fumée commençait à les étouffer aussi. L'air bougeait dans la caverne. Le feu le consumait comme une cheminée. J'illuminai de nouveau mon amulette pour repérer la sortie.

— Attendez ! glapit Gard au bout de quelques mètres dans le tunnel. Attendez !

Elle lutta pour mettre la main dans la poche de sa veste contenant la petite boîte en ivoire, mais ne parvint pas à l'atteindre avec son bras valide. Je la sortis pour elle.

— Sortez celle avec un triangle portant trois lignes qui s'entrecroisent, me dit-elle en s'appuyant contre le mur pour garder son équilibre.

Je farfouillai dans les petits carreaux blancs jusqu'à trouver le bon.

— Celle-là ? demandai-je.

— Attention, grogna-t-elle. C'est une rune de destruction.

Elle me l'arracha des mains, fit quelques pas vers la caverne en chuchotant, et cassa le carreau. Une étincelle d'un rouge profond grésilla. La galerie commença à frémir, puis à trembler.

— Courez !

Pas besoin de me le dire deux fois.

Le passage s'effondra derrière nous dans un grondement, scellant la chambre du Grendelkin et des Malks, et les enfermant dans l'épaisse fumée.

On s'arrêta peu après. La poussière tourbillonnait dans le tunnel. Le bruit des créatures surnaturelles s'interrompit d'un coup, comme si on avait appuyé sur un interrupteur. Le silence était assourdissant.

On resta ainsi, essoufflés et blessés. Gard s'affala sur le sol pour reprendre des forces.

— Vous aviez raison, dis-je. Je crois qu'on n'a pas à s'inquiéter au sujet des Malks pour le retour.

— C'était ma hache préférée, répondit Gard avec un sourire fatigué.

— Retournez la chercher, je vous attends là.

Elle grommela.

Mouse apparut plus haut dans le tunnel et nous rejoignit, Élisabeth Braddock accrochée à son collier et un peu gênée par son absence de vêtements.

— Que… geignit-elle. Que s'est-il passé ici ? Je ne comprends rien.

— Tout va bien, madame Braddock, la rassurai-je. Vous êtes en sécurité. Nous allons vous ramener auprès de votre mari.

Elle ferma les yeux, frissonna et se mit à pleurer. Elle s'agenouilla pour passer les bras autour du cou de Mouse et enfouit le visage dans sa fourrure. Elle tremblait de froid. J'enlevai mon manteau et le lui posai sur les épaules.

Gard l'observa, puis regarda son bras cassé et soupira.

— Il me faut un verre, conclut-elle.

— Pareil. Venez, dis-je en crachant de la poussière.

Je lui tendis la main pour l'aider à se relever et elle l'accepta.

Plusieurs heures et autant de médecins plus tard, j'échouai avec Gard dans le pub où le concours de bière arrivait à son terme. On s'attabla avec Mac. Les Braddock avaient bredouillé un torrent de remerciements avant de disparaître, enfin réunis. Une médaille était collée sur le tonnelet de Mac, et il nous servit une chope à chacun.

— La Nuit des Morts brassants, grommelai-je. Plutôt la nuit des morts cognants, si vous voulez mon avis.

On m'avait refilé des antidouleurs pour mon épaule, mais j'attendais d'être tranquille dans mon lit pour en prendre. De fait, j'avais mal presque partout.

Mac se leva. Il vida sa chope et nous salua avec.

— Merci.

— Pas de souci, dis-je.

Gard sourit légèrement et inclina la tête vers lui. Mac partit.

La berserker blonde finit son ale et inspecta son bras plâtré.

— C'est pas passé loin.

— N'est-ce pas ? concédai-je. Je peux vous demander un truc ?

Elle opina du chef.

— Le Grendelkin vous a traitée de Geat.

— Effectivement.

— Je ne connais qu'une personne appelée ainsi.

— On est encore quelques-uns de par le monde, dit Gard. Mais tout le monde a entendu parler de celui-là.

— Vous dites que le Grendelkin est un descendant de Grendel. Dois-je comprendre que vous êtes une descendante de Beowulf ?

— Le conflit entre ma famille et celle des Grendelkins remonte à loin, sourit la « jeune » femme.

— Il vous a aussi appelée « Vierge d'Odin ».

— Elle haussa de nouveau les épaules, sans se départir de son sourire énigmatique.

— Gard n'est pas votre vrai nom, hein ? insistai-je.

— Bien sûr que non, répondit-elle.

— Vous êtes une valkyrie. Une authentique valkyrie, dis-je en buvant une nouvelle lampée du breuvage décoré de Mac.

L'expression de son visage était indéchiffrable.

— Je croyais que les valkyries faisaient surtout des enlèvements et des livraisons, poursuivis-je. Choisissant les meilleurs guerriers parmi les morts. Les emportant au Valhalla. Oh, et servant la bière là-bas. Les filles vierges d'Odin, abreuvant les combattants et faisant la fête jusqu'à Ragnarok.

Gard éclata de rire.

— Les filles vierges, gloussa-t-elle.

Elle se leva et regarda de nouveau son bras cassé. Elle s'inclina vers moi et m'embrassa sur la bouche. Ses lèvres me communiquèrent un doux feu de sensations et je ressentis ce baiser jusque dans mes orteils. Heu, voire plus dans certaines zones.

Elle se releva lentement, ses yeux bleu pâle brillaient.

— Ne croyez pas tout ce qu'on dit, Dresden, soufflat-elle en m'adressant un clin d'œil.

Elle se retourna pour partir, puis me regarda par-dessus son épaule.

— Bon. En toute franchise, il aime bien qu'on l'appelle « papa » des fois. Je m'appelle Sigrun.

Je regardai Sigrun s'en aller. Puis je finis le reste de bière.

Mouse se leva en remuant la queue avec l'air d'attendre quelque chose et on rentra à la maison.

Jim Butcher aime l'escrime, les arts martiaux, le chant, les mauvais films de science-fiction, et les grandeurs nature. Il habite dans le Missouri avec sa femme, son fils et un chien de garde plutôt méchant. Vous en apprendrez plus sur www.jim-butcher.com (site en anglais).

Vacances à la romaine, ou SPQ-arrrgh

Rachel Caine

Dans une nouvelle précédente, Cecilia Lockhart a rencontré son homme idéal en la personne d'un capitaine pirate maudit. Mais même sur les mers les plus calmes, le voyage de l'amour n'est jamais exempt de remous.

Boston, septembre

Honnêtement, si elle avait su que son mariage serait l'événement médiatique qui secouerait la côte Est, Cecilia aurait demandé une meilleure coupe de cheveux. Et une limousine plus rapide. De préférence conduite par un as de la formule un.

— On y est presque, dit le chauffeur sur un ton rassurant.

Agrippée au bras de son époux, la jeune femme regardait anxieusement par la vitre teintée : les camions de télévision, les journalistes criant des questions, perchés aux fenêtres de leurs voitures, et la lumière éblouissante des flashs.

— Je vois le barrage.

Les barrières furent écartées et la limousine les franchit gracieusement avant de s'arrêter, dans une manœuvre parfaite, sur le parking entouré de voitures de police gyrophares allumés. Pas de sirènes, heureusement. Cecilia soupira de soulagement. Elle était pratiquement sûre que Larry King et Oprah Winfrey étaient à bord du dernier 4 × 4 noir à avoir abandonné la poursuite.

Cecilia regarda l'homme qu'elle venait d'épouser, espérant que sa terreur n'était pas trop évidente.

— C'était… dément, dit-elle

Liam Lockhart – le capitaine Liam Lockhart – esquissa un sourire.

— Ma belle, tu as navigué avec des morts, brisé des malédictions et épousé un pirate. Tu devrais peut-être revoir ta définition du mot « dément ».

Il n'avait pas tort. Elle l'étudia dans la relative tranquillité de la limousine et, avec un calme parfait, il lui rendit son regard. Durant les six derniers mois, depuis qu'ils avaient regagné Boston à bord du *Douce Mélancolie* – le vaisseau pirate du XVIIIe siècle commandé par Liam – en déclenchant une tempête médiatique, son mari s'était adapté au monde moderne avec plus ou moins de réussite. Par exemple, il avait coupé ses cheveux poivre et sel dans un style pas vraiment moderne, mais pas vieillot non plus. Son costume de mariage, en revanche, était clairement une réminiscence du passé : un fantastique manteau de brocart noir avec un pantalon assorti, conçus d'après que ce qu'il portait quand ils s'étaient rencontrés, mais beaucoup plus propre, sans les lacérations, les impacts de balles et les taches diverses.

Il n'était peut-être pas beau dans le sens conventionnel du terme, mais doté d'une vive intelligence, avec des yeux noirs profonds, aussi mystérieux que l'océan, et une bouche à croquer. L'un dans l'autre, elle trouvait Liam tout bonnement superbe, et rien que de voir l'anneau en or qui étincelait à sa main gauche, Cecilia sentait la chair de poule la gagner, la faisant frissonner de plaisir.

Nous sommes mariés. Pas vraiment une union bénie des dieux : un ancien pirate maudit et une banale employée un peu trop ronde, esclave dans une grosse boîte où elle avait passé la majorité des presque trente années de sa vie à entretenir son bronzage sous les néons d'un bureau minuscule.

Mais quand il la regardait, elle avait le sentiment d'être une déesse.

Il lui prit la main et la porta à ses lèvres pour y déposer un baiser. Cecilia savoura la sensation chaude et douce sur ses doigts.

— Chaque chose en son temps, mon amour, dit-il. Nous ne sommes pas pressés.

— Je suis prête, mentit-elle en souriant.

Il ouvrit la portière, descendit et la fit sortir avec une élégance et une emphase qu'elle n'avait vues, jusque-là, que dans les reconstitutions de la Renaissance. De l'autre côté des barrières, les journalistes ne perdaient rien de la scène. Cecilia était trop terrifiée ne serait-ce que pour lever les yeux sur la foule en délire, et l'éclat incessant des flashs lui faisait l'effet d'un deuxième soleil.

Liam attira son attention d'une pression de la main, puis soutint son regard avant de lui adresser un clin d'œil et de lui murmurer à l'oreille :

— Ce sera fini en un rien de temps. Et après nous pourrons nous détendre.

La jeune femme remit de l'ordre dans sa tenue – une robe de soie, faite à partir d'un modèle du XVIIIe, constituée d'une jupe ample et d'un corset atrocement serré mais qui réussissait à la faire paraître menue – et prit le bras qu'il lui offrait. Elle se laissa entraîner entre les rangs de policiers qui gardaient les barrières, en direction du lieu où devait se tenir la réception.

Le *Douce Mélancolie* se profilait au bout du quai, immense navire dont les voiles étaient, pour l'heure, baissées, même si Cecilia voyait des hommes s'affairer sur le gréement, telles des araignées.

— C'est étrange, dit Liam. Une garde d'honneur devait nous attendre sur le quai. (Il sortit de sa poche une élégante montre de gousset en or et fronça les sourcils.) Nous sommes dans les temps, pas en avance.

Prise d'un mauvais pressentiment, Cecilia fut parcourue de frissons qui s'intensifièrent à mesure qu'elle se rapprochait du bateau. Sur le pont, l'équipage s'agitait frénétiquement. Liam allongea le pas dans ses bottes noires, et elle dut se hâter, tout en maintenant d'une main son voile sur sa tête. Les invités ne devaient pas être loin derrière, même si passer la sécurité allait probablement les retenir un moment, sans parler de la circulation.

La passerelle ne s'abaissa pas pour elle, pas même après que Liam en eut crié l'ordre. Il jura dans sa barbe, et désigna l'échelle de corde qui pendait sur le côté de l'imposant vaisseau.

— Tu veux que je grimpe ? demanda Cecilia. Dans cette tenue ? Tu plaisantes, j'espère ?

Il ne plaisantait pas. L'ascension de la mariée ne fut pas, et de loin, aussi gracieuse que celle de son époux, et elle poussa un soupir de soulagement quand il se pencha pour la hisser à bord d'une seule main et l'aider à se poser en douceur sur le pont. Liam était élancé mais d'une force effrayante.

Il n'avait jamais dit que son bateau lui manquait, mais elle put voir le changement qui s'opéra en lui : une lueur dont elle n'avait pas remarqué la disparition anima ses yeux, et il sembla trouver un subtil regain d'énergie. C'était là son foyer, et non l'appartement acheté pour lui près du port. Sa place était là, sur ce pont, pas sur terre avec elle. L'espace d'un instant, elle crut qu'elle allait se mettre à pleurer. *C'est ici qu'il est heureux.* Cela lui donna le sentiment d'être insignifiante et de passer au second plan.

Liam ne s'aperçut de rien. Renfrogné, il observait le pont avec l'œil critique du capitaine. Il lui lança un bref regard d'excuse et s'éloigna pour hurler :

— Monsieur Argyle, que diable se passe-t-il ici ? Argyle !

Cecilia prit conscience, avec un temps de retard, que les fournitures pour la réception étaient entassées en vrac à la proue du navire. Elle voyait des tables, des nappes, des saladiers, des tasses en argent, ainsi que des bannières, des projecteurs, des enceintes pour la musique... S'y trouvaient également, recroquevillés, des gens. Les serveurs. Le DJ. Le photographe officiel du mariage.

Sous le regard horrifié de la jeune femme, une gigantesque banderole annonçant : « FÉLICITATIONS, CAPITAINE ET MME LOCKHART » tomba sur le pont, fut saisie par deux marins, et balancée sur le tas de débris.

Cecilia eut le souffle coupé quand, venu de derrière, un étranger referma ses mains sur elle.

— Désolé, madame, dit une voix rauque.

Elle se débattit, mais autant lutter contre la marée. Il l'enserra dans ses bras, la souleva, et l'emporta.

— Lâchez-moi ! cria-t-elle tout en essayant de se tourner pour voir Liam.

Elle entendit le bruit de l'acier contre l'acier, puis des cris.

— Liam !

— Silence, grogna son ravisseur en lui plaquant une main sur la bouche.

Il l'entraîna à la hâte dans le couloir sombre menant à la cabine du capitaine, ouvrit la porte d'un coup de pied et l'envoya valser à l'intérieur.

— Vous en avez déjà assez fait comme ça.

Elle tomba à quatre pattes et se tourna pour lui jeter un regard furieux. C'était un petit homme trapu et musclé, avec des cheveux noirs en bataille et dans les yeux une lueur de folie ; des tatouages ésotériques formaient un cercle autour de son cou et descendaient sur son torse.

Effrayant.

— Reste ici, sorcière, ordonna-t-il avant de lui claquer la porte au nez.

Elle essaya la poignée aussitôt qu'elle entendit ses pas s'éloigner, mais bien entendu, c'était verrouillé.

Parfait. Absolument parfait.

Dans un coin de la pièce Cecilia repéra sa valise bleue qui, heureusement, avait été livrée en avance et se précipita dessus. Elle dédaigna le joli ensemble qu'elle avait choisi pour le départ et s'empara d'un jean ainsi que d'un confortable chemisier blanc, tout en bas de la pile de vêtements. Cette fois, elle avait emporté ses propres bottes et, pour parfaire l'ensemble, elle dénicha une large ceinture style pirate dans l'un des coffres de Liam.

Enlever la délicate lingerie de mariée aurait pris trop de temps. Elle garda donc ses dessous de dentelle blanche et enfila par-dessus sa nouvelle tenue, plus adéquate. Après quoi, elle commença à fouiller la pièce à la recherche de moyens de défense. Déjà équipée d'une dague, elle était en train d'examiner un sabre quand elle entendit un hurlement de foule. Le bruit fit courir un frisson glacé le long de sa colonne vertébrale. Ça venait du couloir.

La porte craqua puis s'ouvrit avec fracas. Liam, accompagné d'Argyle, déboula dans la pièce. M. Argyle – un petit homme soigné, avec une coupe à la Napoléon et des lunettes à la Benjamin Franklin, engoncé dans un manteau rouge écrevisse à la mode du XVIIIe, une chemise blanche et un pantalon noir, propres et neufs – lui adressa un signe de tête tout en poussant les verrous de la porte.

— Madame, dit-il. Félicitations en cet heureux jour. Mes excuses pour le désastre.

Liam était en train de mettre à sac les coffres pour en sortir des armes. Un couteau à double tranchant à l'allure mortelle. Un revolver six-coups. Un pistolet semi-automatique, flambant neuf. Croisant le regard de Cecilia, il haussa les épaules dans un geste d'excuse.

— Toujours prêt.

— C'est la devise des scouts, pas celle des pirates ! rétorqua-t-elle.

— Où crois-tu qu'ils sont allés la pêcher, beauté ?

La clameur était proche à présent, juste à l'extérieur. Des coups commencèrent à retentir contre la porte. Argyle s'en éloigna et se rapprocha du couple, les yeux froids et concentrés derrière ses lunettes, le pistolet armé.

— Monsieur Argyle, dit Liam.

— Mon capitaine.

— Bon sang, qu'est-ce que c'est que ce bordel ?

Argyle lui lança un regard navré.

— Heu, eh bien, je pense que les nappes roses à fleurs ont été la goutte d'eau qui a fait déborder le vase. Mais ça fait des mois qu'ils murmurent, comme quoi vous avez encore été ensorcelé et que ce nouveau monde est l'œuvre du diable. Je n'ai même pas réussi à convaincre la plupart que l'espèce de boîte, la télévision, n'est pas un esprit démoniaque...

Un choc particulièrement fort fit trembler la porte.

— La version courte, Argyle, s'il vous plaît, dit Liam sans s'alarmer. (Cecilia piocha une autre dague dans la pile et la positionna fermement sur le côté, selon un angle qui la rendait facile à dégainer.) Je ne pense pas que la porte résistera assez longtemps pour une épopée.

M. Argyle hocha la tête.

— Mutinerie, mon capitaine. Ils sont déterminés à prendre la mer, sans délai.

— Bon, ce n'est pas la première fois que ça arrive, répondit Liam avec calme.

Il éjecta le chargeur du semi-automatique qu'il avait en main, le vérifia et le remit en place d'un mouvement fluide et efficace.

— Sauf votre respect, monsieur, jusque-là, nous ne risquions rien de plus qu'un désagrément passager. Mais maintenant qu'on est mortels et tout ça... (Il soupira.) Au moins j'ai réussi à les persuader de débarquer les serveurs et le reste des gens engagés pour la fête. Mais ils vont prendre la mer, que vous le vouliez ou non. Je pense que la réception est à l'eau.

— Ils n'ont rien dit. Je les aurais écoutés. J'écoute toujours.

Pendant un bref instant, Argyle afficha un air attristé.

— Oui. Mais vous devez bien admettre que, ces derniers mois, vous n'étiez plus le même homme. Et je ne vous ai pas beaucoup aidé. Je dois avouer que je trouve ce monde bien attrayant ; je ne me suis pas rendu compte à quel point ils déprimaient. C'est ma faute, mon capitaine. (Il hésita un instant.) Excusez-moi, mais peut-être que c'est une bonne chose. Pour la plupart, ce sont des pirates dans l'âme. Ils n'appartiennent pas à ce monde, autant mettre des loups dans une bergerie. Il est plus raisonnable de les garder en mer, où on peut les surveiller.

— On pourra en discuter si on survit, répondit Liam avant de regarder Cecilia, comme s'il venait juste de se rappeler sa présence. Mon amour, tu devrais t'écarter. Si les gars t'en veulent pour m'avoir ensorcelé, mieux vaut que tu ne sois pas dans leur ligne de mire. Ça pourrait mettre le feu aux poudres.

— Mais… que vas-tu faire ?

Liam échangea un regard avec son second, puis se tourna vers la porte.

— Reprendre le commandement de mon navire.

Cecilia hocha la tête et se retira aussi loin que possible, près de la fenêtre arrière, à l'abri des regards. Une pluie de coups s'abattit sur la porte.

— Nous y voilà, murmura Argyle.

Liam alla repousser les verrous, et ouvrit en hurlant :

— Silence, vous tous !

L'effet fut considérable. Les hommes attroupés dans le couloir, bien que furieux, se figèrent devant la rage qui émanait de leur capitaine. Il y eut une seconde de flottement, puis Liam enchaîna.

— Morbleu ! À quoi vous jouez ? Une mutinerie ? Qui est le meneur ? Qu'il avance.

Après un moment d'hésitation, l'un des hommes s'avança. Celui-là même qui avait enlevé Cecilia et l'avait traînée jusqu'à la cabine.

— Josiah. Exposez votre cas.

— Capitaine, dit l'homme. (Il parlait d'une voix basse, un peu rauque mais ferme malgré sa nervosité.) Les gars et moi, on est d'accord. Plus de délais. Cet endroit est ensorcelé. Il nous faut de l'air marin, du pur.

Josiah déglutit avec peine et jeta un coup d'œil à un grand type dégingandé, avec des yeux immenses dans un visage anguleux. Ce dernier hocha la tête en signe d'encouragement.

— Vous savez que c'est vrai, monsieur, les hommes vont devenir fous si on reste ici. Mieux vaut balancer la sorcière par-dessus bord, comme la dernière fois, et…

Vif comme un serpent, Liam plaça son sabre sous la gorge du marin, la pointe juste sur sa pomme d'Adam. Tout le monde retint son souffle. Josiah ne bougea pas.

— Vous parlez de ma femme, Josiah Walker, dit-il doucement. Vous feriez mieux d'y réfléchir à deux fois avant de poursuivre.

Josiah prit conscience que cette voie ne le mènerait à rien de bon et changea de sujet.

— Nous ne permettrons pas à ces fils de putes maniérés que vous appelez des hommes modernes de se balader sur notre bateau en se moquant de nous, quelle qu'en soit la raison. Nous en avons assez, monsieur.

Liam abaissa son arme et envoya son poing dans la figure de Josiah, qui alla s'écraser dans les bras de ses camarades massés sur le seuil.

— Vous en avez assez ? cracha-t-il. Eh bien, moi aussi. Je ne souhaiterais voir aucun d'entre vous dans le monde moderne. Vous êtes une honte pour les mères qui vous ont portés.

Walker redressa les épaules et avança le menton, défiant presque Liam d'essayer de lui mettre un autre coup de poing.

— Ça, on le sait déjà, monsieur. Je suis désolé si j'ai traité votre femme de sorcière, mais c'est elle qui nous a traînés ici. Elle doit partir, si nous voulons mener notre vie comme il se doit. Elle a fait son travail en brisant le sort, donc nous en avons fini avec elle, pas vrai ?

La voix de Walker s'éleva sur la fin, à moitié interrogative, presque suppliante, mais son regard resta dur et direct, et celui de Liam n'était pas plus tendre.

— Non, gronda-t-il. Et poser la main sur ma femme vous vaudrait le genre d'exécution que vous ne souhaiteriez pas à un chien enragé. Suis-je bien clair, monsieur Walker ?

Aucun des deux ne cilla. Les autres marins murmurèrent en se bousculant. Cecilia, le cœur battant et les mains moites, entendait le ton monter. Ça tournait de nouveau au vinaigre. Liam les avait remis à leur place pendant quelques instants, mais il perdait l'avantage rapidement, et c'était à cause d'elle.

— Attendez, laissa-t-elle échapper en sortant de l'ombre.

À sa grande surprise, ils obéirent. Tous les mutins, même Josiah Walker, s'arrêtèrent de marmonner et reportèrent leur attention sur elle.

— C'est notre lune de miel. Vous ne me tueriez pas le jour de mon mariage, quand même, si ?

Walker se renfrogna. Un autre homme se pencha en avant et dit :

— La gueuse marque un point. Ça pourrait nous porter malheur.

— Plus que d'avoir une femme à bord ? répondit Walker avec un reniflement de mépris. Surtout celle-là ?

Cecilia inspira profondément, puis se jeta à l'eau.

— Et si le capitaine Lockhart accepte de prendre la mer pour une période de… disons, un mois ? Appelons ça une croisière de lune de miel. Après quoi vous nous débarquez de nouveau et repartez vivre votre vie, si c'est toujours ce que vous voulez. Et on oublie la réception. Je promets de me faire discrète. (Soudain, elle sourit.) Mais je serais étonnée que vous ayez beaucoup l'occasion de nous voir, le capitaine et moi-même.

Cela déclencha des gloussements appréciateurs parmi l'équipage. Même Walker afficha, malgré lui, une mine un peu moins contrariée.

— Eh bien, lâcha-t-il, ça pourrait se faire. Ça pourrait.

Liam prit sur lui de se détendre, bannissant sa colère par la seule force de sa volonté.

— Dans ce cas, du moment que vous dégagez de ma cabine afin de me laisser faire mon devoir en accueillant mon épouse, vous êtes libres de mettre les voiles, ou d'aller rejoindre Davy Jones au fond des mers, pour ce que j'en ai à faire.

La troupe d'hommes laissa échapper un soupir de soulagement, tout comme Argyle. Il s'était préparé à soutenir son capitaine, bien sûr, mais Cecilia voyait bien qu'il aurait défié les autres à contrecœur.

Liam se tourna vers elle, juste un instant. Ils échangèrent un regard brûlant, et elle se força à esquisser un léger sourire. Il porta à ses lèvres les mains de son épouse et les embrassa.

— Pardonne-moi, je dois te laisser, dit-il. Je serai de retour aussi vite que possible.

Tous les hommes sortirent en file indienne, laissant Cecilia seule dans la cabine. Après un moment d'indécision, elle se tourna vers le coin où se balançait, normalement, le hamac de Liam. Il n'y était plus.

À la place se trouvait un luxueux lit de plumes, blanc et immaculé, couvert d'odorants pétales de roses rouges.

— Oh, murmura-t-elle, et les larmes lui montèrent aux yeux. Oh, Liam.

Il était magnifique.

Elle s'étendit dessus de tout son long, frigorifiée et seule, écoutant le martèlement des pas de l'équipage au-dessus d'elle.

J'aurais dû apporter un livre, pensa-t-elle.

Mais bon, c'était sa lune de miel, qui aurait cru qu'elle en aurait besoin ?

Elle fut réveillée par un coup contre la porte, qui s'ouvrit à la volée pour laisser passer un homme presque entièrement dissimulé par un immense plateau en argent sur lequel se trouvait un service à thé raffiné. La houle le fit vaciller mais il retrouva aisément son équilibre.

Quand il abaissa le plateau, Cecilia fut surprise de voir que c'était Liam et qu'il souriait.

— Bonjour, mon amour. Nous sommes bel et bien partis.

Liam lui versa du thé, ajouta la bonne dose de sucre et de lait, puis lui tendit la délicate porcelaine. Elle s'assit sur le bord du lit et écouta, hochant la tête à l'occasion, tandis qu'il lui décrivait leur position nautique et ses plans pour le voyage. Cependant, tout ce qui retint son attention, ce fut la flamme qui brillait dans ses yeux, et la note de plaisir dans sa voix. Même si elle aimait le voir ainsi, cela réveillait en elle de terribles doutes. *Je ne suis pas faite pour lui. C'est ça, sa vie. Si je l'arrache à ça…* Peut-être que ses hommes avaient raison. Peut-être qu'il aurait mieux valu qu'elle descende discrètement à Boston et les laisse repartir sans elle.

Liam s'interrompit et posa sa tasse. Cecilia jeta un coup d'œil à la sienne et fut surprise de constater qu'elle était vide ; elle l'avait sirotée sans même en apprécier le goût, et pourtant elle adorait le thé au lait.

Quand elle leva les yeux, il se tenait debout devant elle. Il tendit la main, lui prit la porcelaine et la reposa délicatement sur le plateau.

— Un gâteau ? demanda-t-il sur le ton le plus neutre possible.

Il lui avait apporté des Oreo sur le plateau, ses préférés. Elle manqua de s'esclaffer tout haut.

— Non merci, répondit-elle. Liam…

Il ne perdit pas plus de temps en questions polies. Avant même qu'elle ait eu une chance de finir sa phrase, il l'embrassait. Le baiser fut intense, délicieux, rien à voir avec celui si doux qu'il lui avait donné à leur mariage. C'était un baiser de pirate exigeant la reddition, et elle sentit tout son corps y répondre avec ardeur. Quand il la laissa reprendre son souffle, ce fut comme émerger paisiblement des profondeurs d'un océan tiède. Elle n'avait qu'une envie : y replonger.

Liam l'attira de nouveau à lui, et Cecilia frissonna en voyant son expression. Jamais personne ne l'avait regardée ainsi. Une bouffée de chaleur embrasa son corps et elle fondit avec un magnifique et décadent sentiment d'abandon.

Elle le repoussa sur le lit, se leva et, lentement, déboutonna son chemisier. Il glissa de ses épaules jusque sur le tapis, dévoilant le fragile soutien-gorge de dentelle. Le jean disparut tout aussi vite. Et Liam sentit le souffle lui manquer.

— Permission de monter à bord, capitaine, dit-elle en s'asseyant à califourchon sur lui.

Ils échangèrent un long baiser, presque douloureux, vibrant de potentiel et de désir, puis elle sentit les mains de Liam autour d'elle. Il la repoussa très légèrement.

— Ma belle, murmura-t-il, je ne suis pas un gentleman. Je ne suis pas né gentleman, je n'ai pas été élevé comme tel, et les circonstances de ma vie ne m'ont pas encouragé à…

Elle le fit taire en posant un doigt sur ses lèvres.

— Si j'avais voulu un gentleman, je ne serais pas tombée amoureuse d'un pirate. Même pas d'un pirate aux yeux doux.

Il la repoussa en fronçant les sourcils.

— Je n'ai pas les yeux doux.

— Si, quand tu me regardes. (Elle prit une profonde inspiration.) Si tu essaies de me prévenir que tu ne seras pas un amant tendre et attentionné, je pense que tu te sous-estimes, dit-elle.

Il lui saisit les mains et les serra fort. Cecilia les avait courtes, petites et pâles, tandis que les siennes étaient larges, carrées, brûlées par le soleil, et couvertes de cicatrices. Tout en continuant d'inspecter leurs différences, il dit :

— C'est juste que tu es sûrement habituée aux manières raffinées des hommes modernes qui ont étudié les femmes, qui comprennent comment…

— Liam. (Elle plaça un doigt sous son menton et lui releva la tête.) Si les hommes modernes ont un jour fait une étude sur les femmes, c'est bien la première fois que j'en entends parler. Et si tu penses que je vais te comparer à mes amants précédents, eh bien, tu peux arrêter, parce que la liste en comprend deux, dont l'un était une erreur, et l'autre une terrible erreur. Et, de toute façon, aucun des deux ne se souciait de ce que je ressentais pendant nos ébats.

Liam eut l'air sidéré. Scandalisé.

— Tu veux dire qu'avec tous les magazines, les livres et toutes les démonstrations visuelles (il avait découvert les chaînes de télévision à la demande dans son appartement), ils n'ont pas une meilleure compréhension de comment satisfaire…

— Pas la moindre.

Il sembla si soulagé qu'elle dut se retenir d'éclater de rire, ce qui aurait été totalement inapproprié.

— Ce n'étaient donc pas des documentaires ?

— Tu as regardé des films pornos ? L'exactitude n'est pas leur point fort.

Il fit remonter ses paumes le long des bras de sa bien-aimée, en une caresse pleine de tendresse.

— Bien sûr, ma chérie, que j'ai regardé. Je ne suis pas un puritain.

— Prouve-le.

Lentement, il glissa ses mains sous le fin soutien-gorge de dentelle, regardant le visage de Cecilia sans ciller. Quand le souffle de celle-ci s'accéléra, il ne chercha pas à cacher son sourire, un immense sourire charmeur avec juste une pointe de noirceur. Elle imaginait que ce genre de sourire, à son époque, avait spontanément amené un certain nombre de femmes à abandonner leurs inhibitions.

Pas de problème. Celles de Cecilia semblaient être restées à quai, de toute façon.

— Ça fait des heures que j'y pense, dit-il d'une voix basse, à peine audible par-dessus le craquement du bois et le bruit de la mer. Il y a une question que je voulais te poser, Cecilia. C'est important.

— Oui ? répondit-elle d'une voix presque calme.

Il approcha les lèvres tout près de son oreille.

— Tu préfères le côté gauche ou le côté droit du lit ?

Elle éclata de rire, incapable de s'arrêter.

— Le droit.

— Aaah, il poussa un soupir de regret. Alors, on a un problème, parce que moi aussi je préfère le côté droit.

— Il n'y a qu'une seule solution, répondit-elle avec sérieux.

— Les dés ? Une partie de cartes ? Des revolvers à l'aube ?

Elle l'embrassa, lentement et avec passion. Il ronronna, et l'attira contre lui.

— L'un de nous doit être au-dessus, dit-elle entre deux baisers. Je te laisse le premier tour.

Sous son pantalon noir, Liam portait un caleçon *Joe Boxer*. Le modèle avec des traces de rouge à lèvres. Elle le regarda, incrédule. Il haussa les épaules.

— C'est Argyle qui m'a conseillé, dit-il, l'air pas très sûr de lui. Ça va ?

Elle étouffa un rire.

— Tant qu'on peut l'enlever, oui.

Et c'est ce qu'ils firent. Ils se débarrassèrent également du haut de dentelle de Cecilia, mais ils prirent leur temps pour apprécier le voyage. Il partit de la base de son cou, endroit relativement sûr, pour arriver à ses seins.

Durant une éternité radieuse, il descendit lentement en une pluie ininterrompue de baisers. Elle ne put s'empêcher d'inspirer autant que ses poumons le lui permettaient, se cambrant vers lui, avide de sentir ses lèvres habiles, si habiles, faire plus, aller plus loin.

Elle les sentit, ça oui. Et cela prit un temps délicieusement long.

Liam s'arrêta un instant, releva la tête pour la regarder et, du bout des doigts, traça une longue ligne incandescente le long de son ventre, en allant vers le bas.

— Sois patiente, ma belle, dit-il avec un sourire à couper le souffle. Nous avons encore du chemin à faire. (Il passa les doigts dans le fin élastique maintenant le triangle de dentelle qui prétendait passer pour une culotte.) Et une multitude de territoires à explorer. Nous n'avons pas encore fait escale…

Elle entendit un cri au loin. Le sourire de Liam s'évanouit, et il tourna la tête en fronçant les sourcils. Elle n'avait pas compris ce qui se disait mais, de toute évidence, lui oui. Il roula sur le côté, et hurla.

— Par le sang du Christ, les gars, on a intérêt à être en train de couler !

Elle entendit une sorte de sifflement strident, qui allait en s'amplifiant. Liam l'attrapa et la fit rouler à bas du lit. Ils tombèrent lourdement sur le tapis entre le lit et le mur de la cabine, un instant avant que quelque chose heurte le gaillard d'arrière avec une telle force qu'on aurait cru qu'une main de géant secouait le bateau. La fenêtre à meneaux explosa en une pluie d'échardes et d'éclats de verre meurtriers.

Cecilia eut à peine le temps de cligner des yeux que Liam était déjà debout, complètement nu, jurant avec une violence amère et d'autant plus alarmante qu'il murmurait. Il secoua son pantalon pour en faire tomber les morceaux de verre, et l'enfila sans se soucier de remettre son caleçon fantaisie.

— Ça va ?

Elle hocha la tête en silence, déglutit, et réussit à dire :

— C'était quoi ?

Des cloches sonnèrent l'alarme sur le pont, puis elle entendit un bruit de course au-dessus de sa tête, et le bateau se mit tanguer assez fort pour l'envoyer contre le mur. Manœuvres d'évitement.

— Ils ont sacrément bien choisi leur moment, c'est le moins qu'on puisse dire. (Il se baissa et lui donna un baiser rapide.) Habille-toi. Il faut que tu sois présentable si on est abordés, tu es la femme du capitaine, maintenant.

Elle le salua en tremblant.

— À vos ordres, mon capitaine.

Il lui lança un regard plein de désir et de regrets, se toucha le front en un salut informel, et fonça vers la porte.

Cecilia s'habilla en vitesse puis s'équipa avec les armes que Liam, dans sa hâte, avait laissées derrière lui : une dague, un sabre et un pistolet. Elle vérifia ce dernier. Il était bien chargé.

— Je ne me cacherai pas dans un coin, hors de question, dit-elle.

C'était une déclaration qui ne l'engageait pas trop, vu qu'il n'y avait aucun témoin… Elle quitta la cabine et remonta le couloir sombre jusqu'à se retrouver sur le pont où l'éblouissante lumière du soleil la fit cligner des yeux.

Les voiles étaient déployées, et le *Douce Mélancolie* avançait à une vitesse incroyable, volant comme un oiseau. Une partie de l'équipage s'affairait sur les mâts et les vergues. Sur le gaillard d'arrière, Liam tenait la barre, et Argyle était penché par-dessus le bastingage.

— Il nous rattrape, cria ce dernier.

Cecilia courut aussi sur le côté et se pencha pour voir : derrière, loin dans le sillage blanc, un bateau les rattrapait. Il était plus petit, avec une seule grand-voile rectangulaire, plus large que haute, et une autre petite à la proue. Sa silhouette était longue et fine, et lui rappelait un requin à sa façon de fendre l'eau. Argyle avait raison, il était d'une vélocité impressionnante. Alors même qu'ils avaient l'avantage d'un voilage plus important, l'autre vaisseau gagnait du terrain.

— Il revient à portée de tir ! Attention ! Catapulte !

Cecilia assista au spectacle, les yeux écarquillés, tandis qu'un point noir traversait le ciel bleu, devenait de plus en plus gros, et achevait sa trajectoire avec fracas au milieu du navire. Des fragments volèrent dans toutes les directions. Une partie des éclats atterrit à ses pieds, et elle constata qu'il s'agissait de poterie vernie et non de métal.

Ils envoyaient de la vaisselle ?

C'est alors qu'un épais liquide verdâtre, qui s'était répandu en une longue traînée à travers le pont, s'embrasa. En un rien de temps, l'étrange feu vacillant dégagea une chaleur digne des bouches de l'enfer.

— Du feu grégeois ! hurla Argyle du gaillard d'arrière. Surtout pas d'eau ! Étouffez-le ! Allez, bougez-vous !

Elle se déplaça pour laisser la voie libre à une troupe de marins transportant une voile de rechange, avec laquelle ils commencèrent à éteindre l'incendie.

— Madame Lockhart ! beugla Argyle dont le ton n'avait plus rien d'aimable ou d'amusé. Si vous devez vraiment vous exposer à tous les dangers qui se présentent, pourriez-vous au moins le faire ici, avec nous ?

Elle cligna des yeux, et vit Liam et Argyle qui la regardaient tous deux avec la même expression désapprobatrice.

— On discutera de qui porte la culotte plus tard, dit Liam une fois qu'elle les eut rejoints. Argyle, ce ne serait pas ce maudit cinglé de Salvius ?

Argyle sortit une longue-vue de sa poche, étudia le bateau un moment, et la passa à son capitaine avant de répondre.

— Si. C'est l'*Aquila*.

Liam replia la longue-vue d'un coup sec et la rendit à son propriétaire, sans que son visage ne trahisse la moindre émotion. En haut, dans le nid de pie, un cri retentit :

— Baliste !

Cecilia leva la main pour se protéger les yeux du soleil et vit quelque chose ressemblant à une gigantesque lance, et dont la trajectoire suivait un arc, arriver droit sur eux. Elle s'écrasa à l'avant, s'enfonçant dans le bois comme dans du beurre.

— On est bons pour une semaine au port, avec ça, soupira Argyle. Enfer et damnation !

— Il se joue de nous, dit Liam tout en manœuvrant la barre pour changer de cap. Vois-tu un signe qu'il s'apprête à utiliser son canon ?

— Pas pour l'instant, répondit son second. Et s'il se décide, on ne pourra pas y faire grand-chose.

L'autre navire s'approcha à bâbord, assez près pour que Cecilia puisse admirer ses lignes élégantes et trois rangées d'ouvertures, trop petites pour des sabords de canons : des trous pour les rames ? Le pont fourmillait d'hommes ;

la plupart étaient habillés d'une simple tunique délavée par le soleil, mais un groupe portait l'armure.

Un individu se tenait seul à la poupe incurvée en forme de queue de poisson, ses jambes musclées écartées pour plus de stabilité. Large et robuste, vêtu d'une tunique rouge sang sous une splendide armure datant de l'ère romaine avec un casque au panache rouge vif étincelant, il scintillait au soleil tel un dieu dangereux et invincible.

L'officier leur fit face tandis que les deux bateaux s'alignaient, et inclina la tête.

— Capitaine Lockhart, dit-il d'une voix assez forte pour porter par-dessus les mêlées d'un champ de bataille, sans parler d'une courte étendue d'eau. Les vents et une mer favorable m'ont conduit à toi.

— J'aurais encore préféré ne pas te voir du tout, salopard de bouffeur d'ail, cria Liam. À quoi diable es-tu en train de jouer, Salvius ?

Le Romain s'avança jusqu'au bastingage, posa les deux mains dessus et observa Liam. Non. Choquée, Cecilia s'avisa qu'il l'observait, elle.

Liam l'avait également remarqué.

— Que veux-tu ?

— C'est vrai ce que l'on dit ? Le Hollandais lui-même m'a rapporté que tu t'étais libéré de ta malédiction.

— Et tu es venu afin de m'admirer ? demanda Liam. De faire des trous à la baliste dans ma coque pour le sport ? De régler de vieux comptes ?

Contre toute attente, Salvius sourit, dévoilant des dents solides à défaut d'être blanches.

— J'aime voir les miracles de mes propres yeux. Et maintenant que c'est fait…

Il fit un signe de tête énergique à l'un de ses soldats, et celui-ci cria quelque chose aux hommes qui étaient sur le pont de l'*Aquila*.

— *Arpax* ! cria quelqu'un sur le *Douce Mélancolie*.

Une énorme passerelle, assez large pour que deux ou trois hommes y marchent de front, surgit du vaisseau romain, comme montée sur ressort. L'une de ses extrémités était fixée à l'*Aquila* par des sortes de charnières, tandis que l'autre était équipée d'un énorme crochet de bronze à l'allure mortelle qui s'écrasa sur le bastingage du *Douce Mélancolie* et s'enfonça profondément dans le bois du pont, unissant ainsi les deux navires.

Les marins et les soldats romains s'engagèrent sur la passerelle en poussant un cri de guerre.

Cecilia sortit son pistolet et son sabre. Les pirates – ses pirates – étaient déjà en train de courir en hurlant au-devant des envahisseurs.

Le capitaine Salvius n'avait pas bougé, son regard toujours braqué sur eux trois. Son visage hâlé, sans âge, particulièrement dur.

— N'oublie pas, Liam, que mes hommes ne sont pas mortels. Les tiens, si. Rappelle-les. Il n'est pas nécessaire que ça se finisse en bain de sang.

— Je pourrais faire feu et t'envoyer par le fond. Vu la distance, aucune chance qu'on vous loupe.

— Tu pourrais, répondit Salvius en souriant. Pour le bien que ça vous ferait. Surtout, ne te gêne pas, gaspille le boulet et la poudre, si vous en avez trop.

Liam resta silencieux quelques secondes.

— Quelles sont tes conditions ?

— Jetez vos armes et personne ne sera blessé. Je te laisserai reprendre la mer comme bon te semblera, dès que j'aurai obtenu ce que je désire.

En dessous, sur le pont principal, les hommes se battaient et Cecilia prit conscience en frissonnant que certains étaient blessés, peut-être même mourants. Elle voyait le sang qui maculait le bois, les Romains qui, même criblés de balles ou poignardés, ne relâchaient pas la pression de leur assaut. Ils allaient gagner. Il n'y avait pas d'autre issue possible.

Liam le savait aussi, elle le voyait à la façon dont il se tenait, raide, les épaules contractées par la colère. Il joignit les mains dans son dos.

— Et qu'est-ce que tu veux exactement, Salvius ?

Ce dernier secoua la tête.

— Tu le sauras lorsque vous aurez jeté vos armes et vous serez rendus.

Argyle saisit son capitaine par le bras.

— Refusez. On peut les battre. On l'a déjà fait.

— Quand nous étions invulnérables aux armes à feu et à l'acier, répondit Liam. Quand le *Douce Mélancolie* avait le vent du diable dans le dos et se réparait seul. Ce n'est plus le cas aujourd'hui.

Les deux hommes échangèrent un regard, puis Liam serra la main à son second et prit une grande inspiration.

— Le bateau est à toi. Tu as ma parole. Rappelle tes loups de mer.

Et il posa son sabre et son pistolet au sol.

Salvius fit un signe et un Romain en uniforme près de lui donna un coup de sifflet. Les attaquants, tant marins que soldats, reculèrent pour laisser à l'équipage du *Douce Mélancolie* le temps de se regrouper en une ligne défensive et de traîner leurs blessés et leurs morts à l'écart.

— Jetez vos armes, les gars, cria Liam. Maintenant !

Une pluie de sabres, de dagues et de pistolets s'abattit sur le pont, certains hommes s'exécutant à contrecœur. Cecilia s'aperçut qu'elle serrait encore ses armes et se contraignit à se baisser pour les déposer sur le bois.

Quand elle se releva, Argyle agrippait toujours les siennes, et Liam lui faisait face, calme et solennel.

— C'est un ordre, bon sang ! (La voix de Liam s'adoucit soudain.) Duncan. Déposez vos armes. Je le jure, je ne le laisserai pas vous embarquer à bord de son navire.

Enfin, Argyle acquiesça d'un mouvement sec et nerveux, mais ses yeux brillaient toujours d'une lueur sauvage et inquiétante. Il laissa tomber son épée et son pistolet puis, impassible, se campa sur ses jambes, le torse bombé, les mains dans le dos. Le capitaine Salvius passa au milieu des membres de son équipage restés sur l'*Aquila*, traversa la passerelle – l'*arpax* ? – et monta à bord du *Douce Mélancolie*. Il avança vers la poupe, ses pieds chaussés de sandales martelant le bois d'un pas confiant et sa cape rouge flottant derrière lui tel un drapeau.

Quand le Romain mit le pied sur le gaillard d'arrière, suivi d'un petit groupe de soldats, il sourit et se tourna vers Cecilia.

— Je suis Aulus Salvius Lupus, annonça-t-il. Triérarque du vaisseau romain l'*Aquila*. Et vous êtes… ?

Elle se passa la langue sur les lèvres, et gouta le sel laissé par sa transpiration ou les embruns.

— Cecilia Lockhart. Épouse du capitaine Lockhart.

— Épouse ? Salvius lança un regard en coin en direction de Liam. Je vois. Mes félicitations. Et combien de jours depuis l'heureux événement ?

— Un, répondit-elle en soupirant.

— Ah, c'est bien. Vous ne lui manquerez donc pas trop, dit Salvius.

Il adressa un signe de tête à son officier en second, qui se saisit de Cecilia, lui colla les bras le long du corps et la poussa au beau milieu d'un triangle de Romains, qui se referma sur elle.

— Voici mes termes, Liam. La sorcière vient avec nous, et je ne touche pas au reste de ton équipage.

Le visage de Liam devint soudain aussi blanc et dur que de l'os.

— Aulus, dit-il d'une voix basse, si tu ne la relâches pas immédiatement, ça va mal se passer. Très mal.

— Je suis d'accord, répondit Salvius d'un ton aimable. Très mal, en effet. Pour toi. J'aimerais autant ne pas laver les ponts avec ton sang, Liam, mais d'une façon ou d'une autre, j'aurai ta sorcière.

Liam parvint à garder son calme.

— Pourquoi ?

Salvius haussa les épaules.

— Le profit. Je m'attends à ce que le Hollandais arrive bientôt, ainsi que Peg la Folle et tous les autres qui cherchent une chance de mettre fin à leur damnation éternelle pourtant bien méritée. C'est une marchandise précieuse. (Sa voix se durcit, froide et tranchante.) Alors, ne te mets pas en travers de mon chemin.

Liam le regarda comme s'il était devenu fou, ou qu'il lui avait poussé des cornes.

— Marchandise ? Que diable entends-tu par là ?

— C'est une sorcière briseuse de malédictions.

— Mais non !

— Elle a bien brisé la tienne, non ?

— C'était… (Liam se maîtrisa avec difficulté.) C'était un accident, espèce d'abruti !

Salvius haussa de nouveau les épaules.

— Quand bien même. (Son sourire s'élargit en un rictus effrayant.) J'essaierai de la garder chaste et indemne jusqu'à ce qu'elle revienne dans tes bras aimants. À moins, bien sûr, qu'elle s'avère aussi difficile à contrôler que ton second. Auquel cas je devrai user de persuasion.

Sans un son, calmement, Liam se baissa, ramassa son sabre et l'enfonça par une ouverture dans l'armure du Romain avec une telle sauvagerie que Cecilia en eut le souffle coupé.

Argyle le saisit et le tira en arrière. Salvius baissa les yeux sur l'épée enfoncée jusqu'à la garde entre ses côtes, et la retira lentement, d'un geste souple. Elle était maculée d'une pellicule de sang, mais le Romain ne montrait aucun signe de douleur. Il renvoya l'arme à son propriétaire, qui la rattrapa au vol avec adresse et se mit aussitôt en garde.

— Rien que pour ça, je ne te rendrai pas ta sorcière, jamais. Je la vendrai au Hollandais, ou à celui qui m'en donnera le meilleur prix. Quel que soit l'usage qu'ils voudront en faire, au final cela ne me regarde pas.

Argyle dut user de tout son poids et de toute sa force pour maîtriser Liam, puis il lui murmura quelque chose à l'oreille. Cecilia essaya de se dégager, mais les mains qui la retenaient étaient grandes, expertes, et bien trop puissantes.

Aulus Salvius Lupus ouvrit lui-même la marche pour traverser l'*arpax*, tandis que Cecilia se faisait transporter comme un bagage. L'odeur combinée de la sueur, du cuir et du métal était accablante, et elle appréciait les rares goulées du vif air salé qu'elle parvenait à prendre.

Elle fut balancée sans cérémonie par ses geôliers et tomba en avant, amortissant le choc à la dernière seconde de ses mains sur le bois chauffé par le soleil.

— Attachez-la au mât, ordonna Salvius. Relevez l'*arpax* et préparez-vous à mettre les voiles.

— À vos ordres, mon capitaine.

Le soldat le plus proche salua en posant son poing contre sa poitrine et répéta la consigne d'une voix forte. Deux hommes saisirent Cecilia et la ficelèrent au grand mât avant de retourner vaquer à leurs occupations. La rampe d'abordage de l'*Aquila* craqua tandis que l'équipage la remontait grâce à un système de cordes et de poulies, puis le bateau s'éloigna de celui de Liam et partit en direction du sud, sous le vent. L'*Aquila* filait à une vitesse incroyable, surnaturelle, comme si des moteurs à énergie nucléaire le propulsaient. Des paroles prononcées un peu plus tôt par Liam lui revinrent en mémoire : « *le vent du diable* ».

Le *Douce Mélancolie* disparut rapidement au loin.

À environ trois mètres en face de Cecilia se trouvait quelque chose d'étrange : une grande statue de marbre représentant une femme – une déesse peut-être – avec des cheveux bouclés relevés en chignon et un magnifique visage dépourvu d'expression. Elle avait les bras tendus comme si elle essayait d'atteindre le soleil. C'était un travail de toute beauté, si vivant que Cecilia pouvait presque sentir le murmure de la brise qui agitait le tissu de son drapé élégamment arrangé, si réaliste…

C'est alors que la sculpture battit des paupières.

C'est le soleil, pensa Cecilia, puis elle regarda ailleurs. Ce n'était pas le soleil. Quand elle reporta son attention sur la statue, celle-ci la regardait. Cecilia était absolument certaine d'avoir vu des ovales blancs dans le visage, mais c'étaient des yeux, à présent. Des yeux bleus, de la teinte laiteuse de certains quartzs. Un peu… irréel.

La statue ne parlait pas, ne bougeait pas. Elle se contentait de la regarder… fixement.

Progressivement, Cecilia prit conscience qu'il y avait quelqu'un près d'elle, un îlot de calme dans cette mer de marins en mouvement. Le capitaine Salvius. Il se tenait debout, solidement campé sur ses jambes, les bras croisés. Les yeux rivés sur la statue.

— Qu'est-ce que c'est que cette chose ? ne put s'empêcher de demander Cecilia.

— Ah, vous devriez être honorée. Ce n'est pas tous les jours que l'on rencontre une vraie déesse. Son nom est Larentina. (Il s'avança jusqu'à la statue et lui caressa la joue du bout du doigt.) Je t'ai manqué, mon amour ? Bien sûr que oui. Vous voyez, je suis obligé de parler à la place de Larentina. Le cruel Jupiter lui a arraché la langue parce qu'elle médisait de ses aventures amoureuses. (La statue ferma les yeux, comme si elle était déterminée à le faire taire.) Jupiter, ça c'est un dieu qui sait se faire respecter, hein ?

— Je ne comprends pas. C'est une statue.

— Eh bien, oui, maintenant. Larentina était venue se venger du pillage de ses temples et du viol de ses prêtresses vierges. Ah, les déesses ! Elles sont si sensibles.

(Salvius tapota de ses ongles sales la poitrine blanche et immaculée.) Ça ne s'est pas déroulé exactement comme elle s'y attendait, si j'ose dire. Larentina est notre chance. Tant que nous la tenons, la mort ne peut nous toucher. Même les dieux sont obligés de nous laisser faire comme bon nous semble.

Il se mit directement en face de Cecilia. Elle songea alors qu'elle n'avait jamais vu des yeux pareils : gris clair et aussi vides qu'une banquise.

Essayant de garder son calme, elle prit une grande inspiration.

— Vous êtes sûr que vous ne voulez pas que je brise la malédiction ?

Salvius éclata de rire.

— Brisez toutes les malédictions que vous voulez pour les imbéciles pleurnichards comme votre précieux Lockhart. Même une fois que vous serez morts dans d'atroces souffrances et enterrés six pieds sous terre, mes hommes et moi serons encore une force dans le giron de Neptune. Pour nous ce n'est pas une malédiction, femme. C'est une stratégie.

Il partit dans une envolée de cape rouge, et Cecilia expira en un lent soupir tremblant. Elle avait vue sur la poupe en forme de queue de poisson de l'*Aquila,* par-dessus laquelle elle aperçut des voiles gonflées. Le *Douce Mélancolie* faisait de son mieux pour suivre mais la distance s'accroissait rapidement.

— Liam, murmura-t-elle.

Les larmes lui montèrent aux yeux, dissolvant le monde dans un mélange de couleurs vives. Elle baissa la tête et sentit la panique l'envahir.

Non, se reprit-elle. *Liam ne paniquerait pas, alors moi non plus.*

Tandis qu'elle s'agitait pour trouver une position un peu moins inconfortable malgré ses liens, l'épaisse boucle de métal de sa ceinture s'accrocha à la corde de chanvre enroulée autour de sa taille.

Était-il possible que... ?

Serrant les dents, Cecilia commença à remuer les hanches pour cisailler la corde, synchronisant ses mouvements sur les remous du navire pour plus de discrétion.

Une partie d'elle se plaignit. *Ça va faire mal.* À quoi elle répondit : *Ferme-la et bouge.*

Finalement, au bout d'un moment, elle dut s'arrêter. Ses abdominaux et les muscles de ses hanches refusaient de se voir infliger une torsion supplémentaire. Elle avait l'impression qu'on l'avait frappée dans le ventre avec un maillet de croquet. Visiblement, la corde s'effilochait à l'endroit où elle avait frotté contre la boucle de ceinture, mais elle était incapable de dire si c'était suffisant ou non. Probablement pas. *J'aurais dû aller à la gym plus souvent*, pensa-t-elle en serrant les dents. Une vague fouetta le flanc du navire, éclaboussant ses bras et la corde. Pas bon. Plus le chanvre était mouillé, plus il serait serré et raide une fois sec. Certes, elle ne savait pas ce qu'elle ferait si ses liens cédaient – inutile d'espérer sauter par-dessus bord pour rejoindre le bateau de Liam. Mais être libre offrait toujours plus d'options qu'être attachée.

Personne ne s'intéressait à elle. Elle avait commencé à ressentir la soif quelques heures plus tôt, et la situation devenait franchement critique. Sa bouche était pâteuse et, malgré les vagues qui l'éclaboussaient à l'occasion, elle était en train de mijoter sous le soleil, caché seulement en partie par la voile qui gonflait et claquait au-dessus de sa tête.

Les marins avaient de quoi boire. Elle les regarda se servir dans des seaux placés sur le pont, et arrêta de se lécher les lèvres quand elle prit conscience que ce n'était pas de l'eau qu'elle recueillait, mais du sang.

Le vent faiblit à la nuit tombante et le ciel prit une teinte bleu cobalt intense, parsemé d'étoiles argentées. Au-dessus d'elle la voile s'affaissa brusquement. L'*Aquila*, qui jusqu'alors fendait les flots tel un couteau, ralentit sa progression. Salvius se renfrogna en scrutant les cieux. Clairs, pas un nuage à l'horizon. Même la mer semblait d'un calme étrange à présent, et le bateau ne tanguait presque plus.

— Sortez les rames ! cria quelqu'un derrière elle. À toute vitesse !

L'ordre retentit, d'homme en homme, devenant de plus en plus faible. En face de Cecilia, les yeux de la statue s'ouvrirent de nouveau. Pendant un instant, la jeune femme aurait juré que le visage de marbre s'était teinté d'une touche de couleur, que les lèvres avaient essayé de bouger. Puis cette impression passa, et ce ne fut plus qu'une statue avec des yeux étrangement mobiles qui la regardait comme si elle était censée faire quelque chose.

Sauf qu'elle ne pouvait rien faire. Si ?

Loin à l'horizon, elle crut voir ondoyer des voiles blanches. Liam n'abandonnerait pas. Cecilia ne pouvait pas se le permettre non plus. Elle essaya de bouger de nouveau. C'était très douloureux, mais la panique lui nouait les entrailles et elle ne pouvait pas rester comme ça à ne rien faire. Impossible.

Un fil de la corde céda. Elle le sentit se détacher, et eut du mal à retenir un soupir de soulagement. Mais ce n'était que le début, il en restait encore plusieurs épaisseurs.

Je ne vais pas m'en sortir, pensa-t-elle, et elle sentit les larmes couler sur son visage. *Je vais mourir.*

Les yeux de la statue s'ouvrirent et se rivèrent sur elle, et elle entendit clairement :

— *Libère-moi, et vis.*

— Heu... (Cecilia renifla et se racla la gorge.) Je ne sais pas comment faire.

— *Si, tu le sais*, murmura la voix, faible et glaciale. *Tu verras.*

L'*Aquila* recommença à glisser sur l'eau, et elle entendit le son régulier des rames qui le propulsaient en rythme avec le battement d'un tambour.

— Capitaine Salvius, appela Cecilia d'une voix rauque.

Il se tourna vers elle.

— Qu'est-ce qu'il y a ?

Salvius fondit sur elle, la saisit au menton et envoya sa tête cogner contre le mât.

— Si jamais vous me parlez encore sans y avoir été invitée, je vous ferai hurler, dit-il d'un ton catégorique. Ça fait des mois que mon lit est froid.

Elle le crut, et cela la terrifia. Elle pensa à Liam, au lit couvert de pétales de roses dans sa cabine, préparé pour une nuit qui n'arriverait peut-être jamais. À l'amour à la fois tendre et féroce qui brûlait dans ses yeux.

Dans ceux de Salvius, il n'y avait rien d'autre que du calcul. Elle sut instinctivement que, si elle lui montrait de la peur ou de la faiblesse, c'en serait fini.

Alors, elle sourit.

— Je ne comprends vraiment pas pourquoi. Vous êtes si doux et si charmant. Les filles doivent faire la queue.

Il serra les dents, des dents carrées et fortes, étonnamment droites vu que la dentisterie n'était pas une science très développée à son époque.

— Quand je vous dis de tenir votre langue, je vous conseille d'obéir, ou vous allez connaître le même sort que Larentina quand Jupiter en a eu assez de ses bavardages.

De l'avant du navire, quelqu'un cria :

— Voiles à tribord.

Salvius ne prit même pas la peine de regarder.

— Je l'attendais. Ça doit être Ned Low et le *Rose flétrie*, dit-il. Eh bien, ça sera une bonne affaire – ou pas. Mais dans les deux cas, ma chère sorcière, vous serez dans le lit de quelqu'un ce soir. Vous n'avez plus qu'à prier pour que Low exécute son habituelle et pathétique démonstration de force, puis qu'il fasse une offre inintéressante afin qu'au final vous terminiez la journée dans mon lit, et non dans le sien. Low n'est pas tendre avec ses catins.

Tandis que toi, t'es une super affaire, pensa Cecilia, mais elle eut assez de bon sens pour se taire. Enfin presque.

— Encore un autre bateau maudit ? Il y a une usine quelque part ?

Salvius esquissa un sourire, apparemment amusé par son effronterie. Presque indulgent.

— Certains d'entre nous ont été maudits par des sorcières, d'autres par des dieux, d'autres encore par leur propre malchance. La seule chose que nous ayons en commun, c'est l'éternité. Mais le *Rose flétrie* est encore à part. Vous verrez.

Salvius partit s'occuper des préparatifs. L'*Aquila* se débattait dans la mer étale, avançant péniblement malgré les rangées de rameurs, tandis que l'autre vaisseau filait à toute vitesse, comme poussé par un vent de tempête.

Alors qu'il s'approchait, Cecilia commença à distinguer des détails qu'elle aurait préféré ignorer. Il était bâti sur le même modèle que le *Douce Mélancolie*, mais la ressemblance s'arrêtait là. Des voiles en lambeaux et une coque pourrie, des squelettes qui pendouillaient aux vergues telles de sinistres décorations. Le seul son qu'il émettait, alors qu'il s'approchait à une vitesse effrayante, était le sifflement de la coque lacérant la mer.

Il ralentit brusquement sa course pour venir se placer tout près de l'*Aquila*. Une vague de puanteur, épaisse, verte et fétide, traversa l'étendue d'eau, et Cecilia lutta pour ne pas respirer. Le *Mélancolie* lui avait paru effrayant au début, mais ce navire était... Il n'était pas seulement maudit.

Il était damné.

Les membres de l'équipage du *Rose flétrie* donnaient également la chair de poule. Ils semblaient anormalement immobiles à leurs postes. Le regard de Cecilia fut attiré par un homme solitaire à l'avant du bateau, allongé comme un félin sur l'épaule de la figure de proue. Il avait l'air jeune, très jeune. Elle s'était attendue à quelqu'un de l'âge de Liam, ou de Salvius. Mais Ned Low – s'il s'agissait bien de lui – paraissait avoir à peine vingt ans. Et il était vraiment très, très mignon.

— Jeune, n'est-ce pas ? demanda Salvius, subitement près d'elle. Mais un vétéran de l'ignoble. Certains suivent la voie du mal, d'autres sont des prodiges dès la naissance. Edward Low est le fruit du membre glacé de Pluton, et ça se sent. Ce n'est vraiment pas de chance pour vous qu'il soit le premier à la table des négociations.

De la provocation, encore. Cecilia tenta de l'ignorer, mais se crispa lorsque Salvius lui caressa la joue. Elle sentit les cordes craquer et les testa un peu plus – en vain.

— Les vents et une mer favorable m'ont conduit à toi, lança le jeune homme. (Il avait un fort accent d'aristocrate anglais, puant d'hypocrisie.) Quel plaisir de se revoir. Oh, dis à tes pauvres esclaves de lâcher leurs rames : vous n'irez nulle part, tu le sais bien.

— Mes pauvres esclaves ont besoin d'exercice, répondit Salvius. Expose ton affaire, capitaine Low, avant que je perde mon sang-froid.

Low éclata d'un rire doux – un son diabolique rappelant étrangement l'atroce odeur de décomposition qui continuait à émaner de son bateau, tel une sorte de brouillard.

— Mon affaire ? Capitaine, je ne suis pas un vulgaire marchand, je n'ai pas d'affaires, comme tu dis. J'ai des… intérêts. Et j'ai entendu dire que tu avais quelque chose susceptible de m'intéresser.

— Je pourrais te vendre ma couille gauche pour un prix raisonnable, répondit Salvius en souriant de toutes ses dents.

— Tentant, mon cher, mais non. J'en ai déjà une parfaite paire que, malgré tous tes efforts, tu n'as pas encore réussi à me prendre. Non, il me faudrait une femme.

Son regard se posa sur Cecilia, qui aurait vraiment, vraiment souhaité qu'il s'abstienne.

— Celle-là conviendrait très bien.

— Elle n'est pas à vendre.

— Voyons, tout ce qui est sur l'*Aquila* est à vendre, dit Low avec une moue boudeuse. Ne sois pas cruel, Salvius. Cela ne te réussit pas aussi bien qu'à moi.

— J'ai dit que la sorcière n'était pas à vendre.

Low ouvrit de grands yeux.

— Une sorcière ? Dans ce cas, c'est encore mieux. Cela fait un moment que j'en cherche une. Elles se faisandent si rapidement.

Cecilia jeta un regard désespéré vers la poupe et distingua les contours flous d'un navire. Le *Douce Mélancolie* était encore loin. Bien trop loin.

Salvius prononça une phrase en latin qui fit rire Low.

— Surveille ton langage, capitaine, le réprimanda-t-il.

En silence, deux hommes d'équipage fantomatiques posèrent une planche entre les deux bateaux, tandis que Low abandonnait sa posture féline sur la figure de proue et se laissait glisser jusqu'au bastingage. Il sauta d'un bond assuré sur l'étroite passerelle. Il y avait quelque chose d'aberrant dans la façon dont il assurait son équilibre mais, tandis qu'il se rapprochait, Cecilia remarqua bien d'autres anomalies : une sorte de halo noir, une ombre qui s'accrochait à lui comme un voile, et puis sa façon de se mouvoir, inhumaine, tout en grâce et en souplesse. À l'instar des tigres.

C'est alors qu'elle distingua vraiment son visage, et elle en eut le souffle coupé, car ses yeux étaient recouverts d'une cataracte blanche. Des yeux de cadavre dans un visage d'ange.

— Hum, dit Low en faisant le tour de la jeune femme, et en l'examinant de beaucoup trop près. Je suppose que ça ira. Combien ?

— Dix mille pièces d'or.

— Bien trop pour mes pauvres coffres.

— Alors va-t'en de mon navire, répondit Salvius sur un ton aimable. Charognard.

— Tu fais un bien piètre vendeur, rétorqua Low d'une voix traînante. Est-elle vierge ?

— Aucune idée. Tu veux vérifier ?

Tous deux la regardèrent d'un air pensif et Cecilia, choquée, écarquilla les yeux.

— Je ne suis pas vierge ! glapit-elle. Je suis la femme du capitaine Liam Lockhart, et je suis...

Low fit soudain un pas vers elle, et ses yeux blafards luirent. Il ne prononça pas un mot, mais la terreur qui s'abattit sur elle l'empêcha de respirer et de parler.

— Eh bien, reprit Low. Je suppose que je dois être en mesure de trouver l'argent. Ajoute une paire d'esclaves, j'ai un petit creux.

— J'ai besoin de tous les bras à ma disposition.

— Mon cul, Aulus, tu peux t'emparer d'esclaves n'importe où, et je sais que tu les tues à la tâche régulièrement. Une paire d'esclaves bien en chair, tu ne t'en apercevras même pas.

Il agita avec dédain une main pâle et élégante en direction du Romain.

— Un esclave.

— D'accord.

Salvius claqua des doigts et des cris furent relayés sur toute la longueur du navire. Quelqu'un ouvrit une grille de fer et, après un court moment, un spécimen blafard vêtu d'un pagne déchiré fut traîné pour être présenté au capitaine Low.

— Parfait.

Low tendit la main pour la poser sur l'épaule de l'esclave en une sorte d'étrange et dérangeant geste de bienvenue.

Salvius l'arrêta du plat de son épée.

— Tu satisferas tes appétits sur ton propre bateau, pas sur le mien, aboya-t-il. Vous deux, emmenez-le sur le *Rose*.

Il harponna du regard deux de ses soldats qui, à contrecœur, s'emparèrent du prisonnier et l'accompagnèrent jusqu'à l'étroite passerelle. Le malheureux tituba tant bien que mal jusqu'à l'autre bateau.

— Pauvre type, dit Salvius sans réelle émotion. Très bien. C'était un cadeau de bonne volonté. Maintenant je veux mon or, capitaine.

Low ferma à moitié ses yeux laiteux et Cecilia eut l'impression de voir un bref spasme de colère le parcourir. Mais il leva la main en un gracieux geste de reddition.

— Très bien. Je vais rassembler le paiement. Mais n'essaie pas de m'arnaquer, mon vieil ami. Tu sais ce que je fais à ceux qui ne respectent pas leur part du marché.

Salvius hocha la tête sèchement. Low se retourna et glissa sur le pont jusqu'à la planche. Il traversa sans s'arrêter ni trébucher, avec un équilibre parfait, puis sauta avec légèreté à bord du *Rose flétrie*.

Salvius jura dans sa barbe. Du moins, Cecilia supposa que c'étaient des jurons car il parlait en latin, mais cela sonnait bien trop brutal pour être autre chose. Il commença à faire les cent pas, et la statue le suivit de ses yeux bleus avec une telle intensité que Cecilia crut sentir la haine qui l'habitait.

— Que se passe-t-il s'il vous touche ? demanda-t-elle au capitaine de l'*Aquila*. Il se tourna vers elle et l'ébauche d'un sourire se dessina sur sa bouche fine et cruelle.

— Si vous êtes maligne, vous ferez de votre mieux pour ne jamais le découvrir.

Elle entendit le martèlement sourd de bottes qui traversaient la planche entre les deux bateaux et leva les yeux pour s'apercevoir que le capitaine Low était de retour. Il était accompagné par un homme qui luttait sous le poids d'un gros coffre, vert et visqueux de moisissure. Ils étaient tous deux enveloppés d'ombres et Cecilia ne parvint pas à distinguer le visage du porteur.

Low posa le pied sur l'*Aquila* et inspira profondément avec une évidente satisfaction.

— Tu sais maintenir l'ordre sur ton navire, Salvius, je dois bien l'admettre, dit-il.

Puis il fit un signe à son marin qui grogna et laissa tomber le lourd coffre sur le pont. Cecilia sentit le bois vibrer sous ses pieds.

— Comme convenu. Maintenant je vais prendre ma marchandise.

Salvius n'esquissa pas un geste. Il regarda fixement l'autre homme, le menton légèrement baissé, ses yeux brillant d'une lueur féroce dans le soleil couchant.

— Pas avant que j'aie vu l'or. Ouvrez !

Cecilia prit une grande bouffée d'air et pesa sur les cordes. Elle sentit celle sur laquelle elle travaillait céder... légèrement.

Pas assez.

L'homme ouvrit le coffre et les soldats les plus proches laissèrent échapper un murmure d'approbation en voyant les reflets chauds de l'or caressé par les rayons du soleil.

— Mélange, dit Salvius. Je veux être sûr que c'est de l'or qu'il y a au fond et pas les restes de ton dîner.

Low dégaina son sabre et remua le contenu du coffre, puis il se pencha, plongeant la main jusqu'au fond pour en tirer une poignée de pièces qu'il laissa négligemment couler entre ses doigts.

— Marché conclu ?

Salvius sembla réfléchir pendant un long et inconfortable moment, puis acquiesça. Deux de ses soldats se saisirent du trésor, le déposèrent près de la statue, et se mirent au garde-à-vous.

Edward Low marcha d'un pas tranquille jusqu'à Cecilia. Ses yeux morts avaient la couleur d'un clair de lune. De ses longs doigts, il donna une chiquenaude sur le cordage effiloché au niveau de sa taille en souriant.

— Si près du but, petite sorcière, dit-il. Et pourtant si loin.

Elle tourna la tête quand il abattit son épée, rapide comme la foudre ; elle la sentit trancher les cordes et mordre le bois à moins de deux centimètres de son bras, puis elle bascula quand les liens tombèrent à ses pieds, la privant de support.

Trébuchant sur le tas de cordes, la jeune femme manqua d'atterrir dans les bras ouverts de Low. Une main la poussa sur le côté au dernier instant, et elle aperçut un éclat métallique, du rouge romain, et une armure.

Salvius.

— Je te l'ai déjà dit. Satisfais tes appétits sur ton propre bateau.

Et il tira son épée, tandis que Low s'avançait sur lui. Ce dernier attrapa l'épée au moment où le Romain frappait. La lame devint verdâtre, puis marron… avant de se dissoudre purement et simplement dans la main de son propriétaire.

— Attention, dit Low. Quelqu'un pourrait se blesser, capitaine.

Salvius se retrouva acculé contre le bastingage. Low posa ses mains pâles et destructrices sur le bois autour de lui. La rambarde vira au gris et prit une couleur d'os vieilli avant de commencer à se décomposer en une poussière vermoulue. Il se pencha en avant, son visage tout près de celui du Romain.

Ce dernier ne cilla pas, mais Cecilia vit que cela lui demandait un effort surhumain.

Low éclata d'un rire guttural.

— Ne t'amuse pas avec moi, souffla-t-il. Tu n'aimerais pas ma façon de jouer. (Il se tourna vers Cecilia, les yeux brillants.) C'est l'heure, chaton. Je me serais volontiers comporté en gentleman en prenant votre bras, mais le résultat serait… déplaisant, comme vous avez pu le constater. (D'un signe de tête, il désigna la planche et le *Rose flétrie* grinçant et pourrissant). Vous pouvez y aller de vous-même, être transportée par mon homme, ou pourrir ici.

Salvius se racla la gorge.

— La dernière proposition s'entend littéralement, jeune fille. Je l'ai vu transformer un homme en un tas d'os et d'asticots en quelques secondes. Ne le provoquez pas.

— Un sursaut de conscience ? railla Low. De la part de celui qui a préféré balancer des enfants aux requins plutôt que d'avoir des bouches supplémentaires à nourrir ? Voyons, Salvius. Tu ne vaux pas mieux que moi.

Il fit mine de poser sa main sur l'épaule de Cecilia, qui eut un mouvement de recul instinctif et le précéda jusqu'à la planche.

Et, à sa grande surprise, il lui adressa un clin d'œil.

Elle fut si choquée qu'elle faillit tomber, et poussa un petit cri quand, venues de derrière, des mains se refermèrent sur ses bras et la soulevèrent avec aisance pour la poser sur la passerelle. C'était le marin de Low, mais son contact lui sembla familier. Cecilia se retourna pour le regarder, essayant de le distinguer à travers l'écran de fumée et, l'espace d'un instant, aperçut l'éclat qui brillait dans ses yeux noirs.

— Chut, l'avertit Liam. Pas le temps, il nous faut un moyen d'arrêter Salvius. Tu en connais un ?

— Comment suis-je censée savoir ? chuchota-elle avec, dans la voix, une pointe d'agressivité. J'étais prisonnière.

— Oui, mais une prisonnière observatrice et pleine de ressources. Alors ?

— La statue. Je pense que c'est la statue… Il a dit qu'elle empêchait la mort de venir le prendre.

Ned Low qui, toujours sur le pont de l'*Aquila*, moins d'un mètre derrière eux, écoutait attentivement, hocha la tête et repartit vers Salvius.

— Une dernière chose, mon mignon, dit-il en le dépassant pour aller poser ses deux mains à plat sur les seins de marbre de la statue. Aaah, magnifique. Quel bel ouvrage.

La pierre vibra, se craquela, puis explosa en un nuage de poudre blanche et d'éclats de pierre, laissant apparaître…

Une déesse. Grande, mince, avec des cheveux roux, flamboyants comme le soleil qui se couchait derrière elle, des yeux d'un bleu laiteux, et une peau aussi blanche que le marbre. Elle était vêtue d'un drapé fluide, noir comme la nuit. Low s'écarta, elle respira un grand coup et riva sur Salvius un regard impitoyable. Puis ce fut le chaos, des hommes crièrent et gémirent, d'autres se jetèrent au sol pour supplier d'être épargnés.

Pas Salvius, cependant. Il lui fit face tandis qu'elle se dirigeait vers lui.

Liam attrapa Cecilia et la poussa sur la planche, tout en hurlant à l'adresse de Low.

— Ned ! Bon sang, arrête de traîner !

Mais le capitaine du *Rose flétrie* ne se pressait pas. Il regarda la déesse Larentina tendre le bras pour toucher de ses doigts froids le front de Salvius.

Le Romain tomba à genoux, se balança un instant, puis s'écroula. Face contre terre.

— Ned ! hurla à nouveau Liam. Elle va te prendre aussi !

— Oui, répondit calmement l'intéressé. Je suis en train d'y réfléchir. (Larentina avança sur lui. Il haussa les sourcils.) Finalement, non.

Low recula, sauta sur la planche et la traversa en courant avec légèreté avant d'atterrir sur le pont sale et pourrissant de son bateau à côté de Cecilia, qui était blottie dans les bras de Liam. Après avoir écarté la planche de l'*Aquila*, il la laissa tomber dans l'eau – elle commençait déjà à se décomposer. Puis, appuyé contre le bastingage crasseux, il regarda Larentina parcourir les ponts du vaisseau romain sans relâche, envoyant les membres de l'équipage à leur mort trop longtemps retardée, et sans aucun doute bien méritée.

La déesse fit une pause dans son massacre pour les regarder intensément et Cecilia eut la sensation que le linceul glacé de la mort lui caressait le visage.

Mais une fois que ce fut passé, elle se sentit étrangement revigorée. Sa soif dévorante l'avait quittée, ainsi que les courbatures, les douleurs et les coups de soleil. Et quand elle se passa la langue sur les lèvres, elle les trouva souples et humides.

— Je crois que je suis amoureux, soupira Low. (Il secoua la tête.) Trop intelligent pour son propre bien, notre ami Salvius. Et imprudent aussi. Mais je suppose qu'il devait la garder tout près pour la contrôler.

L'*Aquila* coulait, tanguant comme un ivrogne sur la mer qui soudain bouillonnait de vagues. Et de requins. Cecilia détourna les yeux du spectacle, cachant son visage contre le torse de Liam, qui referma ses bras autour d'elle.

Elle entendit le vent faire claquer les voiles élimées du *Rose flétrie*, et les horribles squelettes qui se balançaient sur le grand mât jouer leur macabre musique. Ned Low ne regardait pas le naufrage de l'*Aquila*, mais Cecilia et Liam.

— Je vous ramène à ton bateau. Comme convenu, et après nous sommes quittes, Lockhart. La prochaine fois que vous tomberez entre mes mains, vous pourrirez comme les autres. Toi et la sorcière. (Il hésita.) À moins qu'elle ne puisse vraiment rompre les sorts, bien sûr.

— Non, dit Cecilia. Je ne suis pas une sorcière. Désolée.

— Ah, répondit-il. (Son adorable visage souriait, mais pas ses yeux.) Dommage.

Low fit un geste plein de langueur et, plus haut, sur le pont de quart désert, la roue du gouvernail tourna ; le *Rose flétrie* changea aussitôt de cap pour se diriger vers le *Douce Mélancolie* qui n'était encore qu'un minuscule point à l'horizon.

Une brise fraîche souffla sur le pont, chassant un instant l'odeur nauséabonde, et déchirant partiellement les ombres qui enveloppaient Liam. Cecilia se regarda et constata qu'elle était également prise dedans, comme dans un brouillard humide. Elle essaya de le balayer de la main mais on aurait dit que la chose avait une volonté propre.

— N'y fais pas attention, lui dit Liam. C'est quand ça disparaît qu'il faut s'inquiéter. Ça veut dire que Ned a envie de jouer avec toi.

Il semblait morose, et ses yeux étaient graves et hantés. Il prit le visage de Cecilia dans ses mains.

— Je suis désolé que ça ait pris autant de temps. Ned n'est l'allié de personne, et il n'est pas facile de lui mettre la main dessus.

— Dans ce cas, pourquoi t'a-t-il aidé ?

Liam inspira profondément.

— J'ai passé un accord. Il n'y avait pas d'autre moyen d'arriver jusqu'à toi. Le navire de Salvius était trop rapide. Ned Low a été le secours le plus proche que j'aie pu trouver.

Oh ! non.

— Qu'as-tu promis ?

— Rien que je ne puisse me permettre de perdre.

Cecilia en doutait.

Quand le *Rose flétrie* vint se ranger contre le *Douce Mélancolie* la nuit était tombée depuis longtemps. Des lampes brillaient à bord, donnant au navire un air de fête. À cette vue, Cecilia se sentit envahie par un tel soulagement qu'elle crut que ses jambes allaient se dérober sous elle.

Elle était impatiente de quitter cette épave crasseuse et malsaine.

M. Argyle attendait au bastingage, une lanterne à la main, une expression tendue et anxieuse sur son visage émacié et plein d'intelligence.

— L'*Aquila* ? demanda-t-il.

— De l'histoire ancienne, répondit Liam. Permission de monter à bord !

Low s'assit à son aise et observa d'un regard indifférent Liam escorter Cecilia sur la passerelle vers la sécurité du pont de leur vaisseau. L'équipage se referma autour d'elle en un mouvement protecteur. Surprenant, lorsqu'on songeait que la veille ils avaient voulu la jeter par-dessus bord.

Peut-être que c'était à mettre sur le compte de leur haine pour Edward Low.

Elle tendit le bras vers l'arrière pour toucher Liam, mais sa main rencontra le vide. Il était toujours debout sur la passerelle, à la regarder. Et, tandis que le voile d'ombre l'avait libérée au moment ou elle avait posé le pied à bord du *Douce Mélancolie*, il enveloppait toujours son mari, à l'instar d'une fumée toxique.

— Je suis désolé, dit-il d'une voix étouffée qui sonnait bizarrement. Je suis tellement désolé, Cecilia. Je t'aime.

Sur ce, il fit volte-face et repartit vers le *Rose*.

— Non ! hurla-t-elle en se jetant sur la passerelle.

Liam attrapa la planche et la fit basculer. Elle était encore attachée au *Douce Mélancolie*, et rebondit bruyamment contre la coque.

— Liam, reviens ! Liam !

Argyle la maintenait d'une main ferme.

— Il ne peut pas, ma fille. C'est sa dette envers Low. Quelqu'un doit rester, et Liam a choisi. Il ne laisserait personne le faire pour lui. J'ai essayé. Dieu m'en soit témoin. J'ai essayé.

À bord de l'autre bateau, Edward Low descendit de son perchoir, se laissa glisser au sol et marcha jusqu'à Liam. Il s'accouda avec nonchalance au bastingage, les yeux rivés sur Cecilia, comme deux lunes jumelles dans lesquelles se reflétaient les flammes des lanternes.

— Croyez-vous à la rédemption ? lui demanda-t-il.

Elle n'était pas d'humeur à badiner.

— Laissez partir Liam ! Je vous en prie !

— Tout ce qui le retient ici, c'est son honneur, répondit Low. Mais c'est une chaîne puissante, pour lui. Je vous le demande encore, petite sorcière, croyez-vous à la rédemption ?

— Oui ! Prise d'une terreur folle, elle s'étrangla sur le mot. Je vous en prie. Je vous aiderais si je le pouvais. Je le ferais. Vraiment.

Il l'étudia, le visage grave.

— Je vous crois. Même si je ne serais jamais en mesure de mériter votre aide.

— Je ne vous juge pas. Je vous en prie

Low jeta à Liam un regard en coin.

— Ta sorcière est dure en affaires. Tu tiendras parole, Lockhart. Un an de service sur le *Rose.*

Un an ? Le cœur de Cecilia se glaça dans sa poitrine. Elle avait eu du mal à supporter une seule heure. Qu'est-ce que ça serait…

— Je tiendrai parole.

— Je le sais. Tu es un homme d'honneur, dit Low avec une pointe de raillerie sur ce dernier mot. Mais je n'ai jamais dit quand ton service commencerait, capitaine.

Liam ne bougea pas.

Edward leva les yeux au ciel.

— Va-t'en, idiot. Je t'accorde un sursis. Je choisirai quand récolter mon dû.

Le manteau d'ombre de Liam se dispersa, Cecilia retint son souffle et serra la main d'Argyle. Liam avait l'air choqué et lugubre.

— Je suppose que je devrais te remercier.

— Non, répondit Low sobrement. Je compte bien t'avoir à mon service. Mais pas aujourd'hui.

Il fit un autre de ces étranges mouvements aériens, et la passerelle se releva d'elle-même pour revenir se fixer entre les deux navires. L'océan était aussi lisse et noir qu'une vitre teintée.

Liam traversa, se laissa tomber sur le pont du *Douce Mélancolie*, et Low posa la main sur la planche. Elle moisit, pourrit, puis tomba en poussière et fragments dans la mer.

Le vent du diable gonfla les voiles du *Rose flétrie*, et le sinistre vaisseau s'éloigna en glissant dans la nuit, sa silhouette se dessinant un instant sur le fond étoilé avant de disparaître sans un son. Low avait peut-être levé la main en signe d'au revoir, mais ce fut une vague impression, vite dissipée.

Liam expira lentement et ferma les yeux.

— Tu es un idiot, dit Cecilia.

Il acquiesça.

— Je sais.

— Je t'aime.

— Tu as intérêt, répondit-il. Et pas qu'un peu.

L'équipage organisa une fête impromptue en leur honneur. Festin improvisé de jambon fumé, d'ananas en conserve et de rhum. Beaucoup de rhum. Leur façon de s'excuser pour avoir ruiné la réception du mariage. Cecilia mangea juste assez pour se rassasier, et but ce qu'il fallait pour calmer ses nerfs. Quelqu'un commença à jouer de la cornemuse et il y eut une tentative de gigue. Devant l'insistance de l'équipage, elle se prêta au jeu. Quand elle s'arrêta, à bout de souffle et le visage rouge, elle vit Liam, de l'autre côté de la foule, qui la regardait avec intensité.

— Je pense que je vais me retirer pour la nuit, dit-elle en passant devant lui. Tu m'accompagnes ?

Il laissa passer une ou deux interminables secondes, puis se redressa en repoussant le rail de ses mains.

— Ouais, dit-il. Je suppose que oui.

Il l'embrassa bien avant qu'ils aient atteint la cabine. Dans le couloir, en fait, debout contre la cloison de bois, dangereusement près de la lanterne qui se balançait. Il ouvrit la porte d'un coup de pied et l'entraîna à l'intérieur en détachant sa ceinture, qu'il laissa tomber sur le sol tout en continuant de la faire reculer vers le lit. Puis ce fut le tour de la chemise de Cecilia, bientôt suivie par celle de Liam. Puis les bottes. Et les pantalons.

Arrivés au lit, ils étaient nus, brûlants et consumés de désir, loin de toute raison. Liam fit glisser ses mains autour de la tête de Cecilia, passant les doigts dans ses épais cheveux courts, et lui dévora la bouche de baisers affamés et désespérés, avec toute la fiévreuse énergie d'un soir d'orage.

Quand il s'écarta, Cecilia tremblait et haletait. À la lueur des lanternes, la peau de son mari était de la couleur du caramel chaud – plus foncée sur les avant-bras, les mains et le visage, comme chez tout bon marin – et au moins deux fois plus douce au goût.

—Peut-être que l'on devrait attendre, dit Cecilia.

Surpris, Liam ouvrit de grands yeux.

—Attendre ? dit-il.

Elle esquissa un sourire canaille.

—Il va bien y avoir quelque chose pour nous interrompre.

Il leva un doigt, se tourna vers la porte et hurla :

—Monsieur Argyle !

La porte de la cabine s'entrouvrit à peine.

—Oui, mon capitaine ?

—Vous garantissez notre intimité cette fois-ci ?

—Oh, oui, monsieur. Garantie totale.

Et la porte se referma avec un bruit métallique.

—Tu vois ? dit Liam. Problème résolu.

—Sauf que ton second est juste derrière la porte, en train d'écouter. Je n'appelle pas ça de l'intimité.

Liam parut réellement surpris.

—Eh bien, dans ce cas, il faudra que l'on soit discrets, n'est-ce pas ?

Et il l'embrassa, lui faisant oublier ses objections. Ils firent l'amour comme dans un rêve ; des vagues s'échouant sur le rivage, brillantes et salées, irrésistibles. Cecilia flottait dans les courants, avec pour seule ancre le corps de son mari, la sensation de ses dents qui lui mordillaient le cou, et le contact électrisant de ses mains.

À la fin, leurs ébats n'avaient plus rien de discret, mais Cecilia avait oublié de s'en préoccuper.

— Ah, voilà une façon de passer le temps, dit un Liam somnolent en lui caressant les cheveux tandis qu'ils reposaient enlacés sur le lit défait. Un jour écoulé.

— Oui, mon capitaine, dit-elle en souriant, lovée contre sa poitrine. Et une infinité à venir.

Rachel Caine n'existe pas… enfin, pas vraiment. Il s'agit du pseudonyme de Roxanne Conrad, fille de scientifiques, née sur la base de lancement de White Sands au Nouveau-Mexique, clarinettiste de concert à ses heures, et écrivaine depuis 1991. Elle a écrit plus de trente romans, dont les séries *Vampire City* et *La Maîtresse du vent*, publiées en français. Elle vit à Fort Worth, Texas, avec son mari, l'artiste R. Cat Conrad, et leurs deux iguanes, Darwin et Popeye.
Pour plus d'infos : www.rachelcaine.com ou www.myspace.com/rachelcaine.
Ces sites sont en anglais.

Telle mère, telle fille

P.N. Elrod

Dans le Chicago de la Grande Dépression, malfrats, flingues et filles rimaient invariablement avec problèmes, même pour un privé mort-vivant. Jack Fleming raconte sa dernière affaire tirée des Dossiers vampires.

Chicago, février 1938

D'après mon expérience, les jeunes mariées attendent généralement d'avoir consommé leur lune de miel avant de faire appel à un détective pour surveiller les faits et gestes de leur époux. Lorsque Dorothy Schubert, née Huffman, fit brusquement irruption dans le bureau encore vêtue de sa robe blanche, je crus qu'elle cherchait à pulvériser un record au même titre que tout ce qui se trouvait sur son chemin.

Je n'avais jamais vu une femme autant en colère – ce qui n'est pas peu dire.

J'étais simplement passé récupérer le courrier et n'avais pas pris la peine d'allumer la lumière. Je l'entendis gravir l'escalier à toute vitesse, puis elle poussa la porte avec une force à en faire trembler la vitre. Dans le noir, elle tâtonna à la recherche de l'interrupteur. La soudaine clarté me surprit, assis derrière le bureau, des enveloppes dans une main tandis que l'autre était glissée sous mon manteau, à proximité de mon .38. Chicago est une ville dangereuse, et même un vampire a parfois besoin d'un petit coup de pouce.

Vous m'avez bien compris, mais je reviendrai sur le côté Lugosi un peu plus tard.

Je renonçai à dégainer mon calibre et posai les lettres sur la table. La jeune femme ne semblait pas être armée, juste passablement énervée. Elle avait le visage rouge, ses yeux marron étincelaient et ses impeccables dents blanches étaient presque toutes dénudées par son rictus. Prudent, je restai derrière le bureau.

— C'est vous ? demanda-t-elle en poignardant d'un doigt le nom peint sur la vitre dépolie de la porte : « Agence Escott ».

J'hésitai à répondre, ne sachant pas dans quoi s'était fourré mon partenaire, avant de comprendre qu'elle n'aurait pas posé cette question si elle avait déjà rencontré Escott.

— Non, mais je peux peut-être vous aider.

— J'ai besoin d'un détective.

Elle fit quelques pas mal assurés et saisit le dossier d'une des chaises en bois disposées devant le bureau. Sa course dans l'escalier l'avait visiblement laissée hors d'haleine.

— Et d'un verre ?

— Oui, aussi.

Elle se laissa tomber sur la chaise, dans le bruissement onéreux de son élégante robe de mariée. Elle n'était pas tant jolie que saisissante avec son épaisse chevelure brune, son nez aquilin, ses sourcils marqués et sa large bouche. Elle pouvait tour à tour apparaître laide ou d'une beauté à couper le souffle en fonction de son humeur. Un sculpteur se serait particulièrement attardé sur ses pommettes, son menton et son cou. Je remarquai la grosse veine qui y tressaillait au rythme des battements de son cœur, lesquels m'étaient parfaitement audibles. Elle commençait à se détendre, néanmoins, et sa fréquence cardiaque s'apaisa petit à petit.

Son long voile reposait de guingois, et elle ne portait pas de manteau par-dessus sa robe. Pourtant, il faisait si froid que même moi, j'avais ressenti la morsure de l'hiver. La jeune femme avait dû quitter l'église en toute hâte. Quoique après la cérémonie. En effet je remarquai qu'elle portait son alliance. À côté d'un solitaire de fiançailles bien visible, elle arborait un anneau d'or, plus discret, dont la surface était incrustée de diamants. Avec ce qu'elle portait au doigt, elle aurait pu s'offrir tout le pâté de maisons, sans parler des babioles hors de prix qui pendaient à son cou comme à ses poignets.

— Vous avez froid ? demandai-je.

La chair de poule courait sur ses bras nus.

Elle réfléchit, puis hocha la tête. Le radiateur était éteint pour la nuit ; j'ôtai mon pardessus et lui en entourai les épaules.

— Vous êtes gentil. Et tellement galant, dit-elle en s'y blottissant comme s'il s'était agi d'une couverture.

— Ça m'arrive.

Escott gardait une bouteille de whiskey dans le tiroir inférieur de gauche – du bourbon bon marché uniquement destiné aux clients ayant besoin d'un sérieux remontant. Je la sortis et me dirigeai vers le fond de la pièce pour aller chercher un verre, mais la jeune mariée n'eut pas la patience d'attendre. Elle avait déjà retiré le bouchon et retourné la bouteille, dont elle descendit un quart en deux rasades. Ce jour étant celui de son mariage, elle avait une bonne raison de boire, mais tout de même – elle en imposait.

Elle reposa brutalement la bouteille sur la table et prit une profonde inspiration sifflante. Ses yeux sombres s'embuèrent.

— Wouah !

J'avais arrêté de boire de l'alcool depuis un petit moment déjà, mais je savais ce whiskey capable de décaper du vernis sans aucune difficulté.

— Comment puis-je vous aider, mademoiselle… Euh… madame… ?

— Mme Jerome Kleinhaus Schubert, depuis une heure. Je veux que vous retrouviez mon mari.

— Euh…

Peu de choses sont à même de me couper la chique, mais sa demande me laissa tout bonnement sans voix. Si Mme Schubert avait été un de ces voyous irascibles appartenant à l'un des gangs de la ville, et qui passent leur temps à agiter leur arme, j'aurais su comment réagir. Au lieu de cela, j'échangeai avec la jeune mariée des regards dans un silence interminable et bien trop lourd, avant que la procédure se rappelle à moi. Je produisis alors un des contrats standard de l'agence, du papier à lettres et un stylo-plume.

— Est-ce vous ? s'enquit-elle de nouveau en désignant le nom sur la porte.

— M. Escott n'est pas en ville. Je suis son partenaire, M. Fleming. Puis-je vous demander qui vous a envoyée vers nous ?

Elle m'observa pendant quelques secondes. J'étais plus grand que la moyenne, assez mince, et semblais plus jeune que mes trente-huit ans. Son regard s'arrêta sur mon visage. J'ôtai mon feutre et le posai sur le bureau, ce qui fit naître une lueur amusée dans ses yeux.

— Un chauffeur de taxi. Je lui ai dit que je cherchais un détective et il m'a conduite directement ici.

Je lançai un coup d'œil à la rue en contrebas à travers les stores. Un taxi jaune était garé en double-file à côté de mon coupé Studebaker. Le conducteur m'adressa un geste de la main. Je le connaissais vaguement ; il traînait souvent devant le cabaret que je fréquentais à la fermeture, dans l'espoir de décrocher une dernière course. Pas étonnant que l'Agence Escott ne lui soit pas inconnue et qu'il se soit douté que l'un de nous s'y trouverait à cette heure indue. Le portier du cabaret aimait à discuter lorsque l'activité se faisait plus calme. Cette affaire ne manquerait pas d'alimenter leurs conversations.

— Vous l'avez réglé ?

La jeune mariée, qui ne possédait pas de sac à main, jeta un coup d'œil éloquent à sa robe dépourvue de poches.

— Mettez cela sur ma note. Je vous rembourserai.

Elle entreprit de retirer les épingles qui maintenaient son voile, qu'elle enroula sans le serrer autour d'une de ses mains, visiblement convaincue que sa parole suffisait.

Je n'avais pas dit que j'acceptais l'affaire, mais décidai que je ne pouvais passer à côté.

— Entendu.

Je m'excusai, quittai le bureau pour aller payer le taxi, persuadé que le montant de la course, dans le bref moment écoulé depuis ses noces, ne saurait être excessif. Je m'étais montré bien optimiste : le compteur affichait deux dollars cinquante. Ils avaient sans doute traversé toute la ville.

Je donnai trois dollars au chauffeur et lui demandai s'il savait de quoi il retournait.

Il secoua la tête, d'un air enjoué.

— La demoiselle a jailli de Saint-Michel comme un de ces hommes-canon. Bon sang, elle était enragée. Jamais rien vu de tel. Elle m'a vu, a réclamé un privé en hurlant et j'ai pensé à vous.

— Vous passiez par hasard ?

— Non, j'attendais la fin de la cérémonie. Il y a toujours quelqu'un qui a besoin qu'on le ramène. Les mariages et les enterrements sont toujours bons pour les affaires, pas vrai ?

Je ne pouvais qu'être d'accord. Je le remerciai et retournai vite auprès de ma cliente. L'Agence Escott se chargeait de l'exécution des basses commissions de ceux qui avaient assez d'argent et souhaitaient rester discrets. Escott refusait catégoriquement tout ce qui touchait au divorce. La recherche d'un jeune marié disparu occupait une zone d'ombre, mais l'affaire promettait d'être facile à résoudre. Il avait très certainement succombé à la frousse et se terrait chez des amis. Mais si tel était bien le cas, pourquoi avoir attendu la fin de la cérémonie ?

Je posai quelques questions de routine à Mme Schubert et notai ses réponses en sténo. Dès que j'entendis son nom de jeune fille, celui-ci résonna en moi.

— Avez-vous un lien avec... ?

— Louie Huffman ? Oui, c'est mon père.

Mon intérêt pour cette affaire monta de quelques crans, de même que ma soudaine envie de me retirer avant que les choses se compliquent. Je connaissais vaguement Huffman. Il fréquentait un autre cabaret, le *Nightcrawler*, tout comme la moitié des gangsters que comptait la ville. Il n'avait rien d'une pointure comme pouvait l'être mon ami Gordy Weems, mais il avait tout de même quelques responsabilités.

Ce qui suffisait à l'ajouter à la liste des personnes que je préférais ne pas contrarier. Mon amitié avec Gordy me prémunissait d'une certaine façon contre les malfrats qui auraient voulu s'en prendre à moi, mais j'aimais autant ne pas avoir à le vérifier. Huffman supervisait le recouvrement des dettes, un domaine dans lequel il excellait. Sa réputation faisait de lui l'égal de Capone quand il s'agissait de manier la batte de baseball. Vous aviez le choix entre payer vos dettes ou vous faire réduire les rotules en miettes, voire disparaître purement et simplement.

Le fait qu'il ait une fille n'aurait pas dû me surprendre. La plupart des malfrats étaient de bons pères de famille qui veillaient à ce que leur travail n'interfère pas avec leur vie privée.

Je me demandai si le jeune marié ne devait pas de l'argent à son tout nouveau beau-père.

— Que s'est-il passé pendant le mariage ?

Dorothy Schubert sembla se radoucir un peu à l'évocation du souvenir.

— C'était magnifique. Il y avait mes fleurs préférées – papa les a fait tout spécialement venir de Floride –, de la musique, tout le monde est venu, c'était parfait. Jerome était ravissant ; il ressemblait à Ralph Bellamy, dans son smoking.

Mon instinct m'avertit qu'un flot de larmes menaçait. Elle laissa échapper un petit cri, mais j'avais déjà bondi dans le fond de la pièce pour en revenir équipé d'une boîte de mouchoirs. Je la déposai devant elle juste au moment où le barrage céda. Elle en arracha une pleine poignée, dans laquelle elle hurla.

— J'ai… cru… qu'il… m'aimait ! brailla-t-elle.

Une femme qui pleure n'a rien d'effrayant, mais au cours des quelques minutes qui suivirent, une partie de moi voulut s'enfuir à toutes jambes tandis qu'une autre m'invitait à lui passer un bras autour des épaules en lui disant : « Là, là. » Une troisième, bien plus sensée, me poussa à rester assis en attendant qu'elle se soit suffisamment reprise pour poursuivre.

— Nous avons redescendu la nef et gagné la salle de réception de l'église. J'étais sur un petit nuage.

— Pas de photos ?

— Nous les avons faites hier. Peut-être n'aurais-je pas dû l'autoriser à me voir dans ma robe avant la cérémonie – non, c'est ridicule – bouhouhouh… (Elle détrempa une nouvelle liasse de mouchoirs avant de se moucher.) Veuillez m'excuser.

— Je vous en prie. Et la réception ?

— Il y avait une haie d'honneur et un gros gâteau et nous avons coupé le gâteau et c'était parfait. Et puis Jerome a disparu.

— Comment ça ?

— J'ai tourné la tête pendant quelques secondes pour discuter avec un convive, et il n'était plus là.

— Aux toilettes ?

— Non, j'ai envoyé son témoin vérifier. Ensuite, tout le monde s'est mis à sa recherche. Personne ne l'a vu partir. Certains ont pensé que c'était une blague. Jerome est un farceur, mais il sait quand s'arrêter, et là, cela ne s'est pas arrêté. Je me suis retrouvée seule tandis que les placeurs fouillaient l'église. Et puis j'en ai eu assez. Comment ose-t-il m'humilier de la sorte ?

— Qu'en pense votre père ?

— Je ne le lui ai pas demandé. C'est mon problème, pas le sien.

Elle tamponna ses yeux bouffis, que les traînées de maquillage faisaient ressembler à ceux d'un raton-laveur. Dans le silence qui régna alors, j'entendis plusieurs individus monter l'escalier d'un pas lourd. Personne ne frappa à la porte que l'on ouvrit néanmoins de nouveau avec violence. Heureusement, la vitre tint le coup.

Big Louie Huffman fit irruption dans le bureau. Le smoking n'atténuait en rien son évidente robustesse. Il était bâti comme une bouche d'incendie au crâne dégarni, au tronc ramassé et aux bras massifs, et semblait devoir recourir à ses solides muscles pour contenir en lui toute sa force. Sa fille avait hérité de lui son nez prononcé et sa moue boudeuse. Deux traits qui la rendaient belle ; alors qu'ils rendaient son père intimidant. Il semblait disposé à réduire l'immeuble en miettes.

Dans la pièce, qui paraissait à présent bien exiguë, il était flanqué par deux brutes en tenue de noce. Leur tailleur avait visiblement échoué dans la conception de leur doublure, à tel point que l'on parvenait presque à discerner le calibre et la marque de ce qu'ils dissimulaient dans leur étui de poitrine. Tous deux avaient une main glissée sous leur manteau, prêts à dégainer et à ouvrir le feu.

Je me tins le plus tranquille possible.

— Euh… Madame Schubert… ?

— Ne l'appelez pas comme ça, gronda Huffman.

— Oh, papa, dit-elle d'une voix qui menaçait de rompre sous l'assaut de nouvelles larmes. Comment est-ce que tu as… ?

— J'ai suivi ton taxi. Que fais-tu ici, Dot ?

— Je m'occupe de mon problème moi-même, répondit-elle en redressant les épaules et en levant le menton. Comme tu me l'as appris.

Il avança la lèvre inférieure et étrécit les yeux tandis qu'il réfléchissait à ce que venait de dire sa fille.

— Tu es une adulte et tu sais ce que tu as à faire, mais tu ferais mieux de régler cette histoire en famille.

Elle baissa la tête et émit une sorte de grondement sourd. Lorsque ma moitié faisait ce genre de bruit, je savais qu'il était temps pour moi de me mettre à couvert.

Huffman sembla le reconnaître, lui aussi. Même les deux brutes reculèrent d'un pas.

— Je veux, commença-t-elle d'un ton étrangement égal, que quelqu'un d'impartial s'en occupe. Je sais que tu ne cherches qu'à m'aider, mais j'ai besoin de faire les choses à ma façon.

Il réfléchit de nouveau quelques secondes avant de porter son attention sur moi. Une lueur illumina soudain son regard ; il m'avait reconnu.

— Vous êtes Jack Fleming – cette raclure qui traîne au cabaret de Gordy.

C'était toujours mieux que d'être affublé d'un certain nombre d'autres qualificatifs plus hauts en couleur. Après tout, il y avait une dame parmi nous.

— Bonsoir, monsieur Huffman.

— Dot, nous allons trouver quelqu'un d'autre pour ce boulot.

Elle se leva de sa chaise et vint se placer juste devant son père. En comparaison avec lui, et avec les deux autres brutes présentes, je me rendis compte à quel point elle était grande ; ses yeux étaient au même niveau que ceux de son père.

— C'est lui que je veux. Il s'est montré très attentionné.

— Ça ne change rien au fait que c'est une raclure, mon canard en sucre. J'en ai entendu de belles à son sujet.

À cet instant, j'espérai qu'elle écouterait son père et éviterait ainsi que le bureau soit ravagé, mais la jeune Dorothy se planta devant lui, les poings sur les hanches, prête à se battre. Mon manteau glissa de ses épaules. Elle était tout aussi effrayante que Huffman, quoique plus vulnérable.

J'ai une incurable et triste faiblesse pour les demoiselles en détresse.

— Puis-je vous suggérer de…

Les trois hommes m'encerclèrent. Je trouvais plus simple de les affronter eux, plutôt qu'une nouvelle crise de larmes de Dorothy.

— M. Huffman, si vous voulez bien demander à Gordy, il vous dira que je suis réglo. Peut-être avez-vous eu à vous défaire du fardeau d'une réputation calomnieuse, vous aussi.

— Il cause comme un avocat, marmonna la plus vieille des brutes, celle de gauche.

J'imaginai qu'il s'agissait du premier lieutenant de Huffman.

— Gordy vous dira ce qu'il en est vraiment, repris-je d'un ton moins formel.

En réalité, j'avais essayé d'imiter mon partenaire nourri aux pièces de Shakespeare. J'allais devoir m'améliorer.

Huffman considéra ma proposition.

— Là-dessus, je lui fais confiance, jeune homme. Mais, pour votre gouverne, sachez que ma réputation est parfaitement méritée.

— Oui, monsieur.

Raison de plus pour rester poli et ne pas faire de mouvements brusques. Je composai le numéro de la réception du *Nightcrawler* et l'on me mit aussitôt en relation avec Gordy.

Ce simple détail, plus qu'aucun autre, suffit à attirer l'attention de Huffman. Je saluai Gordy et lui expliquai qu'un de mes invités avait quelques questions à lui poser, puis je cédai ma chaise à Huffman. Les deux brutes m'observaient, prêtes à tirer au moindre faux pas. Cela n'était pas pour m'inquiéter. Pas beaucoup, en tout cas. Avec précaution, je ramassai mon pardessus, le reposai sur les épaules de la jeune mariée et me plantai devant la fenêtre en essayant de paraître le plus inoffensif possible. Les balles ne me tuent pas, mais bon Dieu, elles me font un mal de chien, me coûtent du sang, et puis j'aimais bien ce costume.

J'entendis l'intégralité de la conversation téléphonique. Huffman s'identifia.

— Il y a un problème ? demanda Gordy.

— Ma gosse veut employer Jack Fleming sur une affaire. C'est lui qui m'a dit de t'appeler.

— Ta gamine a fait le bon choix. Elle veut l'employer pour quoi ?

— Retrouver une personne disparue. C'est une histoire de famille.

— Fleming est réglo.

— Je ne le sens pas, dit Huffman.

— Tu devrais.

— Il sait tenir sa langue ?

— Il sera muet comme une tombe, répondit Gordy avec ironie, lui qui savait tout de moi.

Huffman reposa le combiné, se leva, et me gratifia d'un regard noir particulièrement efficace. Avec une arme pareille, il n'avait pas besoin de batte de baseball pour se faire comprendre par les flambeurs qui mettaient du temps à payer. Il remarqua mon feutre, le prit et examina l'étiquette à l'intérieur.

— Vous l'avez acheté chez Del Morio.

— Oui, monsieur.

Il parcourut le reste de ma tenue d'un œil sévère, y compris le manteau qui reposait sur les épaules de sa fille.

— Tout le reste aussi ?

— Oui, monsieur.

À quoi joue-t-il, nom de Dieu ?

Il hocha la tête à contrecœur.

— D'accord, Dot. Tu peux le garder, mais Becker et Cooley, ici présents, vous accompagnent.

Elle émit un nouveau grognement. Les brutes firent de même. Visiblement, cela n'enchantait personne. Elle lança à Huffman un regard assassin – le même que celui que les brutes m'adressaient. Peut-être en avaient-elles également entendu de belles à mon sujet.

— Comme simples chaperons, expliqua son père. Je serai plus tranquille.

— Du moment que tout le monde est satisfait, dis-je.

Elle me dévisagea d'un œil noir.

— D'accord, mais seulement Cooley.

J'eus l'impression que le couple père-fille s'adonnait fréquemment à ce genre de marchandage. Huffman céda.

— Et c'est moi qui commande. Il fera ce que je dis, ajouta-t-elle.

Huffman acquiesça de nouveau.

— Accordé. Tu as entendu, Cooley ?

Cooley grogna. Il avait environ le même âge que Huffman et était fait du même bois dur. Becker, deux fois plus jeune, semblait frustré de ne pas avoir été choisi pour ce boulot. Il dut se contenter de me fusiller d'un regard menaçant. Les types zélés m'ont toujours agacé.

— Et maintenant ? demanda ma cliente.

Je produisis mes clés de voiture.

— Allons à l'église.

— Appuyez sur le champignon, nous devons nous dépêcher, dit Dorothy, tandis que je m'éloignais du trottoir au volant de mon coupé.

Cooley avait beau s'être mué en une présence silencieuse, il était difficile de faire comme s'il n'existait pas, écrasé qu'il était entre nous deux.

— Pourquoi ?

— Parce que le train Pullman que j'ai réservé à destination des chutes du Niagara part à minuit. Et je compte bien être à bord avec mon mari ou connaître le fin mot de l'histoire.

— Vous auriez dû me le dire plus tôt. Je ne peux pas vous garantir de le retrouver à temps.

— Si vous échouez, je partirai avec ma mère. Il est hors de question que je gâche une telle réservation. Elle adore les chutes du Niagara. Elle y est allée avec papa pour leur lune de miel. Vous êtes marié ?

— Pas encore.

Je ne perdais pas espoir.

J'avais fait plusieurs demandes à ma promise, mais elle m'avait chaque fois éconduit. Le fait que je sois un vampire n'était pour rien dans ses réactions. Sa carrière de chanteuse – et bientôt d'actrice – lui laissait juste assez de place pour un petit ami, mais pas pour un mari. Ces derniers, apparemment, étaient plus prenants.

Après une énième demande, elle m'avait fait comprendre que le sujet était clos et que, si je l'ouvrais encore, elle perdrait son sang-froid. La sachant capable de manier la matraque, la plupart des armes de poing et même l'arbalète, je décidai que presser les choses n'avait pas grand intérêt.

Pour le moment.

Une nuit viendra sans doute où elle sera d'assez bonne humeur pour dire « oui ». Alors, je l'embarquerai illico jusqu'à la mairie la plus proche avant qu'elle ait le temps de changer d'avis.

— Votre père achète ses vêtements chez Del Morio ? demandai-je.

— Ouais. Il a une très haute opinion de M. Del Morio. Si vous achetez là-bas, alors vous y figurez.

— Je figure où ?

— Dans les petits papiers de mon père. M. Del Morio ne vend pas à n'importe qui.

Il ne m'avait rien vendu à moi non plus, enfin, pas sciemment. Le fait de ne pas avoir de reflet complique quelque peu les achats vestimentaires. Depuis mon changement d'état, j'avais pris l'habitude de me glisser dans les échoppes après la fermeture, de me servir, et de rédiger un reçu. Je glissais ce dernier, avec le montant correspondant en liquide, dans une enveloppe – sur laquelle était inscrit en majuscules LAMONT CRANSTON VOUS REMERCIE – que je déposais sur le bureau du gérant.

J'étais une créature nocturne buveuse de sang, pas un voleur.

L'église Saint-Michel, bien qu'impressionnante avec son beffroi en flèche et ses finitions de pierre blanche qui se détachaient des murs de brique, n'en demeurait pas moins facile d'accès. Je ralentis devant l'entrée et regardai longuement l'immense statue de saint Michel, nichée dans une alcôve au-dessus de la porte principale. La mettre en place n'avait pas dû être une tâche aisée. Si je n'avais pas eu autant le vertige, j'aurais pu être tenté de me laisser flotter pour aller contempler la sculpture de plus près.

Les rues alentour étaient encombrées de véhicules, mais Dorothy me guida vers l'arrière de l'édifice, où des fenêtres du rez-de-chaussée étaient éclairées. La réception battait encore son plein, mais quelques convives avaient dû repartir de bonne heure, car je trouvai rapidement une place.

Je m'y glissai. Huffman et son acolyte se garèrent sur le trottoir près d'une porte et entrèrent les premiers, après nous avoir dit qu'ils allaient servir une excuse aux invités.

— J'espère qu'il ne va pas dire que nous nous sommes disputés avec Jerome. Cela ne nous arrive jamais. Que faites-vous ?

J'étais sorti du coupé et examinais toutes les voitures visibles. Les vitres d'une LaSalle, stationnée à une dizaine de mètres, étaient couvertes de buée.

— À quoi ressemble Jerome ?

— Il est beau, avec un faux air de Ralph Bellamy et un smoking.

Je lançai un coup d'œil à Cooley.

— Cheveux noirs, vingt-cinq ans, corpulence moyenne, marque de naissance brune de la taille d'une pièce ici, exposa-t-il en portant un doigt sur sa joue droite, juste sous son oreille.

Je traversai la rue pour atteindre la voiture aux vitres embuées dont j'ouvris la portière arrière d'un geste brusque. Le couple qui s'y trouvait cria à l'unisson. De surprise, d'abord, puis d'indignation. Pour ma vision de nuit, l'obscurité qui régnait dans l'habitacle n'avait rien d'un obstacle. L'homme ne ressemblait pas à Ralph Bellamy, et ne portait aucune tache de naissance – en tout cas, pas sous son oreille droite. J'inclinai mon chapeau, leur présentai mes excuses et refermai la portière. La femme poussa un grondement féroce et des cliquetis sonores retentirent lorsque l'un d'eux verrouilla, un peu tard, les portières.

Dorothy mit pied à terre à son tour, et se drapa étroitement dans mon pardessus.

— Ce n'était pas lui, rapportai-je.

— Mais Jerome n'aurait jamais…

— J'aime autant ne rien négliger, madame Schubert.

— Je ne suis pas encore habituée à ce nom. Appelez-moi Dorothy.

— Ça tombe bien, c'est mon prénom préféré, ce soir.

— Et vous, c'est…

— Jack, répondis-je en m'approchant de l'église. Entrons.

— Mais ils attendent tous de me voir. Je ne peux pas…

— Bien sûr que si. Vous allez y arriver. De toute façon, vous devez vous changer pour votre lune de miel.

— Si lune de miel il y a.

— Il ne nous reste que quelques heures, répondis-je en lui offrant mon bras pour l'entraîner à l'intérieur.

Encore heureux que le fait d'entrer dans une église ou la chose religieuse ne me posent aucun problème car, autrement, il m'aurait fallu mener mon enquête depuis le parking. Cooley ne nous quittait pas d'une semelle. Comme tout bon gangster, il affichait une mine impassible, mais j'étais certain que l'épisode des deux amants qui se bécotaient l'avait amusé.

Des gens aux tenues sophistiquées s'amassaient dans l'entrée et une nuée de demoiselles d'honneur nous bousculèrent en nous assaillant de questions. Dans cet espace réduit, la cacophonie me fit grimacer ; je sentis Dorothy broncher et sa main se resserrer sur mon bras.

— Emmenez-en une pour vous aider à vous changer, je m'occupe des autres, murmurai-je.

Lorsque la première vague recula, Dorothy demanda à une demoiselle d'honneur de lui donner un coup de main, et on fut brusquement propulsés dans un espace réservé aux femmes, dans le fond. Je me retrouvai dans le couloir qui menait au vestiaire, seul avec Cooley, une demi-douzaine de jeunes filles en robes de satin bleu identiques, quelques convives égarés et une bonne dose de curiosité. Personne ne savait qui j'étais, mais lorsque je commençai à poser des questions, tous me prirent pour un flic, ce que je me gardai bien de démentir.

Je recueillis un tas d'informations sur la cérémonie et la confusion qui avait suivi la disparition du jeune marié. Toutes confirmaient ce que j'avais déjà entendu de la bouche de Dorothy. C'est alors que la mère de la mariée, une femme en corsage à l'allure redoutable, me passa devant, m'adressant un unique regard sinistre mais pas le moindre commentaire. Lorsqu'elle entra dans la pièce où se trouvait sa fille, Cooley se détendit visiblement.

— Qu'y a-t-il ? demandai-je.

— Pas commode, la v… euh… cette femme.

— Ah bon. Vraiment ?

— J'aimerais pas être dans la peau de Schubert quand elle lui mettra la main dessus. Mauvaise idée, de faire pleurer ses enfants.

Je saisis ma chance de lui soutirer quelques détails sur le contexte familial. Les Huffman avaient quatre filles, dont Dorothy était l'aînée. Si Big Louie envisageait de marier les trois autres avec autant de faste, il allait devoir sérieusement solliciter sa batte de baseball pour couvrir les frais. Peut-être s'était-il arrangé pour que Schubert disparaisse, mais cela lui aurait coûté moins cher de s'en charger avant la cérémonie.

— Et Schubert, il est comment ?

— Étudiant. Sympa. Bonne famille.

— Ils sont dans quoi ? Les bijoux ?

— Tout juste.

J'avais lancé cette hypothèse en plaisantant, repensant aux cailloux qu'arborait Dorothy.

— Vous voulez parler des bijouteries Schubert ?

Ces joailliers faisaient autorité en la matière dans cinq États différents.

— Ouais. C'est le fils unique de Siggy Schubert.

Ça alors.

— Et personne ne s'est dit qu'on avait pu l'enlever ? (À en juger par l'expression impassible de Cooley, la réponse était « non ».) Qu'avez-vous vu durant la soirée ?

— Comme d'habitude.

— Rien d'anormal ?

Il secoua la tête.

— Je suis resté avec le patron. Rien vu de spécial. Dot s'est mise à hurler tout à coup. Elle braillait le nom de son mari et juste après, elle s'est enfuie par l'entrée.

Le patron lui a couru après, et Becker et moi on a suivi. Ensuite on a filé son taxi jusque dans votre rue.

— Pourquoi pas jusqu'au pied de l'immeuble ?

— Le chauffeur était trop rapide. Il avait déjà fait demi-tour et roulait dans l'autre sens, à vide. Alors on a su qu'il l'avait déposée.

— Et comment vous avez su… ?

— La voiture le long du trottoir et la lumière à l'étage. La seule allumée dans tout l'immeuble.

Futé.

— Quelqu'un aurait des raisons d'en vouloir à Jerome ?

— Le vieux l'aime bien, tout comme la v… Mme Huffman.

— Et les Schubert ? Ont-ils quelque chose à reprocher à Dorothy ?

— Pas que je sache.

— Que pensez-vous de cette union ?

— Ça m'est égal. La fille du patron fait ce qu'elle veut. Comme toujours.

— Vous travaillez pour lui depuis longtemps ?

— Où voulez-vous en venir ?

— La fille du patron est un joli petit lot.

— Je suis pas aveugle, mais je tiens pas à perdre mes genoux.

— Qui serait prêt à courir le risque, alors ?

Il ne pipa plus un mot, les lèvres serrées, le regard ailleurs. Avant les fâcheux événements qui avaient récemment altéré mes capacités, je l'aurais forcé à parler en l'hypnotisant. Mais cette voie m'était désormais interdite. Tenter de l'emprunter malgré tout me tuerait certainement.

J'aurais pu lui tirer les vers du nez en le rouant de coups, mais le code d'honneur des gangsters me l'interdisait. Gordy s'étant porté garant pour moi, j'agissais en quelque sorte comme son émissaire direct. Une rixe impliquant un des types de Gordy avec un de ceux d'Huffman serait très mauvaise pour les affaires. Je devais me tenir à carreaux.

Cela mis à part, je savais à présent que quelqu'un, en ces lieux, était prêt à risquer sa vie pour Dorothy. Il y avait de grandes chances qu'il s'agisse d'un des membres du clan Huffman, ou Cooley m'aurait donné un nom. Mieux, lui et son collègue Becker s'en seraient sans doute occupés en toute discrétion et je n'aurais jamais rencontré Dorothy.

Je frappai à la porte du vestiaire.

— Une minute ! cria-t-on depuis l'intérieur.

J'avais déjà vu plusieurs femmes nues par le passé. Un spectacle qui ne manquait jamais de me fasciner. J'entrouvris la porte de quelques centimètres et demandai :

— Dorothy ? Je peux entrer ?

— Laisse-le venir, c'est bon, dit-elle.

Sa mère s'exécuta à contrecœur, en ne me laissant qu'un mince espace par lequel je dus me faufiler. Elle avait transmis la dureté de ses traits à sa fille, mais son regard sévère n'appartenait qu'à elle. Une maman tigre se serait montrée moins protectrice.

— Elle n'est pas prête, indiqua-t-elle.

Dorothy était assise sur une chaise, et essayait de glisser ses pieds dans des escarpins visiblement tout neufs à l'aide d'un chausse-pied. Elle portait une élégante robe de voyage bleue ; une tenue parfaite pour une jeune mariée qui part en lune de miel.

— Ça y est, maman. Il peut entrer.

— J'aurais seulement quelques questions à vous poser, madame, dis-je.

Si je n'avais déjà ôté mon chapeau, je l'aurais incliné pour la saluer.

— Alors c'est vous, dit-elle.

Son mari l'avait donc mise au courant.

Ne trouvant aucune réponse qui ne me vaudrait une gifle, je me contentai d'esquisser un sourire en hochant la tête.

La pièce ressemblait à l'une des loges que l'on trouve dans les coulisses du cabaret, mais en bien plus spacieuse. Une tornade avait dû la traverser en grondant, laissant derrière elle toutes sortes de vêtements, de maquillage et autres ustensiles féminins. C'était typiquement le genre de fatras qui régnait dans la chambre de ma petite amie. Dieu seul savait comment elles faisaient pour s'y retrouver.

Mon manteau était posé sur une table où il recouvrait de longues boîtes plates. Ne sachant pas où me conduirait cette affaire, ni pendant combien de temps elle m'occuperait, je décidai de le récupérer. Il sentait le parfum de Dorothy. Très agréable.

La demoiselle d'honneur s'attelait à plier la robe de mariage pour la faire entrer dans une nouvelle boîte. Elle ressemblait assez à Dorothy pour être sa sœur. À en juger par le petit sourire en coin qu'elle affichait, j'en déduisis qu'elle devait être la chipie de la fratrie. Elle me vit et parut surprise pendant une bonne seconde. C'est alors que j'aperçus le miroir en pied disposé dans un angle de la pièce. Je m'écartai de quelques pas avant que son regard s'y attarde et qu'elle se rende compte de mon absence de reflet.

À présent chaussée, Dorothy se leva et lissa sa jupe. Son maquillage était de nouveau impeccable. Elle avait encore les yeux bouffis, certes, mais plus aucune traînée noire ne les soulignait. Avec le nez poudré et un amusant petit chapeau bleu sur sa chevelure sombre, elle semblait prête à faire front. Ne me demandez pas pourquoi, mais une femme qui porte un chapeau a inévitablement l'air capable d'affronter tout type d'urgence.

— Qu'y a-t-il, Jack ?

Le visage de Mme Huffman se crispa. Le fait que sa fille appelle une personne payée pour l'aider par son prénom n'était visiblement pas pour la ravir.

J'entraînai Dorothy à l'écart, en prenant garde à ne pas trébucher sur l'un des bagages assortis. Tous deux portaient un monogramme ; un pour la jeune mariée et l'autre pour son époux : D. H. S. et J. K. S. Je me promis de relater ce détail à ma petite amie. Elle trouverait cela charmant.

— Pourquoi avez-vous choisi Cooley plutôt que Becker pour nous chaperonner, demandai-je ?

— Euh… Comme ça, répondit-elle en clignant des yeux plus que nécessaire.

— Pour quelle raison ? insistai-je.

Elle bredouilla d'une voix si basse que je dus me pencher vers elle pour entendre.

— Becker a un faible pour moi. Mais jamais il ne… Je veux dire… Enfin… Papa le tuerait.

— Becker a un faible pour vous. Et comment a-t-il accueilli l'annonce de vos fiançailles puis de votre mariage ? Vous avez sans doute vu ses réactions.

Son visage s'empourpra malgré le fard.

— En réalité, je n'ai rien remarqué. J'étais tout à la préparation du mariage et au plaisir d'être avec Jerome. Vous croyez que Becker y est pour quelque chose ?

— Je n'en sais rien. Qu'en pensez-vous ?

Aussi préoccupée par ses noces qu'elle ait pu l'être, elle en savait néanmoins plus que moi sur la famille, sur ce qui était normal ou ne l'était pas.

— Maintenant que vous le dites... Il était juste à côté de nous lorsque nous avons coupé le gâteau. Et je ne me rappelle pas l'avoir revu par la suite – mais il faut dire que j'étais à la recherche de Jerome. Il faut aller le voir et le faire parler !

— Du calme. Si Becker ne fait rien d'autre que ronger son frein, cela ne pose aucun problème, ça finira bien par lui passer. Mais si vous en faites toute une histoire, votre père...

— Le tuera, en effet.

— Vous êtes consciente qu'il le fera réellement ?

— Je sais de quoi est capable mon père. C'est bien pour cela que j'ai souhaité régler cette affaire moi-même. Je craignais qu'il passe ses nerfs sur Jerome.

— Ce qu'il ferait aussi sur Becker, quand bien même il serait innocent.

— Nous devons néanmoins le faire parler.

— Je m'en occupe. Pas d'autre prétendant éconduit ?

— Euh... Non, je ne crois pas.

Quelqu'un frappa des coups sourds à la porte. Mme Huffman l'entrouvrit à peine, avant de reculer pour laisser entrer une autre femme d'âge mûr. Elle portait des diamants, pas beaucoup, mais scintillant d'un éclat qui indiquait leur indécente valeur. Je supposai qu'il s'agissait de la mère du jeune marié. Elle aussi avait pleuré, et n'avait visiblement pas encore fini.

— Gerty ? dit Mme Huffman d'un ton abrupt, inflexible. Qu'est-ce qui ne va pas ?

— On a trouvé ça sur la table, au milieu des cadeaux de mariage ! déclara Gerty en agitant un morceau de kraft dans son poing tremblant. Sheila… C'est terrible !

Mme Huffman parcourut la bandelette de papier et son visage s'assombrit.

— Louie va le tuer pour ça !

— Pour quoi ? demanda Dorothy en se saisissant du papier. Oh, mon Dieu ! Maman, je t'en prie, ne dis rien à papa.

— Trop tard, il est déjà au courant, gémit Gerty.

La demoiselle d'honneur s'approcha pour lire à son tour. Sa réaction ne se fit pas attendre ; elle laissa tomber le fragment de papier et détala. À peine deux secondes plus tard, le couloir résonna des cris de consternation et de colère des autres demoiselles. Une minute de plus et le sujet, quel qu'il soit, ferait la une de la *Tribune*.

Gerty était blanche comme un linge.

— Sheila, tu dois empêcher Louie de faire quoi que ce soit. Il ne peut s'agir que d'une méprise. Cela ne ressemble pas à Jerome. Ce n'est pas comme ça que je l'ai éduqué.

Je ramassai le papier et lus :

« Chère Dot,

Je ne peux pas t'épouser. Annule les noces. Je ne t'embêterai plus jamais.

Jerome K. Schubert. »

Certains détails à propos de ces lignes me dérangeaient, mais ce qui me frappa le plus, c'était la forte odeur de sang humain qui se dégageait du papier.

Je ne respire pas beaucoup, mais perçois néanmoins l'odeur du sang. Une aptitude inhérente à mon état, pas moyen d'y échapper. Le relent révélateur me pétrifia.

Peut-être Jerome s'était-il coupé en se rasant... Et peut-être allais-je me mettre à faire bronzette sur Michigan Avenue.

Deux des bords de la bandelette froissée étaient irréguliers ; sans doute une feuille plus grande que l'on avait déchirée. L'auteur des quelques lignes avait très bien pu récupérer le morceau de papier dans une poubelle, n'importe où entre ici et le lac. Cela dit, rares sont les gens qui rédigent une note d'adieu au crayon sur du papier d'emballage. À moins d'être pressés et forcés d'improviser.

Je retournai la bandelette. Le verso était couvert d'une saleté ordinaire, laquelle contribuait, avec la teinte du papier, à masquer les traces de sang couleur rouille. Il ne datait pas de plus d'une heure.

Dorothy, qui semblait avoir reçu un coup de poing dans le foie, sursauta lorsque je lui touchai le bras.

— Approchez, murmurai-je en l'attirant vers moi.

Cette fois, pas d'alcool sur lequel compter, je la fis donc asseoir, posai un genou à terre devant elle et m'emparai d'une de ses mains froides. On aurait cru une parodie de demande en mariage, à ceci près que personne ne souriait.

— Dorothy, dis-je avec conviction. Allons, reprenez-vous. Ce mot est un faux.

Elle secoua la tête en clignant des yeux.

— Quoi ? Comment le savez-vous ?

— C'est ce que vous allez me dire. (Je désignai les valises arborant leurs initiales.) Ce sont là tous les bagages que vous comptiez emporter à la gare ?

— Une partie seulement. Nos malles sont déjà à bord.

— Bon, écoutez-moi. Si Jerome s'était enfui, ne pensez-vous pas qu'il serait passé ici récupérer quelques affaires ?

— Si, certainement... À moins qu'il soit retourné chez ses parents.

— Partons du principe qu'il n'en a rien fait. Regardez le mot. Reconnaissez-vous son écriture ?

— Elle est tremblante mais… oui.

Je décidai de considérer qu'il s'agissait d'une bonne nouvelle et n'avais plus qu'à espérer qu'il soit toujours en vie.

— Bien, et comment vous appelle-t-il ?

— Chérie… Ma douce… Dorry-chou…

— Et pour le prénom ? C'est plutôt Dot ou Dorothy ?

— Dorothy. Seule ma famille m'appelle… Oh, non. Vous n'insinuez tout de même pas que…

— Je n'ai encore rien dit. Qu'en est-il de Becker et Cooley ? Ils vous appellent bien Dot, n'est-ce pas ?

Ses yeux bruns s'embrasèrent et elle émit grondement guttural de mise en garde.

— Si jamais ils ont touché à un seul cheveu de mon Jerome…

— Bien entendu. Maintenant, lisez ça de nouveau. Vous remarquez quelque chose ?

Elle s'exécuta.

— « Annule les noces » ? Il n'aurait pas dit ça, mais plutôt « mariage ». Et il ne signe jamais de son nom quand il s'adresse à moi. Il trace un simple « J » suivi d'un tiret. Quelqu'un l'aurait forcé à écrire ceci ?

— On dirait. (Elle essaya de se lever mais je l'en empêchai.) Vous devez agir comme si vous étiez convaincue de son authenticité. Il est fort probable que quelqu'un observe vos réactions.

— Mais je dois…

— C'est mon boulot. Vous connaissez la configuration de cette église ?

— Dans les grandes lignes.

— Faites-moi une description générale. Je souhaite pouvoir fouiner sans devoir demander mon chemin.

— Vous pensez qu'il est toujours ici ?

— Si une seule personne est dans le coup, oui. Autrement, je ne ferai qu'infirmer certaines possibilités.

— Mais les placeurs ont déjà regardé partout.

— Alors ils seront passés à côté de quelque chose. (Comme de l'odeur de sang qui flottait dans l'air, par exemple.) Dressez-moi un plan et agissez comme si vous étiez persuadée de la véracité du petit mot. Demandez à votre père de vous rejoindre ici. En restant avec vous, il ne pourra se mettre à la recherche de Jerome.

Dorothy me glissa le croquis à l'instant précis où Louie Huffman arrivait. Il ressemblait à un ours migraineux, mais se contint devant sa fille. Je suggérai à Dorothy de mettre ses parents au courant quant au caractère contrefait du mot, tout en leur demandant de ne pas ébruiter l'information. Tous trois se regroupèrent dans un coin, la tête baissée et le visage grave. S'il s'avérait que Jerome avait délibérément disparu, alors il ne pourrait s'en prendre qu'à lui-même si les Huffman lui remettaient la main dessus un jour.

Cooley et Becker manquaient à l'appel. Une nouvelle paire de brutes armées et en smoking mal ajusté montaient la garde à une distance respectable. Je demandai où se trouvaient les deux lieutenants absents. Cooley évoluait au bout du couloir, mais personne ne savait où était Becker.

L'hypothèse d'un Becker transi d'amour et auteur des faits aurait le mérite de simplifier les choses, mais n'importe lequel des gros bras à la solde de Huffman pouvait être impliqué. Tout ce stratagème consistait peut-être plus en une diversion qu'en une tentative d'écarter un rival. D'après ce que je savais, Siggy Schubert avait peut-être reçu une demande de rançon. Il était affreusement riche.

Pour le moment, inutile de l'interroger. Je préférais laisser le petit jeu suivre son cours sans interférer, mais en gardant les yeux grands ouverts.

Jerome ayant disparu alors qu'il se trouvait dans la salle de réception, je décidai d'y commencer mes investigations. Quelques questions me suffirent pour découvrir où il avait été aperçu pour la dernière fois en compagnie de la mariée : une table où il serrait des mains et aidait à distribuer des parts du gâteau de mariage. La table était disposée devant une double porte menant à une cuisine dans laquelle un certain nombre de femmes faisaient la vaisselle, plongées dans une discussion animée autour des événements récents. Un silence collectif accueillit mon entrée. Je souris en leur adressant un geste de la main qui signifiait « ne vous occupez pas de moi », et m'approchai des autres portes. L'une d'elles donnait sur l'extérieur, l'autre dans une seconde salle. Toutes deux offraient de parfaites issues.

N'importe qui aurait aisément pu s'approcher de Jerome, lui planter le canon d'une arme dans les côtes et l'inviter à l'accompagner sans faire d'histoires. Avec un peu de maîtrise, cela aurait ressemblé à une véritable disparition. Une fois entraîné dans la cuisine, où l'emmener ? À l'extérieur, pour le fourrer dans le coffre d'une voiture ? Ou le dissimuler dans un endroit discret au sein même de l'église et le forcer à écrire un petit mot à son épouse ?

— Excusez-moi… Est-ce que l'une d'entre vous, mesdames, était présente lorsque le jeune marié a disparu ?

Je récoltai une demi-douzaine de réponses simultanées. Je parvins à comprendre qu'elles étaient allées assister à la découpe du gâteau et admirer de plus près la robe de la mariée. Une seule était restée à la cuisine, mais elle n'avait vu personne se glisser à l'extérieur.

Je les remerciai et me rendis dans la seconde salle. Le plan qu'avait dessiné Dorothy se faisait plus vague, à présent ; Saint-Michel était immense.

Les lumières y étaient éteintes, signe que la zone était fermée pour la nuit, mais la lueur qui filtrait par les fenêtres me suffisait pour progresser. Le mur d'en face était percé de plusieurs portes. J'en essayai quelques-unes. Des salles de classe ou de réunion. Je les parcourus rapidement, l'oreille tendue à l'affût de battements de cœur, et humant l'air à la recherche d'une éventuelle odeur de sang.

Un placard à balais qui empestait la cire pour parquet, les vieux chiffons et la poussière, remporta la timbale. Au sol gisait une cravate dont le bleu foncé n'était pas sans rappeler celui des robes des demoiselles d'honneur.

Elle sentait le sang, en était imprégnée.

Je sentis mes canines me démanger à la vue d'une large tache qui maculait le tissu.

Encore humide. Si Jerome avait saigné à ce point… *Mince.*

Je fis marche arrière en examinant le sol ciré à la recherche de petites marques sombres. Aucune n'était visible, mais je distinguai deux traces parallèles, semblables à celles qu'auraient pu laisser les talons de quelqu'un que l'on aurait entraîné plus loin dans l'édifice.

Je n'ai rien d'un spécialiste en la matière, mais une flèche luminescente n'aurait su être plus explicite.

Les traînées menaient jusqu'à un escalier silencieux qui s'enfonçait dans l'obscurité. J'examinai les murs à la recherche d'un interrupteur : rien.

Et mince !

Ma vue pouvait s'accommoder du moindre éclat de lumière – encore fallait-il qu'il y en ait un. Une cave comme celle-ci me mettait sur un pied d'égalité avec le commun des mortels. Peut-être le noir avait-il freiné les placeurs dans leur première recherche de Jerome. Je ne pouvais pas le leur reprocher, étant donné la méchante hésitation qu'il faisait naître en moi.

C'est parfaitement irrationnel et personne n'est au courant car j'en ai une honte profonde, mais je déteste l'obscurité. Je ne parle pas d'une pièce sombre, mais plutôt de l'absence totale de lumière qui vous donne l'impression d'avoir perdu la vue. Il n'en faut pas plus pour me pétrifier. Je dois chaque fois surmonter un accès de panique.

C'est déjà assez stupide pour un adulte, alors pour un vampire…

Cela dit, j'ai mes raisons. J'ai vécu de fâcheux événements et, bien que beaucoup se soient déroulés dans des endroits bien éclairés, assez ont eu lieu dans l'obscurité totale pour laisser des cicatrices indélébiles.

En grimaçant, j'avançai de quelques pas. Je ne pouvais pas me permettre de laisser ma phobie prendre le pas sur mon travail. Si mon partenaire m'avait accompagné, j'aurais foncé tête baissée, encouragé par son soutien moral et son humour froid. Mais alors que j'étais seul, mon imagination s'emballait et je me remémorai les horreurs passées.

J'avais atteint le premier palier lorsque mes nerfs me lâchèrent. Je remontai tant bien que mal l'escalier, fuyant les effroyables choses invisibles tapies dans le noir.

Quel con, quel con, quel con!

Impossible cependant de surmonter ma peur. Cela ne faisait pas si longtemps que je m'étais retrouvé prisonnier et impuissant dans une autre cave, elle aussi plongée dans les ténèbres. Le souvenir n'attendait qu'à refaire surface. J'agrippai la rampe des deux mains pour les empêcher de trembler.

Schubert n'avait pas de temps pour ça. La probabilité qu'il se trouve en bas et qu'il ait besoin d'aide était forte. Je pris une longue inspiration afin de me vider la tête... et perçus une légère odeur de sang.

Nom de Dieu. Je devais trouver la force d'y aller, quel qu'en soit le prix. Mais, outre les terreurs intestines, progresser dans le noir en territoire inconnu constituait un vrai danger. Il me fallait une lampe de poche ou...

Ô Grande Église catholique. Si quelqu'un disposait de bougies en grande quantité...

Une minute plus tard, penaud et contrarié, j'empruntai l'escalier avec une confiance toute renouvelée. J'avais trouvé des cierges et une boîte d'allumettes dans le placard à balai. Ils m'avaient redonné la raison.

Je vois plus clair à la lueur d'une bougie que quiconque à la lumière d'une ampoule, mais les flammes ont tendance à vaciller. Les ombres dansantes qui surgissent dans les angles m'effrayant autant que n'importe qui, je progressai lentement, l'oreille tendue.

Les seuls sons provenaient d'au-dessus de ma tête et de derrière moi. Quelqu'un traversait la salle d'un pas alerte et s'approchait de l'escalier. Ne voulant pas me faire surprendre, je disparus.

Une aptitude des plus pratiques. À présent, j'étais moi-même l'une des effroyables choses invisibles tapies dans le noir.

Libéré de toute forme, je m'adossai contre le mur et flottai doucement vers le bas jusqu'à atteindre un coude dans l'angle duquel je me plaçai, à l'écart du chemin. Quand j'évoluais dans cet état, mon ouïe était amoindrie, comme ouatée, et tout ce que je pouvais dire sur l'arrivant, c'était qu'il ne semblait pas être accompagné. J'attendis un long moment après son passage pour me rematérialiser.

La bougie retrouva elle aussi son état solide, et brûla gaiement. Hein ? Je savais cela possible, mais il est toujours intéressant de le voir de ses propres yeux.

Je fis lentement quelques pas de plus, avant de m'immobiliser et de me volatiliser de nouveau lorsqu'une seconde personne apparut, sans doute sur les traces de la première. Le poursuivant avait ôté ses chaussures et avançait d'un pas leste et silencieux.

L'envie de me matérialiser juste derrière lui pour lui poser une main sur l'épaule comme la mort en personne était très forte, mais je résistai. Lorsque à son tour il fut assez éloigné, je repris forme et écoutai avec attention mais, visiblement, c'était lui le wagon de queue.

Ils devaient être munis de lampes de poche. Au-delà du halo lumineux de ma bougie, je distinguai la lueur plus intense de ces petites inventions modernes qui jouait sur les murs de l'étage inférieur.

Comme elle s'estompait, j'accélérai l'allure.

L'immense sous-sol servait d'entrepôt pour toutes sortes d'objets. Des articles religieux ou séculiers s'y amoncelaient jusqu'au plafond. Des tables, des empilements de chaises, des chandeliers de toutes les tailles et de toutes les formes, des appareils de musculation, des lits pliants et un millier de caisses qui prenaient la poussière limitaient considérablement mon champ de vision dans ce rebut labyrinthique.

À l'autre extrémité de ce fatras, quelqu'un avait laissé une lampe allumée. Je m'en approchai. Ma bougie devenue un handicap, je la mouchai du bout des doigts.

Une fraction de seconde trop tard, je perçus un mouvement furtif sur ma gauche.

Quelque chose vint me briser les tibias et je m'effondrai. Au milieu de l'explosion de douleur, j'entendis une femme haleter et s'enfuir à toutes jambes en poussant un petit cri. L'instant d'après, je reçus un coup bien plus violent à l'arrière du crâne. Je m'affaissai un peu plus, mais ne me rendis compte de rien lorsque je heurtai le sol.

Sauf qu'il y faisait froid. Vraiment froid.

Lorsque j'essuie de sérieuses blessures, je disparais sans le vouloir. Mon corps prend le contrôle pour m'éloigner de la douleur infligée, quelle qu'en soit la source – à moins que celle-ci soit faite de bois. Je ne sais absolument pas pourquoi, et je fais de mon mieux pour l'éviter, mais le bois me déteste. Il interrompt le processus de disparition pour laisser un corps gisant que les autres prennent bien souvent pour un cadavre. Je deviens totalement inerte, ne respire plus, mon cœur cesse de battre, mes pupilles se dilatent et mon regard se fige. La totale, quoi.

En analysant ma situation, à mesure que je recouvrais petit à petit mes esprits, je me dis qu'être mort pour de bon n'aurait pas été pire.

J'étais allongé sur le dos, les bras en croix, et une insoutenable pression forçait le monde à tournoyer entre mes oreilles. J'avais beau ouvrir ou fermer les yeux, rien n'y faisait. Mes muscles tressaillaient. Je voulais me dématérialiser, et ainsi me soigner, mais j'en étais incapable tant que le choc ne se dissipait pas.

Ce qui prit un certain temps. On m'aurait écrasé la tête sous un rouleau compresseur que je ne me serais pas senti plus mal. Je veillais néanmoins à ne pas bouger ni gémir.

Lorsque je m'estimai capable de soulever mes paupières sans trop souffrir, je m'exécutai.

Mauvaise nouvelle. L'obscurité totale régnait tout autour de moi, mais la douleur qui me broyait la tête me prémunit contre l'habituel accès de panique. Lorsque je me serais suffisamment remis pour que les ténèbres me dérangent, je montrerais les dents aux monstres qui s'y cachaient. Vu mon humeur du moment, j'étais prêt à étrangler tout ce qui me passerait sous la main… dès que je pourrais de nouveau bouger. Le coup, qui aurait dû être fatal, avait renvoyé mes peurs viscérales dans une autre dimension.

Au bout de quelques minutes, je compris que quelqu'un m'avait recouvert d'une bâche. C'est en général ce que l'on fait avec les cadavres, par peur de la contagion. Peur justifiée : dès que j'en serais de nouveau capable, je tuerais quelqu'un pour ça.

Peu après, j'eus le sentiment que m'asseoir n'aurait rien de bien terrible et j'avais raison ; ce fut épouvantable. Je repoussai la bâche et laissai mon corps s'habituer à sa position quasi verticale. Toute forme de lumière avait disparu à présent.

Bien que fonctionnant au ralenti, ma mémoire me rappela néanmoins que je devais encore avoir des bougies et des allumettes dans ma poche. Je forçai mes doigts instables à bouger et enflammai une allumette.

Aïe. Que la lueur était intense !

J'enflammai à son tour la bougie et regardai alentour. On m'avait écarté du chemin principal et dissimulé derrière une vieille table défraîchie. Des registres et des blocs-notes laissaient à penser qu'il s'agissait du bureau d'un quelconque intrépide. Une ampoule nue qui pendouillait au bout d'une cordelette effilochée me narguait.

J'eus le plus grand mal à me lever, mais une fois debout, et tant que je ne bougeais pas trop la tête, la douleur était tout à fait supportable. Je tirai sur l'interrupteur et inondai la pièce de vingt-cinq watts de gloire électrique.

Personne ne me chargea depuis les ombres. J'en fus bien heureux.

Ayant déjà traversé ce type de situation, je m'abstins bien de poser la main sur la source de la douleur lancinante qui me vrillait le crâne. Il n'en sortait jamais rien de bon. L'odeur du sang flottait dans l'air stagnant. Il ne s'agissait pas du mien, mais d'une émanation résiduelle de la piste que j'avais suivie, ce qui signifiait que le coup reçu n'avait pas suffi à entamer ma peau, certainement en raison de…

Nom de Dieu, mais où était passé mon chapeau ?

Je plissai les yeux et parcourus les lieux trop éclairés. Pas de chapeau. Cela me rendit fou. J'adorais mon feutre.

Non, je n'avais plus les idées claires, mais après la dérouillée que j'avais reçue, je ne m'en sortais pas si mal.

Je remontai le dédale en titubant et trouvai mon couvre-chef, à présent en accordéon, posé sur une caisse à côté de ma première bougie. La cire était encore tendre, signe qu'il s'était écoulé tout au plus cinq minutes depuis mon agression. Bon Dieu, ma douleur était bien violente pour cinq pauvres minutes d'inconscience. On avait déposé mon chapeau et la bougie au beau milieu du bric-à-brac ambiant. Saupoudrés d'un peu de poussière, ils resteraient perdus dans ce rebut pendant des années.

Quel sort attendait Jerome Schubert ? Je contemplai les montagnes de caisses recouvertes d'une bâche avec un malaise naissant et gardai l'oreille le plus à l'affût possible, mais aucune ne laissa échapper le moindre battement de cœur. Un bon signe si le disparu était encore vivant, un très mauvais dans le cas contraire.

Dans un recoin, sur le ciment brut, reposait une paire de chaussures de femme. Il pouvait s'agir des nouveaux escarpins de ma cliente mais, pour moi, toutes les chaussures pour femmes se ressemblent. Il me semblait bien avoir reconnu sa voix dans le halètement et le petit cri qu'on avait laissé échapper plus tôt. Peut-être m'avait-elle suivi. Et lorsque je m'étais fait tabasser elle s'était enfuie, la maligne. Si jamais elle avait encore été à proximité, je l'aurais entendue.

Je progressai donc plus avant dans le sous-sol, vers l'endroit où un type, au moins, m'avait flanqué par terre. Hors de question que je lui donne une seconde chance.

J'étais encore armé, mon .38 Detective Special toujours glissé dans son étui. Mais, Dorothy pouvant évoluer dans les parages, j'hésitais à l'idée de faire parler la poudre, quand bien même cela eût été mérité. Cependant, l'endroit regorgeait d'armes alternatives et, moins de deux secondes plus tard, je sentais le poids rassurant d'une authentique batte de baseball Louisville Lugger dans ma main. Pour autant que je le sache, il s'agissait peut-être du même bois que celle qui avait habilement heurté mes tibias et ma boîte crânienne.

Laquelle continuait à me faire souffrir. Je poursuivais ma progression claudicante lorsque le faible « boum-boum » d'un battement cardiaque me chatouilla les tympans.

À peine peu plus loin.

Sans tonicité et abasourdi, Cooley reposait par terre, sous l'éclat d'une ampoule que l'on avait laissée allumée. Alors que j'entrais dans son champ de vision, il réagit et battit des paupières, mais sans grande conviction. Il semblait se trouver dans le même état que moi – un état pitoyable. On l'avait roué de coups, pas de chance pour lui. Mais en même temps, je me demandais ce qu'il faisait là. Les battements de son cœur m'indiquèrent qu'il n'appartenait pas au même club très fermé que moi ; ce n'était donc pas l'odeur de sang qui l'avait attiré.

Je posai la batte et la bougie, fouillai ses poches et découvris une flasque. Beaucoup de gens avaient pris l'habitude d'en garder toujours une sur eux pendant la Prohibition. À l'époque où je ne buvais pas encore de sang, je faisais de même. La sienne était plaquée argent avec un bouchon qui pouvait également faire office de verre. Bel objet. J'y versai un demi-doigt de gnôle et le portai à ses lèvres en prenant garde à ne pas lui bouger la tête, ce qui ne l'aurait pas enchanté.

L'odeur que dégageait le liquide était aussi appétissante que celle de l'essence, mais je ressentis néanmoins le besoin de boire une gorgée à mon tour. Le sang frais était désormais mon seul et unique poison, mais cela attendrait.

Cooley déglutit son tord-boyaux en grimaçant, puis toussota.

— Qui est derrière tout ça ? demandai-je. Becker ?

Il grogna.

— Où est-il ?

Nouveau grognement, accompagné d'un geste mou de sa main droite. Je pris cela comme l'indication que Becker n'était pas loin devant.

— Est-ce que Dorothy est avec lui ?

— Sais pas, parvint-il à dire au prix d'un bel effort.

Je lui offris une nouvelle gorgée de gnôle, puis prélevai une bâche pour l'en couvrir jusqu'au menton. Même si je ne le sentais plus, il devait toujours faire un froid polaire. Ses yeux clignèrent de nouveau ; de la perplexité mêlée à un sentiment que je ne parvins pas à identifier. Certains de ces malabars ne savent pas comment accueillir un geste de simple politesse.

Je récupérai ma batte, mouchai ma bougie, et me remis en marche sur la pointe des pieds afin de progresser le plus discrètement possible. À mes oreilles, le bruit de mes pas résonnait comme celui d'un troupeau en fuite. Par chance, on avait laissé les lampes allumées sur le chemin.

Bientôt, je perçus d'infimes murmures, des voix qui discutaient dans un angle fait d'épais piliers de soutènement et de rayonnages. Certains des objets entreposés là devaient l'être depuis avant la guerre hispano-américaine.

Le ton était vif. L'homme et la femme semblaient se disputer.

Je glissai un regard derrière un ultime obstacle.

Becker me tournait le dos, les bras raidis le long du corps et les poings serrés. Une batte dépassait de l'une de ses mains. Parfois, je déteste vraiment avoir raison !

Dorothy, maladroite sans ses chaussures, était acculée contre le mur de briques d'une impasse. Malgré tout, elle affichait un air rebelle et s'exprimait avec une colère menaçante.

— Dites-moi où il est.

— Vous devez sortir d'ici, répondit Becker avec une lassitude née de la répétition.

— Pas sans mon époux.

— Vous allez remonter et ne rien dire à…

Je profitai de leur échange pour me glisser derrière Becker et, avec une retenue remarquable, je lui donnai un léger coup de batte à l'arrière du crâne, juste assez fort pour le secouer un peu. Il s'affaissa, paralysé mais toujours conscient. J'écartai son arme du pied puis le posai sur sa gorge.

Dorothy me regardait, bouche bée, ses grands yeux bruns écarquillés.

Je lui retournai un sourire. Bien que mes canines ne soient pas de sortie, elle parut tout de même effrayée.

— Vous allez bien ?

— J'ai cru qu'il vous avait tué ! Vous vous êtes effondré, inerte et…

— Ce n'était rien. Où est Jerome ?

Il n'en fallut pas plus pour l'ébranler et la détourner de ses interrogations quant à ma miraculeuse guérison.

— Je n'en sais rien. (Elle posa sur Becker un regard sévère.) Pour le moment, termina-t-elle en ramassant la batte pour la soupeser.

— Partons d'ici. Allons trouver votre père et…

Elle secoua la tête.

— C'est mon problème, et je tiens à le régler moi-même.

Une série de frottements et de froissements m'indiqua que quelqu'un approchait. Cooley apparut à l'angle du couloir, chancelant certes, mais pistolet à la main.

Il examina la scène, adressa une grimace à Becker et rengaina son flingue.

—Cooley, lâcha Dorothy, où est Jerome ?

Il commença à secouer la tête mais s'interrompit aussitôt, une main en route vers la zone qui le faisait souffrir. Sans doute réfléchit-il à deux fois car il se ravisa et se rabattit sur un haussement d'épaules.

—Aucune idée. J'ai pensé que lui, le savait et je l'ai suivi ici, dit-il en me désignant du doigt.

—Et pourquoi l'aurais-je su ? demandai-je, surpris.

—J'ai entendu des histoires à votre sujet. Vous obtenez des résultats de façon inexplicable. Et vous sembliez bien sûr de vous.

Seulement en partie, une fois que j'avais détecté l'odeur de sang. Au moins, il n'avait pas été témoin de ma pitoyable retraite dans les escaliers, face au grand méchant noir qui régnait en bas. Le reste n'était dû qu'au seul hasard. Un hasard amer. Ma tête…

—Vous l'avez suivi et moi je vous ai emboîté le pas, reprit Dorothy. Becker était déjà là. Jerome est donc forcément quelque part ici, n'est-ce pas ? dit-elle en m'implorant du regard de lui donner raison.

Je ne répondis pas tout de suite, mais profitai de quelques secondes pour humer l'air stagnant à la recherche d'une trace de sang – en vain – et tendre l'oreille à l'affût d'un cœur qui battrait non loin. Le bruit de nos trois pouls en masquait un éventuel quatrième.

—Nous allons devoir fouiller cet endroit.

—Mais c'est bien trop vaste, et je suis pressée. Faites cracher le morceau à Becker.

—Je vous demande pardon ?

—Vous m'avez parfaitement entendue.

Je me serais dit qu'elle avait regardé trop de films avec James Cagney, si elle n'avait pas eu le père qu'elle avait.

— Euh… Eh bien…

— Vous n'allez pas jouer les poules mouillées, quand même ?

Cooley s'avança pour me venir en aide.

— Il ne peut pas, Dot.

— Et pourquoi ? Je le paie pour ça.

— C'est un ami de Northside Gordy. Votre père travaille pour lui, mais d'une façon détournée. Si vous forcez Fleming à tabasser un des types de votre père, ça risque de créer des problèmes. Big Louie sera contraint de répliquer et Gordy devra à son tour s'en prendre à votre père.

Elle bouillonna et fulmina, mais ne lui opposa aucun argument, se contentant d'un commentaire lourd de mépris.

— La politique…

— Oui, dis-je. Désolé.

— Très bien. Dites-moi, est-ce que vous pouvez quand même attacher Becker pour moi, ou est-ce que ça risque aussi de déclencher une guerre des gangs ?

On se concerta d'un regard muet, Cooley et moi.

— Nous pouvons faire ça, dis-je.

— Ouais, on peut faire ça, confirma Cooley.

Il avait le teint plutôt grisâtre. J'étais un peu mieux remis que lui, aussi je m'exécutai après avoir ramassé un morceau de corde.

Dorothy se montra très exigeante quant à la façon dont elle voulait que Becker soit ficelé. N'étant pas en état de protester, il se retrouva bien vite enveloppé dans un étroit cocon de chanvre. Tandis que je m'affairais,

Dorothy trouva une pile de bâches qu'elle attira par terre, saturant l'air de poussière. Cooley et elle éternuèrent de conserve, mais je ne les accompagnai pas, rendu insensible par mon absence de respiration.

Becker avait suffisamment recouvré de ma légère tape pour éternuer à son tour.

Dorothy se figea et lui lança un regard digne de Méduse, qui le pétrifia.

— Où est Jerome ?

— Il n'est pas fait pour vous, Dot.

— Alors que vous, si ?

— Je vaux mieux que lui.

— Je crois savoir ce qui vous fait penser cela. Mais en ce qui concerne les choses sérieuses, c'est moi qui ai le dernier mot, et c'est tout ce qui compte. C'est lui que j'aime, pas vous. Maintenant, dites-moi où il est.

— Cooley, dis-lui que…

— Laisse-moi en dehors de ça ! grogna Cooley. Je t'ai dit de ne pas t'approcher d'elle. Tu n'es qu'un imbécile, n'importe qui te le confirmera.

Il se laissa tomber par terre, s'adossa au bric-à-brac et but une gorgée de sa flasque. Il semblait se satisfaire du simple rôle d'observateur, mais ne voulait pas interférer. Le choix de la raison, si vous voulez mon avis. Je restai debout, prenant appui sur ma batte pour ne pas perdre l'équilibre.

Dorothy se pencha en avant.

— Becker. Regardez-moi. Si vous m'avouez où se trouve Jerome, cette petite histoire restera entre nous. Mon père n'en saura rien.

— Je m'en fous, que le patron l'apprenne !

Carte maîtresse ou pas, Dorothy ne sembla pas décontenancée par sa réaction.

— Vous ne devriez pas, pourtant.

— Il peut me faire ce qu'il veut, je vous protège de…

Elle ramassa sa batte de baseball et frappa dans le vide, comme pour s'échauffer.

Becker devint livide, mais il affichait toujours la même résolution entêtée.

— Vous n'oseriez pas.

— Si papa était là, sûrement pas. Il s'en chargerait lui-même et vous tuerait avant même que vous ayez eu le temps de parler. Mais aujourd'hui, c'est votre jour de chance. C'est moi qui suis aux commandes.

— Voyons Dot, intervint Cooley. Vous n'allez pas faire ça.

— Je vais me gêner !

— Vous pourriez le blesser.

— Précisément.

Son regard n'avait pas quitté Becker.

— Ce que j'essaie de vous dire, c'est que vous pourriez le tuer. Par accident.

— Si je le tue, ce ne sera pas du tout accidentel. Mais cela n'arrivera pas. Même s'il risque de le regretter.

Elle abandonna la batte et entreprit de lancer les bâches pliées sur le corps ficelé de Becker. Il essaya de rouler sur lui-même pour se dégager, mais leur poids finit par être trop important. En quelques secondes, il disparut presque complètement, à l'exception de sa tête. La chaleur devait être terrible, songeai-je en voyant son visage virer au cramoisi, à moins qu'il ne se soit agi d'une montée de colère.

— Dot… dit-il. Vous devez…

— Où est Jerome ? demanda-t-elle en ramassant la batte et frappant le ciment avec son extrémité.

N'obtenant pas de réponse, elle brandit son arme bien haut et l'abattit sur les bâches, au niveau du ventre de Becker.

Cooley cria quelque chose, mais ses mots furent noyés par le hurlement outré de Becker. Malgré les épaisses couches de toile, il avait ressenti la puissance du coup. Ne jamais sous-estimer la détermination d'une femme que l'on prive de sa lune de miel.

Dorothy se laissa aller à quelques autres swings, à pleine puissance, avant de s'interrompre pour éternuer. Chaque fois qu'elle portait un coup, une nouvelle vague de poussière s'envolait. Je lui offris mon mouchoir. Elle me gratifia d'un regard reconnaissant d'une douceur à faire chavirer les cœurs, puis se moucha à grand bruit.

— Vous êtes tellement attentionné, dit-elle.

Ne sachant que répondre, je m'éloignai tandis qu'elle armait son bras pour un nouveau tour de batte.

— Dorothy !

On s'immobilisa tous – sauf Becker, bien entendu – lorsque Mme Huffman s'avança dans l'arène improvisée. Mme Schubert l'accompagnait. Toutes deux avaient les yeux écarquillés.

— Mais qu'est-ce que tu fais ? demanda la mère de la jeune mariée.

Dorothy releva le menton, la batte reposant sur son épaule.

— Il sait où se trouve Jerome. Je le persuade de coopérer, c'est tout, expliqua-t-elle en adressant à sa belle-mère choquée un hochement de tête qui se voulait rassurant.

— Oh, Sylvia, dit Mme Schubert.

— Vous avez raison, Gerty, répondit Mme Huffman en faisant un pas en avant. Ce n'est pas comme ça qu'il faut s'y prendre. (Elle ôta une épaisseur de bâches d'une bonne dizaine de centimètres et lança un regard à sa fille.) Trop de rembourrage, ma chérie. Il ne doit rien sentir, avec tant de protection. Essaie maintenant.

— Sylvia ! Nous sommes dans une église ! fit remarquer Mme Schubert.

— Non, seulement dans le sous-sol. Cela ne compte pas. Dans le sanctuaire, il en aurait été tout autrement.

— Bon, si vous en êtes certaine…

Mme Huffman passa son bras sur les épaules de l'autre femme et lui donna une accolade rassurante.

— Votre Jerome fait à présent partie de la famille. Et nous protégeons les nôtres.

Elle suggéra ensuite à sa fille de frapper à certains endroits afin de parvenir plus vite à ses fins.

Dorothy assenait de violents coups de batte, visiblement décidée à ne pas faire de prisonnier.

Cooley et moi grimacions de conserve.

Becker braillait. Je ne le pensais pas capable de hurler plus fort, mais je me trompais. À un moment, et en bafouillant, il essaya de dire à Mme Huffman qu'il était amoureux de Dorothy, mais cela la laissa de marbre.

— Ma chérie, dit-elle à sa fille qui marquait une nouvelle pause. Tu dois le forcer à cesser de t'aimer.

Dorothy émit son sinistre grondement guttural, puis elle s'exécuta, ayant retrouvé un second souffle.

Mme Huffman se tourna vers Cooley.

— Vous allez vous arranger pour que ce type quitte la ville.

— Oui, madame, répondit-il d'un ton humble.

— Ou du moins ce qu'il restera de lui, ajoutai-je.

Elle me décocha un regard hautain et sévère.

— Sachez, jeune homme, qu'il n'aura même pas le moindre hématome.

Sa déclaration me poussa à me demander si ce n'était pas elle qui se cachait derrière la légendaire force de persuasion de Big Louie Huffman. Peut-être était-ce bien vrai que, derrière le succès de chaque homme, se trouvait une femme – armée d'une batte de baseball.

Bam, bang, bam. Je grimaçai de nouveau, compatissant, sans pour autant être disposé à m'interposer.

Le temps paraissait s'être dilaté, mais il ne s'écoula que quelques minutes avant que Becker craque. Il était passé de la peur livide à la colère écarlate, pour enfin adopter un vert repoussant. Alors, il se mit à table et avoua où il avait caché Jerome. J'intervins sans tarder, écartai les bâches et le roulai sur le flanc. L'effet de la volée de coups sur son appareil digestif était prévisible et j'estimai qu'il serait préférable pour lui de ne pas s'étouffer dans son vomi sous les yeux des femmes présentes. Elles s'éloignèrent en vitesse, une main sur le nez, et emboîtèrent le pas de Dorothy qui partit à toutes jambes retrouver son mari.

Me déplaçant plus lentement, je les suivis jusqu'à la table derrière laquelle on m'avait tracté. Plus tôt, j'avais remarqué une porte dissimulée dans les ombres, distrait que j'étais par la douleur qui me vrillait le crâne. Dorothy essayait de l'ouvrir à l'aide d'un pied-de-biche.

— Jack ! Je n'ai pas assez de force… Pourriez-vous… ?

Aucun problème. Je n'avais pas besoin du pied-de-biche, mais m'en servis néanmoins. Inutile de les impressionner en arrachant la poignée de l'épais panneau ; il me faudrait alors rendre des comptes. Un minimum d'huile de coude et la porte s'ouvrit. Dorothy se précipita à l'intérieur en criant le nom de Jerome, puis elle s'agenouilla et le couvrit de baisers.

Il était attaché, bâillonné et groggy. Sa chemise, autrefois d'un blanc immaculé, était tachée de sang ; il avait reçu un bon coup de poing dans le nez.

Et, nom de Dieu, il ressemblait effectivement à Ralph Bellamy.

Une fois libéré de ses liens et de son bâillon, Schubert éclaira les zones d'ombre restantes tandis que les femmes s'inquiétaient pour lui.

Lors du partage du gâteau, Becker avait menacé de lui trouer la peau s'il refusait de le suivre, une arme pointée sur lui. Schubert avait été si surpris que l'idée de se défendre ne lui avait même pas traversé l'esprit jusqu'à ce qu'ils atteignent le placard à balais. L'envie de frapper le jeune marié démangeait Becker depuis des semaines. Un direct au visage l'avait soulagé. Après avoir savouré l'instant, il avait forcé Schubert à rédiger le petit mot d'adieu, ce que celui-ci avait fait d'une main tandis que de l'autre il pressait sa cravate contre son nez sanguinolent. Malgré tout, il avait pensé à glisser quelques indices qui dévoileraient la nature contrefaite du message à sa lecture. Futé, ce garçon.

Ensuite, Becker matraqua le jeune marié puis le traîna dans le sous-sol. Une fois Schubert remisé en sécurité, Becker fut libre de retourner jouer les hommes de main auprès de son patron jusqu'à ce que présente à lui l'occasion de revenir et de se débarrasser à jamais de son rival. La violente réaction de la jeune mariée et le fait qu'elle ait recours à une aide extérieure avaient sans doute constitué un choc pour lui.

Dorothy m'adressa force remerciements enthousiastes, et Schubert me serra la main. Je ne pense pas qu'il comprenait plus d'un mot sur dix, mais il semblait déterminé à abonder dans le sens de son épouse. S'il continuait ainsi, je me dis qu'ils avaient de longues années de vie commune devant eux.

Les circonstances l'exigeant, je demandai – et fus autorisé – à embrasser la mariée. Mon innocente bise sur la joue suffit à la faire rougir. Les mères intervinrent ensuite en insistant pour que tout le monde remonte. Elles s'étaient déjà mises d'accord sur la façon de présenter toute l'histoire aux convives comme une vaste plaisanterie qui aurait déraillé.

Dès que tous se furent éloignés, je me dématérialisai afin de me couper de la douleur lancinante qui me martelait la tête et les tibias. Ce fut presque aussi agréable que d'embrasser Dorothy. Tandis que je flottais dans le néant gris, je leur souhaitai une joyeuse fête dans leur train à destination du Niagara.

Je me demandai ensuite ce que faisait ma petite amie. J'avais largement le temps de lui rendre une petite visite, pour voir si elle serait d'humeur à échanger quelques mamours. Combien de couples ayant assisté à la cérémonie auraient les mêmes pensées, en accord avec la première nuit des jeunes mariés ?

Lorsque je repris ma forme solide, mon mal de tête avait disparu, au même titre que toute contusion. La guérison m'avait épuisé, mais un rafraîchissement prélevé à la veine dans les abattoirs, ou une simple pinte de rouge chez un boucher, suffirait à effacer la fatigue.

Il me restait néanmoins un peu de ménage à faire, pas si différent de celui qui occupait les femmes que j'avais croisées dans la cuisine, quoique impliquant de soulever de lourdes charges.

Cooley se trouvait toujours où je l'avais laissé, il reposait calmement sur le sol et grimaçait en direction du misérable paquet ficelé devant lui. Lorsque j'approchai, il se releva avec peine, extirpa un couteau et libéra Becker de ses liens.

— Nous devons le sortir d'ici avant que Big Louie se pointe.

Il ne semblait pas douter une seconde que je lui prêterais main-forte. Et pourquoi pas, après tout ?

— Ce n'est pas un mauvais bougre, poursuivit Cooley. Mais il se conduit comme un imbécile dès qu'il y a une nana.

— N'est-ce pas notre lot à tous ?

— Si, mais il faut faire preuve de discernement quand on choisit celle pour qui on en pince.

— Comme Mme Huffman, par exemple ?

La pique me valut un regard acéré et, pendant un bref moment, Cooley eut à son tour l'expression d'un gamin brut et vulnérable. Peut-être Mme Huffman avait-elle eu recours à des moyens similaires vingt ans plus tôt pour le forcer à cesser de l'aimer.

— Eh ouais, dit-il lentement. J'en ai entendu de belles te concernant. Je te conseille de ne pas t'étendre sur ce sujet, mon gars.

Je levai les deux mains dans un geste signifiant « ne t'en fais pas ».

— Ça ne sortira pas d'ici, l'ami. Comme l'a dit la dame, nous sommes dans une église.

Il gronda puis, avec plus d'attention que je l'en croyais capable, il aida le malheureux Becker à se remettre debout.

P.N. Elrod est l'auteure de plus de vingt romans et d'au moins autant de nouvelles. Elle a écrit le scénario de nombreuses bandes dessinées et dirigé plusieurs anthologies, parmi lesquelles *My Big Fat Supernatural Honeymoon*. Surtout connue pour sa série de romans *Les Dossiers vampire*, qui mettent en scène le détective mort-vivant Jack Fleming, elle aimerait pouvoir écrire plus vite, mais doit composer avec une incurable dépendance au chocolat.
Devenez mordus de son univers en vous rendant sur www.vampwriter.com (site en anglais).

Mortelle lune de miel

Caitlin Kittredge

Cette histoire a lieu dans le monde des Ténèbres, où vivent les fées, les démons et les utilisateurs de la magie, qui se tapissent dans les recoins du réel. Pour ce qui est des humains, Pete Caldecott et son ami Jack Winter sont de loin les plus célèbres.

Blackpool apparut au cœur du brouillard, tels un millier d'yeux phosphorescents cillant sur un corps luisant et recroquevillé.

Debout au milieu de la brume tourbillonnante à la forte odeur de sel, Pete Caldecott regardait d'un œil mauvais l'*Hôtel Casino Paradis*. Les lettres en néon rose clignotaient, léthargiques, attirant les couples d'âge moyen, les jeunes familles pauvres et les joueurs n'ayant plus qu'un sou en poche. On n'y rencontrait pas tant d'inspecteurs, comme elle-même, ou de crétins sournois comme son compagnon.

Pete tourna un regard noir vers ce dernier, Jack Winter.

— Ce n'est pas comme ça que j'envisageais mes vacances.

Jack haussa les épaules, et une cigarette apparut entre ses doigts.

— Tu as dit que tu avais besoin de changer d'air. Ça va te changer. Alors ne commence pas à râler. D'autant que tu adores le bord de mer.

Il fit claquer ses ongles l'un contre l'autre, et une flamme ambrée embrasa le bout de sa clope.

Pete choisit de ne pas faire attention à lui. Jack n'utilisait la magie que lorsqu'il savait lui devoir des excuses et ne voulait pas lui en faire.

— Occupe-toi des sacs, dit-elle. Je meurs d'envie de me détendre dans une chambre avec des lits jumeaux, coincée entre l'ascenseur et le distributeur de canettes.

Jack s'empara de leurs valises, dans le coffre de la Mini de Pete, et la suivit en courant.

— Hé, reviens !

Pete se vengea un peu en accélérant le pas. La Mini rouge aux formes malicieuses était la seule occupante du parking. L'asphalte était humide et glissant dans le crépuscule. La brume se referma derrière Pete, enveloppant un instant la tête aux cheveux blond platine de Jack. Une bourrasque lui apporta une puanteur de créatures marines en décomposition. Pas un oiseau ne criait au-dessus de la mer d'Irlande, pas la moindre voix avinée mais joyeuse ne venait troubler le silence. Cela lui sembla étrange, dans un lieu comme Blackpool, pendant les vacances qui plus est.

Durant un instant, elle aurait pu se croire n'importe où, prisonnière d'un brouillard aussi ancien que le marais autour de la ville, perdue dans les Ténèbres comme ces femmes dans les histoires qu'on se racontait à la veillée.

Un portier à la veste rose toute froissée sommeillait devant l'entrée de l'établissement quand Pete entra. Des gouttes d'eau tombaient du bord de sa casquette.

Les portes en verre dépoli étaient ornées chacune d'un cygne, et ils semblaient se donner un baiser.

Jack la rattrapa enfin, la respiration sifflante, rejetant autant d'humidité que de fumée à chaque expiration. Ses bottes cavalières claquaient sur le bitume ; pourtant le portier ne remua pas un cil.

— Tu vas être de mauvais poil tout le week-end ? demanda-t-il, tirant une grosse bouffée de sa cigarette avant de la jeter d'une pichenette dans une flaque.

Le mégot siffla et s'éteignit, libérant dans l'air une volute en forme de point d'interrogation.

— C'est possible, répondit Pete.

Jack eut ce sourire qui n'appartenait qu'à lui, avec cette étincelle dans le regard, les courbes de sa bouche accentuant ses rides précoces. Pete l'appelait son sourire de démon.

— Je te promets – non, je te parie –, Pete Caldecott, qu'avant la fin de nos vacances, tu devras admettre que tu t'es au moins un peu amusée.

Pete ouvrit la porte.

— Ça n'arrivera jamais. Dix livres ?

Il souleva de nouveau les valises.

— Je suis confiant, alors disons vingt.

Les portes se refermèrent et les cygnes recommencèrent à se bécoter. Le hall du *Paradis* comptait de la moquette rouge, des fauteuils en satin rose et des murs de la couleur d'une marée polluée venant s'échouer sur la grève.

— Je suis surprise que tu aies autant d'argent en poche, après les dépenses pharaoniques que tu viens de faire pour m'inviter dans un casino décoré de cygnes.

Il y en avait partout, sauf sur la peinture à l'huile accrochée au-dessus de la fausse cheminée, qui montrait un marais dans une abondance de noirs et de verts.

— Ils ont une offre spéciale, répondit Jack en lui fourrant sa valise dans les bras. Un prix pour la Saint-Gammarus, pendant toute la semaine. Alors, tiens-toi prête à me payer lundi, mademoiselle Je-suis-si-sûre-de-moi.

Jack Winter avait de nombreux défauts, dont celui d'avoir souvent raison. Pete désigna d'un geste la réception en marbre noir au lieu d'avouer qu'elle n'avait rien à lui répondre.

— Va nous enregistrer. Je suis crevée, et je veux prendre possession de mon placard à balais pour m'allonger un peu.

— Attends un peu, Caldecott, rétorqua Jack, alors que le réceptionniste détaillait son blouson en jean, ses bottes cavalières et son tee-shirt couleur nicotine à l'effigie des Dead Kennedys avec une expression avoisinant l'horreur la plus profonde. Tu vas t'amuser comme jamais. Je te le garantis.

Jack souriait en silence pendant qu'ils attendaient l'ascenseur et il faillit même lâcher un gloussement en appuyant sur le bouton du dernier étage de l'hôtel.

— C'est quoi, la blague ? s'énerva Pete.

Jack laissa entendre un rire qui finit en toux.

— Merde, tu ne trouves pas que cet endroit est humide ? J'ai l'impression de moisir à l'intérieur.

— Tu l'as choisi, alors tu n'as pas intérêt à te plaindre, dit Pete en lui lançant un regard qui promettait une bonne baffe. Qu'est-ce qu'il y a de si amusant ?

Jack fouilla dans la poche intérieure de son long manteau rapiécé et en tira deux cartes en plastiques ornées… de cygnes, quoi d'autre ? Leurs bords étaient dorés, comme les billets gagnants des Golden Tickets Awards, mais avec une touche de romantisme psychotique.

— Tiens, regarde, répondit-il, contenant à peine sa joie, et dis-moi que ce ne seront pas les meilleures vacances de toute l'histoire de la Grande-Bretagne.

Sur les cartes, en lettres d'un rouge flamboyant, Pete lut : « Suite Nuptiale – Clé d'Accès ».

Elle eut l'impression que la cabine tombait d'un coup.

— Qu'est-ce que tu as fait, Jack ?

— J'ai dit au triste individu à la réception que nous étions mariés, répondit-il, le regard brillant. Que c'était notre lune de miel, mais que nous n'avions pas beaucoup d'argent, et avec le bébé en route, ce serait gentil de sa part s'il pouvait nous surclasser…

Pete lâcha sa valise et lui sauta à la gorge. Il avait l'avantage d'être plus grand, mais elle était inspecteur dans la police métropolitaine de Londres et bien entraînée. De plus, elle avait affronté des démons et des fantômes en colère et, plus important encore, elle était dans une rage folle.

— Hé ! (Jack esquiva, et le coup lui frôla l'épaule.) Calme-toi ! La chambre nuptiale bénéficie du service d'étage gratuit ! Et d'un bain à bulles. Vous, les femmes, vous adorez ce genre de choses.

— Jack, dit Pete sur un ton qui aurait pu trancher de l'acier. Nous ne sommes *pas* mariés. Nous n'allons pas coucher ensemble. En ce moment, je ne t'apprécie même pas un tout petit peu.

— Ce n'était qu'un mensonge, Pete, soupira-t-il en s'adossant au mur tendu de satin de l'ascenseur. Pas de quoi fouetter un chat. Et il nous donne accès à de l'alcool à volonté et à une suite princière.

— C'est ta faute, siffla Pete, lui enfonçant le doigt dans la poitrine. Comme toujours. Tu m'as traînée au bord de cette falaise et obligée à sauter avec toi.

Les portes s'ouvrirent dans un tintement électronique. Jack leva les mains.

— J'abandonne ! cracha-t-il. J'ai cru que c'était une bonne idée de te faire changer d'air, comme tu le souhaitais, pensant que tu te dériderais un peu, mais j'avais tort !

Pete se mordit la lèvre et baissa les yeux sur ses chaussures. Jack n'était pas allé au bout de sa pensée, il n'avait pas précisé qu'il avait voulu l'emmener… loin de ce qui s'était passé à Londres. C'était inutile. Pete le revoyait dans ses cauchemars toutes les nuits, et chaque fois c'était comme si elle revivait les terribles événements avec une précision cinématographique. Étant une Weir, elle rêvait en couleur, avec les odeurs et les sons, et ce depuis toujours. Autrefois, il lui arrivait de se rappeler ce jour où, quand ils étaient jeunes, Jack avait failli mourir pour la première fois.

À présent, il n'y avait plus que des fantômes et du sang.

La cabine commença à se refermer, et Pete s'empressa d'en sortir, suivant Jack dans le couloir à la moquette couleur de sang versé et aux murs assortis, nuance steak saignant.

— Je suis désolée, dit-elle quand elle fut à portée de voix.

Il essayait de fourrer la carte magnétique dans la fente du lecteur, à côté de la double porte de leur suite.

— Ouais, eh ben, moi aussi, marmonna Jack. Oublions ça et essayons de survivre à ce week-end, d'accord ? Nous n'aurons qu'à ajouter une marque à la craie sur le tableau, pour célébrer une autre de mes brillantes idées.

Pete regarda les portes de la suite. Elles étaient noires et ornées d'un symbole tournoyant qui évoquait la peinture accrochée dans le hall : un ensemble d'arabesques s'enroulant autour d'un point central. Les cercles étaient sans danger pour les mages. Jack n'allait jamais nulle part sans bouts de craie dans ses poches.

— Ça pourrait être pire, concéda-t-elle enfin.

Jack arracha la carte du lecteur.

— Merde !

Pete la lui prit.

— Laisse-moi faire.

Il recula, l'œil noir.

— Il vaut mieux qu'il y ait un lac entier d'alcool derrière cette porte. J'ai besoin d'un verre.

À l'intérieur, il faisait noir. Pete appuya sur l'interrupteur à côté de l'entrée, sans résultat.

— C'est bizarre.

Une clarté bleue apparut derrière elle, éclairant des meubles dorés et bien rembourrés, ainsi qu'un lit de la taille d'un stade de foot posé sur une estrade surélevée dans un coin de la pièce. Jack la dépassa, la lumière magique clignotant au creux de sa paume, et alluma l'un des lampadaires.

— Mauvais câblage. M'étonne pas. Toute la ville est en train de sombrer dans ce putain de marais.

Il fouilla dans une poche de sa veste et en tira une craie, avec laquelle il dessina un sort de protection sur la porte.

— Non, Jack, protesta Pete.

Il pointa le bâton tronqué vers elle.

— Quand une maudite créature du fin fond des enfers sera de l'autre côté, tu me remercieras.

Il laissa tomber son sac, son manteau et ses bottes au milieu du tapis en forme de cœur, vida le réfrigérateur doré de toute la réserve de mini-bouteilles de whiskey et gagna la salle de bains. La porte claqua au nez de Pete.

— Ouais, c'est ça, grommela-t-elle. Comme si moi, je n'avais pas besoin d'une douche après quatre heures passées sur l'autoroute en pleins bouchons du samedi. Égoïste.

Au moins, il ne s'était pas approprié le lit. Avec un sourire triste, Pete souleva sa valise et la posa sur le couvre-lit en satin de la couleur d'un os patiné par les siècles. À l'exception de cette tache blanche, la suite était décorée à l'image du reste de l'hôtel. Les couleurs et les matériaux brillants donnaient à Pete la désagréable impression de se trouver au beau milieu d'un immense cœur rouge et palpitant.

Elle frissonna et essaya d'oublier cette image. Dans sa valise, par-dessus les vêtements qu'elle avait emportés pour le week-end, il y avait un dossier, aussi accusateur que les yeux d'un homme assassiné.

Pete savait que pas un mot n'aurait changé depuis la dernière fois qu'elle l'avait lu, mais elle l'ouvrit quand même et balaya les premières lignes du regard.

« Inspecteur en chef Geoffrey Newell
SO5, Service de la police métropolitaine, Londres
Monsieur,
C'est avec regret que je vous donne ma démission de mon poste d'inspecteur… »

Venaient ensuite les platitudes de rigueur. « Expérience inestimable… À cause d'événements récents… Ne me sens plus capable de faire mon devoir… »

Le mémo ne lui laissait pas la place d'en dire plus, juste de rappeler les grandes lignes d'une carrière prometteuse, qu'elle songeait à jeter aux orties à cause de Jack. Et comme elle aurait dû s'y attendre, celui-ci s'était révélé un vrai connard.

— J'aurais dû le prévenir, se morigéna Pete tout haut, sortant un tee-shirt et un pantalon de pyjama.

Elle fourra le dossier tout au fond de sa valise, écornant les coins. Jack lui dirait qu'elle était stupide – carrément trop conne, même –, s'il acceptait d'en parler. Que cela n'était pas sa faute à lui. Qu'elle n'était pas obligée de se lancer à sa recherche quatre mois plus tôt et qu'elle ne pouvait s'en prendre qu'à elle concernant sa glissade dans les Ténèbres, ses dons de Weir éveillés et incontrôlés et son entrée dans le monde des mages.

Oui, Jack lui dirait tout cela, puis il se détournerait avec ce sourire suffisant qu'il affectait si souvent, et s'en irait. Il était très fort à ce jeu-là. La dernière fois qu'ils s'étaient séparés, cela avait duré douze longues années. Si elle admettait avoir besoin de son aide, il prendrait de nouveau la poudre d'escampette. Jack Winter n'aimait pas les engagements, sauf celui qui le liait à sa propre peau.

Comment ignorer tout ça ?

Comment continuer à pourchasser les voleurs à la tire et à arrêter les hooligans qui se mettaient en rogne pour un rien et s'amusaient à casser du Pakistanais, quand on avait affronté des fantômes avides de l'essence d'un cœur vivant et vu ce qui rampait dans les ombres de Londres pour éviter le contact du soleil sur une peau couverte d'écailles ?

Dans la salle de bains, Jack brailla :

— Putain de merde !

Pete sursauta, revenant à la réalité. Elle sauta de la plateforme et combla la distance jusqu'à la pièce attenante en deux longues enjambées. Si elle avait appris une chose depuis qu'elle connaissait Jack, c'était qu'il ne fallait jamais ignorer les cris de terreur.

Elle flanqua un coup d'épaule dans la porte, arrachant le verrou, et faillit percuter Jack. Il avait retiré sa chemise et, une mini-bouteille à la main, regardait quelque chose avec une expression qui passait du choc à la révulsion.

— Qu'est-ce que c'est ? demanda Pete.

Elle s'attendait à découvrir un fantôme, ces vestiges hurlant de colère d'une âme humaine qui n'avaient pas trouvé la paix après la mort. Ou pire, l'un de ces démons de vase et de pourriture qui, d'après Jack, vivaient sous le Pont de Londres.

Jack avala le reste du whiskey et posa la bouteille à côté de ses sœurs vides sur la coiffeuse.

— Regarde.

Il montra le bain à bulles. Pete contourna Jack pour jeter un coup d'œil à l'intérieur et se plaqua vivement la main sur le nez pour contrer la puanteur d'algues en décomposition et de tripes pourrissantes qui lui parvint.

— Merde !

Il y avait une chose morte à l'intérieur, et Pete pensa « chose » parce qu'il n'y avait pas d'autre mot pour décrire ce truc. Il aurait pu s'agir d'une mouette, ou de quelque oiseau de mer, mais à la place de pattes, la créature avait des tentacules tristement recroquevillés, d'un jaune caoutchouteux, et un bec en forme de C, noir et couvert de cicatrices. Ses yeux lui sortaient presque des orbites, et son cou avait été tordu. Son sang vert comme un mélange d'absinthe et d'huile de moteur tachait la porcelaine blanche.

Pete le regarda fixement pendant deux longues secondes. Les vaguelettes dans sa tête, la pulsation de la magie qui infiltrait tout, lui donnèrent une impression déplaisante, comme si elle avait effleuré quelque chose de froid et gluant. Les yeux exorbités de la créature luirent, et Pete détourna les siens.

— Maintenant que j'y pense, peut-être vaudrait-il mieux éviter de se baigner dans la mer à Blackpool et dans les environs, dit-elle à Jack en prenant plusieurs serviettes roses pour les jeter sur le cadavre.

— C'est la chose la plus dégoûtante que j'aie jamais vue, marmonna-t-il.

Avec un frisson, il s'empara d'une quatrième bouteille de whiskey, qu'il vida d'un trait. Jack était couvert de tatouages, et en cet instant, l'encre faisait violemment ressortir les cicatrices laissées par les aiguilles. On aurait dit qu'il ne savait pas s'il devait vomir.

— La question est, qui a pu faire ça ? murmura Pete. Si c'est quelqu'un de l'hôtel, cette personne a un sens de l'humour vraiment tordu.

Elle souleva le corps emballé dans les serviettes et éprouva un élan de tristesse.

— Pauvre chose.

— Pauvre chose, répéta Jack. Non, pas « pauvre chose » ! Et moi, alors ? J'ai failli avoir une attaque ! Je suis un gars de la ville… on n'y trouve pas des choses crevées dans la baignoire tous les jours.

— Si, pauvre chose, insista Pete d'un ton tranchant. Elle était laide et malodorante, et elle était handicapée… complètement sans défense ! Elle n'a pas pu s'enfuir en nageant ou en volant quand des mains humaines se sont refermées autour de son cou. Si je mets les miennes sur l'enfoiré qui a fait ça, je lui flanque mon genou dans les couilles.

— Sors ce truc d'ici tout de suite. Et demande au service d'étage d'apporter dix litres d'eau de Javel pour nettoyer la baignoire.

Pete trouva un sac-poubelle de rechange dans la chambre et y glissa la masse de serviettes. Jack allait devoir les payer. Quelques plumes d'un vert huileux s'échappèrent et tachèrent la moquette à ses pieds, et Pete éprouva de nouveau le même inconfort, une perturbation microscopique à la surface des Ténèbres. Un Weir expérimenté, capable de donner forme à la magie, aurait su l'interpréter, mais Pete ne savait qu'une seule chose : cela lui donnait mal à la tête, un peu comme une gueule de bois.

Elle fourra les plumes dans le tiroir du bureau pour ne plus avoir à les regarder et déposa le cadavre à l'extérieur de la suite. Puis elle referma la double porte avec soin.

— J'ai faim, annonça Jack en sortant de la salle de bains.

Il avait une serviette autour de ses hanches osseuses et marchait pieds nus.

Pete lui lança son jean du lit où elle s'était allongée, sous les draps en satin, avec un bon bouquin.

— Habille-toi, bon sang.

— Tout doux, ma chérie… nous sommes mariés, après tout.

Jack lui adressa un sourire espiègle et tira une cigarette de la poche de son jean avant de le jeter pour prendre un pantalon étroit.

— Je vais te tuer, Jack Winter, marmonna Pete.

Elle le menaçait toujours de mort, sans jamais donner suite, mais elle n'était pas d'humeur à supporter ses conneries.

— Je le pense vraiment. Si j'étais toi, je ne fermerais pas l'œil de toute la nuit.

— Comme s'il y avait la moindre chance que je dorme ! Je serai mort de faim avant ! répliqua-t-il, exhalant la fumée par le nez, avant de tirer sur son pantalon et de se débarrasser de la serviette. Il y a un restaurant au rez-de-chaussée. Un dîner romantique pour deux est inclus dans le forfait. Qu'est-ce que tu en dis ?

— J'en dis que je suis très bien ici. Toi et ton prodigieux don pour me mettre en colère pouvez aller dîner en tête à tête.

Jack soupira, vira le bonbon posé sur une coupelle en porcelaine et y déposa son paquet de clopes. Puis il revint vers le lit et s'assit à côté de Pete. Elle voulut s'écarter, mais il lui attrapa le poignet d'une main de fer.

— Pete. Je sais que tu es malheureuse et en pétard contre moi, mais il s'agit juste d'un repas. Viens manger un morceau, pour faire remonter le taux de sucre dans ton sang, et je parie que tu ne seras plus si grognon.

— Encore un pari ? dit-elle en haussant un sourcil. Tu es maintenant à quarante livres, tu sais. Tu n'as pas les reins assez solides, Jack.

Elle avait faim, et ne pouvait pas ne pas remarquer la sincérité qu'elle lisait dans les yeux bleus de Jack. Ceux-ci étaient changeants, semblables à un ciel glacial et aveuglant quand il se concentrait, aussi brûlants que le bas de la flamme d'une bougie quand il était en colère. C'étaient les yeux d'un mage, brillants ou apaisants selon son humeur et sa magie.

— Pari tenu, si tu le peux, sourit Jack.

Tout au fond d'elle-même, Pete percevait son ressentiment envers lui et sa décision arrogante et égoïste de l'emmener prendre ces stupides vacances comme une tumeur maligne. Malgré tous ses défauts, au moins Jack essayait-il toujours.

Pete soupira.

Elle ne voulait pas le regarder. Le voir suppliant ou déconfit n'était pas normal. Elle se focalisa sur les Yeux d'Horus tatoués sur ses clavicules, en touchant un pour changer de sujet.

— L'encre tient le coup ?

Jack haussa une épaule.

— C'est mieux que rien.

L'œil noir picota sous les doigts de Pete. L'œil clair regardait le monde des vivants. Le noir celui des morts. Tous deux servaient à limiter la double-vue de Jack, pour qu'il ne soit jamais pris de court.

— Tu atteins tes limites ? Tu vas avoir une crise ? demanda Pete avec anxiété.

Il secoua la tête.

— Non, les hôtels sont parfaits pour ça. Tellement d'humanité, de peur et de tension… c'est comme écouter une radio en restant juste à côté de sa fréquence. C'est apaisant, vraiment. Comme un bruit de fond.

Le cœur de Pete se calma. Jack n'allait pas disparaître de nouveau dans le puits de sa double-vue, ce qui arrivait quand elle ricochait sur sa sensibilité de mage, amplifiée au point qu'il ne pouvait pas toujours distinguer les fantômes assassinés des baragouinages incompréhensibles de la chair. Il n'essaierait plus de la contrôler avec une aiguille, comme par le passé.

L'encre tient le coup, se répéta-t-elle, et elle faillit y croire.

— Je suppose que j'ai bien un petit creux, admit-elle, toujours soulagée.

Jack sauta sur le matelas.

— À la bonne heure ! Habille-toi !

Il lui déposa un baiser sur la joue, sec et aussi léger qu'une plume, presque paternel, puis il se leva pour continuer de fouiller dans sa valise.

— À ton avis, qu'est-ce qui pourrait donner une attaque au personnel de l'hôtel ?

Il lui présenta deux tee-shirts, l'un avec Iggy Pop faisant un doigt d'honneur, l'autre des River City Rebels avec la phrase : « Corromps le roi pendant que tu baises la reine ».

— Le Rebels, choisit Pete.

Elle se leva et se changea, enfilant un pull noir et un jean. Une autre des règles de survie dans les Ténèbres : toujours porter des vêtements dans lesquels on pouvait courir, et que l'on était prêt à sacrifier, parce qu'on n'était jamais à l'abri du feu, du sang et de la bave d'un démon.

Mi Amor, le restaurant, n'était pas un établissement où l'on voyait souvent des personnes en pull et jean. Pete se sentit aussitôt mal à l'aise, comme si elle avait pénétré ainsi accoutrée dans le boudoir d'une vieille tante richissime.

Des nappes en coton blanc et rose ondulaient autour des tables, et la terrasse avait vue sur la mer. La salle était uniquement éclairée à la bougie, et tels des fantômes, des serveurs en veste rouge passaient entre les tables où dînaient les clients, tête baissée sur leur assiette. Dehors, des torches brûlaient vaillamment pour repousser la brume qui s'était levée. Pete sentit l'odeur des marécages pénétrer par les grandes portes-fenêtres, ouvertes en dépit de la fraîcheur automnale. Elle frissonna malgré elle. Plus elle était proche de l'océan, plus la magie sifflait fort, comme si elle était trop près d'un ampli.

— Winter, suite 103, annonça Jack au maître d'hôtel.

Le crâne rasé, affublé d'un smoking qui avait l'air d'avoir été boutonné à la hâte par-dessus un maillot de foot, celui-ci fit courir un doigt épais le long d'une liste de noms.

— Ah, dit-il, avec un large sourire, dévoilant le genre de denture qui donnait une si mauvaise réputation à l'Angleterre. Les jeunes mariés en lune de miel.

— Ça, vous pouvez le dire, répondit Jack, jetant un bras autour des épaules de Pete.

Quand sa main s'égara un peu trop bas, sur sa poitrine, elle lui tordit l'index. Il siffla tout bas mais ne se départit pas de son sourire.

— Suivez-moi, poursuivit le maître d'hôtel.

Il s'enfonça dans la caverne éclairée à la chandelle, les flammes et les nappes dansant dans l'air marin.

— On se croirait dans une tombe, murmura Pete. Avec tous ces linceuls et ces bougies.

— On ne t'a jamais dit que tu n'étais pas très gaie ? répondit Jack.

Pete se dégagea et serra les bras autour de son torse. La brume tourbillonnait derrière les portes-fenêtres, dissimulant tout ce qu'il y avait par-delà la lumière des torches. Non loin de là, au cœur de la nuit, les vagues venaient se briser sur les rochers en soupirant, poussées par le vent.

— Et voilà, dit le maître d'hôtel, tirant la chaise de Pete.

Elle s'assit, frissonnant toujours. Jack lui prit la main dans un geste qui aurait pu être romantique. Mais en réalité, il lui serra les doigts et elle put lire sur ses lèvres :

— Ça va ?

— Donovan sera votre serveur, ajouta le maître d'hôtel, avant de se retirer avec un autre sourire plein de chicots.

— Je vais bien, répondit Pete à mi-voix. J'ai juste un peu froid.

— Je le sens aussi, lui assura Jack. La nuit est sauvage. La lune du chasseur pousse à la frénésie. Mange quelque chose, bois et ris, tout ira mieux après minuit.

Pete acquiesça pour lui faire plaisir et sirota un peu d'eau. Elle ne sentait pas seulement le lever de lune, qui poussait contre sa peau alors que la magie ambiante du monde se rassemblait et entraînait les gens à danser autour de feux de joie et à se mettre en chasse. S'y ajoutait la sensation que quelque chose rampait sur elle, qu'elle était enfermée dans la brume qui pénétrait tout dans les Ténèbres et voilait les fameux néons et les tours et enveloppait l'hôtel d'une chape de silence. Elle avait l'impression que quelque chose remuait, juste à la lisière de son champ de vision, une chose ancienne et terrible. Était-ce cela qui l'attendait si elle quittait la police et suivait Jack pour qu'il lui enseigne ce qu'il savait sur la magie ? Cette espèce de renaissance horrible, cette lutte acharnée pour crever la surface ?

— Quelque chose à boire ?

Pate haleta et leva les yeux, très haut, pour regarder le visage humain le plus grotesque qu'il lui ait été donné de contempler. Le serveur avait un front comme une falaise de Cornouailles, et des sourcils qui paradaient en travers d'une arête osseuse saillante. Ses yeux noirs comme ceux d'un oiseau étaient profondément enfoncés, et sa mâchoire était noueuse et déformée, comme s'il avait pris des mauvais coups pendant un match de rugby. Une cicatrice partait du coin gauche de sa bouche et disparaissait sous son col.

— Vous souhaitez boire quelque chose ? répéta-t-il.

Jack secoua imperceptiblement la tête et afficha son air le plus affable. Il avait toujours su dissimuler très vite ses véritables sentiments.

— Un whiskey, mon pote. Sans glace ni autre fioriture, s'il vous plaît.

Le serveur, dont les épaules étaient assez larges pour qu'un charretier ait l'idée de l'atteler, grogna et écrivit quelque chose sur son carnet. Son badge annonçait qu'il s'appelait « Donovan », dans la même écriture presque illisible utilisée partout dans l'hôtel.

— Et vous, mademoiselle ? demanda Donovan avec un accent à couper au couteau.

— Rouge…, répondit Pete, avant de déglutir, suivant du regard l'horrible cicatrice le long de son cou. Du vin rouge, réussit-elle enfin à articuler.

Comment avait-il pu survivre à une blessure qui lui avait laissé une telle balafre en souvenir ? Sans doute était-ce parce qu'il était bâti comme un troll des montagnes…

— C'était une gaffe, dit Donovan, touchant la cicatrice avec des mains qui auraient pu lui écrabouiller le crâne comme un œuf. Avant, j'étais pêcheur en mer du Nord. Un jour, un des autres gars s'est retourné et m'a eu avec sa gaffe, dans le brouillard. Il m'avait pas vu arriver. À l'époque, j'étais très discret. Je faisais pas plus de bruit que de la fumée.

Il sourit, mais sa mâchoire déformée interdisait à un côté de sa bouche de bouger.

Pete et Jack – ce dernier devait se retenir d'éclater de rire, à l'entendre renifler comme il le faisait – n'eurent pas à répondre, car un cri de mouette blessée leur parvint de l'entrée du restaurant. Il y eut un bruit de couverts renversés et de tissu froissé, et une femme arriva en courant pour se jeter sur Donovan.

— Vous m'avez pris mon mari !

Donovan écarta sa mince assaillante aux cheveux blond-roux avec toute la grâce d'une brute qui avait l'habitude de se servir de ses poings. La fille recula en titubant et heurta une table inoccupée, renversant les verres à pied, qui se brisèrent.

— Salaud ! hurla-t-elle en repartant aussitôt à l'assaut, attrapant Donovan pour marteler de ses poings ensanglantés la poitrine aussi large qu'une barrique du serveur.

Toutes les discussions à voix basse se turent, et même le couple qui s'embrassait à la table voisine de celle de Pete et Jack s'arrêta un moment pour regarder ce qui se passait.

Donovan attrapa la femme par son pull déchiré, taché de boue et d'eau des marais comme le reste de sa personne, et la tint à distance.

— Fichez le camp !

— Vous l'avez emmené ! sanglota-t-elle. Fils de pute, vous avez pris mon Sheldon...

— Tout doux, dit Pete, se levant pour s'interposer entre la jeune femme et Donovan. Que se passe-t-il ?

— C'est une folle, voilà ce qui se passe, gronda Donovan. On l'a jetée dehors ce matin, parce qu'elle faisait des histoires.

— Ils ont rampé hors du marais, gémit-elle. Jusque sur le chemin de halage. Et ils l'ont enveloppé de pourriture... Oh, Seigneur... Ils se tordaient et se tordaient.

Elle avait les yeux injectés de sang et perdus dans le vague, les joues baignées de gouttes de sueur. Pete huma l'air et ne sentit aucune odeur d'alcool dans son haleine. Aussitôt, elle eut ce mouvement de recul instinctif qui survenait chaque fois qu'elle était en présence de quelqu'un qui n'avait pas toute sa raison.

— Quel est votre nom ? demanda-t-elle doucement. Le connaissez-vous ? Et savez-vous où vous vivez ?

— Henrietta, frissonna la femme. Henrietta Phillips. De Londres.

— Hé ! intervint Donovan. Qui vous êtes pour poser des questions ?

— Pete Caldecott. Inspecteur de police. Également de Londres.

— Eh bien, nous n'avons pas besoin des flics. Cette fille a juste oublié de prendre ses médocs.

— Je l'ai vu ! siffla Henrietta.

Sa voix cassée exprimait une terreur indéfinissable, du genre de celle qu'un être humain ressentait quand il était témoin d'une chose qu'il n'était pas fait pour endurer.

Pete sentit une goutte glacée descendre dans son cou, et elle tendit l'oreille pour ne rien perdre de ce que disait la jeune femme.

— Je l'ai vu sortir de la boue et du sel... je l'ai entendu parler... et l'odeur... Oh, Seigneur, cette odeur... une odeur de mort et de poisson pourri, et Shel a lâché un hurlement...

Donovan l'attira vers lui et la gifla, laissant l'empreinte de sa main sur sa joue.

— Taisez-vous, imbécile ! Gerry ! brailla-t-il à l'adresse du maître d'hôtel. Appelle la sécurité !

— Hé ! protesta Pete. (Elle écarta Donovan d'Henrietta, posant une main à plat sur sa poitrine pour le tenir à distance.) Je crois que vous en avez assez fait dans cette histoire.

— Posez encore un doigt sur moi, et je vous flanquerai un coup qui vous fera tomber toutes les dents ! gronda-t-il.

En moins de temps qu'il n'en faut pour souffler une bougie, Jack fut debout.

— Touchez ne serait-ce qu'à un seul de ses cheveux, et vous serez bon pour un cercueil fermé, dit-il.

Il n'eut pas besoin de gronder, ou de prendre une pose menaçante, il se contenta de rester juste derrière Pete, sur sa gauche. Les cheveux se dressèrent sur la nuque de la jeune femme, à cause de l'énergie qui se rassemblait autour de lui, cette magie sombre qui lui collait à la peau chaque fois qu'il était en colère.

Les yeux de Donovan lancèrent des éclairs, puis il baissa la tête et recula d'un pas. Jack sourit, mais d'une manière qui réussit à être à la fois agréable et terrifiante, comme le Grand Méchant Loup – tout en dents et en menace.

— Content que nous nous soyons compris, mon pote.

Il sortit une cigarette et l'alluma auprès de la bougie sur la table. Il ne pratiquait pas la magie devant les gens normaux.

— Sheldon, gémit Henrietta. Mon Shel... nous étions en lune de miel, nous n'avons eu le temps de rien... et il a disparu dans la boue.

— Est-ce que quelqu'un n'est pas en lune de miel, ici ? marmonna Pete.

Gerry le maître d'hôtel arriva en compagnie de deux brutes portant l'uniforme de l'établissement, veste et pantalon en satin.

— Je pense qu'il faudrait faire venir la police locale…, commença Pete, mais Gerry pointa sur elle un doigt furieux, paume levée.

Il avait un tatouage à trois pointes au creux de la paume.

— Rasseyez-vous et dînez tranquille, madame. Nous nous occupons de tout. Cette histoire ne vous regarde pas.

Pete voulut l'informer que cela la regardait bien plus que lui, mais Jack la força à reprendre sa place à leur table.

— Non, dit-il simplement. Assieds-toi tranquillement, comme cet homme te l'a conseillé.

— Cette odeur, gémit encore Henrietta alors qu'il la traînait dehors, ses talons laissant des marques dans la moquette. Comme de l'huile saumâtre… La police a bien ri… mais vous verrez, vous verrez tous très bientôt… !

Ses sanglots et ses cris se turent quand la double porte se referma derrière elle. Au bout d'un moment, la musique enregistrée se fit de nouveau entendre, et les clients reprirent leur dîner et leurs conversations.

— Ils ont intérêt à nous offrir un repas ou un truc dans le genre, après une scène comme ça, grommela Jack. Mon estomac en a pris un coup.

Pete émiettait un petit pain tout en regardant la brume noire et mouvante derrière les portes vitrées de la terrasse.

— Jack, il se passe quelque chose ici, dit-elle enfin, cédant aux murmures et à la pression dans son esprit.

— Sans blague, marmotta-t-il. Cet abruti de Gerry a la marque du Tridach dans la main.

— La marque du quoi ?

Quand Jack parlait magie, Pete avait toujours l'impression de passer le bac alors que ses connaissances étaient du niveau cours préparatoire.

— Ça signifie qu'il adore le diable, dit une voix de femme derrière Jack.

L'accent guttural était américain.

Pete inclina la tête sur la gauche et vit un mélange de lèvres rouges et de cheveux châtains bouclés, éclairé par des yeux de la couleur des sapins sous la pluie et pailletés d'or. La femme, moulée dans une robe en soie noire, était assise sur les genoux d'un homme qui faisait son possible pour ressembler à Joe Strummer, en vain.

Jack se retourna sur sa chaise, et son visage s'éclaira quand il croisa le regard de l'inconnue.

— Vous avez des connaissances sur les démons.

— J'ai une certaine affinité avec l'obscurité, répondit-elle. Et ce qui y vit.

Pete leva les yeux au ciel. Jack n'en éprouva apparemment pas le besoin.

— Oh, vraiment ? dit-il, utilisant le sourire qu'il s'était fabriqué quand il était à la tête des Poor Dead Bastards. Eh bien, vous devez donc savoir que le Tridach ne veut pas dire qu'il est un adorateur du diable. Il représente le Triumvirat, le corps régnant de l'Enfer, et tout ce qui fait de lui un serviteur loyal. D'après la loi démoniaque, il a été placé sur la terre dans un but bien précis. Peu de mortels sont marqués par le Triumvirat.

La femme entrouvrit les lèvres, visiblement émoustillée.

— Vous en savez un rayon sur l'obscurité. Délicieux.

Elle lui tendit une main aux ongles en plastique rouge.

— Je m'appelle Charlotte, et lui, c'est mon mari, Roy. Nous sommes de Cincinnati.

— 'Lut, dit Roy.

— Nous sommes en lune de miel, expliqua Charlotte. Et nous explorons les mystères du Vieux Continent.

— Bien sûr, murmura Pete, luttant contre la pulsion de fourrer ce qui restait de son petit pain au fond de la gorge de Charlotte pour la faire taire. Vous êtes l'image même de la jeune mariée, vierge et effarouchée.

— Notre belle île a plus d'un secret, répondit Jack.

Il prit la main offerte, mais au lieu de la serrer, il la retourna et en frotta la paume avec le pouce.

— Puis-je ?

Le mari de Charlotte grogna, mais les pupilles de la brune se dilatèrent sous l'effet de la joie.

— Vous êtes devin ?

— Ma chère, je sais faire des tas de choses, dit Jack.

Il attira la main de Charlotte plus près de son visage et suivit du pouce chaque ligne, l'une après l'autre.

— La ligne d'amour est très longue, commença-t-il. La ligne de vie est…

Les épaules de Jack se raidirent, comme s'il s'étouffait en buvant une gorgée d'eau, et ses yeux devinrent presque blancs, comme si leur couleur les désertait. Un gémissement sourd lui échappa quand sa double-vue prit le dessus.

— Merde, dit Pete.

Elle attrapa Charlotte et Jack par les poignets et les sépara, luttant pour rompre la prise de fer de son ami sur la main de l'Américaine. Libéré, Jack s'écroula vers l'avant, son pouls battant à sa gorge comme un oiseau prisonnier.

Charlotte cligna des yeux.

— Seigneur Jésus. Il va bien ?

— Super, cracha Pete. Oui, super… dès qu'il aura appris à ne plus être si stupide ni imprudent.

Cette dernière tirade était destinée à Jack, mais son regard était encore perdu dans le vide, même s'il reprenait des couleurs. Il cligna des yeux, qui retrouvèrent leur bleu glacé. Pete desserra les poings et inspira profondément pour faire comprendre à la partie de son cerveau qui hurlait que le danger était écarté, que la crise n'aurait pas lieu et que Jack allait bien. Cela ne fonctionna pas tout à fait. Ils devaient quitter le restaurant.

— Enchantée de vous avoir rencontrés, dit-elle à Charlotte.

La femme répondit à son sourire dépourvu de sincérité par une expression de lapin effaré. Pete ne prit pas la peine d'expliquer la réaction de Jack.

Désolée, Charlotte, mais mon ami ici présent voit sans cesse des gens morts et parfois ça le rend un peu bizarre…

Si elle faisait cela, Henrietta ne serait pas la seule folle à être jetée hors de l'hôtel ce soir-là.

Pete prit la main de Jack, et, obéissant, il la suivit en s'appuyant sur son épaule comme s'il avait descendu une demi-douzaine de pintes.

— Charlotte voulait me baiser, marmonna-t-il en entrant d'un pas mal assuré dans l'ascenseur. Je leur donne six mois, maximum. Et puis, elle va bientôt mourir, et qui voudrait s'envoyer en l'air avec un cadavre ?

Pete enfonça le bouton de sa main libre et installa Jack plus confortablement contre son épaule. Voir la mort d'une personne qui faisait toujours partie des vivants était ce qu'il y avait de pire. Parce que c'était inévitable, cela pouvait devenir écrasant et rendre Jack malade pendant des jours.

— Et tu te demandes pourquoi je ne veux pas me marier.

Après avoir terminé toutes les bouteilles de whiskey qu'il trouva dans le minibar, Jack s'endormit en travers du lit. Utiliser sa double-vue, c'était comme avaler une poignée de Valium, ou du moins était-ce ce qu'il avait expliqué à Pete. Il pouvait dormir longtemps, sans faire le moindre rêve.

Grommelant entre ses dents, Pete lui retira ses chaussures et ses chaussettes et le laissa où il était. Puis elle éteignit la lumière et s'allongea sur le canapé, se couvrant d'un plaid rose. Sans lui, elle serait déjà sur l'autoroute, en route pour Londres. Cet hôtel avait quelque chose de malsain. Elle s'y sentait comme prisonnière dans le squelette d'une ancienne créature toute desséchée. Des lignes de pouvoir noir passaient sous leurs pieds, et Jack semblait ne s'apercevoir de rien.

Ou peut-être y était-il juste habitué.

Et tu le serais aussi, pauvre petite Weir impuissante, si tu avais appris à bloquer la moindre étincelle de magie soufflée par le vent.

Elle ne pouvait pas secouer Jack et lui dire :

— Il faut rentrer à la maison. Cet hôtel me donne la chair de poule pour des raisons que je ne peux pas expliquer.

Jack rirait à s'en rendre malade, puis il lui dirait qu'elle était stupide.

— Je suis inspecteur de police, putain, se rappela-t-elle, et voilà que j'ai peur de quelques fantômes d'hôtel inoffensifs.

« Inoffensifs »… elle avait utilisé ce mot par défaut, bien sûr. Elle grogna de se trouver si pitoyable et se ramena la couverture jusqu'au menton.

Depuis l'incident survenu à Londres, le sommeil était devenu un partenaire hésitant et insaisissable ; pourtant Pete sentit ses cils effleurer ses joues plusieurs fois. Le canapé était moelleux et elle était bien au chaud. Le bruit apaisant des vagues acheva de la bercer, et elle sombra dans un sommeil sans rêves.

Pete ne fut réveillée par aucun cauchemar, ni aucun péril, juste un « boum, boum, boum » répétitif, comme les battements d'un cœur à trois cavités.

Jack remua et se retourna sur le lit. Un rai de soleil tomba sur ses cheveux blond platine, les faisant paraître complètement blancs. Le bruit se fit de nouveau entendre : « boum, boum, boum ».

— Service d'étage, cria une voix gutturale.

— Merde, marmonna Pete.

Elle était réveillée, et son dos et sa nuque étaient endoloris parce qu'elle avait dormi affalée sur le canapé comme un grand épouvantail.

— J'arrive ! cria-t-elle, trébuchant dans sa précipitation.

Donovan le serveur était debout sur le seuil, tenant un plateau argenté couvert d'une cloche.

— Bonjour, madame.

Son sourire fuyant lui donna des picotements entre les omoplates.

— Nous n'avons rien commandé, dit-elle, bloquant autant que possible l'intérieur de la chambre avec son corps.

— Bien sûr que non. C'est notre Brunch du Lendemain Matin. Un cadeau de la direction. (Il tendit le cou et aperçut Jack.) Vous l'avez épuisé, le pauvre garçon, hein ?

Pete lui prit le plateau des mains.

— Transmettez mes remerciements à la direction.

Elle ferma la porte au nez de Donovan et ajouta :

— Branleur.

— Quessec'est ? marmotta Jack, un bras sur les yeux pour les protéger du soleil. Je sens une odeur de saucisse.

Pete posa le plateau et le regarda. C'était idiot, bien sûr. Il n'y avait là qu'un petit déjeuner pour deux. Pourtant, elle éprouvait une peur primale, presque animale, à l'idée de ce qui pouvait se trouver sous le couvercle...

Jack s'arrêta près d'elle et le souleva, sourd au halètement soudain de Pete.

— Le toast est tout mou, marmonna-t-il, le prenant pour le jeter à la poubelle.

Il se servit une généreuse portion d'œuf et de saucisse et emporta son assiette sur le canapé, allumant la télé dès qu'il fut installé. Pete tourna le dos à la nourriture et ouvrit la porte-fenêtre donnant accès au balcon. Un vent salé lui souffla sur le visage et dans les cheveux. À la faveur du jour, elle voyait une petite partie de la plage. Une silhouette arrivait vers elle dans la brume, une ombre longiligne, vêtue de noir.

Quelque chose dans sa posture semblait clocher... on aurait dit que la personne était saoule et qu'elle avait pris un coup.

— Jack ! appela-t-elle. (Il ne bougea pas.) Jack ! cria-t-elle cette fois par-dessus les bruits de pop-corn des revolvers d'un vieux western en noir et blanc.

— Quoi ? répondit-il d'un ton irritable. On ne peut plus prendre son petit déjeuner en paix ?

La silhouette sortit du brouillard dans la partie de la plage révélée par le soleil, et Pete vit Roy l'Américain arriver en titubant. Du sang coulait sur son visage, formant des fleuves, des rivières et des deltas qui soulignaient sa bouche et son cou. Il tenait les mains devant lui, ses doigts et ses paumes étaient écarlates. Sous les yeux de Pete, qui semblait enracinée sur place comme un chêne ancien, Roy frissonna et tomba face contre terre. Puis il se roula en boule et ne bougea plus.

— Putain de merde, jura-t-elle, pivotant d'un bloc et courant vers la porte de la suite.

Jack la regarda.

— Qu'est-ce qui se passe ?

— L'Américain d'hier soir, haleta-t-elle, essayant d'enfiler ses chaussures. Je crois que quelqu'un l'a tué.

Le corps de Roy gisait sur la plage comme une marionnette cassée, son sang tachant le sol d'un brun plus foncé. Pete dévala l'escalier en bois que l'hôtel mettait à la disposition de ses clients et sentit le sable mouillé ralentir sa course tandis qu'elle se précipitait vers l'Américain. Jack apparut soudain derrière elle, haletant comme s'il avait couru un cent mètres.

— Appelle une ambulance ! cria Pete par-dessus son épaule.

La brume omniprésente étouffa ses paroles, à tel point qu'elles ne furent plus audibles à un mètre. L'hôtel et le reste de la plage disparurent, et il ne resta qu'elle et le corps ravagé de Roy.

Jack réapparut, ses cheveux en bataille formant comme un petit soleil en pétard.

— Ne le touche pas, Pete !

Pete s'arrêta dans une glissade et tomba à genoux près du mort. L'eau de mer imbiba aussitôt son pantalon. La marée montait, et un crabe armé d'une pince supplémentaire dans le dos traversa la mare visqueuse formée par le sang de Roy. Jack se laissa tomber près de Pete et lui attrapa le poignet quand elle voulut prendre le pouls à la gorge de l'Américain.

— Regarde !

Un collier en fer avait été refermé autour du cou de Roy, suffisamment serré pour que s'y forment des gouttes écarlates. Pete n'avait jamais rien vu de semblable. Le métal semblait luire, et y étaient gravés des motifs qui s'enroulaient et se tordaient. Quand elle les regarda, elle éprouva une étrange douleur entre les deux yeux. Les derniers maillons d'une chaîne faite du même matériau pendaient encore du collier.

— Putain de merde, dit Pete, parce qu'aucun autre juron n'aurait été à la hauteur.

Jack s'enveloppa la main dans le bas de son tee-shirt et retourna le corps sur le dos. Ce que Pete avait pris pour des coupures, de loin, était des brûlures, comme si quelque chose de fin et recouvert d'acide lui avait pris le visage dans ses mains. Non, pas des mains. Des marques en forme de losange lui boursouflaient la peau là où… la chose l'avait touché.

— Il a été embrassé par les Ténèbres, dit Jack, ramenant son bras le long du corps. Un simple contact pourrait le transférer. C'est pour ça que je ne voulais pas que tu le touches. C'était pour toi.

Pete déglutit quand elle croisa le regard du mort. La magie était si dense autour de lui qu'elle avait du mal à respirer. Elle laissa Jack l'entraîner plus loin.

— Ça va ?

Pete lâcha un rire sans joie et secoua la tête.

— Comment est-ce que ça pourrait aller ? Il était vivant il y a moins d'une demi-journée. Lui et la nana qu'il avait épousée.

Elle sentit ses entrailles se tordre, et cela ne fut pas dû à l'énergie noire pulsant autour d'eux.

— Seigneur, où est-elle ?

Jack conjura une cigarette et l'alluma, tirant dessus avant de répondre :

— Cette chose que tu sens, comme de la graisse figée sur la peau, c'est du sang sacrificiel. L'âme de ce bon vieux Roy est à moitié hors de son corps, attendant d'être appelée pour alimenter un quelconque rituel. Pauvre diable.

Pete baissa de nouveau les yeux sur Roy, songeant à des choses noires, des ombres tapies dans la brume.

— Qui ferait un truc pareil ?

— Un sorcier, répondit Jack en se débarrassant de sa clope d'une pichenette.

Le vent la ramena, éparpillant des cendres incandescentes sur le sable.

— Un praticien des forces obscures qui essaie de faire venir quelque chose de l'Autre Monde. Ce n'est pas dans leurs habitudes d'enlever seulement deux personnes, même si ce dernier a pu s'échapper. D'ordinaire, il en faut trois ou sept. Les Ténèbres aiment les nombres premiers, tu sais.

— Henrietta, dit Pete, se souvenant de la jeune femme au regard dément et aux paroles insensées. Cette pauvre folle qui a fait irruption dans le restaurant, hier soir. Elle a dit que quelque chose avait pris son mari.

Jack se frotta le menton, grattant sa barbe naissante avec un bruit de papier de verre.

— Ils avaient besoin de trois corps, donc, plus l'âme du pauvre Roy pour allumer le feu. (Il fit le tour du cadavre.) Pas de phases de la lune. Ce ne sont pas des démons. Sans doute des amateurs qui chantent nus et se baignent dans le sang. Des conneries dans le genre.

— Non, il ne s'agit pas d'un travail d'amateurs. Nous devons appeler la police, et retrouver Charlotte.

— Qu'est-ce que tu racontes ? C'est quoi, ce « nous », putain ? demanda Jack. Je vais rester ici, dans ma foutue suite pour jeunes mariés, et laisser les flics régler ça. C'est toujours divertissant de vous observer pendant que vous essayez de découvrir des créatures des Ténèbres.

Pete attrapa Jack par le bras et l'obligea à lui faire face.

— Prends mon portable. Appelle la police. Moi, je vais essayer de retrouver Charlotte avant que cet endroit flippant lui bouffe les entrailles. (Elle pressa le téléphone dans la paume de Jack.) Dépêche !

— Je ne peux pas, ma chérie.

Pete fit volte-face, prête à lui hurler dessus, mais il lui tendit le portable. Les mots « réseau indisponible » clignotaient sur l'écran.

— Merde.

Pete flanqua un coup de pied dans un tas de sable et s'éloigna du corps de Roy. Elle ne supportait plus de sentir cette magie déplacée… Cela lui faisait mal, comme un abcès sous la peau.

Les empreintes de l'Américain sortaient de la brume, et juste derrière, sur leur gauche, d'autres traces palmées les suivaient, une pour quatre de celles de Roy. On aurait dit les marques laissées par une mouette, mais de la taille d'un humain et avec bien trop d'orteils. Une fine couche de miasme y collait, et une odeur de boue putride chatouilla les narines de Pete.

— Jack, appela-t-elle.

Lorsqu'il la rejoignit, elle marmonna :

— La chose l'a suivi. Puis elle a disparu.

— Elle l'a regardé mourir. Pour s'assurer qu'il ne raconterait rien, contrairement à Henrietta.

— Un démon ?

Pete referma les bras autour de sa poitrine, soudain glacée.

— Non, répondit Jack. Non, un démon libéré dans le monde porterait une peau humaine. Ça... (Il soupira, brossant l'humidité de ses cheveux, qui se dressèrent, aussi hirsutes que ceux d'un Celte.) Putain, Pete, je ne sais pas.

Que Jack soit forcé d'admettre son ignorance était mauvais, très mauvais. Une fois déjà, c'était arrivé, et cela s'était terminé dans le sang. Pete se mordit la lèvre assez fort pour écarter certains souvenirs de Londres.

— Je savais que cet endroit ne me disait rien qui vaille, marmonna-t-elle en retraçant les pas de Roy.

Elle avait senti qu'une chose sinistre se dissimulait sous le luxe ostentatoire du *Paradis*. Elle l'avait senti, mais avait douté d'elle-même et s'était tue. Et à présent, Roy avait été tué.

— Hé, où est-ce que tu vas ? appela Jack quand elle commença à s'éloigner.

Pete s'arrêta, mais sans regarder en arrière.

— J'ai l'intention de suivre cette piste. Tu viens ?

Pete marcha jusqu'à ce qu'elle soit sûre que le vent et l'humidité avaient tellement pénétré ses os qu'elle allait devenir une chose molle et spongieuse, une ombre saturée d'eau qui n'aurait plus jamais chaud. Les empreintes de Roy les emmenèrent le long de la plage, au bord de laquelle s'élevaient des casinos aux néons clignotant leur promesse à l'océan : « Bingo gratuit chaque semaine ». Ils dépassèrent aussi un cabanon de location de bateaux, dont les fenêtres et la porte étaient condamnées par des planches. Finalement, ils arrivèrent dans la partie sauvage, peuplée d'arbres rabougris et de bouts de bois poussés là par la marée.

Les traces bifurquèrent alors vers l'intérieur des terres, et Jack et Pete escaladèrent une dune et redescendirent vers les marais. Le bruit de la mer leur parvenait toujours, mais étouffé par les arbres noircis. L'air devint lourd et acide. Les empreintes inversées de Roy se firent plus profondes ; il avait couru pour sauver sa peau.

Pete glissait dans la boue, mais grâce à ses bottes, Jack avançait gaiement, fumant une cigarette comme s'il se baladait à Regent's Park.

— Je vais te tuer, marmotta Pete.

— Ici, dit Jack devant elle, montrant quelque chose du bout de sa clope.

Pete vit l'endroit où les « pieds » palmés s'étaient extirpés de la boue et avaient emboîté le pas à Roy. Les traces laissées par ce dernier s'arrêtèrent brusquement quelques mètres plus loin, au bord d'une étendue d'eau qui renvoya à Pete son froncement de sourcils.

— Il n'a pas pu venir de là.

— Il a peut-être nagé, suggéra Jack, haussant les épaules.

Il tourna lentement sur lui-même, balayant le marais saumâtre du regard, puis envoya d'une pichenette son mégot dans la boue.

— C'est des conneries, lui dit Pete.

Elle enfonça le doigt dans l'eau et le retira aussitôt quand des plantes aquatiques sinueuses s'agrippèrent à sa peau.

— Elle est super froide. Et il n'était pas mouillé, sur la plage.

Jack soupira.

— D'accord, c'est très étrange, Pete, mais qu'est-ce que tu veux que j'y fasse ? Que j'attrape un crochet en fer pour draguer le fond ? Je suis en vacances !

— Cette femme, Charlotte, est peut-être encore en vie ! cria-t-elle. Tu ne peux pas conjurer un diablotin et lui offrir le sang de Roy en échange de l'endroit où elle se trouve ?

— Ça ne marche pas comme ça, et tu le sais. La magie n'est pas un jeu, on ne peut pas la plier à sa volonté. Elle est le matériau qui compose les Ténèbres, et elle a ses limites.

— Quand tu parles de limites, tu veux dire que tu n'es qu'un connard paresseux, en fait, cracha-t-elle. Cet endroit fait quelque chose aux clients de l'hôtel. C'est la vérité, tu ne peux pas le nier.

Un oiseau cria, invisible. Pete frissonna. Plus ils restaient dans la brume, plus elle avait l'impression que son crâne se fendait de l'intérieur. Et si elle regardait l'eau, elle aurait pu jurer que des filaments noirs et luminescents s'agitaient sous les rides créées par le vent.

— Je le sens, murmura-t-elle. Je n'imagine rien, et Henrietta non plus.

— Il est possible qu'il y ait quelque chose de mauvais par ici, concéda Jack, d'un ton qui pour lui était doux. (Il lui serra l'épaule avec des doigts aussi secs que ceux d'un squelette.) Mais ce n'est pas à nous de brandir nos épées enflammées, Pete. Charlotte est partie, probablement déjà morte. C'est ce que j'ai vu dans son avenir, hier soir. Je ne sais pas toi, mais je suis mouillé et fatigué. Retournons à l'hôtel pour dormir, puis nous rentrerons à Londres, d'accord ? (Il lui frotta les deux bras quand elle frissonna.) Charlotte s'en sortira, ou pas. Morte ou vivante, son sort n'est pas entre tes mains, ma chérie.

— Et quand nous serons de nouveau à Londres, tout sera comme avant ? Tout redeviendra normal ? C'est ce que tu crois, Jack ? Tu crois qu'une suite dans un hôtel miteux et un repas gratuit pourraient me faire oublier que tu as failli mourir ? Et que j'ai failli rester seule pour combattre l'esprit du sorcier ?

Elle secoua la tête, du venin courant dans les veines. Durant un instant, elle sentit la poussière de cadavre dans l'air, et vit les yeux luisants de l'esprit que Jack avait libéré se baisser sur elle, emplis de la lumière de la damnation.

— Tu es pathétique, cracha-t-elle à Jack. Tu refiles les problèmes aux autres et tu t'attends à ce que le monde glisse autour de toi et oublie quel sale enfoiré tu es. Eh bien, pas moi, Jack, alors toi et tes vacances, vous pouvez aller vous faire foutre.

Son visage se ferma sur l'étincelle douloureuse qui traversa son regard, et il retroussa les lèvres.

— En plein dans le mille, ma chérie. Bien joué.

Il la contourna et rebroussa chemin. Au bout d'un moment, le regard perdu dans la brume, essayant de refouler ses sanglots de frustration, Pete le suivit parce qu'il n'y avait rien d'autre à faire.

Le ciel était du gris des cheveux d'une vieille femme morte quand ils atteignirent enfin l'hôtel. La lumière annonçait le crépuscule, si cela existait en ce lieu de brume éternelle. Jack se dirigea droit vers le bar, et Pete s'empressa de gagner l'ascenseur et d'enfoncer le bouton pour l'appeler et monter à leur chambre.

— Vous avez laissé de la boue sur la moquette, madame, dit Gerry le maître d'hôtel derrière elle.

Pete enfonça de nouveau le bouton.

— Et je devrais en avoir quelque chose à faire ? C'est votre boulot de nettoyer derrière les clients.

— Vous vous êtes disputée avec votre moitié, hein ? dit-il en souriant de plus belle.

Pete le foudroya du regard alors que les portes s'ouvraient.

— Allez fourrer votre sale nez dans les affaires de quelqu'un d'autre.

— Je prends ça pour un « oui », dit-il alors que la cabine se refermait.

Et pendant une fraction de seconde, son don de Weir s'embrasa, et elle le vit avec des dents pointues et des mains palmées comme celles d'une grenouille. Il rit et darda une langue fourchue entre ses lèvres.

Pete appuya la tête contre le mur tendu de satin et laissa libre cours à ses larmes, incapable d'endiguer la marée montante des Ténèbres. Cette ville, le marais et l'hôtel étaient des lieux maudits, maléfiques, et elle voulait s'en aller… Pete se prit la tête entre les mains quand un flot de murmures l'envahit, et elle s'assit sur ses talons pour lutter contre la douleur et la pression insupportable de la magie.

— Arrêtez ! supplia-t-elle. Arrêtez… arrêtez… Je vois. Je comprends !

Peu à peu, les chuchotements se turent, et elle se rendit compte que les portes s'étaient ouvertes sur le dernier étage. Tout était normal… du papier peint doré mièvre aux miroirs gravés de cygnes qui s'embrassaient, en passant par les moulures en plastique sur la porte de la suite.

Une pensée traversa l'esprit de Pete : peut-être était-elle en train de devenir folle.

Elle claqua la porte derrière elle et mit le verrou, sachant que cela n'arrêterait pas Jack quand il aurait décidé de monter. S'il avait vécu cent ans plus tôt, il aurait pu faire fortune comme voleur dans les rues de Londres.

Pete se débarrassa de ses chaussures et s'écroula sur le lit, le crépuscule envahissant la chambre d'une lumière soyeuse, gris-noir. Jack finit par la rejoindre. Elle l'entendit trébucher dans l'obscurité. Il sentait le whiskey et la fumée de trop nombreuses cigarettes. Enfin, Pete sombra dans un sommeil agité et rêva de choses remuant dans les eaux du marais.

Pete se réveilla en sursaut, ouvrant les yeux sur le réveil posé sur la table de nuit. Il était minuit. Elle inspira profondément et posa une main sur son cœur, qui battait la chamade, comme toujours quand elle rêvait que Jack était mort parce qu'elle était arrivée trop tard pour le sauver. L'esprit du sorcier le touchait et lui volait sa magie. Et Pete devait tuer le fantôme qui portait le visage de son compagnon.

Sur le canapé, Jack laissa entendre un ronflement d'ivrogne, et Pete se détendit, utilisant les bruits des vagues et la caresse de la nuit noire et fraîche pour se calmer.

Dans l'obscurité, près de l'armoire, quelque chose serpenta sur le sol.

Pete s'assit comme mue par un ressort et se dégagea du drap en satin pour se lever et gagner la porte-fenêtre, s'éloignant du bruit.

— Jack ! siffla-t-elle.

Ils étaient partout autour d'elle, et il ne s'agissait pas de son imagination donnant forme à la magie ambiante. Elle entendait les bruits de succion humides de leurs membres malformés sur la moquette, leurs gémissements pitoyables. Pendant un bref instant, la brume s'écarta et le clair de lune inonda la chambre. Pete vit des centaines de corps vert noirâtre et visqueux, des triples rangées d'yeux brillant sur des exosquelettes protubérants et des dents en os aussi tranchantes que des rasoirs et dégoulinantes d'humeurs dans des bouches tordues.

Dans sa vie, Pete avait affronté un nombre bien trop grand de ses peurs, parce que c'était son devoir. Des membres de bandes armés de pistolet. Jack, vivant et mort. Le pouvoir infini et froid des Ténèbres qui vous brûlait l'intérieur du crâne quand votre magie se révélait.

Le tentacule de la créature du marais la plus proche s'enroula autour de la cheville de Pete, si froide qu'elle en ressentit une brûlure. Et elle prit sa décision : *Qu'ils aillent tous au diable.*

— Jack ! hurla-t-elle assez fort pour réveiller les morts.

Pendant une horrible seconde, il ne se passa rien, puis une lumière magique apparut quelque part au-dessus du canapé, révélant les cheveux blond platine et tout ébouriffés de Jack, ainsi que son visage aux yeux comme deux puits sombres à cause de la clarté bleutée.

— Bon sang, tu ne peux pas me laisser dormir…

Puis il vit les créatures, qui sifflaient et reculaient pour échapper à la lumière.

Pete attrapa le tentacule qui la retenait prisonnière et tira, mais il la serra encore plus fort, mou et palpable, comme un muscle sans un os à l'intérieur.

— Fais quelque chose, débarrasse-nous de ces saloperies ! lui cria-t-elle.

D'autres appendices s'attachèrent à ses poignets et à ses jambes, pour l'immobiliser... ou pire.

Jack marcha sur les choses, l'orbe de magie allumant deux flammes jumelles dans ses prunelles.

— *Saighid !* brailla-t-il.

Le sort dessiné à la craie sur la porte devint incandescent comme une ampoule, mais l'instant suivant, il émit des étincelles violettes et s'éteignit.

— Que je sois maudit, réfléchit Jack à voix haute. Ça aurait dû marcher.

Pete s'empara de la bonbonnière en verre taillé que Jack avait transformée en cendrier et se mit à frapper les... choses. Certaines ressemblaient à des pieuvres possédant bien trop de tentacules, d'autres à des bouches surmontées de plusieurs yeux au bout d'un enchevêtrement de fins pédoncules, comme une toile. Elle était presque libre quand deux bras forts s'enroulèrent autour de son torse et la soulevèrent du sol.

— Ça n'a pas fonctionné, monsieur Winter, dit Gerry le maître d'hôtel, qui avait troqué son uniforme contre un pull et un pantalon noirs.

Une casquette dissimulait son crâne chauve et brillant. Il venait de sortir de la salle de bains, un couteau de cuisine à la main, comme la dent d'un grand loup.

— Le sang d'un innocent ne vaut rien pour les sorts de protection. Ça dégrade leur magie et la réduit presque à néant.

Jack le regardait, bouche bée, apparemment plus enragé à l'idée que sa magie n'ait pas fonctionné que par la présence d'horreurs nées du marais dans sa chambre.

— Le sang d'un innocent ? réussit-il à articuler. Quel sang, putain ? Je me suis coupé en me rasant, mais au cas où ça vous aurait échappé, je suis aussi loin d'être innocent que Leicestershire l'est de Los Angeles !

— La créature, réussit à expliquer Pete, parce que l'étau autour de sa poitrine la serrait à lui broyer les côtes. La chose morte dans la baignoire. Du sang innocent.

— Oh non ! Vous plaisantez, hein ? cria Jack. Qu'est-ce qui ne va pas chez vous, espèces de monstres ? Vous avez bu trop d'eau du marais ?

Un petit octopode à qui il ne restait que cinq membres, affublé d'une bouche en ventouse, grimpa sur la jambe de Pete. Elle la secoua, l'envoyant valdinguer contre le mur. L'homme qui l'immobilisait l'attrapa par les cheveux et tira, manquant de peu de lui rompre le cou.

— Je vous serais reconnaissant de laisser mes créatures tranquilles.

— Donovan ? croassa Pete.

Il sourit.

— Lui-même.

— Lâchez-la, ordonna Jack en plissant les yeux. Cela fait deux fois, maintenant, et ma patience est à bout.

— Vous allez nous suivre sans faire d'histoires, dit Gerry. Ou mon serviteur brisera la nuque de votre femme. Nous n'aimerions pas qu'il y ait un incident à l'intérieur de l'hôtel, mais certaines choses sont parfois inévitables.

— Tout va bien, Jack, dit Pete, qui sentit une larme glisser sur sa joue malgré elle quand Donovan lui tourna la tête de force. Suis-le.

Jack les regarda, elle puis Gerry, et baissa les mains. La lumière magique s'éteignit.

— Vous m'avez eu, marmonna-t-il. Je ferai tout ce que vous voudrez, mais ne lui faites pas de mal.

Pete se ratatina. Jack n'était pas supposé se rendre, mais s'enfuir et l'aider à s'échapper quand l'occasion se présenterait. Elle était si peu habituée à ce genre de geste noble de sa part qu'elle faillit éclater en sanglots.

— Malheureusement, je ne crois pas pouvoir vous promettre ça, monsieur Winter, dit Gerry avec un large sourire. Vous et madame faites la paire, vous voyez. (Il adressa un signe de la tête à Donovan.) Emmène-la au bateau !

Donovan et Gerry les conduisirent à la cave et les firent passer par une porte de service qui donnait sur un canal rempli de détritus et d'une boue brunâtre ressemblant davantage à de la diarrhée qu'à de l'eau. Un bateau était amarré à un ponton fait de bidons en plastique maintenus en place par du goudron.

Pete tomba à genoux quand Donovan la jeta à la poupe de l'embarcation.

— Plus si causante, hein ?

— Tu ne perds rien pour attendre, rétorqua Pete.

Donovan lui flanqua un coup de pied, et elle sentit quelque chose craquer près de son estomac. Elle se mordit l'intérieur des joues. Ce n'était pas avec des hurlements qu'elle pourrait l'avoir.

— Fais gaffe, dit Gerry en poussant Jack à bord. Tu te rappelles la dernière fois où tu as abîmé les sacrifices, n'est-ce pas ?

Donovan grogna, et Jack haussa les sourcils.

— Alors c'est vous les deux abrutis qui jouent au docteur avec les créatures blessées des Ténèbres ? J'avoue que je suis déçu.

— Fermez-la, ordonna Gerry. C'est plus grand et plus ancien que vous, mage, mais je ne m'attends pas à ce que vous compreniez.

Il l'obligea à se mettre près de Pete, puis largua les amarres. Donovan les amena sur le canal, et ils flottèrent vers la mer.

— Tu vas bien ? demanda Jack du bout des lèvres.

Pete ravala un cri. Ses os cassés la faisaient souffrir.

— Je suis blessée, mais je pourrai courir quand il le faudra.

— Taisez-vous ! lança Donovan.

— Allez vous faire foutre, répondit Jack. Si vous nous faites du mal, il vous faudra vous rabattre sur le rôti trop cuit que vous m'avez servi hier soir pour le donner en sacrifice. (Puis il tourna la tête vers Pete.) Je suis désolé.

Elle cligna des yeux. Peu importaient les créatures qu'elle avait trouvées dans sa chambre ou la magie noire et épaisse qui enveloppait Blackpool… les excuses de Jack étaient encore plus surprenantes.

— Vraiment ?

— J'aurais dû t'écouter. Cet endroit est vraiment pourri.

— Ouais, et le temps des remords est passé comme un bus qu'on aurait raté. Qu'est-ce qu'on va faire ?

L'esquif passait d'un canal à l'autre, et l'odeur de plus en plus salée apprit à Pete qu'ils approchaient du marais. La brume éclairée par la lune semblait s'écarter devant la proue. Si elle n'avait pas souffert de plusieurs côtes cassées, et si la magie noire n'avait pas semblé monter de l'eau, elle aurait pu se croire sur le chemin secret d'Avalon.

— Pour le moment, on attend, répondit Jack. Jusqu'à ce que nous soyons arrivés. Je veux voir ce que ces deux crétins mijotent.

— C'est le plan le plus foireux que j'aie jamais entendu ! siffla Pete. Il faut nous enfuir à la nage. Parce qu'ils nous conduisent à une mort prématurée.

— Non…, répondit lentement Jack. (Il tourna la tête quand l'embarcation commença à ralentir, et Pete se redressa tant bien que mal.) Voilà notre destination.

Une chose massive et voûtée se dressait au-dessus de l'eau, plus haute que les arbres courbés par le vent qui poussaient le long des canaux. La construction de pierres moussues semblait visqueuse et luisante comme si elle venait de sortir des eaux. Des colonnes soutenaient un toit tordu fait de carapaces géantes, et des marches recouvertes d'algues menaient à une ouverture hérissée de pierres aux arêtes tranchantes, comme des dents pourries alignées dans une gueule béante.

Le bateau cogna contre la première marche, et Donovan força Pete à se lever, lui disloquant presque le bras.

— Si vous nous jouez un de vos tours, dit-il à Jack, je la casse en deux comme une allumette.

— Je prendrais un immense plaisir à vous faire bouffer votre cœur encore palpitant, espèce d'enflure, répondit Jack d'un ton plaisant, alors que Gerry lui enjoignait de descendre.

— T'entends ça, Donnie ? demanda Gerry. Je crois que c'est un sentiment né d'un amour véritable.

Ils s'esclaffèrent, obligeant Pete et Jack à monter les marches menant au temple.

Oui, au temple. Pete ne trouva pas d'autre mot pour décrire ce qu'elle voyait. Les pierres gravées de tentacules enroulés, d'yeux sans paupières et de créatures au dos voûté peuplant des grottes souterraines étaient massives et taillées à la main. Des fumerolles gazeuses teintaient de jaune l'air de l'unique chambre. La construction n'était pas romaine, pas plus qu'elle n'était celtique ou saxonne. Elle semblait avoir été bâtie par quelque chose ayant une vague idée des formes humaines, sans en avoir la pratique.

Il y avait de la mousse et des algues partout, et Pete glissa, tombant lourdement. Donovan la traîna par le col de son tee-shirt le reste du chemin, puis il l'attacha à côté de Jack, grâce à un collier et à des menottes reliés par des chaînes à une colonne cassée.

Jack tressaillit.

— Le fer est froid, dit-il en guise d'explication.

— Tu as intérêt à avoir un plan d'enfer pour nous tirer de là, murmura Pete.

Des feux magiques s'allumèrent dans les alcôves le long des murs, et Pete découvrit que la salle était plus grande qu'elle ne l'avait cru. Une grande partie du sol s'était effondrée, et l'eau du marais s'y engouffrait en gargouillant. Des vaguelettes venaient s'échouer non loin de ses pieds nus.

— Fais-moi confiance, je vais en trouver un très vite, répondit Jack. Cet endroit est intéressant. On dirait qu'on a affaire à un culte de la mort, ou plutôt à des adorateurs du chaos.

— Je dirais plutôt à deux connards pathétiques en manque d'amour, marmotta-t-elle. Je n'appelle pas ça un culte.

Gerry frappa un gong en bronze près du bord du puits, et des silhouettes dissimulées par des robes apparurent en traînant les pieds. Leurs vêtements en loques portaient la marque du Tridach. Pete reconnut le portier de l'hôtel, et l'employé sympathique de la station d'essence où elle et Jack s'étaient arrêtés avant d'arriver en ville.

— Merde. Regarde-les.

— Patience, conseilla Jack. Je suis sûr qu'ils finiront par nous détacher pour le sacrifice, et alors tu les cogneras, et je ferai un peu de fumée, et nous leur volerons leur foutu bateau.

— Ce plan est aussi foireux que cette idée de vacances, cracha Pete.

— Écoute ! cria Jack, et plusieurs adorateurs se retournèrent. Tu n'avais pas besoin de venir, mais je voulais faire quelque chose pour toi parce que j'éprouvais de la culpabilité à cause de ce qui s'était passé à Londres. Et maintenant que nous sommes ici, je me sens encore plus con. Et ni l'un ni l'autre de ces sentiments n'améliore mon humeur. Et pour couronner le tout, je crois que je vais avoir la gueule de bois, alors tu peux aller te faire foutre !

Pete cligna des yeux, la colère l'emportant momentanément sur la peur. Puis elle siffla :

— Tu es un gros con égoïste et égocentrique, Jack, et si tu avais pris la peine de venir me voir après que tu as failli mourir et que j'ai dû tuer un fantôme qui absorbait les âmes des gens… Sais-tu seulement à quel point c'est difficile de tuer un fantôme, Jack ? Eh bien je vais te le dire : c'est foutrement dur ! Oui, si tu avais pensé une seule seconde à faire ce dont j'avais besoin au lieu de ce qui était facile pour toi, nous ne serions pas dans ce merdier !

— Silence ! tonna Gerry, qui avait enfilé sa propre robe, tout comme Donovan. Voilà qui est mieux, poursuivit-il quand Pete se contenta de foudroyer Jack du regard. (Il se tourna vers l'assemblée de fanatiques et leva les bras.) Mes frères, cela fait trois fois que nous nous réunissons pour le cycle de festins de saint Gammarus le chasseur, pour apporter une proie et des offrandes à notre maître, l'immuable et gigantesque Seigneur de la Rage, Mnarhoteph.

— Mnarhoteph, craignez son nom, dirent les fidèles, pas vraiment en chœur.

Pete croisa le regard de Jack, et même si elle aurait volontiers enroulé ses chaînes autour de son cou osseux et tatoué, elle sentit monter un fou rire quand elle se rendit compte qu'il s'efforçait de garder son sérieux.

— À chaque cycle des saisons, nous nourrissons la colère sans limites de Mnarhoteph, et quand sa faim est assouvie, il nous accorde le pouvoir de sa rage.

— Mnarhoteph, loué soit sa fureur, entonnèrent les adorateurs.

Gerry frappa de nouveau le gong, trois fois, et le bruit se répercuta dans le crâne de Pete comme celui d'une lame rouillée sciant de l'os.

— Mnarhoteph, la lune est haute ! Lève-toi !

Dans le puits, l'eau se mit à bouillonner puis, dans un soupir d'air fétide et un grincement de chaînes, un corps massif l'occupa tout entier, atteignant presque le plafond du temple. Mnarhoteph avait de nombreuses rangées d'yeux, des tentacules épais comme des troncs d'arbres, des ventouses et des membres préhensiles hérissés de dents, le tout sur un corps noir et brillant. Pete sentit sa magie la frapper, comme si sa santé mentale et son crâne se brisaient rien qu'en regardant le monstre Mnarhoteph qui hurlait en silence.

— Il est la source… la source de ce que je ressens ici…

Puis elle perdit la capacité de parler, ensorcelée par l'atroce beauté de la créature.

Jack devint encore plus pâle que d'habitude, si bien qu'il eut l'air mort.

— Merde. Je pensais que ces abrutis ne faisaient que jouer aux adorateurs du chaos, commença-t-il en tirant sur ses chaînes avec frénésie. Pete, il faut…

Il embrassa du regard les feux magiques dans les alcôves et l'air jaune empoisonné, Mnarhoteph et les grosses chaînes rongées par le sel fixées à sa peau avec des crochets gros comme des harpons, pour le garder prisonnier.

— Il nous faut une étincelle, termina-t-il enfin.

— Par trois fois nous t'avons apporté des sacrifices pour alimenter ta haine puissante ! cria Gerry. Une femelle, un mâle, et aujourd'hui les deux aspects de la lie humaine qui sont présents devant toi. Nourris-toi, maître, et sois fort !

— Une étincelle, répéta Pete, suivant la voix de Jack comme des miettes de pain lui montrant le chemin de sa santé mentale.

Mais sa voix se perdit quand Mnarhoteph ouvrit la gueule et rugit, poussant un cri de douleur qui fit trembler le temple jusqu'à ses fondations de pierre.

Pete éclata en sanglots quand cette plainte la transperça et s'enroula autour de son cœur, la remplissant d'une agonie aussi lourde que le fer.

— Pete, marmonna Jack sur un ton pressant, tandis que les tentacules de Mnarhoteph avançaient sur le sol, laissant des traînées du sang noir qui s'échappait des blessures causées par ses entraves. Pete, fais une étincelle… petite, grande, entre les deux, n'importe quoi, mais dépêche-toi !

Son esprit résonnait toujours du cri de Mnarhoteph, prisonnier, seul et aux prises avec la douleur, mais Pete se ressaisit, comme elle l'avait fait quand le fantôme du sorcier avait pris le visage de Jack. Elle frappa du poignet contre la colonne. La pierre mouillée lui fit mal. Il ne se passa rien d'autre.

Les yeux de Jack devinrent blancs et roulèrent dans ses orbites, et il commença à murmurer des paroles incompréhensibles tandis que Mnarhoteph sortait du puits. Ses chaînes crissaient sur le sol.

Serrant le poing, Pete frappa la menotte contre la roche une nouvelle fois, puis une autre. Un hématome violet et du sang commencèrent à apparaître sous la bande de métal, mais elle n'arrêta pas pour autant, faisant voler en éclats des centaines d'années de crasse, certaine que sa main allait être réduite en bouillie. Puis elle atteignit la pierre sèche.

Une étincelle orange et brillante vola du bracelet en fer, et les yeux de Jack s'animèrent chacun d'une flamme.

—*Aithinne*, souffla-t-il.

Un vent violent aspira l'air dans les poumons de Pete, puis le feu magique de Jack, réel et écarlate, s'embrasa à son étincelle et l'air saturé de gaz s'enflamma. L'explosion initiale réussit à faire s'écrouler la colonne à laquelle ils étaient attachés, et Mnarhoteph retira ses tentacules.

Des boules de feu flottèrent dans les airs, rattrapant les fidèles qui essayaient de s'enfuir et faisant monter des algues une fumée bleue et âcre. Donovan, la robe et les mains léchées par le feu, glissa dans la boue, se cogna la tête sur des pierres et ne bougea plus.

Pete réussit à se libérer grâce au sang qui lui recouvrait la main et alla se pencher sur Jack, allongé sur le sol. Il saignait d'une coupure au front, mais respirait.

Pete tourna la tête pour voir déguerpir les fanatiques tandis que les vapeurs se dissipaient, laissant l'air de nouveau saturé de sel.

— Je suppose que tu avais vraiment un plan, un plan merdique, mais un plan tout de même.

Mnarhoteph grogna de son puits. D'une voix aussi profonde et liquide que l'océan, il dit :

— Pitié.

Le cœur de Pete s'emballa quand elle s'avança, de l'eau jusqu'aux chevilles, pour aller se camper devant le monstre, si près qu'elle aurait pu le toucher.

— Qu'est-ce que tu as dit ?

— Pitié, gronda-t-il. Mal…

Jack remua et se releva, se libérant facilement maintenant que ses liens s'étaient relâchés.

— Bon sang, qu'est-ce que tu fais, Pete ? Écarte-toi de lui !

— Il est blessé, répondit-elle.

La double-vue de Jack lui permettait de voir les morts, mais les Weirs étaient les intermédiaires des anciens dieux, ces êtres capables de donner forme à la magie et de parler à toutes les créatures des Ténèbres. Jack ne pouvait pas entendre la douleur de Mnarhoteph.

Pete posa une main à plat sur sa peau tannée, et à cette distance, elle comprit que sa magie bouillonnante n'était que détresse. Elle n'avait rien de mauvais.

— Que veux-tu ? murmura-t-elle.

Il tira sur les chaînes et les crochets qui le retenaient prisonnier.

— Maison…

Pete étudia les scènes sur les murs du temple. Elles représentaient les vagues et les profondeurs de l'océan, pas un marais pollué à la lisière de la civilisation.

Jack vint se tenir près d'elle.

— Je suppose qu'il n'a rien d'une vilaine créature du chaos, après tout. L'un des ancêtres de ces abrutis en robe a dû le conjurer et l'enchaîner ici.

— Depuis combien de temps, à ton avis ? demanda Pete.

— Des siècles, au moins.

Être emprisonné ainsi, obligé de nourrir de sa puissance ces humains avides et médiocres... Pete croisa le regard de Jack...

— Est-ce que tu pourrais... ?

Il soupira, et elle sentit l'air crépiter quand sa magie se mit à l'œuvre. C'était très différent du pouvoir infini de Mnarhoteph, mais tout aussi fort. Les chaînes se détachèrent des murs, le monstre se secoua, et les harpons sortirent de sa chair déchirée et balafrée.

— Va, dit Pete en reculant. Nous ne te voulons aucun mal.

La première rangée d'yeux de Mnarhoteph se posa sur elle et il trompéta :

— Maison !

Pete et Jack suivirent la traînée luisante laissée par Mnarhoteph quand il rampa pour quitter le temple et se jeter dans l'eau. Elle était de la couleur d'un soleil levant. La brume ayant disparu, Pete put le suivre des yeux jusqu'à la mer.

Après que Pete eut appelé la police de Blackpool grâce au téléphone encore intact de l'un des fanatiques, elle retourna s'asseoir à côté de Jack sur l'une des marches de pierre. Il lui tendit une cigarette allumée.

— Une clope ?

— Et comment !

Jack la lui donna et exhala avant de dire :

— Tu pensais vraiment ce que tu as dit avant que cette maudite créature du lagon noir se montre, n'est-ce pas ?

Pete se mordilla la lèvre. Les yeux de Jack n'étaient ni glacés, ni distants… simplement blessés.

— Un peu, plus ou moins, admit-elle enfin.

— Je suppose que ça veut dire…

Mais Jack ne termina pas sa phrase. Une forme noire portant une robe en partie carbonisée se jeta sur lui.

— Infidèles… usurpateurs ! grogna Gerry.

Des brûlures lui recouvraient toute une moitié du visage et de la tête, et son œil n'était plus qu'une orbite suintante. Ses lèvres étaient tordues et enflées, la majorité de la chair tendre s'en étant détachée.

— Tu vas mourir dans le puits, gronda-t-il en attrapant Jack par le cou et en lui enfonçant la tête dans le marais.

Jack lui griffa les mains, dont l'une était couverte de cloques, et se dégagea en crachotant.

— Lâche-moi, connard !

— Crève ! hurla Gerry, frappant le mage de son poing valide.

Jack cracha du sang et de l'eau du marais.

— Si j'ai droit à une dernière parole, je te conseille de regarder derrière toi.

Pete flaqua un grand coup à Gerry sur la tête avec une grosse pierre moussue. L'homme s'effondra comme une marionnette dont on venait de couper les fils. Puis Pete prit la main de Jack et le tira hors de l'eau. Il se laissa tomber près d'elle, frissonnant.

— J'ai gagné.

Pete cligna des yeux.

— Pardon ?

— J'ai gagné, dit-il avec un grand sourire. Ne t'avais-je pas dit que tu t'amuserais au moins un peu ?

Pete le regarda, puis se tourna vers la forme immobile de Gerry, et songea à lui dire qu'il était dérangé et que c'était incurable. Puis elle éclata de rire.

— Assommer cet abruti était la chose la plus drôle que j'aie faite depuis des mois.

— Tu me dois quarante billets.

— Je te ferai un chèque quand on sera sortis de ce maudit marais, promit-elle.

— Est-ce que j'ai raison de penser que tu vas te chercher ton propre appart ? demanda Jack, mais il ne lui laissa pas le temps de répondre. Pete, pour ce que ça vaut, ces choses que tu pensais plus ou moins vraiment… je suis un connard et un abruti complètement égoïste, mais si j'ai survécu jusqu'ici, c'est grâce à ça. Je suis navré de ne pas pouvoir changer pour toi, ma chérie. Vraiment.

Pete tendit le bras pour lui prendre la main. Il sursauta, puis lui serra les doigts et ne relâcha pas sa prise.

— Je démissionne, annonça-t-elle. De la police métropolitaine. Je ne peux pas faire mon boulot et être ce que je suis.

Elle montra le temple et le marais d'un geste de la main.

Jack fronça les sourcils, perplexe.

— Mais… tu adores ton métier.

— Je l'adorais, avant. Mais tu m'as dit que tu étais une partie des Ténèbres d'abord, et un membre de la société ensuite. Et… (Elle faillit ravaler ses mots, bondir sur ses pieds et s'enfuir en courant aussi vite qu'elle le pouvait.) Et je voudrais que tu me serves de professeur.

Jack la regarda pendant un long moment, de la fumée s'échappant d'une narine.

— Tu es complètement folle, Caldecott. Tu crois que je suis qualifié pour prendre une apprentie ? Putain de merde, tu as vu ce qui se passe quand les choses foirent. Et tu signerais pour ça, de ton plein gré ?

Pete hocha la tête, et c'était la vérité.

— Je serai dur, l'avertit Jack. Je ne te laisserai pas tranquille parce que tu es mon amie ou parce que je t'aime. Ce sera déplaisant, et si tu travailles avec moi, il y a de fortes chances que tu rejoignes prématurément la tombe. Alors, cesse de faire l'idiote, retourne au poste et oublie ces conneries. Parce que, si tu me prends comme professeur, Pete, je m'assurerai que tu le regrettes amèrement.

Il lui adressa un regard noir, mais ses yeux exprimaient une chose totalement nouvelle pour Pete. Si cela n'avait pas été Jack, elle aurait appelé cela de l'espoir.

— Tu as raison, Jack Winter. Tu n'es qu'un connard.

— Je te l'avais bien dit, commença-t-il.

Elle se pencha pour l'embrasser avec fermeté, et il se tut.

— J'ai su dans quoi je m'embarquais à la seconde où je t'ai vu, dit-elle. Et je ne veux pas que tu changes. J'ai compris à qui j'avais affaire dès notre rencontre, et tu ne me fais pas peur. Ça n'a jamais été le cas, et ça n'arrivera jamais.

Il lui adressa un sourire espiègle, mais ses yeux étaient comme deux glaciers sur une mer houleuse.

— Nous verrons, ma chérie.

Pete posa la tête sur l'épaule de Jack et ils restèrent assis sur les marches de l'ancien temple du marais, en attendant qu'on vienne les secourir, à regarder les tours couvertes de néons de Blackpool disparaître dans la lumière du jour, squelettes du monde de la nuit qui disparaissaient au lever du soleil.

Caitlin Kittredge est l'auteure de la série *Nocturne City*, dont l'héroïne est la louve-garou Luna Wilder, et des *Ténèbres de Londres*, qui suivent les aventures de Pete et Jack. Le jour, son *alter ego* aux bonnes manières travaille comme designer de jeux vidéo. Pour passer le temps, elle écoute de la musique punk, collectionne les bandes dessinées et se moque des mauvais films. Elle ne dit jamais « non » à une bonne tasse de thé.

Les Liens du cœur

Marjorie M. Liu

La série Dirk & Steele *se déroule de nos jours, mais dans un monde où la magie côtoie la science, où des hommes et des femmes dotés de pouvoirs surhumains risquent leur vie en secret pour aider leur prochain. Toutefois, cette histoire se passe longtemps avant l'action de la série et donne un aperçu de la vie des personnages qui eurent une influence sur la création de l'agence de détectives* Dirk & Steele.

Le jour où Mlle Lindsay partit enfin pour le monde qui s'étendait au-delà des bois, il ne restait plus que Lucy et Barnabus pour entretenir sa maison et son terrain, ainsi que le superbe cimetière dont elle avait pris soin pendant presque vingt ans, en bordure de la petite ville de Cuzco, dans l'Indiana. Ce travail avait de l'importance non seulement pour Lucy et Barnabus, mais aussi pour tous ceux qui, au cours des nombreuses années qui suivraient, passeraient par là pour y trouver le repos ou l'asile. Après tout, chacun avait besoin d'un foyer ; les défunts comme les vivants.

Lucy n'avait que dix-sept ans quand elle était arrivée au cimetière ce printemps-là, à peine un mois avant le départ de Mlle Lindsay. Le père de la jeune fille était tailleur de pierre à la carrière de calcaire, et ses frères dirigeaient les équipes qui livraient les pierres aux maçons. En l'absence d'une représentante du beau sexe à la maison, tous ces hommes ne savaient que faire d'une sœur ; leur mère s'était enfuie l'été précédent avec un diseur de bonne aventure, mais le père de Lucy persistait à prétendre que son épouse s'était absentée pour rendre visite à sa famille et qu'elle finirait par revenir. Un jour ou l'autre.

Quand le vieux tailleur de pierre avait entendu dire qu'une certaine Mlle Lindsay recherchait les services d'une femme de ménage, il avait fait prendre un sac à sa fille, dans lequel elle avait fourré son déjeuner, son peigne et une belle robe tirée de l'armoire de sa mère ; puis il l'avait mise dans le premier chariot en direction de Cuzco. Il n'y avait eu ni au revoir, ni message pour prévenir de son arrivée. Seulement l'espoir que cette femme accepterait sa fille.

Lucy n'avait pas oublié ce voyage. Ce jour-là, M. Wiseman, le propriétaire de la charrette, livrait des navets dont il avait recouvert les racines bulbeuses d'une toile d'emballage afin de les protéger d'une légère bruine. C'était une matinée fraîche, aérée par une douce brise. Ils étaient seuls sur la route déserte mais, au bout d'un moment, ils avaient croisé quelqu'un : un vieil homme debout sur le bord de la piste sombre qui sortait de Cuzco, vêtu d'un vêtement brun usé sous un léger manteau, ses cheveux blancs plaqués par la pluie. Il avait les yeux vitreux ; un regard perdu, rivé sur les collines aussi verdoyantes que les bois auxquels son cœur appartenait.

Dans sa main droite, il tenait un miroir rond en argent. Une vision discordante, d'un éclat éblouissant. En regardant dans le reflet, Lucy crut entendre des voix : des murmures semblables au chant des oiseaux, à la fois doux et dérangeants.

Contrairement à M. Wiseman, Lucy fit signe à l'étranger, par politesse et par inquiétude, mais son salut resta sans réponse, comme si elle n'était qu'un esprit invisible ou un courant d'air.

— Est-il malade ? susurra la jeune fille à M. Wiseman.

— Malade et marié, répondit le cocher grêle, d'une voix si forte que Lucy tressaillit. Marié et incapable d'oublier la défunte, reprit-il en baissant son chapeau un peu plus devant ses yeux.

— Sa femme est partie ? demanda Lucy en pensant à sa mère.

— Partie, morte. C'est Henry Lindsay que vous venez de voir. Ça fait bientôt vingt ans que ce bonhomme est comme ça. Il serait mort lui-même, que ce serait pareil.

Cela ne répondait pas à grand-chose, selon Lucy.

— Qu'est-il arrivé à sa femme ?

Un sourire narquois se dessina sur les lèvres de M. Wiseman, qui lui lança un regard de biais.

— Je ne sais pas vraiment. Ce que je sais, c'est qu'elle est morte d'un coup pendant leur nuit de noces. J'ai entendu dire qu'il avait à peine eu le temps de la toucher.

— C'est horrible ! s'exclama Lucy.

Elle n'apprécia guère le regard du cocher, qui semblait trouver quelque chose d'amusant dans cette histoire. Elle n'aima pas non plus l'autre façon qu'il eut de la dévisager subitement, comme si elle pouvait constituer une nouvelle histoire drôle à raconter.

Lucy s'écarta au bord du siège du chariot. M. Wiseman détourna les yeux.

— Tout le monde meurt, mademoiselle Lucy. C'est simplement dommage que ce soit arrivé aussi vite. J'ai même entendu dire qu'ils préparaient une escapade, une fantaisie : une lune de miel, comme ils font dans les villes de l'Est.

Lucy ne répondit pas. Elle ne connaissait pas bien ces choses-là. D'après son expérience personnelle, elle voyait mal ce qu'il y avait à célébrer dans le fait d'être mari et femme. Juste des moments difficiles, l'abandon et la colère. Peut-être de brèves rigolades, si on avait de la chance ; mais pas souvent.

Elle tourna le buste pour regarder en arrière. Henry se tenait toujours dans le virage, les pieds cachés dans l'herbe épaisse, trempé, pâle et le regard rivé sur les bois, ces collines vertes et brumeuses ondulant comme le dos d'un énorme serpent. La jeune fille avait mal au cœur pour lui, rien qu'un peu, bien qu'elle ne comprenne pas pourquoi. Son malheur était contagieux.

Lune de miel, se répéta-t-elle intérieurement en s'apercevant qu'elle trouvait cette expression jolie, même si elle n'en mesurait pas totalement la signification. Puis un autre mot lui vint à l'esprit, familier, et elle murmura :

— Lindsay.

Lindsay. Le nom de la femme chez qui elle se rendait. Lucy examina M. Wiseman d'un air interrogateur.

— Sa sœur, répondit-il sèchement avant de sourire. Sa très jolie sœur, même si elle prend de l'âge. (Il arrêta la charrette et désigna un étroit sentier de terre qui serpentait au milieu des bois.) Par là. Ça vous conduira à sa maison.

Lucy hésita.

— En êtes-vous sûr ?

— Dans le coin, je ne connais pas une personne, homme, femme ou enfant, qui ne sache où habite Mlle Lindsay. Tenez, dit-il en prenant un sac en tissu bien rempli derrière lui. Donnez-lui ça. Dites que c'est de la part de Wilbur.

Lucy serra le sac contre son ventre. Cela ressemblait à des navets. Elle glissa au bas du chariot d'un air perdu. Avant qu'elle ait pu dire quoi que ce soit, M. Wiseman la gratifia de son sourire narquois.

— Ne vous écartez pas du sentier, mademoiselle Lucy. Attention aux fantômes.

— Aux fantômes ? répéta-t-elle avec inquiétude.

Pour toute réponse, il donna un coup de rênes tout en effleurant le bord de son chapeau et la charrette se remit bruyamment en marche. Pas d'au revoir. Lucy le suivit du regard, prête à l'appeler pour lui demander de l'attendre. Toutefois, elle garda le silence et scruta le chemin par lequel ils étaient arrivés. La route de sa maison, vers son père et ses frères.

Enfin, elle fit volte-face et observa l'étroit sentier qui menait dans les bois. C'était l'après-midi, mais les nuages et la pluie brumeuse donnaient des airs de crépuscule à la forêt qui s'étalait devant elle, comme plongée dans la nuit. Le chant des oiseaux retentit ; encore une fois, Lucy crut entendre des chuchotements. Des voix aussi légères que le vent.

Des fantômes. Ou pas. Seulement son imagination. Lucy déglutit et s'engagea dans les ombres, dans l'obscurité humide, dense, épaisse et sauvage.

Tout en marchant, elle repensa à sa mère. Elle se demanda si cette dernière avait ressenti la même peur lorsqu'elle avait quitté leur foyer, ou si cela avait été une libération de se décharger de son mari et de ses enfants. Puis, songeant au vieil homme – Henry Lindsay – et à son regard perdu, à son épouse perdue et à sa nuit de noces perdue, elle se demanda si c'était la même chose, mais en pire. Pire, parce que sa mère était partie de son plein gré, parce que son père n'avait pas le regard de cet homme, ni sa peine. Uniquement de la colère. Une colère tellement amère.

Le chemin serpentait. Lucy avançait rapidement, à pas légers, sur les pierres et le lierre. Dans le sous-bois, elle entendit un mouvement : un oiseau bleu surgit de la cime des arbres et vola droit vers la fine bande de ciel gris. À cette vue, Lucy eut l'impression d'assister à une fuite désespérée, comme si les feuilles formaient un mur de chaque côté de la piste, des parois dures comme le roc et infranchissables. Elle s'attendait presque à voir une main sortir des arbres et attraper l'oiseau.

Un frisson lui parcourut l'échine. Lucy perçut un murmure, inarticulé mais humain. Un silence se fit, et son cœur bondit dans sa poitrine. Elle s'arrêta et pivota. Il n'y avait personne derrière elle.

Lucy entendit de nouveau le bruit, et la terreur lui serra les entrailles comme un citron pressé. Oui, ce son était fantomatique – une voix semblable au vent, aiguë et froide. Du coin de l'œil, elle surprit un mouvement. Elle se tourna avec un cri et vit un visage qui l'observait depuis les ombres du sous-bois.

Une femme. Une femme dans la forêt, pâle et blonde, avec des prunelles de la couleur des bleuets. Lucy la dévisagea en essayant de s'expliquer la situation. Incapable de parler ou de bouger alors que son regard croisait ces yeux terrifiants, perdus et empreints d'une infinie solitude, Lucy sentit son cœur se serrer de nouveau, mais moins fort, comme un pincement.

— Aidez-moi, susurra la femme. S'il vous plaît, aidez-moi.

Lucy tenta de répondre, mais elle s'étrangla. Autour d'elle, d'autres voix semblèrent émaner des bois. Des murmures, des plaintes rauques et des cris d'oiseaux dans l'air froid et humide. Un vent naissant et glacial qui s'insinua jusqu'au cœur de Lucy et enfla, comme si ses entrailles s'emplissaient du mugissement du bois, gorgé de bruits.

Un hurlement retentit – une voix d'homme –, mais elle était incapable de se retourner pour regarder. Son corps semblait loin, perdu, alors que la femme criait :

— Elle arrive !

Quelque chose s'insinua en Lucy : elle pouvait de nouveau bouger. Elle essaya de courir mais, entendant un autre hurlement désespéré, elle fit volte-face, juste à temps pour apercevoir une traînée brune, un trait argenté, un choc blanc.

Des bras saisirent Lucy par-derrière. Celle-ci cria alors qu'on la soulevait de terre et que le ciel et les arbres se mettaient à tournoyer en un tourbillon. Étourdie, elle ferma les yeux. Elle entendit la femme sangloter, un homme hurler « Mary, Mary » et plus rien d'autre que des battements de cœur sous son oreille, aussi calmes et réguliers que des coups de marteau.

Elle eut une douleur au cœur. Lucy ouvrit les yeux et trouva le monde différent.

On ne l'entraînait plus sur le sentier au milieu des bois. Elle se trouvait dans une petite prairie verte et luxuriante, couverte d'herbe et de pâquerettes, parsemée de solides chênes ; non loin de là, un ruisseau bouillonnait et des chèvres bêlaient. La jeune fille avisa une petite maison blanche derrière un lilas et, au-delà, encore la forêt en pente. Seulement, celle-ci était plus douce, sans les ombres noires qui semblaient vivre et respirer. Pas de femme perdue dans les feuilles.

Des bras entouraient son corps et quelque chose bougeait sur sa gauche. Lucy se débattit et réussit à se libérer en reculant d'un pas chancelant, les yeux écarquillés.

Deux hommes se dressaient devant elle : l'un jeune, l'autre vieux. L'aîné n'était autre que Henry Lindsay. Lucy se souvenait de son visage. Toutefois, d'aussi près, il n'avait pas l'air si vieux. Son corps svelte était ferme et raide ; il avait quelques rides et des yeux brillants, étonnants, couleur or. Ses cheveux blancs étaient l'unique signe trahissant son âge, mais cela n'était qu'un détail futile à côté du feu qui brûlait dans son regard, tellement vivant que Lucy crut avoir imaginé le visage creux et cadavérique aperçu sur le bord de la route.

Le jeune homme qui l'accompagnait avait des yeux plus doux, mais empreints de la même assurance. Il portait une légère chemise en coton bleu, rapiécée avec des morceaux de chiffon soigneusement cousus d'un épais fil rouge qui complétait ses couleurs : yeux bleus, peau brunie par le soleil, cheveux noirs en bataille. Il jeta un coup d'œil à Henry juste avant que le vieil homme s'élance vers Lucy, courant presque, avant d'être stoppé en plein élan, comme retenu par des fils. Il serra les poings. Lucy remarqua le miroir en argent qui dépassait de la poche de son manteau.

— Elle t'a parlé, lança Henry d'une voix en apparence contrôlée : calme, claire… effrayante, car Lucy était certaine qu'elle était feinte.

Ne sachant comment répondre, la jeune fille garda le silence alors que, dans ses pensées, elle revoyait la femme des bois, son visage pâle et son regard perdu : le reflet de ce à quoi cet homme ressemblait au bord de la route.

Henry répéta, plus fort.

— Elle a parlé. Dis-moi ce qu'elle a dit.

Perplexe, Lucy écarquilla les yeux. L'homme fit un mouvement vers elle avec une plainte grave, les mains tendues. Elle chancela en arrière, les bras en l'air, mais le jeune homme s'interposa entre eux et saisit Henry avant qu'il ait pu s'approcher davantage et le retint grâce à sa taille et à sa force. Lucy se prépara à fuir.

— Ça suffit, intervint une nouvelle voix. Henry.

La jeune fille pivota. Elle faillit perdre l'équilibre, tout cela étant trop lourd à supporter, mais elle serra les poings et dévisagea la nouvelle venue : le visage de cette femme, postée à un jet de pierre de là, était une copie mature de Henry Lindsay, qui se tut et s'immobilisa, permettant ainsi au jeune homme de le lâcher.

La femme avait les cheveux noirs parsemés de blanc, des yeux dorés et des traits lisses. Son petit corps frêle était vêtu d'une simple robe rouge foncé, raccommodée avec goût. Elle était pieds nus dans l'herbe, les cheveux lâchés au vent ; elle était fière, confiante et d'une extrême aisance. Lucy se sentit aussi terne qu'un moineau, comparée à elle. Dans les arbres, des corbeaux poussèrent des croassements rauques et sonores.

— Mademoiselle Lindsay, murmura la jeune fille en suivant son intuition. Madame.

La femme inclina la tête.

— On ne se connaît pas.

— Mon père a entendu dire que vous cherchiez une bonne, répondit Lucy d'une voix râpeuse.

Henry se balança sur ses pieds. Lucy se força à le regarder dans les yeux comme son père lui avait toujours dit de faire, car les yeux étaient essentiels dans les rapports avec les étrangers, surtout avec les hommes.

— Elle a parlé à Mary. Elle a parlé à Mary dans la forêt, intervint-il.

— Ah oui ? Vraiment ? demanda lentement Mlle Lindsay avec un regard perçant avant de s'approcher en ondulant des hanches avec grâce. As-tu parlé à quelqu'un dans les bois, petite ?

— Non, nia doucement Lucy. Mais la femme… la femme dans les arbres m'a parlé. Et j'ai entendu…

Elle s'interrompit. Mlle Lindsay vint auprès d'elle, ses prunelles dorées semblables à des flammes chaudes, brûlantes. Elle posa un doigt sur le front de Lucy, juste entre ses yeux.

— Qu'as-tu entendu ? murmura-t-elle.

— Des voix, répondit la jeune fille paralysée par ce regard et ce contact brûlant. Beaucoup de voix.

— Mary, intervint Henry d'une voix cassée. Dis-moi ce qu'elle a dit.

Lucy reporta son attention sur lui et, finalement, elle revit l'homme de la route, perdu et triste. Cela lui fit de la peine.

— La femme m'a demandé de l'aide. Ensuite… ensuite, elle a dit… que quelqu'un arrivait.

« *Elle arrive* », résonna la voix pressante dans sa tête.

Lucy sentit un frisson parcourir son corps. Mlle Lindsay tressaillit et s'éloigna. Puis elle tourna la tête jusqu'à ce que des cheveux cachent son visage et que la jeune fille ne voie plus ses yeux.

— Tu devrais faire l'affaire, annonça doucement la femme. Oui, si tu veux, je t'embauche.

— Si elle a envie de rester, ajouta Henry d'une voix rude en lui tournant le dos, les épaules voûtées.

Il avait la main dans la poche de son manteau, serrée autour du miroir. Une alliance brillait à son doigt.

Désemparée, ne sachant que faire, Lucy resta bouche bée devant eux. Enfin, son regard tomba sur la seule personne qui ne s'était pas exprimée du tout : le jeune homme, calme et serein, qui la dévisageait de ses mêmes yeux francs. En l'observant, Lucy eut l'impression d'entendre une mélodie claire et pure qui la rassura de manière inattendue.

— Je vais rester, se surprit-elle à déclarer.

Trois mots qui lui firent l'effet d'un saut dans le vide. C'était dangereux. Quelque chose n'allait pas : il y avait des fantômes dans les bois et des esprits invisibles, et ces gens étaient au courant de ce genre de choses. Pourtant elle se joignait à eux. Elle allait faire la cuisine et le ménage pour eux.

Toutefois, cela valait mieux que de rentrer chez elle.

Lucy crut percevoir un murmure dans le vent. Mlle Lindsay ferma brièvement les yeux avant de tendre la main avec un coup d'œil perçant.

— Viens, l'invita-t-elle d'une voix plus douce que son regard. Je vais te montrer la maison.

Voilà comment elle était arrivée là.

Rien ne se produisit la première semaine, mais la vie de Lucy sembla changer de manière irrévocable. Cette sensation s'insinua lentement en elle, alimentée par de petits détails qu'elle n'avait jamais eu l'occasion de vivre auparavant. Lire pour le plaisir, pour commencer – Mlle Lindsay y mettait un point d'honneur le soir – ou être traitée comme une personne pensante plutôt que comme une fille, une enfant, une sœur ou une future épouse ; comme autre chose qu'une bête de somme ; comme une égale, peut-être.

La maison était belle, plus grande que celles auxquelles Lucy était habituée, avec un étage et un vrai salon agrémenté d'une cheminée où l'on pouvait s'asseoir pour se réchauffer les pieds. Lucy n'avait jamais vu autant de livres que ceux qui emplissaient les étagères dont les murs étaient couverts, telle une vraie bibliothèque, également garnie de revues, de peintures étranges et de paquets de journaux attachés par des ficelles. La plupart des ouvrages étaient jaunis et en piteux état, de sorte que Lucy faisait preuve d'une grande prudence lorsqu'elle faisait le ménage, tout en contemplant des images ternies du président Lincoln ou des gros titres évoquant la guerre, finie depuis une cinquantaine d'années.

Lucy avait sa propre chambre avec un verrou à la porte, juste à côté de la cuisine. Mlle Lindsay dormait à l'étage, tout comme son frère Henry. Le jeune homme, Barnabus, couchait et conservait ses affaires dans la cabane qui lui servait d'atelier, au fond du jardin. Comme elle, il était là pour effectuer des travaux étranges mais, contrairement à elle, il était davantage traité comme un membre de la famille, même si Mlle Lindsay avait expliqué à Lucy qu'il n'en faisait pas réellement partie. Du moins, pas par le sang.

— Un enfant de la forêt, avait expliqué la femme le premier soir. Trouvé dans les bois quand il était petit. Il vivait à l'état sauvage comme les coyotes et les renards. Les gens l'ont amené ici. C'était ça ou le cirque, avec ces types. Donc je l'ai élevé. Je l'ai éduqué. Oh, c'est un bon garçon, le petit Barnabus ! Parlez-lui autant que vous voudrez, il est aussi intelligent que vous et moi, mais n'attendez aucune réponse de sa part. Il ne sait pas parler. Pas comme nous. La forêt lui a volé sa voix.

D'après ce que Lucy avait pu voir, elle se dit que cela devait être la pure vérité, aussi fantastique soit-elle. La forêt était dangereuse, elle en avait l'intime conviction et, même si elle respectait la consigne tacite de ne jamais s'approcher de l'orée des arbres, les autres le faisaient sans cesse.

Personne ne lui avait expliqué ce danger qu'elle ressentait aussi vivement. Elle avait essayé de demander, mais Mlle Lindsay réussissait toujours à changer de sujet, de manière si subtile que Lucy ne s'en apercevait que trop tard, quand elle était repartie à balayer le sol, cuisiner ou désherber. Elle se rendait alors compte de ce qu'elle était en train de faire et se demandait comment Mlle Lindsay avait encore réussi à détourner une question à propos d'une situation que la jeune fille trouvait dangereuse et indubitablement bizarre.

La nuit, Lucy rêvait de la femme, celle des bois. Elle entendait ses suppliques derrière le mugissement du vent et les murmures interminables, froids et tristes. Parfois, elle percevait une autre voix au milieu des autres. « Mary, Mary », pleurait Henry. Et autre chose : des cloches, le martèlement de sabots, et un air de musique déchaîné, comme composé de coups de tonnerre et de violons.

De temps à autre, au milieu de ses songes, elle ouvrait les yeux et découvrait Mlle Lindsay assise près de son lit, sa main froide sur le front de Lucy et ses yeux dorés scintillant d'une lueur surnaturelle. Dans ces moments imaginaires, la jeune fille pensait à sa mère. Alors, sa peur s'évanouissait et elle glissait dans des rêveries plus douces et agréables : des boutons d'or, des chevaux et des après-midi au bord de la rivière à tremper ses pieds dans l'eau zébrée de soleil. Parfois, Barnabus était là et lui tenait la main. Cela lui plaisait – et l'effrayait aussi. Différemment.

Lucy eut plusieurs surprises au cours de la première semaine, dont la plus grosse fut la découverte que Mlle Lindsay gérait un cimetière, situé à une courte distance à pied en passant par une étroite piste tracée par les chariots. Sa famille y était enterrée, mais la majorité des tombes appartenait à d'autres personnes, de la ville et des alentours, qui n'avaient pas assez d'argent pour être ensevelies à côté d'une église proche des grandes villes. Mlle Lindsay considérait qu'elle rendait ainsi service à autrui. De temps en temps, Lucy voyait des étrangers émerger du chemin de la forêt avec des cadeaux constitués de vêtements ou de nourriture. Sa rémunération.

Cependant, les gens ne s'attardaient jamais. Ils visitaient le cimetière et repartaient bien vite en regardant à peine autour d'eux, comme s'ils avaient peur de voir quelque chose. Se demandant comment ils parvenaient à ressortir indemnes de la forêt, Lucy interrogea Henry, qu'elle trouva un après-midi dans de rares dispositions à répondre. Assis au soleil, il lisait un livre dont l'auteur portait un nom long et assez familier.

Shake Spear, ou quelque chose dans le genre. Elle s'installa à côté de lui avec un tas de vêtements à raccommoder. Barnabus n'était pas loin, occupé à couper du bois. Il était torse nu, sa chemise accrochée à une branche basse.

— La forêt a une âme, répondit Henry après mûre réflexion.

Il jeta un coup d'œil vers les arbres, et son regard se perdit, soudain vitreux. Lucy le piqua avec son aiguille ; accidentellement, bien sûr. Il tressaillit et fronça les sourcils, mais son visage se ranima.

— Vous disiez ? insista la jeune fille.

— Une âme, un esprit. C'est la forêt primitive, assombrie par les ombres de la terre, chuchota Henry avant de la regarder. Longfellow, tu connais ?

— Nous ne nous sommes jamais rencontrés, répliqua-t-elle avant de rougir quand elle comprit que ce n'était pas le sens de la question.

Henry sourit gentiment mais tapota le livre qu'il tenait, l'air de rien. En partie pour masquer son embarras, mais surtout parce qu'elle était soudain très encline à s'instruire, Lucy désigna l'objet.

— Que lisez-vous ? s'enquit-elle.

— Le Barde, répondit Henry en lui tendant l'ouvrage. Plus exactement, *Roméo et Juliette*. Une histoire d'amour à la fois fabuleuse et tragique.

Lucy émit un petit bruit de délectation au contact soyeux du volume sous ses doigts.

— C'est comme si la tragédie était le seul amour qui existe.

Henry inclina la tête.

— On t'a brisé le cœur ?

— Oh non ! contredit-elle en fronçant les sourcils. Pas moi, monsieur. Je n'ai jamais été amoureuse. Seulement… j'ai vu des choses, voilà tout.

— Et je suppose que tu as entendu parler de moi, avança-t-il avec une note grave dans la voix.

Lucy eut un moment de panique. Toutefois, quand elle le regarda, elle le découvrit pensif et distant, mais pas perdu. Ni en colère.

— Quelqu'un m'a dit quelque chose, avoua lentement la jeune fille. La première fois que je vous ai vu, sur la route en venant ici.

— Tu m'as vu ? s'étonna Henry. Ah bon ! D'accord.

— Vous étiez… distrait, lui raconta Lucy en essayant de ne pas le gêner. Vous observiez la forêt.

— Ça arrive, confirma Henry en esquissant un sourire contrit.

— À cause de la femme ? Mary ? l'interrogea Lucy avec hésitation.

Elle sut qu'elle avait commis une erreur dès l'instant où le nom passa sur ses lèvres. Elle en avait trop dit, avait parlé trop vite. Les traits de Henry s'affaissèrent, puis se durcirent. Des ombres se concentrèrent sous ses yeux, qui semblèrent changer de couleur et se mirent à briller comme de l'ambre en plein soleil. Lucy dut détourner le regard. Elle s'aperçut alors que Barnabus les surveillait d'un air grave. Ce dernier posa sa hache et vint dans leur direction.

— Je suis désolée, s'excusa Lucy auprès de Henry. S'il vous plaît, je suis…

— Tu l'as vue, l'interrompit-il en se penchant vers elle. Dans la forêt. À quoi ressemblait-elle ?

Barnabus arriva à leur hauteur. Il s'assit à côté de Lucy, son genou frôlant la cuisse de la jeune fille. Il était grand, chaud et rassurant ; elle était contente qu'il soit là.

— Elle était belle, répondit simplement Lucy. C'était votre femme, ajouta-t-elle sur un ton plus doux.

— Ma femme, répéta Henry en regardant ses mains. C'est toujours ma femme.

— Je croyais que… je croyais que votre femme était morte, s'étonna Lucy en écarquillant les yeux. Ce que j'ai vu… ce n'était qu'un fantôme.

Le fantôme d'une femme perdue dans la forêt ; une morte capable de parler et de marcher ; une illusion. Il n'y avait pas d'autre explication. Même la forêt, qui avait failli la capturer, était un cauchemar terrifiant plein de fantômes et d'esprits.

Barnabus se figea. Henry expira avec une extrême lenteur. Lucy sentit un souffle d'air sur sa nuque, un frisson qui lui parcourut l'échine. Mlle Lindsay était derrière elle. La jeune fille la sentait, bien qu'elle ne puisse ni la voir ni l'entendre. Elle savait toujours lorsque la femme n'était pas loin.

— Tu as peut-être envie de te promener avec moi, proposa Mlle Lindsay.

Les jambes molles, Lucy se leva et la rejoignit au moment où elle faisait demi-tour pour prendre la direction du cimetière à grands pas.

— Je suis désolée, déclara Lucy.

— La curiosité n'est pas un crime, rétorqua Mlle Lindsay en haussant un fin sourcil noir. Et tu as le droit de savoir.

— Non, objecta Lucy en secouant la tête. Je ne suis que la bonne. Vous ne m'avez pas engagée pour…

—Arrête-toi. Ferme les yeux, ordonna Mlle Lindsay d'un air sévère après s'être immobilisée.

Cet ordre était aussi étrange qu'inattendu. Lucy faillit refuser, mais le regard de Mlle Lindsay finit par s'adoucir.

—Allez, reprit celle-ci. Je ne vais pas te faire de mal. Obéis. Ferme les yeux.

Lucy s'exécuta et attendit. Mlle Lindsay ne lui donna pas d'autres instructions, ce qui était en soi assez curieux, mais la jeune fille ne rompit pas le silence qui s'était installé entre elles. Dans sa tête, les ténèbres s'emplirent soudain de couleurs et d'images dansantes ; pas des souvenirs, mais quelque chose de nouveau et d'inattendu. Comme dans un rêve éveillé, mais aussi réel que l'herbe sous ses pieds.

Elle vit une tempête d'éclairs dans la nuit ; comme si elle se trouvait devant une porte à contempler la pluie. Elle sentit une main chaude sur sa taille.

Puis ce contact disparut et elle se retrouva dans la forêt, dans la pénombre des arbres, et la femme se tenait de nouveau devant elle, les bras tendus, en larmes. *Mary.*

L'image disparut, revint, puis repartit. D'autres visions défilèrent, de plumes et de corbeaux aux yeux dorés et brillants, trop furtives et bizarres pour avoir du sens. À part une : Henry, plus jeune, debout sous une branche en fleurs, main dans la main avec la femme des bois. Mary. Souriante et le regard plongé dans le sien comme si son cœur lui appartenait tout entier.

Et puis, plus tard : Henry et Mary partant à bord d'une voiture. Henry et Mary s'embrassant. Henry, dans le noir, les mains tremblantes sur le fermoir de la robe de mariée de Mary, dont le blanc luisait sous la lune pommelée. Sur une couverture, dans la forêt.

Lucy aperçut une ombre derrière eux, une chose indescriptible et surnaturelle, rampant à travers la forêt. Elle essaya de crier pour les prévenir, mais sa gorge était enflée, son souffle l'écorchait, et elle ne put rien faire d'autre que regarder avec horreur cette ombre ondulante se répandre comme un poison sur le clair de lune, de plus en plus près, jusqu'à atteindre le pied de Mary.

Et, finalement, l'ombre avala totalement Mary. Un instant elle se trouvait dans les bras de Henry ; l'instant d'après, elle n'y était plus. Disparue dans un cri. Auquel avait répondu celui de Henry.

Et auquel fit écho celui de Lucy, qui bascula brusquement dans la réalité. Elle était recroquevillée sur le flanc dans l'herbe épaisse. Des bras l'entouraient. Une grosse main brune serrait la sienne et Mlle Lindsay était accroupie tout près, les doigts posés sur son front.

— Tout va bien, lui assura la femme.

Ce n'était pas vrai du tout. Henry et Mary n'allaient pas bien. Ils avaient été arrachés l'un à l'autre et Lucy ne supportait pas cette idée. Ni pour eux, ni pour elle qui se rappelait si clairement la nuit où sa mère avait disparu, avalée par le monde. C'était elle qui avait choisi de partir... mais la même douleur en avait résulté pour les autres.

— Oh ! soupira Mlle Lindsay en laissant glisser ses doigts pour caresser la joue de Lucy. Pauvre enfant.

La jeune fille inspira profondément et tenta de se redresser. Sa tête se mit à tourner. Les bras – *les bras de Barnabus* – se resserrèrent autour d'elle et elle referma les yeux pour retomber dans les ténèbres.

Elle se réveilla dans son lit, une chandelle allumée à son chevet. Dehors, un vent fort faisait grincer la maison alors que la pluie tambourinait sur le toit et la fenêtre. Dans une robe de chambre d'homme imprégnée d'une odeur de cigare, Mlle Lindsay était assise dans un fauteuil, les mains croisées sur le ventre.

Lucy essaya de parler, mais elle reconnut à peine la voix éraillée qui sortit de sa gorge.

— Que s'est-il passé ?

— J'ai été impatiente. Je t'en ai trop demandé trop tôt, répondit Mlle Lindsay avec un sourire triste au coin des lèvres.

— Ce que j'ai vu… c'était donc réel ? demanda la jeune fille d'un ton hésitant.

Ce ne fut qu'après avoir posé sa question qu'elle s'aperçut de l'absurdité de cette supposition : il était impossible que Mlle Lindsay sache ce qu'elle avait vu. Pourtant, la vieille femme ne nia pas et ne la regarda pas comme si elle avait perdu la tête.

— Bien assez réel, répondit-elle avec douceur. As-tu compris ce que tu as vu ? l'interrogea-t-elle plus bas.

— En partie. À part à la fin… ce qui a emporté Mary…, confessa-t-elle. Ce n'était pas humain, chuchota-t-elle alors qu'un frisson s'insinuait profondément en elle.

— Si peu de choses le sont, marmonna Mlle Lindsay, avant de poursuivre sans laisser à Lucy le temps de lui demander ce que cela signifiait. La femme que tu as vue dans la forêt le jour de ton arrivée, c'est la femme de mon frère, Mary. Elle n'est pas morte, comme certains l'ont prétendu, mais elle a été enlevée. Capturée ; et les bois sont sa prison. Elle ne peut pas en sortir, et mon frère… mon frère ne peut pas y entrer. Il ne peut pas la voir ni lui parler, mais il sait qu'elle est là. Voilà pourquoi il reste à surveiller, dans l'espoir de l'apercevoir ne serait-ce qu'une seconde. Il l'aime tellement, commenta-t-elle en baissant les yeux sur ses mains.

Lucy s'enroula plus encore dans ses couvertures, les yeux écarquillés.

— Je ne comprends pas comment tout ça a pu arriver. Ce n'est pas… normal.

— Normal, répéta Mlle Lindsay avec une pointe d'amertume dans son sourire. Certains pourraient en dire autant de la lune et des étoiles, ou du vent, ou d'un vol d'oiseaux, mais toutes ces choses sont naturelles et réelles. Nous les acceptons comme telles, sans nous poser de questions. Lucy, poursuivit-elle en se penchant en avant, la lumière de la chandelle réchauffant son regard d'or, il faut que tu saches que je t'ai engagée sous un faux prétexte. Pas seulement pour faire la cuisine ou le ménage ou pour que tu restes dans ta chambre en silence. Ma chérie, tu vis ici parce que tu es la première personne en vingt ans qui ait vu la femme de mon frère. Et cela, si on veut parler en ces termes, ce n'est pas normal.

Lucy secoua la tête contre son oreiller.

— Le propriétaire de la charrette, M. Wiseman, m'a parlé des fantômes. Je pensais que ce n'était que ça.

— Des fantômes, répéta Mlle Lindsay dont les doigts se tendirent. Il est facile de taquiner un enfant en parlant de fantômes à cause du cimetière dont je m'occupe et des morts que les gens y amènent. Mais pas à cause de Mary. Les gens de la ville pensent qu'elle est enterrée ici ; et c'est le cas, dans un sens. Mais la femme que tu as vue est faite de chair et d'os.

— Comment ? Pourquoi ? souffla Lucy en pensant à Mary : Mary dans la forêt, si perdue ; Mary dans la forêt vingt ans plus tôt, si amoureuse.

Mlle Lindsay ferma les yeux.

— Demain. Demain, je te raconterai cette histoire.

— Non ! protesta Lucy, mais la dame âgée se leva.

— Demain, insista-t-elle avant d'éteindre la bougie.

Lucy lui attrapa la main ; Mlle Lindsay se libéra de son étreinte avec douceur, passa ses doigts sur le front de la jeune fille et sortit de la chambre, refermant la porte derrière elle.

Lucy resta allongée dans le noir pendant un long moment, attentive aux bruits de la vieille maison sous les grondements de l'orage. Un instant, il lui vint à l'esprit qu'elle pourrait partir de cet endroit et retourner chez son père et ses frères, mais cette idée lui fit mal au cœur dès qu'elle s'aperçut, non sans surprise, qu'elle se sentait chez elle en ce lieu pourtant mystérieux. C'était un meilleur foyer que celui qu'elle avait abandonné – celui que son père l'avait obligée à quitter.

Maman était obligée de partir, dans un sens, murmura une petite voix dans sa tête. C'en fut trop ; Lucy rejeta ses draps et se leva de son lit. Elle portait toujours ses habits de l'après-midi, mais elle ne s'encombra pas de ses chaussures.

Le calme régnait sur la maison. La jeune fille traversa la cuisine en silence. Elle avait soif, mais en approchant sa main de la pompe au-dessus de l'évier, elle remarqua une chaude lueur sur le mur du salon et entendit le son de pages que l'on feuilletait. Elle jeta un coup d'œil dans la pièce.

Henry et Barnabus lisaient, assis au coin du feu. Le cœur de Lucy bondit légèrement dans sa poitrine quand elle les découvrit. Elle n'était pas tout à fait certaine d'être prête à affronter le vieil homme, à présent qu'elle avait lu dans son esprit. Quant à Barnabus…

Le jeune homme leva les yeux de son livre. Cela ne faisait pas longtemps qu'il était rentré, car ses cheveux étaient trempés par la pluie, tout comme sa chemise, qui collait à ses épaules. Lucy essaya de l'imaginer enfant, à l'état sauvage au milieu de la forêt – peut-être était-il encore sauvage – et cela lui fut facile, aussi simple que de le regarder dans les yeux. En le contemplant ainsi, elle se sentit intimidée. Il était si beau ; d'une beauté à couper le souffle.

Barnabus se leva et lui fit signe de venir s'asseoir. Dès qu'elle bougea, il lui tendit la main et elle se laissa guider. Sa peau était chaude, son toucher délicat. Le cœur de Lucy accéléra légèrement.

Henry ferma son livre.

— Te sens-tu mieux ?

— Oui, répondit-elle.

Elle dut fournir un effort pour le regarder, mais y parvint pourtant et, même si elle lut une tristesse terrible dans ses prunelles, elle y trouva également de la compassion. Dans le plus grand calme, Barnabus s'installa par terre à côté de la jeune fille, frôlant son pied du côté de la main.

Lucy remua, le regard plongé dans les flammes.

— Tu veux me demander quelque chose ? l'invita Henry.

Elle hésita. Henry fronça les sourcils et posa son livre sur le plancher.

— Je suis désolé pour tout à l'heure. Je t'ai fait peur, cet après-midi. Ce n'était pas mon intention.

Barnabus soupira. Lucy baissa les yeux vers lui.

— Je suis désolée aussi.

— Alors ? Demande-moi ce que tu veux. Je suis là, Lucy, dit-il avec un gentil sourire.

Vous êtes avec votre femme, songea-t-elle avant de prendre son courage à deux mains.

— S'il vous plaît… pourquoi Mary a-t-elle été enlevée ?

Henry blêmit. La main de Barnabus bougea contre le pied de la jeune fille. Un avertissement, peut-être. Lucy n'en tint pas compte et refusa de détacher son regard du visage du vieil homme. Elle le vit lutter alors qu'elle menait son propre combat pour résister à l'envie de retirer sa question. Puis elle préféra penser à Mary. Mary dans sa robe de mariée. Mary dans la forêt, implorant son aide.

Lucy songea aussi à Mlle Lindsay. Elle était en train de lui désobéir ; elle doutait que cela se termine bien, mais il fallait qu'elle sache.

Henry regarda le feu et, pendant un instant, ses yeux semblèrent s'illuminer.

— Mary n'avait rien fait. C'était moi. J'ai été… stupide. J'avais du caractère, et il y avait une femme qui s'intéressait un peu trop à moi. Je l'ai rejetée, méchamment. Comme elle était incapable de me faire du mal…

Il s'interrompit. Lucy s'obligea à respirer.

— Cette femme vit dans la forêt ?

Henry ferma les yeux alors qu'un sourire amer se dessinait sur ses lèvres.

— Elle est la forêt. C'est une sorcière et elle en est la reine.

— Une sorcière, chuchota Lucy en pensant aux contes de fées et à ces vieillardes portant des chapeaux noirs, assises avec un chat sur les genoux et mangeant des enfants pour le dîner. Que peut-on faire contre une sorcière ?

— Rien, déclara Henry d'une voix accablée en ramassant son livre, dont il tapota la tranche. Aucun de nous n'est assez puissant.

— Elle n'a pas réussi à vous faire du mal, à vous, souligna Lucy.

De nouveau, Barnabus effleura son pied ; un autre avertissement, donc.

Henry serra la mâchoire. Ses yeux brillaient.

— As-tu d'autres questions ?

— Juste une, acquiesça doucement Lucy en pensant à sa mère. Quel effet ça fait, d'être marié ?

Barnabus s'immobilisa complètement. Henry le dévisagea avant de répondre :

— C'est un art sacré. Une union des âmes. Être ensemble, c'est la plus grandiose des aventures.

Lucy secoua la tête en essayant de se représenter Henry et Mary en père et mère, d'imaginer à quoi cela ressemblerait d'avoir des parents qui s'aiment. Ce fut difficile et démoralisant.

— Ça a l'air laborieux.

— Et… ? l'encouragea Henry en examinant son visage.

— Et rien, répondit-elle avant d'hésiter, ruminant toujours ses souvenirs. Un jour, j'ai entendu une expression à propos de ces choses-là. La personne a parlé de « lune de miel ». J'ai bien aimé ce terme, mais je ne comprends toujours pas ce qu'il signifie.

— En soi, il ne veut pas dire grand-chose, expliqua lentement Henry avec un air distant dans les yeux. C'est un symbole, je pense. Les deux jeunes mariés s'en vont là où personne ne les connaît, où personne ne peut les retrouver, et ils se construisent un monde qui n'appartient qu'à eux. Pendant un court instant. Un mois, la durée d'une lune, précisa-t-il avec un sourire tendre. Un mois aussi doux que le miel. Et, si on a de la chance, on doit pouvoir faire en sorte que cette lune au goût de miel dure plus longtemps... toute une vie.

—Mais je ne vois toujours pas ce que ça change, s'entêta Lucy. Si on se marie, on est ensemble quoi qu'il arrive. Heureux ou non. Pas besoin de... faire autant d'histoires.

Barnabus se détourna légèrement, mais pas avant qu'elle ait remarqué son petit sourire. Le rouge monta aux joues de la jeune fille. Elle se sentait profondément embarrassée d'avoir pu en dire autant devant lui. Elle s'était oubliée : elle était beaucoup trop à l'aise en sa présence ; beaucoup trop à l'aise avec ces gens qui étaient censés être ses employeurs. Pas sa famille.

Comme si ta propre famille t'avait déjà aussi bien accueillie.

Lucy se leva. Barnabus lui prit délicatement la cheville. Ce contact brûla la peau de la jeune fille.

—Le cœur aime, déclara doucement Henry, d'une voix si tendre qu'elle en eut la poitrine serrée. Écoute ton cœur, Lucy. N'aie pas peur de ça.

—Je n'ai pas peur, murmura-t-elle.

Elle se sentait acculée, piégée. La main de Barnabus était trop agréable. Elle remua le pied et il la lâcha.

—Bonne nuit, leur souhaita-t-elle sans les regarder avant de fuir le salon pour la cuisine.

Elle faillit se rendre directement dans sa chambre, mais il lui fallait de l'air. Ainsi, elle ouvrit grand la porte de la cuisine qui donnait sur le jardin. Le vent et la pluie la fouettèrent. Inquiète que les autres sentent le courant d'air, elle entreprit de fermer la porte derrière elle. Quelque chose l'en empêcha : Barnabus.

Le tonnerre gronda. Barnabus la prit par la taille pour la faire reculer. Elle sentit sa chaleur courir le long de son dos et ses épaules butter contre le torse musclé du jeune homme. Il referma sa main sur celle de Lucy et ils retinrent la porte ensemble, illuminés par des éclairs blancs et leurs grondements.

Quand la pluie commença à entrer, Barnabus ferma la porte. Isolé de la tempête, l'air à l'intérieur de la maison était étouffant et d'une chaleur inconfortable. Ni éclair ni chandelle, ni aucune autre façon de voir que par le toucher et les souvenirs.

Barnabus lui tenait toujours la main. Il la guida de l'autre côté de la cuisine, jusqu'à ce qu'elle sente la porte de sa chambre, puis la relâcha. Lucy l'entendit reculer en douceur grâce au grincement du plancher, au frottement et au murmure de ses vêtements, au discret sifflement du vent quand il sortit de la maison pour rejoindre son lit dans la cabane. La peau de la jeune fille fourmillait du souvenir de ses doigts. Elle percevait toujours sur sa taille la pression de sa paume.

Lucy s'allongea sur son lit et ferma les yeux. Elle rêva d'un monde qui n'appartiendrait qu'à elle et d'une lune sucrée tout en miel dans le ciel.

Le lendemain matin, Lucy se leva de bonne heure. Barnabus était déjà réveillé ; elle le distinguait au loin, dans le cimetière. Il creusait une tombe. La jeune fille se souvint vaguement que Mlle Lindsay avait fait allusion à un décès en ville. Elle l'observa travailler pendant un moment, puis elle retourna vaquer à ses occupations, en commençant par nourrir les poulets et traire les chèvres. Des corbeaux se rassemblèrent sur les avant-toits de la maison pour l'observer.

Ils n'émirent qu'un croassement. Lucy leva les yeux au ciel juste assez longtemps pour apercevoir un rai de lumière dorée en forme d'oiseau chuter derrière la cabane. Elle ne sut que faire de cette vision, qui n'était peut-être encore que le fruit de son imagination, jusqu'à ce qu'elle entende un frottement de tissu et voie Mlle Lindsay surgir de derrière la petite construction en boutonnant le haut de sa robe.

Elle n'eut pas l'air étonnée de voir Lucy.

— Bonjour, se contenta-t-elle de lancer avant d'entrer dans la maison.

Perplexe, la jeune fille la regarda avec de grands yeux. Cet endroit était étrange par tant d'aspects ! À moins que l'étrangeté ne réside en Lucy. Elle avait conscience que cette idée ne l'inquiétait pas autant qu'elle l'aurait dû. Pas autant qu'elle l'aurait fait peu de temps avant.

Des funérailles eurent lieu cet après-midi-là. Peu de gens s'y rendirent, mais M. Wiseman était parmi eux, un cercueil à l'arrière de sa charrette. Lucy ne fut pas enchantée de le revoir. Il lui rappelait trop vivement le monde au-delà de la forêt – un monde qui lui semblait lointain – et la vue de son visage lui noua l'estomac de frayeur.

— Je vois que les fantômes ne vous ont pas emportée, dit-il bien fort avec son habituel sourire narquois.

— Les histoires de fantômes ne sont bonnes que pour les enfants, intervint Mlle Lindsay en apparaissant derrière le chariot. Tu n'as rien de mieux à faire que de taquiner les jeunes filles, Wilbur ? le rabroua-t-elle après s'être postée au côté de Lucy en posant une main sur l'épaule de la petite.

— Helena, la salua M. Wiseman en touchant le bord de son chapeau. Tu es toujours la plus belle femme que j'aie jamais vue. Je suppose que ton frère ne consentirait pas à ce que je te fasse la cour…

— Je crois que mon frère n'aurait pas son mot à dire, répliqua Mlle Lindsay sur un ton pince-sans-rire, mais que ta femme ne serait pas tellement satisfaite de cet arrangement.

Il lui sourit de toutes ses dents. Puis, arrachant son regard de Mlle Lindsay, il reporta son attention sur Lucy.

— J'ai un message pour vous, jeune fille. Votre père est tombé malade. Il veut que vous rentriez au plus vite chez vous pour vous occuper de lui.

— Il allait bien quand je suis partie, s'étonna Lucy avec des yeux écarquillés.

— Mais plus maintenant. Vous êtes censée prendre la route avec moi quand j'en aurai fini ici.

— Non, refusa-t-elle sans réfléchir.

Le sourire de M. Wiseman s'évanouit.

— Vous n'avez pas dû entendre ce que je viens de dire.

— Je vous ai bien entendu, contredit Lucy avant de prendre une inspiration tremblante, balayée par des émotions si fortes qu'elle frémissait presque de tension. Non, je ne partirai pas.

— C'est votre père.

Son désespoir dépassait son sentiment de culpabilité.

— J'ai un travail. Il n'abandonnerait pas son poste à la carrière pour moi. Je le sais. Il me l'a assez souvent répété.

M. Wiseman crispa la mâchoire.

— Vous ferez ce qu'on vous demande, petite.

— Wilbur, intervint Mlle Lindsay, dont la main se resserra sur l'épaule de Lucy. Nous en discuterons plus tard, toi et moi.

— Pas le temps, rétorqua-t-il en plissant les yeux. Tu as embrouillé l'esprit de cette enfant en la retournant contre sa famille.

— J'aime travailler ici, objecta Lucy en haussant la voix. Et mes frères sont toujours à la maison. Ils n'ont pas besoin de moi. Ils ne voulaient même pas de moi.

— Allez, va, conseilla Mlle Lindsay à M. Wiseman en emportant Lucy à l'écart. Il y a des gens qui attendent ce corps.

L'homme avait l'air prêt à protester, mais elle avait raison : des personnes en deuil, toutes de noir vêtues, patientaient devant le petit portail en fer à l'avant du cimetière et observaient M. Wiseman d'un air interrogateur. Le vieil homme grommela et décocha à Lucy un regard menaçant.

— Vos bagages seront pliés dès que je reviendrai, lui ordonna-t-il. Je vous emmènerai avec ou sans vos affaires.

Lucy tressaillit. Elle vit Barnabus accourir dans leur direction et surprit M. Wiseman en train de le dévisager. Quelque chose traversa son regard, puis il abattit ses rênes sur la croupe de ses chevaux pour les mettre en branle.

— Quel lâche, marmonna Mlle Lindsay.

Lucy l'entendit à peine. Elle ne parvenait pas à détacher son regard de Barnabus qui se rapprochait. Il avait l'air dangereux, furieux, comme s'il était prêt à se battre – une réaction dont elle ne l'aurait jamais pensé capable. Il toucha le creux des reins de la jeune fille et sa bouche s'étira en un rictus sinistre et de plus en plus menaçant à mesure qu'il regardait le chariot du vieil homme s'éloigner derrière elle.

Finalement, il baissa sur elle des yeux pleins de curiosité, d'incertitude.

— Si je pars, je ne reviendrai pas, expliqua Lucy. (Elle s'adressait à eux deux, mais regardait Barnabus.) J'en suis sûre.

Sûre et certaine. Exactement comme pour les visions qu'elle avait eues la veille, dans sa tête, elle sentait l'avenir s'effondrer en un lieu obscur et froid. Si elle s'en allait avec M. Wiseman, tel serait son sort. Affreusement solitaire. Comme si on lui coupait les ailes alors qu'elle venait d'apprendre à voler.

Un éclair doré flamboya dans les prunelles de Mlle Lindsay et, cette fois, Lucy sut que ce n'était pas le fruit de son imagination.

— Tu veux rester ici ? Tu en es sûre ?

Luttant contre sa peur, Lucy hocha la tête. Elle savait que c'était horrible – qu'elle était horrible – et que son père… son père se dirait qu'elle ne valait pas mieux que sa mère, mais cela lui était égal. Elle devait rester. Quelque chose se briserait en elle si elle quittait ce monde miniature au milieu de la forêt – cette dangereuse forêt –, ce petit endroit habité par ces gens étranges et merveilleux qui lui procurait un sentiment de sécurité et d'appartenance. Si c'était là ce que sa mère avait ressenti tant d'années plus tôt, alors Lucy lui pardonnait. Elle comprenait désormais ce qui pouvait pousser une femme à tout abandonner. Elle comprenait, et c'était égoïste, mais soit. Elle serait égoïste et heureuse.

— Barnabus, appela sèchement Mlle Lindsay. Emmène Lucy à l'étang au pied de la colline. Je me charge de Wilbur. Quand il sera parti, je viendrai vous chercher.

— Je suis désolée, s'excusa Lucy, regrettant soudain les ennuis qu'elle causait à cette femme. Si vous, vous ne voulez pas que je...

— Non, l'interrompit Mlle Lindsay en passant ses doigts sur le front de la jeune fille. Tu ne déranges ni cette famille ni moi. Tu es ici chez toi.

Sur ce, elle pivota et partit à grands pas vers le cimetière, où M. Wiseman aidait les proches du défunt à décharger le cercueil. Barnabus tira la main de Lucy. Il fallut un moment à la jeune fille pour lui emboîter le pas ; elle continuait à entendre ces paroles, à voir ces yeux dorés, et elle sentait en elle un élan qui aurait pu correspondre au sentiment de fuite dont Henry avait parlé. Cette aventure grandiose. Créer un nouveau monde à partir de l'ancien. Elle n'était pas mariée, mais son sentiment était le même : d'une certaine façon, elle vivait une union.

Lucy et Barnabus traversèrent la prairie, poursuivis par des corbeaux. Ils grimpèrent la pente douce à travers les chênes et, au sommet de la colline, baissèrent les yeux pour contempler une pièce d'eau stagnante qui reflétait le bleu du ciel, couverte de nénuphars et de canards bruns. La forêt longeait la rive nord de l'étang, mais le soleil chassait ses ombres et l'herbe y était haute et verte.

Un ponton rudimentaire partait du rivage verdoyant. Barnabus et Lucy s'assirent à son extrémité en prenant garde aux échardes et trempèrent les pieds dans l'eau. Au bout d'un court moment, le jeune homme prit la main de Lucy.

Cela lui plut, et elle craignit tout d'un coup de devoir s'en défaire. Puis elle se rappela la force tranquille de Mlle Lindsay et demanda :

— Ce sont des gens bien, hein, Henry et Mlle Lindsay ? Mais ils ne sont pas… comme tout le monde. Ordinaires, je veux dire.

Elle avait failli dire « normaux », mais s'était souvenue des sentiments de Mlle Lindsay à l'égard de ce mot.

Barnabus acquiesça et lui serra la main. Sa question ne sembla pas le déranger, ni ce qu'elle sous-entendait. Au contraire, il avait l'air serein face à cette vérité : Henry et Mlle Lindsay étaient bel et bien différents, d'une manière inexplicable, et c'était naturel. Comme le vent ou la lune. Cela aussi plut à Lucy.

— Depuis combien de temps vis-tu ici ? l'interrogea-t-elle en sursautant légèrement quand un poisson lui mordilla les orteils.

Le jeune homme écarta les doigts. Cinq, puis deux. Sept ans.

— Et avant ? Vivais-tu vraiment dans les bois ?

Barnabus haussa les épaules en regardant derrière elle, vers la lisière de la forêt. Il remua la bouche, mais aucun son n'en sortit à part le sifflement de sa respiration. Un instant, il eut l'air frustré ; Lucy se demanda quel effet cela faisait de ne pas avoir de voix, de devoir contenir toute sa vie en soi sans un mot ni un son. Sans réfléchir, elle posa les doigts sur les lèvres du jeune homme. Elle voulait simplement lui faire comprendre que tout allait bien, qu'il n'avait pas besoin d'expliquer, mais son visage était si près et son regard d'un bleu si profond qu'elle se surprit à s'avancer, petit à petit, jusqu'à sentir la chaleur de son souffle. Soudain ses doigts s'effacèrent pour être remplacés par sa propre bouche.

Avant cela, Lucy n'avait jamais embrassé un garçon. Il avait une saveur douce et chaude : un délice à faire frémir de plaisir. Elle en fut effrayée, mais pas assez pour arrêter.

Cela ne dura pas longtemps. Entendant une plainte, la jeune fille recula et se tourna vers les bois. Le son se répéta – un appel – et il ne lui fallut que quelques secondes pour distinguer le visage féminin, pâle et lumineux dans les épaisses ombres vertes de la forêt. Lucy bondit sur ses pieds et s'élança. Elle sentit Barnabus sur ses talons, mais ne regarda pas en arrière de peur que la femme ne disparaisse.

Mary. Elle entendit un corbeau crier au-dessus de sa tête, un croassement qui lui sembla soudain très humain, mais n'y prêta pas attention non plus.

Elle atteignit les premiers arbres à l'instant où Barnabus la rattrapait. Elle crut entendre Henry crier, mais Mary était là, juste devant elle.

— S'il vous plaît, aidez-moi, murmurait-elle.

Lucy prit une grande inspiration pour se donner du courage et enfonça sa main dans le sous-bois, en direction de Mary. Barnabus la saisit par la taille, secondé par une autre paire de mains, mais il était trop tard. Quelque chose s'empara de ses poignets, tira fort… et le visage qui lui faisait face se transforma. Cessant d'être Mary, il devint une ombre, un concentré de nuit, comme la spirale sinueuse de néant que sa vision lui avait laissé entrevoir.

Une terreur brute s'empara de son corps. Elle essaya de reculer, de toutes ses forces. Des murmures s'élevèrent des arbres. Toutes ces voix, qu'elle avait presque oubliées, s'élevèrent dans sa tête comme un seul cri.

Puis Lucy fut entraînée dans la forêt.

Ce qu'elle remarqua en premier, quand elle retrouva la vue, fut que le monde qui l'entourait semblait plutôt ordinaire. Certes, elle était dans la forêt, mais ce n'était pas la première fois qu'elle entrait dans des bois, et ceux-ci n'étaient pas différents. Les ombres étaient longues et la canopée épaisse, et la pénombre qui emplissait l'air n'était ni lugubre ni particulièrement menaçante. En revanche, elle était dense, avec ses grappes de roses sauvages et ses jeunes pousses en pleine croissance, avec ses sumacs vénéneux, ses fougères, ses minuscules cèdres courbés et ses énormes troncs de chênes qui s'étalaient de toute leur largeur comme des géants accroupis tout autour d'elle. Lucy sentait le parfum de la terre et d'autre chose, comme la pluie ; l'air était figé, chaud et humide.

La jeune fille pivota lentement afin de chercher la lisière de la forêt. Elle en était proche. Elle savait qu'elle aurait dû voir Barnabus ou Henry, ou au moins entendre leurs voix, mais même les oiseaux ne chantaient pas, et tout autour d'elle n'était que feuilles, branches et ombres.

— Ohé ! appela-t-elle en pensant à la créature qui l'avait tirée jusque-là.

La peur lui serrait la gorge, mais elle se ressaisit et retrouva son sang-froid. Elle pensa également à Mary, emprisonnée là depuis vingt ans, et se demanda si le même sort l'attendait.

Entendant un bruit, elle fit volte-face juste à temps pour voir une silhouette pâle et immense se détacher des ténèbres. Un cerf blanc. Haut et large, au corps robuste et au long cou, scintillant comme éclaboussé par la rosée. Ses sabots polis avaient le lustre des perles et ses yeux brillaient d'une lueur sauvage et violente. De minuscules cloches pendaient à ses bois argentés, et le son qu'elles produisaient correspondait aux chuchotements que Lucy entendait dans sa tête, plus forts à présent, tels des pleurs et des cris résonnant à chaque délicat tintement de glas.

Une femme chevauchait le cerf. Elle était divine : pâle et élancée, étincelante comme si elle était couverte d'étoiles et de diamants, avec de longs cheveux balayant presque le sol. Une reine des neiges dont l'allure imposait le respect. De la soie et des fourrures blanches se croisaient sur sa haute poitrine, presque nue bien que couverte de délicats fils rose pâle qui ondulaient sous sa gorge comme des poèmes et des ailes.

Elle se tenait avec tant de légèreté que Lucy songea que, si cette femme tombait, elle se contenterait de flotter dans l'air. Comme le cerf avançait, la jeune fille avisa la précieuse et délicate selle en forme de grenouille sur laquelle la femme était assise.

« Sorcière » n'était pas le terme exact pour qualifier cette personne. Pour Lucy, une sorcière était humaine, alors que cette… créature… ne l'était certainement pas.

— Tu t'es introduite sur les terres de la Sidhe, déclara la femme d'une voix forte et chantante. Qu'as-tu à dire pour ta défense ?

— Je ne suis pas d'accord, répondit maladroitement Lucy en luttant contre la peur. C'est vous qui m'avez attirée ici, donc j'ai été invitée.

Un sourire discret se dessina sur les lèvres de la femme.

— Tu croyais sauver un cœur qui m'appartient. Par conséquent, tu es une voleuse. C'est pire, je pense.

— Vous parlez de Mary, et Mary ne vous appartient pas, contesta Lucy en s'armant de courage.

Le cerf secoua la tête et les clochettes pleurèrent. Parmi ces tintements, Lucy crut entendre la voix de Mary. Elle ferma les yeux juste un instant pour mieux tendre l'oreille, mais quand elle les rouvrit, la femme avait disparu de sa monture.

Une main froide caressa la nuque de Lucy, qui frémit en se retournant. La femme se dressait devant elle : elle était incroyablement grande. Ses yeux étaient verts comme une feuille au soleil par un matin de printemps : vifs, perçants et sans âge. Elle dévisageait la jeune fille telle une chouette surveillant une souris, avec une faim implacable et terrifiante.

— Tout ce qui entre dans la forêt m'appartient, décréta doucement la femme. Et toi aussi, maintenant.

— Non, protesta Lucy. Je veux rentrer chez moi.

— Chez toi, répéta la femme avec un sourire. C'est ici, chez toi.

— Il y a des gens qui m'attendent. Et Mary, aussi.

— Mary, dit-elle tout bas. Mary a trahi ma confiance. Elle a cherché du secours : toi. C'est assez surprenant que tu aies pu la voir et l'entendre. Je trouve cela fascinant.

Pas Lucy.

— Laissez-nous partir. S'il vous plaît.

— Pour quelle raison ? demanda la sorcière en souriant et inclinant la tête. Vais-je t'énoncer une énigme et te demander d'y répondre ? Ou peut-être t'imposer trois épreuves impossibles, toutes plus pénibles les unes que les autres ? Oh ! Mieux encore : raconte-moi des histoires pour me divertir. Sois mon bouffon, mon fou des bois, et peut-être te libérerai-je dans un an ou dans vingt.

Lucy en doutait. Aussi garda-t-elle le silence, préférant attendre et observer plutôt que s'abandonner au moindre sentiment de désespoir. Le sourire de la femme vacilla, imperceptiblement, et cette faiblesse passagère humanisa sa présence de sorte qu'elle sembla moins majestueuse que ridicule ; comme si son apparence étonnante n'était rien qu'un faux destiné à impressionner, à intimider et à forcer la crainte.

Brusquement, Lucy se sentit plus forte.

— Je ne vous supplierai pas. Je ne me laisserai pas avoir.

— C'est déjà fait, contredit la femme d'un ton lugubre. Tu n'es rien.

— Pas plus que vous, répliqua la jeune fille en suivant son intuition, peut-être imprudente.

Trop, sans doute : une main glacée lui saisit le menton avec une force écrasante, le tirant vers le haut jusqu'à ce que Lucy soit dressée sur la pointe des pieds, obligée de regarder la femme dans les yeux.

— Tu es amoureuse, susurra-t-elle d'une voix dure. Je le sens à ton odeur. Devons-nous tester cet amour ? Crois-tu vraiment que celui qui fait battre ton cœur t'attendrait ? Ce beau jeune homme qui m'appartenait ?

— Barnabus, lâcha Lucy d'une voix rauque.

— Barnabus, siffla l'autre. Je l'ai élevé bien avant que cette vieille corneille ne plante ses serres dans son cœur. Il est à moi. C'est mon fils, dans tous les sens du terme, sauf un. Mais il ne s'est souvenu que de celui-là.

— Il ne vous aimait pas.

Lucy le sentait, le voyait : un petit garçon aux yeux bleus courant nu et libre, se promettant à cette femme, mais sans le moindre sentiment. Sans aucune affection ni aucun sourire.

La sorcière détourna les yeux.

— Il ne m'a jamais appelée « maman ». Il refusait. Donc je l'ai puni, raconta-t-elle tout bas, presque pour elle-même.

— Vous avez pris sa voix.

— Je refusais de le laisser en appeler une autre par le nom qu'il ne voulait pas me donner.

— Alors, si quelqu'un ne veut pas de vous, vous le blessez ? Quel est l'intérêt ?

La femme la foudroya du regard.

— Il faut me montrer du respect. Je suis une reine.

— Vous êtes une reine seule, précisa Lucy.

La sorcière la lâcha si rapidement que la jeune fille chancela en frottant son menton douloureux. La femme, la reine, la Sidhe ou quoi qu'elle soit, la dévisageait avec froideur et insistance – un regard que, Lucy le comprenait à présent, Barnabus copiait à la perfection. Lucy regarda droit dans ces yeux sans âge, pendant que son esprit vagabondait et captait des bribes de pensées et de visions : la femme ainsi parée, errant dans l'immensité infinie de la forêt, seule. Tellement seule.

— Vous vouliez que Henry vous aime autant qu'un homme peut aimer une femme, chuchota Lucy. Vous vouliez que Barnabus vous aime comme une mère. Et il y en a eu d'autres, n'est-ce pas ? Des gens qui ont attiré votre attention. Vous les avez amenés ici et leur avez fait du mal parce que vous ne compreniez pas pourquoi ils ne partageaient pas vos sentiments.

— L'amour, murmura la femme. C'est un mythe qui n'appartient qu'aux humains et à ceux qui font semblant d'être comme eux. Il ne peut pas durer.

— C'est ce que je pensais aussi, lui confia Lucy. Jusqu'à ce que je rencontre Henry et que je voie à quel point il aime.

— Henry renoncera à sa femme.

— Il l'aimera éternellement.

La sorcière sourit froidement.

— L'éternité n'existe pas pour l'amour mortel.

— Elle n'existe pas non plus pour les immortels, rétorqua Lucy en se fiant toujours à sa voix intérieure. À moins que cela ne concerne que vous.

La femme eut un hoquet ; le cerf recula, les yeux rivés sur sa maîtresse. Lucy ne battit pas en retraite. Elle avança d'un pas, submergée, comme si elle entendait son âme fredonner, comme si le monde coulait dans ses veines, vivant et puissant. Le cœur débordant, elle pensa à Barnabus, Henry et Mlle Lindsay. Les gens qui tenaient à elle, et à qui elle tenait, d'une façon qu'elle n'aurait jamais crue possible.

Elle les aimait. Elle aimait. À présent, elle savait ce que cela signifiait, même si ce ne devait jamais être partagé. Même si, un jour, tout devait s'effondrer.

La femme tressaillit en la toisant. Elle entreprit de parler, puis s'interrompit. Une lueur brûlait dans ses yeux, mais Lucy ne vacilla pas et son cœur ne faiblit pas. La femme se tourna, puis s'arrêta.

— Va-t'en. Pars. Tu es libre. Je te donne ma parole, promit-elle d'une voix étouffée.

Surprise, Lucy cligna des paupières.

— Et Mary ?

Toujours le dos tourné, la sorcière frémit.

— J'ai fait un cadeau à Henry. Je lui aurais bien rendu Mary plus tôt, mais elle a cessé de l'aimer comme elle l'aurait dû. Elle ne mérite pas son cœur. Il souffrira, il sera brisé. Toutes ces années, il a aimé un idéal.

— À cause de vous, précisa Lucy. Henry a aimé la femme avant l'idéal. Permettez-lui de trouver sa propre voie, demanda-t-elle plus doucement.

La lumière de la femme sembla s'atténuer, et son aura faiblir sous les ténèbres.

— Vous pourriez quitter cet endroit, si vous vous sentez si seule, proposa Lucy dans un moment de pitié.

Cette tête sans défaut tourna de quelques millimètres, juste assez pour laisser voir le coin de son œil et la courbe de sa pommette.

— Nous avons tous un foyer, dit-elle tout bas. La capacité à choisir le sien est un don qu'il ne faut pas considérer comme acquis.

La sorcière cueillit une clochette sur les bois du cerf et la jeta aux pieds de Lucy. Un battement de cœur plus tard, elle était haut perchée sur la précieuse selle, son sang-froid et son incroyable majesté retrouvés.

— Transmets mes salutations à Barnabus, lança-t-elle froidement. Aux corbeaux aussi.

Puis elle disparut. Évanouie dans la pénombre de la forêt.

Lucy ramassa la clochette et l'agita. La voix de Mary retentit, tel un sinistre carillon. Après quoi, la jeune fille serra fermement l'objet dans sa main de peur de blesser cette femme – qu'il était étrange de penser à une femme sous la forme d'une clochette ! – et elle choisit une direction à emprunter. Des voix chuchotaient tout autour d'elle, et ce qui emplissait ses oreilles et sa tête avait la saveur d'une musique, d'un délicieux mélange de rires et de discussions tintant en un bourdonnement qui gonflait et éclatait comme des bulles ou le chant des oiseaux. Il s'agissait de la reine, de la femme. Seule. Ou pas. Certaines choses vivaient en ce lieu, dans ce monde à part entière, et Lucy ne pensait pas pouvoir les comprendre un jour.

Des arbres tordus poussèrent devant elle et, après un moment, il lui sembla qu'un sentier apparaissait, bordé d'herbe. Au bout, la lumière. Lucy se mit à courir.

Elle surgit de la forêt pour plonger dans un soleil qu'elle reçut comme un feu divin, lumineux, chaud et sain. Elle ne se trouvait plus du côté de l'étang, mais dans la clairière qui séparait les bois de la vieille maison. Au loin, elle voyait Barnabus, une hache entre les mains. Mlle Lindsay et Henry l'accompagnaient. Au-dessus de Lucy, dans les branches, des corbeaux se mirent à crier. Un instant plus tard, ce fut au tour de Henry.

Dans la main de la jeune fille, la clochette cliqueta. Incapable de la tenir plus longtemps, Lucy lâcha la breloque d'argent. Elle fut aussitôt prise de vertiges, au point de devoir fermer les yeux pour ne pas perdre l'équilibre. Quand elle les rouvrit, elle découvrit une femme à terre.

Mary. Toujours dans sa robe de mariée. Elle n'avait pas vieilli d'un jour.

Henry cria de nouveau. Lucy ne fut pas en mesure d'assister à leurs retrouvailles. Elle chancela et ses yeux se fermèrent. Dans sa tête, des voix, des cloches, les murmures d'une femme. Elle ne résista pas davantage à son étourdissement ; ses muscles fondirent.

Elle tomba et ne se releva pas.

Lucy rêvait d'une femme et d'un homme capables de se transformer en corbeaux, et d'autres créatures aux yeux emplis d'or en fusion ; d'êtres dotés d'une queue de poisson, et de dragons soufflant du feu ; de silhouettes noires aux yeux verts étincelants ; de la femme – la reine en personne – aux yeux similaires, arborant sans effort une allure majestueuse et un regard implacable.

— Trêve, déclara la femme dans le rêve de Lucy. Ne me demande jamais pourquoi mais, entre nous, c'est la trêve. Pour quelqu'un qui aime.

C'est alors que Lucy se réveilla. Elle était dans son lit. Mlle Lindsay était assise auprès d'elle, de même que Barnabus. Il avait des cernes sous les yeux, comme s'il n'avait pas dormi depuis plusieurs jours. Un bref instant, elle se demanda s'il pourrait lui parler ; si, par hasard, elle avait rapporté d'autres cadeaux. Mais, lorsqu'il lui prit la main pour la porter à ses lèvres avec cette force tranquille et silencieuse, elle comprit que ce n'était pas le cas.

— Henry ? souffla Lucy. Mary ?

Mlle Lindsay battit brièvement des paupières.

— Parti. Ils sont déjà partis. Henry voulait rester pour ton réveil, mais Mary… (Elle s'interrompit, hésitante.) Mary voulait s'éloigner de cet endroit sans plus tarder. Elle nous a demandé de te remercier.

Mlle Lindsay avait dit cela sur un ton anodin. Barnabus avait l'air malheureux. Lucy ne savait que penser. La perte de Henry lui était douloureuse. Elle voulait le voir, mais songea à Mary, enfermée pendant vingt ans, et comprit pourquoi celle-ci s'était enfuie, où elle était allée, et lui avec. Pas le choix. Elle était son foyer.

Mlle Lindsay eut l'air de lire dans ses pensées. *Elle est très forte à ce jeu-là*, s'amusa Lucy avec lassitude.

— Pour nous deux, je te remercie. Du fond du cœur, nous te remercions pour toujours, dit la maîtresse de maison.

— C'est grâce à elle, pas à moi, souligna Lucy. Elle a renoncé à nous.

— Ça lui arrive parfois, confirma Mlle Lindsay en jetant un coup d'œil en coin à Barnabus.

— Qu'est-elle ? demanda la jeune fille en remuant, mal à l'aise.

— Je ne sais pas, confessa son aînée. Une chose est sûre : elle est vieille. Les siens le sont toujours. Si vieux qu'ils ne peuvent plus avoir d'enfants. Pas entre eux, en tout cas.

— Elle se sent seule.

— Parles-en à Henry.

Lucy leva une main en l'air.

— Mary et lui ont tout leur temps, à présent. Le temps de trouver leur propre voie.

Le temps de finir ce qu'ils avaient commencé, si une telle chose était possible. D'avoir leur lune de miel, leur mariage, leur vie.

— Patience, murmura Mlle Lindsay. J'ai conseillé à Henry – à eux deux – de garder patience. Ils ont traversé tant de choses. Ils ne sont plus les mêmes que quand ils se sont mariés. Plus maintenant, déplora-t-elle en détournant les yeux avec une touche d'amertume aux lèvres. Est-ce un tort de me demander si je dois être heureuse pour eux ?

Lucy ferma les yeux pour savourer la chaleur de la main de Barnabus.

— Avez-vous déjà été mariée ?

Le silence s'installa, long et profond.

— Cela arrive rarement à une femme comme moi, répondit finalement Mlle Lindsay.

Lucy rouvrit des yeux interrogateurs. La femme soupira.

— Je t'expliquerai un autre jour, peut-être.

Un autre jour, pensa Lucy. *Et vous m'expliquerez aussi comment vous lisez dans les pensées ? Ou pourquoi vous êtes tantôt une femme, tantôt un corbeau ?*

Mlle Lindsay la dévisagea, surprise, avant d'éclater de rire.

— Oui, confirma-t-elle. Tout cela aussi.

Pourtant, elle ne le fit jamais. Du moins, Lucy dut-elle attendre très longtemps. Un matin, peu de temps après ces événements, elle vint à la rencontre de Lucy et de Barnabus alors qu'ils sarclaient le jardin, et leur parla sur un ton assez sec.

— Je crois que je vais partir quelque temps. Il y a tout un monde au-delà des bois, vous savez. J'ai déjà passé toute ma vie ici.

— Oui, répondit Lucy.

Pourtant, au fond d'elle, elle n'avait aucune envie de quitter ces lieux. Barnabus posa son râteau et regarda la vieille dame d'un air pensif, sans une once de compassion dans ses yeux calmes. Puis il finit par hocher la tête et tendit les bras. Mlle Lindsay se jeta dedans et serra le jeune homme si fort que Lucy crut qu'elle allait lui casser les os. Ensuite, elle répéta son geste avec la jeune fille, qui eut presque la confirmation de cette impression.

— Occupez-vous de cet endroit pour moi, susurra Mlle Lindsay, les yeux brillant au soleil. Pour nous tous. Nous reviendrons. Et il se peut que nous amenions d'autres personnes. Il me reste encore tellement de choses de ce monde à vous expliquer.

Après quoi, sans vergogne et sans hésitation, elle agit de façon choquante : elle retira tous ses vêtements, juste devant eux, avec à peine plus qu'un sourire. Une lumière d'or habilla son corps. Des plumes noires comme le jais, épaisses, riches et chaudes, sortirent de sa peau et tombèrent en cascade comme de l'eau. Lucy ne put retenir un hoquet et ses genoux cédèrent. Tandis que Barnabus la rattrapait, elle constata qu'il n'avait pas l'air surpris du tout ; son regard témoignait d'une approbation venue droit du cœur.

Avec un coup de coude, il indiqua à Lucy de regarder encore. C'est alors qu'elle vit Mlle Lindsay rétrécir et rapetisser, jusqu'à n'être plus une femme, mais un corbeau.

Un corbeau qui les dévisageait de ses yeux dorés. L'oiseau poussa un croassement, puis bondit dans les airs, suivi d'un vol de congénères qui le saluèrent en criant et en battant des ailes.

Quel spectacle ! Et ce ne serait pas la dernière fois que Lucy serait amenée à y assister.

Le temps passa. Lucy et Barnabus firent ce que Mlle Lindsay leur avait demandé : ils entretinrent la maison et le terrain, ainsi que le cimetière. De plus, ils ne tardèrent pas à se marier, afin de faire taire les mauvaises langues. Elle conserva son nom de jeune fille, Barnabus n'en ayant pas d'autre à lui donner. Lucy Steele. Ils baptisèrent leur fils William, et lui aussi, en son temps, fit preuve de talents particuliers.

De temps à autre, Lucy prenait un livre et s'asseyait à l'orée de la forêt pour lire à voix haute. Elle ne sut jamais si la femme, la reine Sidhe, l'écoutait, mais elle se plaisait à penser que c'était le cas des arbres, et que, par leur biais, l'immortelle entendait une autre voix qui ne parlait que pour elle.

Ce fut une belle vie pour Lucy et Barnabus. Une vie heureuse. Une vie ensemble, une aventure grandiose, qui dura de nombreuses lunes, avec de nombreuses histoires secrètes, toutes aussi douces et dorées que le miel.

Marjorie M. Liu a vécu et exercé son métier d'avocate un peu partout en Asie. Elle a vécu sur les deux côtes des États-Unis, mais réside actuellement dans le Midwest, où elle écrit à temps plein. Elle est l'auteure, entre autres, de la série *Dirk & Steele*, best-seller paranormal et sentimental. Venez en découvrir plus sur son site : www.marjoriemliu.com (site en anglais).

Tu donnes ta langue au chat ?

Katie MacAlister

Depuis longtemps, les fans de la série The Dark Ones *(inédite en France, NdT) s'interrogent sur l'origine des yeux ambrés de Raphael St. John, ainsi que sur sa nervosité vis-à-vis des membres de l'Autremonde. Se pourrait-il qu'une part de lui ne soit pas entièrement humaine ?*

I

— Ainsi, ce n'est pas avant le XVIIe siècle que la vie du château de Fyfe a pris une tournure lugubre.

— Vraiment ?

J'examinai la pièce du regard. Elle était assez sombre, bien que le soleil ne soit pas encore couché, et les ombres s'étalaient comme des taches sur les vastes murs de pierre grise du château. Les étroites meurtrières permettaient à peine à de minces rais de lumière de se frayer un passage à l'intérieur, et elles offraient un éclairage moindre que celui fourni par les bougies électriques, quelque peu usées, qu'on avait fixées aux murs.

— Plus lugubre que ceci, vous voulez dire ?

La femme qui nous ouvrait le chemin s'arrêta pour regarder par-dessus son épaule, un sourcil levé. Pour être tout à fait honnête, je dois avouer que je l'encourageais à parler uniquement parce que son accent écossais chantait délicieusement dans mes oreilles américaines.

— Le passé du château de Fyfe a toujours été sombre et mystérieux, mais quand le septième *laird* est entré en sa possession, tous les habitants de la maison ont appris le véritable sens du mot « terreur ». Il avait un caractère épouvantable, cet Alec Summerton… Sir Alec, à l'époque, devenu par la suite le comte de Seaton.

— C'est le fantôme dont vous avez parlé tout à l'heure ? demandai-je en haussant les sourcils et en offrant un sourire lascif à l'homme qui me suivait.

Raphael leva les yeux au ciel avant de ramasser les deux valises pour suivre Fiona, l'hôtelière du château, dans le célèbre escalier.

— Oh non ! Le fantôme n'est pas celui de sir Alec, même si certains prétendent qu'il hante les étages inférieurs. Attention au plafond, monsieur St. John. Beaucoup d'hommes aussi grands que vous s'y sont fait mal. Non, sir Alec n'est pas le fantôme le plus connu des lieux, madame St. John. C'est sa femme, Lily Summerton.

Raphael se pencha pour éviter une poutre basse alors que nous gravissions les marches de pierre. Bien que je n'arrive pas à la hauteur de son mètre quatre-vingts et des poussières, je dus également incliner la tête pour sortir de là sans être scalpée.

— Laissez-moi deviner… C'est la Dame Grise ?

— Verte, pas grise, répondit Fiona en roulant ses « r ». (Elle s'arrêta et désigna les lieux d'un geste vague.)

Cet escalier a été construit au début des années 1700, au cas où ça vous intéresserait. Il est connu dans toute l'Écosse comme le plus bel exemple de son genre.

— Je comprends pourquoi.

J'attendis qu'elle reprenne son ascension et haussai de nouveau les sourcils en direction de mon époux. Le voyage en train avait été long et j'avais hâte d'arriver dans notre chambre.

— Alors ce fantôme hante la chambre où nous séjournerons ? Est-ce qu'elle fait quelque chose de spécial, ou se contente-t-elle de flotter dans les airs en se tordant les mains et en pleurant son amour perdu ?

— Au contraire : elle ne dit rien. Elle apparaît simplement devant les gens, leur lance un regard scrutateur, puis elle soupire comme si elle était déçue, avant de disparaître dans le vide.

— Une caractérielle, comme toutes les femmes, marmonna Raphael.

— Chut ! Espèce de mâle. Je trouve tout ça vraiment fascinant, lançai-je en espérant que Fiona en dirait davantage.

— Voici votre suite, annonça-t-elle en ouvrant une porte en bois d'aspect moderne avant de nous escorter dans une pièce lumineuse. C'étaient les appartements privés du propriétaire. Des derniers, pour être plus précise. À l'origine, la chambre du *laird* était à l'étage en dessous, mais elle a ensuite été transférée ici après la mort de sir Alec, par ses successeurs. Quand le dernier comte de Seaton a légué le château à la caisse nationale des monuments historiques, il a été décidé que ses appartements seraient ouverts au public. Vous serez ici dans la plus grande intimité, car cette chambre est la seule que nous mettions en location. Quoi qu'il en soit, le concierge se tient à votre disposition en cas d'urgence. Son bureau se trouve juste à côté du salon de thé, au rez-de-chaussée. La salle de bains est derrière cette porte. Je vais juste m'assurer que tout est en ordre…

— Waouh ! m'exclamai-je, les yeux écarquillés, quand j'inspirai l'odeur de cire et d'antiquité.

La pièce était meublée comme si elle venait d'être abandonnée par son propriétaire du siècle dernier, avec quelques signes discrets de technologie.

— Très sympa, commenta Raphael en posant les valises. Digne d'une lune de miel ?

— Oh oui ! Tu crois que ces trucs sont authentiques ? l'interrogeai-je à voix basse en passant mes doigts sur le dossier d'un canapé en bois de rose habillé de velours bleu et vert.

— Vu le prix, il y a plutôt intérêt !

— Nous avons bien fait de laisser la loupiote à Roxy, alors. Je préfère ne pas savoir ce que Zoé pourrait infliger à cette charmante chambre. Je devrais peut-être appeler pour être sûre…

Raphael m'interrompit avant que j'aie eu le temps de sortir mon téléphone portable de mon sac à main.

— Tu as appelé il y a une demi-heure, Joy. Même connaissant Zoé, je vois mal comment elle aurait pu s'attirer des ennuis aussi vite.

Je haussai un sourcil. Sa bouche se tordit en un sourire contrit.

— Bon, d'accord, je l'imagine très bien, mais je suis sûr que Roxy l'a soudoyée avec plein de bonbons et la promesse d'une visite au zoo.

— Possible, lui accordai-je lentement en luttant contre mes préoccupations maternelles.

— Tu as plus l'air d'une mère inquiète que d'une jeune mariée en lune de miel, se moqua mon époux.

— C'est parce que je suis maman depuis deux ans alors que je ne suis ta femme que depuis hier. Je sais, je sais, ce n'est que le stress de la séparation et c'est parfaitement normal. Roxy m'a déjà fait la morale, Bob. Pas besoin de t'y mettre aussi.

— Bob ? intervint la voix de Fiona émergeant de la salle de bains, sourcils froncés et regard rivé sur la carte qu'elle tenait. Y a-t-il une erreur quelque part ? Je vous ai inscrits comme M. et Mme Raphael St. John, en visite ici pour une semaine de lune de miel. Ce n'est pas ça ?

— Si, c'est correct, répondis-je en riant doucement.

Je ramassai ma valise pour la rentrer dans la chambre. Décidée à tourner le dos à mes soucis, je sifflai à la vue de l'immense lit à baldaquin.

— Bob est un surnom, lui expliqua Raphael. Joy est un peu paniquée parce que c'est la première fois que nous sommes séparés de notre fille. Elle vient d'avoir deux ans.

— Allons donc ! s'exclama l'hôtelière.

Elle s'agita dans tous les sens en bavardant à propos des enfants avant de s'arrêter près d'une grande fenêtre à double vitrage.

— Madame St. John, vous m'avez posé des questions sur la Dame Verte. Eh bien ! C'est à cet endroit exact qu'elle fait ses apparitions… mais pas dans la chambre, vous comprenez. C'est là, de l'autre côté de la vitre, que son visage torturé se montre, comme si elle évaluait les occupants de la pièce.

— Ooooh ! Bob, un fantôme tourmenté !

Raphael me dévisagea d'un air las.

— Ne croyez-vous donc pas aux fantômes, monsieur St. John ? s'enquit Fiona d'une voix affable en lui tapotant le bras. N'ayez pas honte de le dire. C'est le cas de beaucoup d'hommes, je peux vous l'assurer.

Raphael eut du mal à conserver son air aimable. Malgré nos précédentes expériences prouvant le contraire, il restait attaché à l'idée que le monde traversait une phase de folie et que, d'une minute à l'autre, la vie allait redevenir telle qu'il l'avait connue avant et lui permettre d'oublier que les choses comme les fantômes et les goules existaient vraiment.

— Mon mari est un peu sceptique, oui, répondis-je par pitié pour lui. Par contre, moi, je meurs d'envie d'en savoir plus sur cet esprit torturé. Que lui est-il arrivé ? Était-elle mariée ? Est-elle l'un de ces fantômes de mariées qui apparaissent aux jeunes épouses ? Je me demande si elle apparaîtra devant moi, même si Raphael et moi sommes ensemble depuis trois ans.

— Je ne peux rien vous dire à ce sujet. Ce que je sais, c'est qu'à une époque Lily et sir Alec étaient heureux, mais elle lui a donné une fille au lieu d'un fils, et il n'a pas fallu longtemps pour qu'il aille voir ailleurs.

— Le chien ! me révoltai-je en m'asseyant au bord du lit.

Raphael me jeta un nouveau regard agacé avant de prendre ses instruments de rasage et de disparaître dans la salle de bains.

— Que lui est-il arrivé ? demandai-je.

— Eh bien, peu de temps après la naissance de sa fille, Lily a mystérieusement disparu. Sir Alec a raconté qu'elle était partie au bord de la mer pour reprendre des forces, mais personne n'a jamais cru à cette histoire.

Ils entendaient des cris pendant la nuit, vous comprenez. Des sanglots et des suppliques. Ils ont donc compris ce qui s'était passé.

— Emmurée vivante ? avançai-je en me frottant les bras pour faire passer la chair de poule.

— Probablement. Il l'avait enfermée dans la plus haute chambre de la tour noire, qui a aujourd'hui disparu mais se dressait alors à l'angle nord-ouest du château. Personne n'avait le droit de s'en approcher. Sir Alec a fait croire que dame Lily avait emporté les clés et il en a condamné l'unique entrée. Deux semaines durant, les domestiques du château ont entendu ses cris et ses plaintes. Deux semaines durant, elle a survécu. Et puis, finalement, le démon a gagné et elle s'est tue.

— Oh, mon Dieu ! Mais c'est horrible ! C'était vraiment un sale type ! Quelle chose atroce à infliger à quelqu'un !

— En effet. Quelque temps après sa mort, il a fait disparaître son corps et il a annoncé, quinze jours plus tard, qu'elle s'était jetée dans la mer. Ensuite, il n'a pas trouvé mieux que d'épouser Grizel Adams, une veuve du village avec qui il entretenait une liaison.

— Salopard d'assassin sans cœur ! marmonnai-je.

— Ça, c'est sûr. Pour leur nuit de noces, sir Alec et sa nouvelle femme se sont couchés dans le lit de Lily, mais ils n'ont pas fermé l'œil.

— Quel sale petit pervers !

Fiona secoua la tête.

— Non, ce ne sont pas leurs occupations nocturnes de jeunes mariés qui les ont empêchés de dormir : toute la nuit, ils ont entendu d'horribles grattements. Pourtant, bien que sir Alec ait allumé toutes les lampes, ils n'ont rien pu voir. Le matin, en revanche…

Elle sourit.

— Quoi ? réclamai-je, totalement absorbé par le récit.

— Voyez-vous cette fenêtre ? me demanda-t-elle en l'indiquant du menton.

— Oui, répondis-je en me levant pour me placer devant. Lily est apparue derrière ? Elle grattait aux carreaux ?

— Non. Ouvrez-la et dites-moi ce que vous voyez.

Un autre frisson courut sur ma peau alors que je m'exécutais. Nous étions au deuxième étage du château, en plein milieu du mur.

— Eh bien, c'est vertigineux. Je ne vois pas comment quelqu'un pourrait tenir debout ici : il n'y a pas de rebord et la gouttière la plus proche est presque à cinq mètres. Est-ce ce que vous vouliez me montrer ?

— Regardez l'encadrement de la fenêtre.

Je louchai sur la pierre couleur crème. On y avait gravé quelque chose juste au-dessus des carreaux. À l'envers et un peu effacés par le temps, les mots « Lily Summerton » étaient inscrits dans le mur.

— Waouh ! Elle a gravé son nom ?

— C'est ça. Et si vous réussissez à m'expliquer comment quelqu'un d'autre aurait pu faire ça à cet endroit, je serais curieuse de le savoir.

J'examinai la paroi extérieure du château. Sans une sorte d'échelle ou d'échaffaudage, c'était impossible.

— Ça fait froid dans le dos.

— Certains prétendent que la Dame Verte s'est vengée, continua Fiona avec un sourire guindé. En effet, moins d'un mois après le mariage de sir Alec et de la veuve Grizel, tous deux ont péri dans un accident de chariot. Ils se sont brisé la nuque.

— Quelle tragédie ! Cela dit, ça fait réfléchir.

— En avez-vous fini avec vos histoires de fantômes ? s'enquit Raphael en revenant dans la chambre.

— Ouais, mais tu aurais dû rester pour entendre ça. C'est vraiment intéressant, rétorquai-je en jetant un dernier regard au nom gravé dans la pierre avant de fermer la fenêtre.

— Je suis sûr que je m'en remettrai. Est-ce possible de prendre le petit déjeuner dans nos appartements plutôt qu'au restaurant ? demanda-t-il à Fiona.

— Oui, mais votre repas risque de refroidir, le temps qu'on vous l'apporte ici, répondit-elle.

Avec un sourire, il lui prit la clé de la suite et l'accompagna à la porte.

— Nous survivrons.

Fiona fondit devant son sourire et, bien qu'elle ait clairement envie de nous en dire plus sur l'histoire du château, elle se contenta de nous souhaiter une agréable soirée. En moins de temps qu'il n'en faut pour dire « lune de miel », Raphael traversa la chambre, retira tous ses vêtements et me sauta dessus.

— Enfin seuls ! se réjouit-il avec un épouvantable accent italien.

Bouche bée, je le toisai quelques instants.

Il me déposa un baiser sur le bout du nez et haussa un sourcil.

— J'en ai trop fait avec mon accent, mon cœur ? Tu as l'air déconcerté.

— Oui, c'était horrible. D'autant plus que, d'après moi, ton accent british est la chose la plus sexy au monde. Mais ce n'est pas ça…

Je répugnais à m'arracher à ses bras, mais m'y forçai afin de m'asseoir et de regarder l'entrée de la pièce.

— Comment as-tu fait ça ?

— Quoi ? demanda-t-il en m'attirant à lui pour me mordiller le cou.

Je frissonnai à son contact, songeant que je devais passer outre à ma confusion, mais je décidai qu'il y avait des problèmes plus importants à régler.

— Bob, tu sais avec quelle impatience j'attendais cette lune de miel…

— Oh ! Oui. Je crois que tu me l'as fait comprendre quand tu as failli me violer à bord du train. Et je dois souligner que, bien que j'aie refusé de consommer notre nuit de noces sur la banquette de l'Edinburgh Express, je suis maintenant favorable à l'idée. Tu devrais t'atteler à ton projet d'abuser du mâle que je suis.

— Hmm, fis-je en louchant vers la porte de la suite pour évaluer la distance.

Soudain, le visage de Raphael emplit mon champ de vision. Il plissait ses beaux yeux d'ambre d'un air suspicieux.

— Tu ne me violes pas ? Tu ne parles que de ça depuis quatre heures. Pourquoi n'es-tu pas en train de me violer ? C'est Zoé ? Tu t'inquiètes toujours…

— Non, ce n'est pas la petite. C'est… euh… comment as-tu fait pour courir depuis l'entrée de la suite et traverser la pièce d'à côté sans que je te voie ? Et je ne parle pas du fait que tu as enlevé tes vêtements en même temps.

Raphael se tourna pour examiner la porte que je pointais du doigt.

— De quoi parles-tu ?

— Je ne t'ai pas vu bouger. Tu étais là-bas, à faire tomber Fiona en pamoison par ton plus beau sourire et, l'instant d'après, tu étais nu et te jetais sur moi. Entre les deux, je ne t'ai pas vu bouger.

— Tu étais simplement trop occupée à reluquer ma valise et à imaginer les choses nombreuses et variées que tu aimerais me faire. Avec de la crème chantilly.

— Nous avons de la chantilly ? demandai-je dans un moment d'égarement.

Il secoua la tête.

— Mais je peux aller en chercher, si tu veux.

— Eh bien…

Je n'eus pas l'occasion d'en dire davantage. De nouveau, le temps sembla m'échapper. Tandis que les mots sortaient de ma bouche, il bondit par-dessus moi avec des yeux étincelants d'une lueur familière mais non moins excitante. Un quart de seconde plus tard, la porte de la suite claquait et ses vêtements, jusqu'alors éparpillés entre le lit et l'entrée, avaient disparu.

— Bob ? Je ne voulais pas dire tout de suite… Oh, et puis zut ! Ces hommes… ils sont parfois si… si…

— Perfides ? Viles ? Fornicateurs ? Non, je sais : ce sont des connards effroyablement malfaisants qui mériteraient de passer l'éternité dans une tourmente infinie et interminable, couverts de pustules et de furoncles ! lança une voix depuis la fenêtre.

Je tombai du lit et fis volte-face pour regarder derrière moi.

— Oh, ma chérie ! Vous ai-je fait peur ? Je suis désolée. Simplement, je me suis dit que je devrais profiter de l'absence de ce mâle.

Une femme, vêtue d'un habit de style élisabéthain complété par une fine collerette et un corset plat brodé de vert et d'or, me rejoignit à grands pas. M'attrapant par la main, elle me hissa sur mes pieds.

— Vraiment désolée. Pas de mal ? Parfait. Je suis Lily Summerton. Je suis tellement contente de vous rencontrer ! Vous ne pouvez pas savoir depuis combien de temps j'attends que quelqu'un m'aide.

— Lily… Summerton ? répétai-je en la dévisageant d'un air ébahi. Vous êtes… Vous êtes…

— La célèbre Dame Verte du château de Fyfe, oui, confirma-t-elle en se lissant les cheveux d'un geste coquet.

— Je vois. Bonjour. Je m'appelle Joy Randall… euh… Joy St. John. Vous êtes… un fantôme ?

— Bien sûr que oui ! Je ne serais pas la Dame Verte sinon, pas vrai ?

— Vous devez avoir raison.

— Et vous, vous êtes une Bien-Aimée.

— Presque. Pas tout à fait. Je veux dire… oui et non, répondis-je précipitamment. En fait, nous évitons de parler de tout ce qui touche aux Bien-Aimés.

— Ah oui ?

— Mon mari a tendance à s'agacer quand on lui rappelle que j'étais prédestinée à être l'âme sœur d'un autre, surtout parce que ce dernier est un vampire. J'avoue que je ne comprends pas pourquoi ça le met tellement en colère. Tout s'est passé à merveille. Pour être honnête, je crois que ce n'est qu'un problème de mâle dominant, confiai-je avec un petit sourire.

Lily pinça les lèvres quelques instants, comme si elle allait poser une question, puis elle secoua la tête.

— Où est votre Être Obscur ? L'homme qui se trouvait ici n'en est pas un, c'est évident : tout le monde sait que les thériens ne peuvent pas être des Êtres Obscurs. J'ai absolument besoin de l'un d'eux. Pourriez-vous l'appeler, s'il vous plaît ?

— Euh…

Je jetai un coup d'œil vers la porte et me demandai si, en criant assez fort, j'arriverais à me faire entendre de Raphael avant qu'il sorte du château.

— Ça ne sera pas long, je vous assure, déclara-t-elle en me tapotant gentiment la main. Une demi-heure tout au plus, c'est promis. Après, vous pourrez retourner auprès de votre homme. Je suis certaine que vous pouvez prendre un peu sur votre temps pour m'aider…

— Je ne suis pas sûre de comprendre ce que vous attendez de moi, au juste, répondis-je doucement en m'approchant discrètement de la porte.

— Ah ! Je ne vous l'ai pas dit ? Ma mémoire est toute chamboulée depuis une centaine d'années. C'est assez simple, en fait, m'expliqua-t-elle avec un sourire radieux. Je voudrais condamner mon mari à une tourmente éternelle. Je ne trouverai pas de repos tant que vous ne vous en serez pas chargée.

II

— Désolé, ma chérie : pas de chantilly. La boutique de souvenirs était en train de fermer, mais j'ai réussi à prendre ça avant que la fille s'en aille, m'annonça Raphael en tendant un pot de crème fraîche. Je sais que ce n'est pas la même chose, mais tu peux peut-être faire comme si elle était fouettée. Euh… pourquoi es-tu encore habillée ?

Pourquoi n'es-tu pas nue sous la couette ? Et pourquoi as-tu l'air agacée, alors que tu devrais avoir tout d'une femme sur le point de se faire cajoler de son adorable tête jusqu'à la pointe de ses délicieux orteils ?

— … charmant, mais je dois au moins reconnaître ceci à Alec : ce salaud était tellement en avance sur son temps qu'il allait jusqu'à prévoir un cabinet de toilette à l'intérieur. Il en avait même un dans sa chambre à coucher, ce qui, il faut le reconnaître, n'était pas terriblement agréable pendant les chaudes journées d'été. Remarquez, vu le peu de temps que je passais dans sa chambre… Ah ! Le mâle est rentré.

Lily sortit de la salle de bains, où elle avait passé un bon moment à admirer la plomberie. Elle tourna un visage dur et glacial vers Raphael et garda les yeux plissés quelques instants.

— Nous connaissons-nous ? Non, c'est absurde, c'est impossible. Cela n'empêche que vous m'êtes familier…

— Bon sang mais qui est-ce ? demanda-t-il en agitant le pot de crème vers elle. Qu'est-ce que c'est que ça ? se reprit-il après vérification.

— J'aurais juré…, continua Lily avant de secouer la tête. Mon imagination me joue des tours depuis quelque temps. Je m'appelle Lily Summerton, mais vous devez m'appeler dame Summerton. Je suppose qu'il s'agit là de votre mari mortel…

— Lily Summerton ? répéta Raphael d'une voix empreinte de suspicion. Un… un…

— Un fantôme, oui, j'en ai bien peur, confirmai-je en glissant au pied du lit pour mêler mes doigts aux siens.

— Et merde ! C'est encore un coup de Christian, c'est ça ? s'exclama-t-il.

— Christian est-il votre Être Obscur ? interrogea Lily en faisant fi de Raphael.

— Non, ce n'est pas son Être Obscur. Il a sa propre femme ! Et elle est parfaitement normale, mais ne va pas tarder à se retrouver veuve s'il n'enlève pas ses sales pattes…

— Bob, calme-toi. Christian n'y est pour rien. Ce n'est qu'une coïncidence. Nous sommes tombés sur un vrai château hanté.

Il dirigea vers moi des yeux quelque peu énervés.

— Tu sais ce que je pense de toutes ces choses.

— Oui, je sais, confirmai-je en serrant sa main. Tu n'aimes pas les vampires, les fantômes et tous les trucs du genre, mais apparemment Lily a quelque chose à accomplir si elle veut trouver le repos, et c'est nous qu'elle a choisis pour l'y aider.

— Non, refusa-t-il en se rembrunissant. Nous sommes en voyage de noces. Hors de question que nous frayions encore avec un de tes copains fêlés du bocal !

— Fêlés du bocal ! hoqueta Lily.

— Mon cœur, je ne crois pas que nous ayons vraiment le choix, précisai-je en entraînant Raphael à part.

Il lança un regard noir à Lily, qui le lui renvoya, les bras croisés.

— Bien sûr que si. Nous allons bipper Allie pour lui demander de faire ce qu'elle fait d'habitude pour se débarrasser des fantômes. Que je sois maudit si je laisse qui que ce soit ruiner notre lune de miel.

— Elle a menacé de nous hanter si nous refusions de l'aider, murmurai-je en gratifiant Lucy de ce que j'espérais être un sourire confiant. Elle a dit que, si nous ne nous occupions pas d'un petit souci concernant sa vie mortelle, elle ne nous laisserait pas un instant de répit.

—Dans ce cas, nous partirons, rétorqua-t-il tout haut, le regard de plus en plus noir. Nous trouverons un autre endroit où aller.

—Je vous retrouverai, répliqua Lily sans inquiétude en examinant ses ongles. Vous ne pouvez pas m'échapper, vous savez. Où que vous alliez, je vous retrouverai. Si vous ne m'accordez pas le repos que je mérite, vous n'en aurez pas non plus.

—Pourquoi nous ? grommela Raphael.

Comme je m'y attendais, il commençait à entrevoir le caractère inévitable de la situation.

—Votre femme est une Bien-Aimée. C'est la première visiteuse du château de Fyfe qui soit en mesure de m'aider. Maintenant, si vous avez fini de me faire perdre mon temps, nous allons peut-être pouvoir y aller ?

De toute évidence, elle pressentit l'objection que Raphael était sur le point de formuler, et s'empressa donc d'ajouter :

—J'ai prévenu votre femme que cela ne prendrait pas plus d'une demi-heure, après quoi, c'est avec plaisir que je vous laisserai tranquilles.

Raphael marmonna dans sa barbe pendant un moment, mais – comme Lily – je préférai ne pas y prêter attention.

—Nous serions ravis de vous aider, mais je crains qu'il nous soit impossible d'opérer une malédiction. Non seulement je refuse de jeter un mauvais sort à un inconnu, mais même si je le voulais, je ne saurais pas comment m'y prendre, argumentai-je.

Le regard de Lily s'attarda un instant sur Raphael.

—Une malédiction ne peut être lancée que par une personne originaire des ténèbres. En général, les gens font appel à des démons, mais les Êtres Obscurs font aussi l'affaire, à défaut, vu qu'ils sont eux-mêmes plus ou moins maudits. On dirait que cela irrite votre mari, quand j'évoque votre Être Obscur. Pourquoi donc ?

— C'est une longue histoire mais, en gros, il y a eu comme une anomalie quelque part car je suis née Bien-Aimée et destinée à un dénommé Christian – très gentil au demeurant –, mais c'est avec Raphael que j'ai décidé de finir mes jours.

Je ponctuai cette déclaration d'un baiser sur le menton de mon mari.

Un éclair passa dans ses yeux, qu'il plissa à nouveau en direction de Lily.

— De plus, Christian s'est trouvé une femme qui n'était pas sa Bien-Aimée, mais qui a endossé le rôle à la perfection, de sorte que Joy n'a plus rien à faire avec lui.

— Bon, comment allez-vous jeter ce sort à Alec si vous ne disposez pas d'un Être Obscur ? s'enquit Lily en agitant les mains d'un geste nerveux. Je dois être vengée ! Sinon, je ne trouverai jamais le repos !

— Je suis désolée, mais aucune malédiction n'est envisageable, déclarai-je, me sentant coupable de ne pas pouvoir aider la revenante affolée.

— Donc vous pouvez filer et nous laisser profiter de notre lune de miel, lança Raphael avec un manque de tact absolu.

— Bob !

— Quoi ?

Je levai le menton vers Lily, qui arpentait la pièce de long en large en marmonnant.

— Il faut que nous l'aidions.

— Qui a dit ça ?

— Moi ! Il est clair que nous sommes là pour l'aider. Elle a dit elle-même que nous étions les seuls à en être capables.

Raphael grogna encore.

Je posai une main sur son bras en battant des cils.

— Je ne pourrai pas me détendre assez pour savourer cette délicieuse crème fraîche si je sais que j'aurais pu aider un fantôme qui erre dans les parages.

Il pinça les lèvres.

— Tu me prends par les sentiments.

— Ce n'est pas mon genre, mon cœur.

— Très bien, soupira-t-il avant de se tourner vers Lily. À part la malédiction, qu'est-ce que vous attendez de nous ?

— Il faut le détruire. C'est le seul moyen pour que je repose en paix, insista la revenante sans cesser de faire les cent pas. Mais comment ? C'est ça, le problème. Ah !

— Ah ? Vous avez pensé à quelque chose ? demandai-je.

— Quelle écervelée je fais ! se morigéna-t-elle en se claquant le front. Je ne comprends pas comment j'ai pu ne pas y penser plus tôt, mais c'est mieux, beaucoup mieux qu'un mauvais sort !

— Ah oui ? m'inquiétai-je tout à coup. Si ça implique un démon…

— Non, non, j'ai abandonné l'idée de la malédiction. J'en ai une bien meilleure ! Vous allez détruire la pierre !

— La pierre ? Quelle pierre ? s'enquit Raphael.

Elle s'immobilisa pour nous faire face, l'air grave.

— Il existait trois pierres liées à cet endroit. Tout d'abord, la pierre du château, représentant l'édifice même ; elle a été placée dans les fondations, donc elle ne sera détruite que si l'on rase le bâtiment. La deuxième était la pierre de la dame, symbole de la maîtresse des lieux.

Alec prétend qu'elle est perdue, mais je me demande s'il ne l'a pas détruite de ses propres mains : je suis sûre qu'il n'a pas résisté à une telle vilenie pour s'assurer que la dame de Fyfe n'échapperait pas à la malchance. La troisième, la pierre du *laird*, se trouve dans la Chambre de la Pierre. Voilà ce que vous devez faire.

— Euh… quoi, exactement ? demandai-je, perplexe.

— Détruire la pierre, voyons ! répondit-elle en se frottant les mains de plaisir. Cela conviendra parfaitement ! De la même manière qu'Alec a éliminé la pierre de la dame, damnant ainsi toutes les femmes de la lignée, vous allez maintenant détruire la pierre du *laird*. Cela affectera non seulement Alec mais aussi tous ses descendants ; une punition appropriée pour un homme qui a assassiné sa propre épouse parce qu'elle lui avait donné une fille, vous ne trouvez pas ?

— En toute franchise, je ne trouve pas cela très juste, contredis-je lentement.

À ma grande surprise, Raphael m'interrompit.

— C'est d'accord. Où cette pierre du *laird* est-elle conservée ?

Lily haussa les épaules.

— Je n'en sais rien. Alec ne m'a jamais indiqué l'emplacement de la Chambre de la Pierre. Les hommes étaient tenus à l'écart d'elle comme par magie… Vous allez devoir lui poser la question directement.

— Mais…, commençai-je.

Raphael referma une main sur ma bouche et m'entraîna hors de la pièce pour m'empêcher d'en dire davantage.

— Ne vous laissez pas intimider par Alec ! s'écria Lily depuis la chambre. Soyez fermes !

— Pourquoi es-tu tellement pressé de l'aider, tout d'un coup ? questionnai-je mon mari quelques instants plus tard, dans le hall du château.

— C'est toi qui l'as dit : plus tôt nous l'aiderons, plus vite elle s'en ira et nous laissera profiter seuls de notre savoureuse crème. Où a-t-elle dit que nous trouverions son époux ?

— Dans la grande galerie qui doit se trouver au rez-de-chaussée, ou dans les écuries, ou peut-être dans la salle à manger. Mais, mon cœur, nous ne pouvons pas détruire la pierre du *laird* en sachant que cela affectera tout un groupe d'innocents !

— Qui te dit que ce sera le cas ? rétorqua Raphael avec un sourire furtif. Fiona a dit que la lignée s'était éteinte, donc il ne reste aucun descendant à blesser. Sans compter que je ne crois pas un seul instant qu'une pierre puisse avoir un rapport avec la santé et le bonheur des gens. Donc nous allons chercher cette pierre, la jeter dans les douves, lui raconter que nous avons rempli notre part du marché, et nous aurons le champ libre pour passer une bonne lune de miel.

— Je ne sais pas. Je ne suis pas sûre que ce soit une bonne idée de plaisanter avec une chose si ancienne, confiai-je.

— Tu t'inquiètes pour rien. Toutes les personnes concernées sont mortes depuis longtemps, non ? Ce n'est pas comme si nous pouvions leur faire du mal maintenant.

Je tins ma langue, mais j'avais des doutes sur ce point. Allie, une femme qui gagnait sa vie en invoquant des esprits pour les libérer, jusqu'à ce qu'elle rencontre Christian, le vampire sexy, m'avait expliqué que les fantômes pouvaient être liés à un lieu précis. Cependant,

Lily et sans doute son mari étant déjà coincés dans ce château, je présumai que le fait de casser une pierre ne changerait rien à leur situation.

— Je ne vois pas pourquoi elle n'est pas venue le chercher avec nous, chuchota Raphael tandis que nous dévalions l'escalier de pierre en colimaçon.

— Elle a dit qu'elle ne descendait pas dans les lieux où erre son mari. Je ne peux pas le lui reprocher, vu ce qu'il lui a infligé. As-tu déjà entendu le mot « thérien » ? Appliqué à un humain, je veux dire.

— Thérien ?

Raphael prit quelques instants de réflexion, puis secoua la tête.

— Ça vient du grec. Ça signifie « bête sauvage ». Je ne sais pas en quoi ce terme peut s'appliquer à une personne... Seigneur Dieu !

Un hurlement de femme fendit la nuit sous nos pieds. Raphael lâcha ma main et courut à l'étage du dessous. Je lui emboîtai le pas, glissai sur le parquet ciré et lui rentrai dedans, au milieu du long couloir où il se tenait, mains sur les hanches. Malgré ma stature, que ma mère aimait comparer à une maison de briques, Raphael ne bougea pas d'un poil quand je le percutai.

— Qui est-ce ? l'interrogeai-je en reprenant assez d'équilibre pour regarder autour de moi.

Sa grimace indigne m'apprit tout ce que je voulais savoir. Un instant plus tard, un cri féminin retentit dans le corridor. Cette fois, en revanche, il fut suivi de gloussements et de ces mots :

— Arrêtez ! Si vous ne cessez de me chatouiller de la sorte, je vais mouiller mes culottes ! Alec, arrêtez ! Non ! Il ne faut point !

Malgré le faible éclairage fourni par les lumières placées aux extrémités du couloir, on y voyait assez clair pour distinguer les deux personnages translucides qui remontaient le passage dans notre direction. Venait d'abord une femme aux jupes relevées et dont les seins sortaient presque entièrement de son corset. Ses cheveux étaient ébouriffés et s'échappaient de sa coiffe, et ses jambes nues luisaient alors qu'elle fonçait sur nous. Un barbu vêtu d'une ample chemise en lin et d'un haut-de-chausses était à ses trousses.

— Vous croyez pouvoir m'échapper, petite friponne ? Vous ne vous en sortirez pas aussi facilement !

Raphael n'affichait pas un air très engageant, mais rien qui justifie la réaction de la femme. Elle poussa un cri assez fort pour réveiller les morts. Enfin, façon de parler.

— Doux Jésus ! hoqueta-t-elle en nous voyant.

Elle s'arrêta aussitôt, les mains sur les joues, et elle entreprit de ranger ses seins dans son corset en glapissant.

— Pst ! Alec ! Nous avons de la visite !

— Oui, je les vois.

Celui qui était apparemment le mari de Lily se racla la gorge, épousseta sa chemise et s'avança vers nous à grands pas, d'un air hautain.

— Je me présente : lord Summerton. De quel droit entrez-vous dans ma maison pour reluquer mon épouse ?

— J'ai ma propre femme à reluquer, je vous remercie, répliqua Raphael avec raideur. Peut-être que si vous enfermiez la vôtre au lieu de la laisser courir dans les couloirs à moitié nue…

Sir Alec s'était jusque-là tenu dans une zone d'ombre mais, quand il s'immobilisa devant nous, il se retrouva sous les éclairages de l'extérieur filtrant à travers la fenêtre et dans le halo orange d'une lumière de secours.

Quand j'eus une vision claire du personnage, ma mâchoire en tomba.

— Mince alors ! Raphael, est-ce que tu vois ce que je vois ?

— Par tous les saints ! s'exclama sir Alec simultanément en dévisageant mon mari avec des yeux écarquillés.

— Ooh ! souffla la femme échevelée. On dirait des jumeaux ! s'étonna-t-elle en les regardant tour à tour.

— Mon garçon ! s'écria sir Alec en serrant très fort Raphael dans ses bras.

III

— Euh…

Raphael était visiblement trop déconcerté par le fait d'être câliné par un fantôme de l'époque élisabéthaine pour aligner des phrases très construites.

— Est-ce que je vous connais ?

— Vous êtes mon portrait craché quand j'étais jeune, répondit sir Alec. Vous ne pouvez qu'être le fruit de mes entrailles !

— Ne m'as-tu pas dit que tu avais des origines écossaises ? interrogeai-je Raphael en continuant de m'émerveiller de ce fantôme.

Il portait la barbe, mais celle-ci était assez courte pour qu'on entrevoie la forme de sa mâchoire. Il avait le même menton fuyant que mon mari, la même mâchoire puissante, le front large et des cheveux châtains bouclés. Leurs yeux aussi étaient identiques, d'un ambre doré qui, à ma connaissance, brillait parfois d'une chaleur d'or en fusion ou étincelait de froideur.

— Oui, mais ça remonte à loin. Du côté de ma mère. Ils ne s'appelaient pas Summerton, d'ailleurs.

— Vous me ressemblez ! Bien sûr que vous êtes de ma famille ! lança sir Alec en se jetant sur Raphael pour lui donner une autre accolade. Grizel, je vous présente un de mes descendants, de retour dans la maison de ses ancêtres !

— Enchantée, répondit la femme en joignant à sa parole une petite révérence à notre intention. Ravie de vous rencontrer.

— Je suppose que vous êtes la deuxième épouse de sir Alec, avançai-je.

Grizel acquiesça avec une légère teinte rosée sur les joues, visible malgré la faible lumière et sa transparence. Je la toisai avec curiosité : je m'étais attendue à une femme plus dure, du genre qui n'aurait eu aucun scrupule à s'interposer entre un homme et son épouse, mais cette dame avait le visage juvénile et un air innocent. Je me demandai alors si Lily m'avait vraiment tout dit.

— Cette mignonnette est Grizel, la lumière de mon cœur, nous présenta sir Alec en l'enlaçant pour l'attirer contre lui. Toutefois, elle n'a aucun lien avec vous, et c'est bien dommage. Je n'ai eu qu'une môme, issue de cette sorcière qu'était ma première épouse.

Son visage prit alors une expression amère. Grizel lui donna un coup de coude en chuchotant :

— Il n'est pas correct de dire du mal des morts, mon mari.

Sir Alec se fendit d'un sourire qui fit flancher mes genoux quelques secondes : la ressemblance était tellement flagrante !

— Cela nous concerne également, mon petit étourneau !

— Ah oui ! gloussa-t-elle. J'oublie toujours !

— Elle est ravissante, mais un peu simplette, se moqua amoureusement sir Alec en la serrant dans ses bras pour estomper le piquant de sa remarque. Voyons, vous souhaitez sans doute visiter le château, n'est-ce pas ? Je serais ravi de tout vous montrer… à l'exception de la Chambre de la Pierre.

— Ah ?

J'échangeai un regard avec Raphael, puis m'éclaircis la voix.

— Euh… pourquoi pas la Chambre de la Pierre ?

Sir Alec me décocha un regard perçant.

— Elle renferme la pierre du *laird*, qui a été ensorcelée il y a plusieurs siècles. Autant de temps passé en sécurité, comme doit le rester le bonheur des gens de Fyfe.

— Mais nous ne sommes pas de Fyfe, protestai-je.

— Cet homme est mon portrait craché ! me rappela Alec en désignant du menton Raphael. Je ne peux pas lui permettre d'entrer dans la Chambre de la Pierre. Cela serait bien trop dangereux.

— Comment ça ? demandai-je tandis que nous nous engagions dans la galerie.

— C'est la malédiction, petite. « Que les ténèbres s'abattent sur le châtelain de Fyfe, par trois fois lié à la pierre dont la lumière dévoilera au malin la bête qui se cache en lui. »

— Qu'est-ce que ça veut dire ? s'enquit Raphael en fronçant les sourcils.

— Tout homme de Fyfe qui posera sa main sur la pierre sera changé à jamais, répondit Alec avec un regard entendu.

— Ah oui ? Et les femmes ? questionnai-je.

Il haussa les épaules.

— Seule la pierre de la dame a une influence sur elles et, même si c'était le cas de la pierre du *laird*, elles ne savent pas où se trouve la Chambre de la Pierre. C'est une pièce secrète, voyez-vous. Son emplacement n'est dévoilé qu'au maître de Fyfe en charge et à son héritier.

— Moi, je sais où elle est, intervint subitement Grizel.

— Non, pauvre folle, vous ne savez pas.

— Si, insista-t-elle. Je vous ai vu y entrer depuis les cabinets peu de temps après notre mariage. Vous avez compté cinq pierres vers le haut à partir du sol, encore cinq à partir de la porte, puis cinq depuis le coin. Le mur du cabinet d'aisances s'est ouvert et vous avez disparu derrière. Je voulais vous taquiner à ce sujet à votre retour, mais c'est la dernière fois que je vous ai vu avant…

Le sourire de Grizel s'effaça, elle détourna les yeux et se mit à tripoter sa jupe avec nervosité.

— Tout va bien, ma belle. Nous sommes morts ensemble et le resterons pour l'éternité, la rassura sir Alec sur un ton bourru.

Raphael me jeta un autre un coup d'œil. Apparemment, il était aussi sceptique que moi à propos de cette histoire.

— Je crois que la visite du château sera pour une autre fois, si ça ne vous dérange pas, indiquai-je aux fantômes.

Sir Alec eut l'air penaud, jusqu'à ce que Raphael lui apprenne que nous étions en lune de miel.

— Ah ! Vous devez avoir envie d'un peu d'intimité, dit-il avec un clin d'œil. Grizel et moi aussi. Cela dure depuis cinq cents ans, mais c'est toujours une sacrée coquine ! Allez donc ! Faites un petit câlin à votre épouse et j'en ferai autant. Venez par ici, ma rouquine !

— Vous ne m'attraperez point tant que je ne vous y aurai point autorisé ! s'écria-elle.

Elle bondit et s'élança au pas de course dans les ombres du corridor avec, à ses trousses, un sir Alec souriant de toutes ses dents.

Je me tournai vers Raphael.

— Est-ce que tu penses à la même chose que moi ?

— Sûrement. Fiona nous a dit où se trouvaient les anciens appartements du propriétaire. Où est-ce, déjà ?

— À cet étage. Sous notre chambre, j'imagine. Mais, Raphael…

Je me mordis la lèvre de peur de mettre des mots sur une inquiétude qui m'accablait depuis que j'avais discuté avec Lily.

— Tu ne veux pas détruire la pierre, supposa-t-il. Je m'en doutais.

Tout en parlant, il essaya d'ouvrir une porte. Elle était verrouillée, donc il se rendit à la suivante.

— Non, ce n'est pas ça. Enfin, si, en partie : je sais que Fiona nous a dit que la lignée n'avait plus de membre vivant, mais il est clair que ton côté de la famille leur a échappé.

Il secoua la tête et essaya une autre porte.

— Comme je te l'ai dit, mes origines écossaises sont infimes : ça remonte à quelque chose comme dix générations d'arrière-grands-mères. Même si mon aïeule avait un lien de parenté avec sir Alec, depuis le temps, cette ascendance serait diluée par une bonne vieille souche anglaise.

— Mon cœur, tu as exactement la même tête que lui, lui rappelai-je pour souligner l'évidence. Pas étonnant que Lily ait cru t'avoir déjà vu. J'aurais préféré qu'elle nous dise que tu ressemblais à son mari, mais j'imagine qu'elle ne l'a pas vu depuis plusieurs siècles. Elle a dû oublier son visage.

— Peu importe. Ce n'est qu'une coïncidence génétique, rien de plus. Ah ! Celle-ci est ouverte.

Il passa la tête dans la pièce et tendit le bras pour chercher un interrupteur. Une faible lueur emplit l'endroit, vide de tout meuble mais abritant plusieurs caisses de ce qui semblait être des provisions pour le restaurant de l'étage principal.

— J'ai l'impression qu'on touche au but. À ton avis, où pourrait se trouver le cabinet de toilette ?

— D'après Lily, il y en avait un relié à la chambre. Tu n'as pas vraiment l'intention de détruire la pierre, hein ? Je sais que nous avons dit à Lily que nous le ferions, mais c'était avant de faire la connaissance d'Alec et Grizel. Il n'a pas du tout l'air du genre à tuer sa femme de sang-froid. Et puis j'ai un tout petit peu peur de ce que ça pourrait te faire.

— Je ne crains absolument rien, mon cœur. Est-ce que tu vois quelque chose qui pourrait ressembler à des toilettes ?

Mue par un pressentiment, j'indiquai une petite alcôve à l'autre bout de la salle principale. Comme tout cabinet de toilette, celui-ci n'était pas grand ; plutôt un petit coin avec un trou par terre, au milieu. On avait posé une planche par-dessus par sécurité. Raphael la contourna et s'accroupit près du mur du fond.

— Cinq vers le haut, cinq vers l'intérieur et cinq de plus, murmura-t-il en donnant des petits coups aux pierres.

L'une d'elle émit un bruit sourd qui se changea en un faible grondement quand il appuya dessus de tout son poids.

— Et voilà ! Le passage secret de Madame est avancé.

L'air qui s'échappa de l'ouverture et tourbillonna autour de nous n'était pas nauséabond, mais j'avais toujours les nerfs à fleur de peau.

— Ça m'étonnerait qu'il y ait de la lumière là-dessous.

— Reste ici, m'ordonna Raphael en se levant. Je vais chercher une torche dans la voiture.

Le temps qu'il coure au parking et revienne, je m'occupai à construire une argumentation solide pour le dissuader de pénétrer dans le passage, mais ce fut comme si je m'adressais à un sourd.

— Ça va aller, m'assura-t-il avec fermeté.

Il me mit une claque sur les fesses juste avant de tirer une caisse de la pièce principale pour empêcher le mur de se refermer. Quand il alluma la lampe, la puissante lumière nous révéla un escalier de pierre noire plongeant dans une obscurité sinistre.

— Je présume que tu n'envisagerais pas de me laisser passer devant… (Le regard qu'il me lança était éloquent.) Bon, d'accord, mais tu ne pourras pas dire que je ne t'avais pas prévenu quand ce sort, ou quoi que ce soit d'autre, te mordra le cul.

— Tu es la seule que j'autorise à faire ça, rétorqua-t-il avec un regard concupiscent avant de se plier en deux pour s'engouffrer dans l'ouverture d'un mètre vingt de haut. En plus, je ne crois pas aux malédictions vieilles de plusieurs siècles.

J'attrapai un pan de sa chemise et lui emboîtai le pas.

— Tu crois bien aux vampires.

—Je préférerais que ce ne soit pas le cas.

—Et aux fantômes.

—Encore une fois, pas le choix.

—Et aux loups-garous, aux lutins et à toutes les autres espèces que nous avons rencontrées.

En réponse, il me fit une vilaine grimace.

—Je suis peut-être obligé de croire aux vampires et aux fantômes, mais ça ne veut pas dire que je gobe toutes les histoires fantastiques. Personne ne se transforme en loup, Joy. C'est physiquement impossible.

—Hmm. Attention ! Aïe ! Désolée…

Raphael se frotta la tête à l'endroit où il s'était cogné à une pierre dépassant du plafond bas. Les marches que nous descendions, un étroit colimaçon de pierre qui semblait interminable, étaient une réplique miniature du grand escalier.

—Je crois que nous sommes au bout, annonça Raphael en faisant quelques pas en avant.

Il balaya les alentours de la lumière de la torche, et dévoila une porte en bois renforcée de barres de fer.

—Attends, Bob, lui demandai-je en lui agrippant le bras tandis qu'il s'apprêtait à ouvrir le battant. Nous ne pouvons pas arriver comme ça et détruire la pierre et sir Alec. C'est cruel.

—Cruel ? Je me trompe ou il a laissé son épouse mourir de faim ?

—Oui, mais… Voilà, maintenant que je l'ai rencontré, je n'en suis plus très sûre. Je pense que nous devrions retourner discuter avec Lily. Les choses ne se sont peut-être pas passées exactement comme dans ses souvenirs.

Il posa ses lèvres chaudes sur les miennes dans un baiser furtif.

— Allons jeter un coup d'œil à cette fameuse pierre du *laird*. Si elle est assez petite pour être déplacée, nous pourrons peut-être la cacher et raconter à Lily qu'elle a disparu.

— Je ne vois pas l'intérêt, mais c'est mieux que rien, grommelai-je.

En riant, il tira une bûche solide qui entravait la porte et ouvrit le passage. Les gonds émirent un grincement à donner la chair de poule, mais rien ne surgit de la pièce quand mon mari l'éclaira.

— Des rats ? demandai-je en regardant par-dessus son épaule.

— À ce que je vois, non. Rien qu'une petite pièce vide.

Effectivement, l'air exhalait une odeur légèrement musquée mais, comme Raphael venait de le dire, ce n'était qu'une petite salle en pierre, vide.

Seule exception : un socle sur lequel reposait un gros morceau de roche gris-vert, à peu près de la taille et de la forme d'une grosse meule de fromage.

— Ce doit être ça, déclarai-je en scrutant attentivement la pierre à mesure que la torche en dévoilait les contours.

— Je pense aussi. Tiens ça pendant je regarde si elle est lourde.

— Mon cœur…

J'interrompis ma phrase quand Raphael approcha sa main de la pierre. Un éclair aveuglant m'arracha un cri et la surprise me fit lâcher la lampe, qui s'éteignit aussitôt. Je me mis à tâtonner pour la retrouver, et la rallumai en vitesse.

— Oh, mon Dieu ! Qu'est-ce que c'était ? Tu vas bien ?

J'orientai le faisceau vers l'endroit où Raphael se tenait avant l'incident, et restai bouche bée de stupéfaction devant ce qui se tenait désormais à sa place.

Un lion aux yeux d'or, à l'épaisse fourrure, aux oreilles duveteuses et affichant une incrédulité presque comique, me renvoyait mon regard.

IV

— Oh, mon Dieu ! m'exclamai-je.

Un frisson courut sur ma peau tandis que je m'apprêtais à toucher le bout du museau du lion, qui loucha pour suivre le parcours de ma main.

— Oh, mon Dieu ! Je le savais ! Je savais qu'il arriverait quelque chose de ce genre si tu essayais de détruire la pierre ! Oh, mon Dieu ! Tu es un loup-garou !

Raphael le lion leva au ciel ses yeux d'ambre et ouvrit la gueule comme pour parler. Il n'en sortit qu'un grognement guttural.

— Oui, d'accord, un lion-garou ! C'est pareil, Bob ! Oh, mon Dieu ! Qu'allons-nous faire ?

Les yeux félins de mon mari s'emplirent de frustration quand le même son s'échappa de sa gorge encore deux ou trois fois.

— Ne sois pas vulgaire, mon cœur. Nous allons trouver une solution, le consolai-je en caressant sa tête poilue. Voilà ce que la malédiction devait vouloir dire par « la bête qui se cache en lui ». C'est bien gentil, tout ça, mais il est hors de question que je passe ma lune de miel en compagnie d'un animal. Allons trouver sir Alec pour voir ce qu'il en dit. C'est sa pierre, peut-être qu'il connaît un moyen d'inverser la transformation.

Sans broncher, Raphael me laissa soulever la pierre et repartir vers l'escalier. Il me fit même une léchouille sur le dos de la main avec sa langue râpeuse.

À notre arrivée dans la galerie du rez-de-chaussée, où nous avions surpris sir Alec et Grizel en pleins ébats amoureux, une dispute faisait rage.

— Comment osez-vous ? J'irai où il me plaira dans ce château et ce n'est pas vous qui m'en empêcherez !

— Votre espace se limite à l'étage du dessus. Grizel et moi avons les étages inférieurs. Cela en a toujours été ainsi et c'est ainsi que cela restera ! rugit sir Alec.

Lily n'avait pas l'air effrayée de se retrouver face à face avec son meurtrier.

— Je suis descendue pour m'assurer que vous ne faisiez pas de mal à cette charmante Bien-Aimée et à celui qui, je le vois maintenant, est de vos parents, le pauvre homme. Et ne me menacez pas, sale fils de pute d'assassin ! Vous étiez un mari horrible de votre vivant, et vous en êtes un pire maintenant que vous êtes mort ! Vous exhibez votre traînée dans tout le château. Vous n'avez pas honte ? Où est votre dignité ?

— C'est l'hospice qui se moque de la charité ! hurla sir Alec. Vous releviez vos jupons dès qu'un homme passait sous vos yeux !

Lily s'étrangla.

— Oh ! Sûrement pas !

Sir Alec se pencha vers elle ; les trois fantômes étaient tellement absorbés par leur querelle qu'ils ne nous virent pas approcher.

— Je n'ai que trois mots à ajouter : sir Roderick Langton.

Lily ouvrit la bouche pour protester, mais la referma aussi sec dans un claquement de dents.

— Oui, je savais que cela vous ferait taire, renchérit sir Alec avec satisfaction. Vous ne vous permettriez pas de lancer des accusations à propos de Grizel et moi alors que vous faisiez exactement la même chose avec ce bâtard de cul-terreux.

— Roddy n'était pas un bâtard ! Je l'aimais ! Il voulait m'emmener loin de votre cruauté !

— De ma cruauté ? grimaça sir Alec.

— Navrée de vous interrompre, mais je vais avoir besoin d'aide pour régler un petit problème, dis-je en posant bruyamment la pierre sur la table la plus proche.

— Attendez une minute, ma jolie, me répondit sir Alec sans même jeter un coup d'œil dans notre direction. J'en ai assez de cette diablesse. Il est temps qu'elle regarde la vérité en face au lieu de se focaliser sur ce ramassis de mensonges qu'elle préfère croire. Était-ce donc de la cruauté de vous donner tout ce que vous désiriez ? Vous possédiez ce qu'il y avait de plus beau en matière de vêtements et de bijoux, et les meilleures de mes bêtes de race…

— Des choses sans intérêt ! aboya Lily en agitant les mains. Vous pensiez acheter mon affection avec votre or ! J'ai tout de suite vu clair dans votre jeu. J'ai compris quel genre d'homme vous étiez : un meurtrier, un voleur prêt à dérober les bijoux de sa propre femme pour les offrir à une autre. C'est vous qui m'avez poussée dans les bras de Roddy ! Vous et votre maudite catin !

— Je conçois que ce soit un sujet sensible, mais j'ai réellement une urgence sur les bras et j'apprécierais un petit coup de main, insistai-je.

Les trois fantômes ne me prêtèrent pas la moindre attention.

— Ne parlez pas de ma Grizel ainsi ! vociféra sir Alec à l'attention de Lily. Elle vaut un château entier rempli de personnes comme vous, qui n'avez jamais su vous comporter en bonne épouse et êtes allée jusqu'à vous enfermer toute seule dans cette tour pendant des mois ! Quant à vos précieux bijoux, il faudra vous en entretenir avec sir Roderick.

Les yeux brûlants de colère, Lily s'étrangla de nouveau.

— Comment osez-vous salir son nom ? Ce n'était pas un saint, ni un dieu descendu sur terre, mais vous n'étiez même pas digne de lui lécher les pieds !

En dépit du caractère urgent de l'état de Raphael, mon attention fut étrangement détournée par leur dispute.

— Attendez une minute... Est-ce que vous venez de dire que c'est Lily qui s'est enfermée dans la tour ? Je croyais que... euh... enfin, je pensais que c'était vous qui l'aviez fait parce qu'elle avait eu une fille au lieu d'un garçon.

Lily leva le menton et détourna le regard. Sir Alec décocha un coup d'œil mauvais à sa première épouse.

— Oh oui, c'est ce qu'elle veut faire croire à tout le monde, mais la vérité est bien loin de la légende, n'est-ce pas, Lily ? Allez, racontez à cette mignonette comment vous vous êtes cloîtrée dans la tour dans un accès de rage. Dites-lui comment ce couille molle de fils de pute vous apportait vin et pitance en douce pendant que vous faisiez croire à tout le monde que vous mouriez de faim. Expliquez-lui tout cela, et aussi comment sir Roderick a disparu dès qu'il a enfin réussi à mettre la main sur votre or et vos bijoux ; et comment vous vous êtes entêtée à rester dans cette tour au lieu d'admettre ce qui s'était passé.

Raphael me poussa la main du bout du museau.

— Deux secondes, mon cœur. Je crois que nous allons enfin avoir la vérité, lui chuchotai-je.

— Il n'a pas disparu ! brailla Lily. Vous l'avez tué ! Comme vous m'avez tuée, moi !

— Je n'ai rien fait de tel ! Il a joué votre jeu jusqu'à ce qu'il obtienne les clés de vos coffres, puis il est parti en vous laissant mourir de faim dans votre tour. Vous ne pouvez vous en prendre qu'à vous-même !

Raphael me poussa de nouveau la main. D'un air absent, je lui tapotai la tête, soulagée d'avoir la confirmation que mon intuition féminine ne s'était pas trompée de beaucoup à propos de sir Alec. Toutefois, comment allions-nous nous sortir de cette situation ?

— C'est vous qui m'avez tuée ! répéta-t-elle.

Elle s'apprêtait à voler sur sir Alec quand Raphael perdit patience. Il dressa la tête et poussa un rugissement à faire trembler les fenêtres. Les trois revenants firent volte-face comme un seul homme et dévisagèrent mon mari.

— Ah, fiston ! s'exclama sir Alec en secouant la tête. Il a fallu que vous alliez voir la pierre. Maintenant, vous payez la rançon de votre curiosité.

— Ça ne nous amuse pas, rétorquai-je en haussant le ton et en adressant un regard sévère à sir Alec qui montrait Raphael du doigt. C'est notre lune de miel et mon époux est un lion. Cherchez l'erreur !

Les trois fantômes me regardèrent à deux fois.

Je pris une profonde inspiration.

— Je veux qu'il retrouve sa forme normale, et tout de suite !

— Je n'ai rien à voir avec ceci, répliqua sir Alec en haussant les épaules. Il a fait cela tout seul. Je l'avais prévenu de ne pas entrer dans la Chambre de la Pierre.

— Vous n'aviez pas dit qu'il risquait d'être changé en animal ! hurlai-je, submergée par la frustration. Déjà, comment diable cela a-t-il pu se produire ? Tout ce qu'il a fait, c'est prendre la pierre !

— Je vous avais dit qu'il n'en faudrait pas davantage. Les hommes de Fyfe ont été ensorcelés il y a fort longtemps, voyez-vous. Condamnés à être des mutants thériens, des êtres capables de se transformer en animaux, dès lors qu'ils touchaient la pierre du *laird*. Et voilà, p'tit gars… vous voyez le résultat. Cela dit, il fait un très beau lion, ne trouvez-vous pas, Grizel ?

— Très joli, oui, acquiesça-t-elle. On dirait un gros chaton. Ronronne-t-il si on le caresse ?

Un grognement monta du fond de la gorge de Raphael, que je tapotai de nouveau.

— Calme-toi, mon cœur. Nous allons résoudre ce problème.

J'inspirai profondément et transperçai sir Alec d'un regard qui aurait glacé jusqu'aux os un simple mortel.

— Au vu de la preuve qui s'impose à nous, je suis prête à croire l'histoire de la pierre. Toutefois, vous devez encore m'expliquer ce que nous devons faire pour récupérer Raphael.

Sir Alec haussa les épaules.

— Il doit apprendre à se transformer tout seul en homme.

— Bien, mais vous devez sûrement pouvoir lui donner un coup de main ! avançai-je en serrant les poings pour me retenir de secouer ce fantôme agaçant. Vous devez être habitué à ça !

— Nenni, point du tout, nia-t-il en secouant la tête.

— Mais… Mais… C'est votre pierre !

— Certes, et les hommes de Fyfe ont bien été avertis qu'ils ne devaient pas s'en approcher. Aucun de nous ne l'a fait, indiqua-t-il.

Tant de droiture, comme c'était agaçant ! Je le regardai avec une surprise absolue.

— Est-ce que vous voulez dire que, depuis tout ce temps, vous savez qu'il suffit à n'importe quel homme de la famille de toucher cette affreuse pierre pour se transformer en animal et que cette maudite chose est dans votre château, mais que personne ne s'en est jamais approché ?

— Tout à fait, c'est ce que je vous dis. Nous avons été mis en garde, voyez-vous. Nous savions que, si nous la touchions, le sort s'abattrait sur nos têtes.

Je me retournai pour examiner la pierre.

— Qu'allons-nous faire, alors ? Si nous la remettons en place, est-ce que Raphael retrouvera son apparence normale ?

— J'ai bien peur que non, ma jolie. C'est un thérien, voyez-vous. Tous les hommes de Fyfe le sont, mais seuls ceux qui touchent le déclencheur se transforment.

Je me tournai vers mon époux. Le regard qu'il me renvoya était un mélange déchirant d'espoir, de confiance et de tristesse.

— Ne t'en fais pas, je ne vais pas te laisser dans cet état. Il faut juste réfléchir... Il y a forcément quelque chose à faire. Si j'ai appris une chose ces dernières années, c'est que rien n'est irréversible.

— Nous vous aiderions si nous en étions capables, déclara sir Alec en serrant Grizel contre lui. Mais je crains qu'il n'y ait pas de solution. C'est exactement comme dans la malédiction : « Que les ténèbres s'abattent sur le châtelain de Fyfe, par trois fois lié à la pierre dont la lumière dévoilera au malin la bête qui se cache en lui. »

— « Par trois fois lié à la pierre », répétai-je à voix basse en examinant la pierre. Je me demande si... Bob ?

Depuis un moment, Raphael avait l'air songeur ; il était clair qu'il pensait à la même chose que moi. Brusquement, il leva et abaissa la tête pour me signifier son accord.

— Tu en es sûr ? insistai-je.

Sa vue me fendait le cœur, avec ses yeux si familiers et si humains coincés dans un corps qui n'était rien de plus qu'une prison de fourrure.

Il acquiesça de nouveau.

— D'accord. C'est parti !

Je m'emparai de la pierre en râlant légèrement sous son poids, et la soulevai au-dessus de ma tête.

— Qu'est-ce que vous faites ? s'écria sir Alec en se précipitant vers moi.

J'abaissai la roche et reculai de quelques pas, au cas où le fantôme aurait l'idée saugrenue de me l'arracher des mains.

— Le sort tourne autour de la pierre. Vous l'avez protégée pendant des siècles en croyant qu'elle vous rendait heureux.

— Oui, et c'est ce qu'elle a fait ! Tant que la pierre du *laird* se portera bien, tout ira bien.

— La pierre du *laird*, la pierre du *laird*, marmonna Lily avant de pointer un doigt en direction de sir Alec. Demandez-lui ce qu'il a fait de la pierre de la dame !

Un instant, sir Alec eut l'air confus.

— Il l'a détruite, voilà ce qu'il a fait ! scanda-t-elle d'un ton triomphal. Il ne supportait pas de me voir heureuse, donc il l'a détruite pour condamner toutes les femmes de la lignée à un chagrin éternel !

— Je ne vous connaissais même pas, espèce de folle ! rétorqua sir Alec. Je l'ai fait tomber dans le cabinet d'aisance quand j'étais petit !

Je levai un sourcil.

Il se racla la gorge. Son embarras se lisait clairement sur son visage.

— C'était un accident. Je ne savais pas que c'était la pierre de la dame. Je jouais toujours dans le passage conduisant à la Chambre de la Pierre. Je n'ai jamais touché la pierre du *laird*, car je savais déjà quelles auraient été les répercussions, dit-il en regardant Raphael. Mais la pierre de la dame était différente. Elle était plus petite et jolie. Je l'emmenais partout et, euh… voilà, je l'ai fait tomber dans le trou par mégarde.

— Plutôt réaliste, ce conte, grimaça Lily.

— Et ensuite, que s'est-il passé ? l'interrogeai-je en détournant les yeux de la pierre pour regarder Raphael.

Ses yeux me suppliaient de faire quelque chose.

— Que voulez-vous dire ?

— Y a-t-il eu des conséquences ? Est-il arrivé quelque chose à votre mère ?

— Non, bien qu'elle m'ait littéralement tanné le cuir des fesses pour me punir de jouer dans les cabinets, répondit-il avec un sourire contrit en se frottant le derrière.

— Vous l'aviez bien mérité, rétorquai-je avec un sourire.

— Certes, mais après ça n'a pas été pratique pour… Nooon !

Je levai la pierre la plus haut possible au-dessus de ma tête et la lançai de toutes mes forces sur le sol de marbre. Une onde de choc me fit perdre l'équilibre et basculer contre Raphael. Je lui tombai dessus et l'entraînai par terre en un nœud de bras, de jambes et de pattes, tandis que la pierre explosait en mille morceaux. La détonation se répercuta douloureusement sur les murs et, sous nos pieds, le sol trembla quelques instants. Puis le calme plat revint peu à peu.

Un épais nuage de poussière emplit l'atmosphère et me fit tousser. Je repoussai mes cheveux en arrière en m'asseyant.

— Bob ! m'écriai-je de plaisir en me jetant dans les bras de l'homme que je connaissais si bien.

— Sainte Marie mère de Dieu, qu'avez-vous fait ? lança sir Alec, à peine visible dans l'épaisseur de l'air.

Il aida Grizel à se redresser en faisant fi du regard mauvais de Lily, qui se relevait elle aussi de sa chute.

Sir Alec ne quittait pas des yeux le tas de cailloux qui restait de la pierre du *laird*.

— J'ai rompu ce maudit charme, répondis-je en serrant Raphael dans mes bras.

— Mais… mais vous avez détruit la pierre ! Vous avez détruit le bonheur des *lairds* !

— Vous ne méritez pas le bonheur, canaille d'assassin infidèle ! rugit Lily en s'époussetant. Vous avez fait ce que je vous avais demandé, nous dit-elle en inclinant la tête avec révérence. Vous avez détruit la pierre. Je vais maintenant trouver la paix.

— Je ne suis pas fière de l'avouer, mais ce n'est pas pour cela que je l'ai brisée, confessai-je tandis que Raphael m'aidait à me lever. Tu vas bien, mon cœur ?

— Oui, grâce à toi.

Il m'embrassa, les yeux brûlants d'amour et de désir.

— Vous avez cassé ma pierre ! gémit sir Alec en tombant à genoux devant le tas de cailloux. Vous m'avez privé de mon droit au bonheur !

— Pff, répliquai-je. Je me demande pourquoi personne n'a jamais pensé à la détruire avant pour annuler cette malédiction du chaton-garou. Je suppose qu'on ne pouvait pas vous sortir du crâne que, pour rester heureux, personne ne devait s'en approcher ou la toucher. En ce qui me concerne, j'ai toujours été persuadée que chacun était maître de son destin et de son bonheur. Grizel et vous semblez plutôt heureux. Rien ne peut changer ça.

— Elle a raison, mon amour, intervint Grizel en posant une main sur l'épaule de son mari. Nous sommes toujours ici et ensemble. Que nous faudrait-il de plus pour être heureux ?

— Oh, par pitié ! protesta Lily levant les yeux au ciel alors qu'elle se frayait un passage sur le sol couvert de poussière et de pierres. Maintenant que j'ai été vengée, je peux tourner la page et retrouver Roddy. J'ai quelques questions à lui poser à propos de mes bijoux…

La silhouette de Lily scintilla juste avant de disparaître dans un mur.

— Alec ? appela Grizel avec un petit coup de coude.

— Hein ? Ah oui ! Vous avez sûrement raison, soupira-t-il en s'essuyant les mains et en se redressant. Mais je trouve toujours que la perte de la pierre est une tragédie.

— Vous devriez être content, répondis-je en enlaçant mon mari et en lui mordillant le menton. Il vous reste la pierre du château, non ? Une sur trois, c'est mieux que rien.

— Certes. Sauf si vous voulez la voir aussi, répliqua-t-il d'un air provocateur.

— Je vous jure que je vais empêcher Joy de s'approcher d'une autre pierre, promit Raphael.

En réponse, Alec grommela.

Grizel gratifia son époux d'un sourire séducteur.

— Venez, mon amour. Retournons aux écuries. Vous ferez l'écuyer et moi la fermière. Vous adorez jouer au valet d'écurie, non ?

Un éclat coquin brilla dans les yeux de sir Alec quand il se détourna de la pierre.

— Voudriez-vous faire la laitière plutôt que la fermière ?

— Peut-être, répondit Grizel avec un air faussement timide et un mouvement encourageant de sa jupe.

— Oh vous ! Vous savez quoi faire pour que je m'enflamme, la complimenta sir Alec en s'élançant vers elle.

Avec un cri aigu, elle s'enfuit en courant dans le couloir.

Sir Alec lui emboîta le pas, puis il s'arrêta pour se retourner vers nous.

— Qu'est-ce que vous attendez, fiston ? C'est votre nuit de noces et vous avez retrouvé forme humaine. Allez honorer votre femme !

— C'est la chose la plus intelligente que vous ayez dite de la nuit, répondit Raphael en me soulevant dans ses bras pour m'emporter en haut des marches.

— Je suis complètement d'accord, déclarai-je en lui déposant un baiser sur la joue. Et comme je ne suis pas contrariante, est-ce que tu veux bien garder pour toi ton « je te l'avais bien dit » ?

— Je veux tout oublier de cette satanée soirée, grogna-t-il en poussant la porte de notre suite.

— Je te crois sur parole, mais je dois dire que tu étais très sexy en lion.

— C'est fini, maintenant. Ça n'arrivera plus jamais.

Il me posa afin de fermer la porte à clé.

— Je me demande…

Tout en pénétrant dans la chambre, je me mordillai la lèvre.

— Tu te demandes quoi ? Combien de temps il va me falloir pour te faire hurler de plaisir ?

— Non, ça je sais que c'est acquis, contredis-je.

Il me suivit dans la pièce. Avant que je puisse en dire davantage, il avait quitté ses vêtements et avançait vers moi avec un regard de prédateur affamé qui me fit frémir de désir.

— J'allais dire que je me demandais si tu avais déjà des prédispositions cachées pour la mutation thérienne avant ta venue à Fyfe, mais je crois que je viens d'avoir ma réponse.

— Je ne suis pas un animal, grogna-t-il en un son rauque qui monta du fond de sa gorge tel le feulement d'un lion.

— Ah ! Ça, je ne sais pas, gloussai-je quand il bondit sur moi et nous fit basculer sur le lit. Je crois que ça pourrait me plaire, si tu lâchais la bête qui sommeille en toi.

Il gronda encore et me mordit le cou tout en me retirant ma chemise.

— Quelle lune de miel ça va être ! soufflai-je gaiement. J'ai hâte de voir ce qui se passera à la fin de la semaine.

— À la fin de la semaine ? répéta Raphael en enlevant mon soutien-gorge. Que se passera-t-il à la fin de la semaine ? demanda-t-il avec une étincelle dans les yeux tout en mordillant les diverses zones nues de mon corps.

— La pleine lune, mon cœur. La pleine lune !

Après deux années d'écriture, **Katie MacAlister** vend le premier d'une trentaine de romans. Ses livres seront ensuite traduits dans de nombreuses langues, enregistrés en audio-livres, primés plusieurs fois et classés comme best-sellers par le *New York Times*, *USA Today* et le *Publishers Weekly*. Katie vit dans le Nord-Ouest Pacifique avec son mari et ses chiens, et elle navigue beaucoup sur Internet. Visitez sa page (en anglais) : www.katiemacalister.com.

Pour le pire

Lilith Saintcrow

Quand un loup-garou épouse une chasseuse de vampires, la lune de miel peut s'avérer mortelle…

Ce fut le pire moment de ma vie. Kat s'écroula en arrière et disparut derrière la silhouette imposante du premier buveur de sang. Je me transformai à moitié, mes griffes sortirent et de la fourrure apparut sur mes membres avec une démangeaison familière. Je me jetai sur le monstre qui l'avait attaquée, oubliant celui contre qui je me battais jusque-là. Il me décocha un méchant coup dans les côtes, qui m'égratigna en faisant gicler des gouttes de sang sur le gravier illuminé par le clair de lune.

Je tombai comme une masse et sentis les petits cailloux me griffer le dos, là où Kat me caressait quelques instants plus tôt. *Kat, Soleil tout-puissant, ma chère Kat…*

Le buveur de sang poussa un dernier soupir fétide et son visage se tordit tandis qu'il serrait les mâchoires en crachant une écume jaunâtre. Ses yeux brillaient d'un éclat violet. La créature avait dû être une femme quand elle était encore humaine, car elle avait essayé de m'atteindre au torse plutôt qu'à la gorge. Erreur qui lui avait coûté la vie.

Si on peut dire que ces machines à pomper le sang ont une vie, et non un enfer plongé dans la pénombre.

Mon instinct prit le dessus, et je déchirai le monstre, lacérai sa peau de profane. Nous chassons les buveurs de sang depuis longtemps, et le Soleil a investi nos griffes et nos dents de Sa puissance.

Autrefois, nous tombions comme des mouches face à eux.

À présent il est toujours difficile de les tuer, mais nous avons des avantages, et nous sommes entraînés. Même un louveteau sait comment les achever. Mais je dois avouer qu'une bataille rangée sur le bas-côté d'une route de Virginie n'est pas du tout ma méthode de combat préférée. Je suis plus du genre chasseur urbain.

Le buveur de sang se raidit et poussa un hurlement silencieux en sentant mes griffes s'enfoncer dans sa poitrine. Des relents infects s'échappèrent de sa bouche béante et s'insinuèrent dans mes narines. La puanteur était insoutenable.

La pointe d'un pieu en bois de bouleau dépassait de son torse, dégoulinante. Le bois béni de cet arbre fils du Soleil empoisonna le métabolisme de la créature, et de la cendre nauséabonde commença à se répandre dans l'air. Les buveurs de sang fonctionnent à plein régime, et une fois inoculé, il en faut peu pour que le poison se répande. Les dégâts sérieux infligés à leur système circulatoire provoquent une hémorragie fatale.

Le buveur de sang s'écroula et sa peau commença à partir en poussière. Son sang se changea en sable. J'éternuai à deux reprises et vis le visage de Kat, sale et maculé, apparaître comme le Soleil lui-même par-dessus l'épaule du monstre. Elle battit des paupières à toute vitesse et, en voyant ses yeux bleus cerclés de rouge, je sentis mon cœur se serrer.

J'essayai de parler, mais tout ce qui sortit de ma gorge fut un glapissement aigu. Quand nous nous transformons, même à moitié, parler nous devient impossible.

Kat me regarda fixement, les mâchoires serrées et les yeux brillants de larmes à cause de la poussière. Celle-ci se dépose partout, se réduit en une matière de plus en plus fine au fur et à mesure que les cellules implosent et se démantèlent, et démange atrocement. Kat avait de la terre, des brindilles et des cailloux dans les cheveux, et tenait le pieu comme une pro, d'une main décontractée, tandis qu'elle serrait l'autre à s'en faire blanchir les phalanges.

La route se déroulait derrière elle, simple chemin goudronné qui baignait dans la lueur argentée de la lune presque pleine de ce mois de mai. La brise remontant de la rivière agitait les branches des arbres et chuchotait dans les feuilles. Notre chambre d'hôtes se trouvait à cinq cents mètres plus bas, au bout d'une longue allée de gravier, devant le cours d'eau qui s'étendait comme un ruban de fraîcheur. Un peu d'eau me faisait bien envie en cet instant.

Le picotement se retira progressivement de mes membres, jusqu'à mes doigts et mes orteils ; la transformation s'inversait. Ma mâchoire craqua, et je parlai dès que ce fut possible :

— Kat…

— C'est quoi, ce bordel ? (Elle se tenait devant moi, folle de rage, le menton levé et les vêtements en haillons. La courbe pâle d'un sein était visible à travers sa chemise déchirée, et elle saignait.) Tu…

Elle s'interrompit. Pour une fois, Katrina Black, née Jasperson, resta sans voix.

Je n'aurais jamais cru voir cela un jour. Je désignai le pieu.

— C'est quoi, ce truc ?

Un petit vent chargé de l'odeur du jasmin caressait les buissons. Dans la cambrousse, les nuits d'été sont chaudes et parfumées avant que le brouillard matinal se lève, et le gîte était entouré de treilles au parfum entêtant dont les plantes s'étaient échappées pour pousser librement.

L'endroit était parfait pour les lunes de miel, mais j'avais encore envie d'éternuer. Un léger grognement altérait ma voix, et mon visage me démangeait affreusement. J'avais besoin d'une douche.

Kat leva le pieu devant elle et le regarda comme pour se souvenir de quoi il s'agissait.

— C'est un pieu, dit-elle enfin sur le ton de mépris profond qu'elle réservait aux imbéciles. J'en ai plein de rechange où cas où j'en casserais un. Tu viens de te transformer en Hulk tout poilu. C'était quoi, enfin ?

— Je, heu...

Bon, super. Il n'existe pas de bon moment pour ça...

— Des pieux ? ai-je repris. J'imagine que tu as aussi de l'eau bénite et de l'ail. Pas étonnant que je me sois bousillé le dos en portant tes valises.

Et pas étonnant que tu sortes en cachette la nuit. En voilà, une sacrée raison pour faire des balades au clair de lune, Kat.

Ma remarque eut l'effet escompté. Elle prit une profonde inspiration et j'aperçus de nouveau le renflement de ce sein qui me narguait. Je l'examinai pour vérifier qu'elle n'était pas blessée. Sa tempe saignait un peu, son nez aussi, et un pan de sa chemise était taché de rouge. Plus bas, sous la dernière côte droite.

Soleil miséricordieux, je n'aime pas l'aspect de cette blessure...

Soudain, elle explosa.

— Mitchell Black, tu peux m'expliquer ? Pourquoi ne m'as-tu pas dit que tu étais un loup-garou ?

Je fis la grimace.

— Ta culture pop refait surface, ma puce. Je suis un Coureur du Soleil. (*Et pas un foutu « loup-garou »*.) Et toi, tu ne m'as jamais dit que tu étais une chasseuse de vampires. J'étais censé faire quoi, rester couché pendant que tu t'esquivais ? Pendant notre lune de miel, qui plus est.

J'ai bien fait de te suivre, pas vrai ?

Je me retins d'ajouter ce dernier commentaire.

Elle posa les mains sur les hanches et se redressa en relevant un peu plus le menton. Elle était sale, blessée, et complètement craquante. Elle gonfla les narines de son joli petit nez patricien et la fureur se mit à luire dans ses yeux.

J'ai les jambes qui flageolent quand elle fait ça. Elle pinça les lèvres avant de parler, et l'envie de l'embrasser devint insupportable.

— Je suis Chevalier de l'Argentum Astrum, je te ferai remarquer, et toi, tu vas avoir de gros ennuis. Pourquoi donc ne m'as-tu pas dit que... hé !

Je fis deux pas en avant et l'attrapai. Ce n'était pas très gracieux, mais je voulais m'assurer qu'elle n'avait rien de cassé. Et puis elle était vraiment hyper sexy. Elle avait un goût d'adrénaline, de pommes et de sang, et je lui tâtai les côtes d'une main tout en l'embrassant, tandis que de l'autre je la tenais par la nuque. Elle avait été bien écorchée, mais la blessure n'était pas profonde.

Elle me repoussa et je ne résistai pas.

— Tu sais, avant d'épouser un gars, j'aime bien connaître certains détails, comme par exemple le fait qu'il se transforme en carnivore poilu les soirs de pleine lune.

Elle n'avait pas perdu le fil. Et merde.

— J'aurais aussi aimé savoir que ma future femme était une Étoile d'Argent. Les cours du soir, c'était ça ?

— Mais non, je suis vraiment des cours du soir, abruti, rétorqua-t-elle en jouant avec son crucifix qui brilla contre sa gorge. Chasser les sanguins n'est pas folichon, mais ça paie plutôt pas mal. Je demande le divorce.

Je fis la grimace.

— Est-ce qu'il y a une chance qu'on résolve le problème au lit ?

— Tu es un foutu loup-garou, M. Black. (Elle était resplendissante, les cheveux emmêlés, les joues rouges, le souffle toujours court.) Ça entre dans les informations obligatoires à fournir avant de se passer la bague au doigt, d'après moi !

— Je pourrais en dire autant d'une caisse pleine de pieux et de baguettes de coudrier pour traquer les buveurs de sang.

Je croisai les bras tandis que le sang réduit en poussière s'incrustait dans ma peau. *Je vois. Nous ne parlerons pas de la raison pour laquelle tu es sortie en cachette par une belle nuit comme celle-ci pour aller chasser les sangsues. Mais bien sûr, Kat.*

Le clair de lune inondait la petite clairière ; le vent tourna. J'entendis la voiture avant elle, et me jetai en avant pour la plaquer au sol au moment où la lumière des phares apparaissait au tournant de la route. Le véhicule – au bruit du moteur, il devait s'agir d'une Ford – rétrograda et gravit la colline à seulement 80 kilomètres-heure. Je perçus des rires et sentis les gaz d'échappement. Ils allaient sans doute en direction de la Falaise des amants, près du coin où nous étions partis en randonnée la veille après le petit déjeuner pour admirer la vallée verte et luxuriante.

Mon ouïe me confirmait qu'on était à l'abri d'éventuels buveurs de sang en maraude, du moins pour le moment, mais je ne voulais pas que des civils nous aperçoivent. Cela ne nous attirerait que des soucis, et j'avais eu ma dose pour la soirée.

Kat attendit que le ronronnement du moteur ait disparu au loin et se débattit sous moi pour s'extirper. J'aurais pu rester là toute la nuit. Mais nous nous trouvions sur du gravier, et elle était déjà blessée.

J'espère que je ne t'ai pas fait encore plus mal, ma puce.

— Est-ce qu'il t'a eue ? Au niveau des côtes ?

— Je vais très bien.

Aussi entêtée que la fois où elle était tombée dans les escaliers. Elle s'était foulé la cheville mais avait refusé tout net d'aller chez le médecin.

— Je n'aurai même pas de cicatrices si je soigne ça tout de suite, a-t-elle ajouté. Pousse-toi de là, enfin.

Je me remis debout avec un peu moins de grâce qu'elle. Personne ne vous dit à quel point la chasse aux vampires peut être éprouvante, bien que les Coureurs du Soleil aient un taux plus élevé de régénération cellulaire.

Kat examina les deux traces de cendre fine qu'avaient laissées les deux buveurs de sang, des créatures opportunistes – morts profanes sans doute plus habitués à s'attaquer au bétail qu'aux humains. Kat posa le genou à terre ; son chignon lâche se détacha et ses cheveux tombèrent en mèches éparses. Sa nuque luisait de sueur.

Elle sortit une main de la poche de sa veste et versa de l'eau bénite sur les deux tas qui remuaient encore.

— *O quam misericors Deus est*, murmura-t-elle.

Oh, que Dieu est miséricordieux. Les Argentum étaient des optimistes. Après tout, c'était la raison de leur activité. Tandis que, comme les autres, j'étais né Coureur du Soleil.

— J'adore quand tu te la joues catholique, dis-je en courbant les épaules contre le vent.

Mes oreilles ne me grattaient pas, ce qui était bon signe. Pas de sangsues dans les parages. Je me détendis pour le reste du trajet.

— Ça me démange partout. Allons-y, je te nettoierai le dos.

Et je regarderai cette blessure de plus près. C'est mauvais d'être atteint à cet endroit. Soleil miséricordieux. Ce monstre aurait pu lui faire vraiment mal.

— Toi, tu fais chambre à part, mon vieux.

Elle se redressa avec un soupir digne de ma grand-mère. Ma mamie aurait d'ailleurs bien aimé Kat.

— Tu ne le penses pas vraiment, ma puce.

— Tu veux parier ? Viens, aide-moi à retrouver mon autre pieu, je l'ai fait tomber.

Au final, elle avait plutôt bien encaissé la nouvelle que je pouvais me changer en loup gris. Mamie l'aurait même adorée.

Deux jours plus tard, je me réveillai avec un « ouf ! » au moment où Kat me sauta dessus. Les chauds rayons du soleil s'infiltraient à travers les rideaux et changeaient ses cheveux répandus sur ses épaules en fils d'or. La chambre était décorée dans un style rétro chic d'avant la guerre de Sécession, avec beaucoup de froufrous et de fanfreluches.

Le lit était même agrémenté d'une moustiquaire, comme si un moustique aurait osé s'introduire dans cette petite forteresse impeccable où Mme Evans, la propriétaire, faisait régner la grâce sudiste et l'ordre militaire.

Les petits déjeuners étaient formidables, et Kat adorait toutes ces fanfreluches et ces dentelles. Elle s'était extasiée devant les jardins, les couvre-théières et la façon qu'avait le lit d'essayer de nous avaler tous les deux. La machine à laver surmontée d'un sèche-linge, au bout du couloir, était encore pleine de nos vêtements puants et déchirés et s'évertuait à en faire partir les dernières odeurs de buveurs de sang. On les avait déjà lavés quatre fois.

Ce matin-là, pourtant, Kat me sauta dessus comme un terrier.

— Debout, feignant ! C'est l'heure de lire le journal.

J'avais envie d'enfouir mon visage dans l'oreiller, mais elle était vraiment trop mignonne. Kat est petite – un mètre soixante-cinq à peine – mais chaque centimètre carré de son corps est chargé de dynamite. Elle ressemble à une petite ballerine blonde déguisée en princesse, grâce aux heures qu'elle passe à danser presque chaque jour, quoi qu'il arrive. Je ne comprends pas où elle trouve l'énergie pour tout cela, entre les cours du soir, le travail au bureau la journée et la chasse aux vampires. Elle a de grands yeux bleus et un petit nez aristocratique, et sa bouche est faite pour les baisers.

Je l'attirai donc à moi et l'embrassai longuement.

Et encore, ce fut trop court à mon goût. Elle se dégagea de mon emprise et dit :

— Ne te déconcentre pas trop. Je suis toujours fâchée contre toi, tu sais.

— Doux Jésus, mon cœur ne le supportera pas.

Je lui offris mon plus beau sourire du genre « pitié, ma brave dame ». Bon, ça marche mieux quand je n'ai pas des blessures partout et que je suis bien rasé… Ma barbe commence à repousser dès la fin de matinée, c'est l'un des nombreux avantages à être un Coureur du Soleil.

— Ne sois pas fâchée, ajoutai-je.

D'autant plus que tu ne m'avais pas dit que tu étais une Argentum.

La vie de couple, j'imagine, implique qu'il faut garder beaucoup de choses pour soi. Pas étonnant que tant d'hommes trouvent cela si difficile.

Le sourire qui illumina son visage valait la peine que je taise mes remarques. Kat est comme ça, tout feu tout flamme, puis la douceur incarnée l'instant d'après.

— Je ne crois pas être fâchée.

Elle ne portait qu'un débardeur et une culotte rose bonbon, assortis à la pièce.

Elle n'avait vraiment aucune pitié.

— Je ne suis pas un agent de terrain, de toute façon, poursuivit-elle. Ma spécialité, c'est l'analyse de renseignements. J'observe les migrations et fais des rapports. C'est la première fois que je tue.

Tu veux ma mort ou quoi ?

— Ta première fois ?

— Je dois dire que je me suis pas mal débrouillée.

Elle se passa la main dans les cheveux. Elle était à califourchon sur moi, et son corps qui pesait sur moi me déconcentrait terriblement.

— Maintenant, reprit-elle, il est temps que tu te lèves et que tu lises le journal. Le petit déjeuner est encore chaud. Tu ne veux pas de café ?

— Le café attendra.

Je posai les deux mains sur ses épaules et l'attirai pour un nouveau baiser. Les choses prenaient une tournure très satisfaisante, lorsqu'elle s'éloigna une fois de plus.

— Bon sang, jeune fille! Tu vas me tuer.

— Peut-être bien, lança-t-elle d'un ton joyeux. Mais pas avant que tu aies lu le journal!

— Je me fous du journal.

J'effleurai ses lèvres de nouveau et lui caressai le dos du bout des doigts en faisant tomber un peu de la pâte verte aux herbes qui avait séché sur sa plaie. Les Argentum font confiance aux vieux remèdes. L'armoise et l'eau bénite font des miracles contre les blessures des sangsues.

Je fus parcouru de frissons en la touchant, et Kat partit d'un petit rire grave et rauque qui me mit dans tous mes états. Puis, enfin, elle me laissa lui faire ce dont je mourais d'envie chaque fois que je la voyais.

Les rayons du soleil avaient atteint le lit lorsque je repris ma respiration, le visage dans ses cheveux, tous les deux secoués de frémissements.

— Pas mal, chuchota-t-elle dans mon cou. J'aime ça.

— Moi aussi.

Chaque fois un peu plus, d'ailleurs. Il faut croire que ça valait le coup d'attendre le mariage.

— On remet ça? demandai-je.

— Tu es infernal.

Elle eut un nouveau frisson délicieux. La climatisation s'était mise en marche.

— Pousse-toi, j'ai froid.

— Avec plaisir.

Je finis par me glisser sous les couvertures et me serrer contre Kat qui avait perdu sous-vêtements et débardeur. J'entendis comme un froissement sous moi. Aussitôt,

Kat s'éloigna de moi pour fouiller dans le lit d'une main et en sortir un bout de papier que je regardai en clignant des yeux. Il s'agissait du quotidien du chef-lieu, le *Cotton Crossing Register*.

— Seigneur ! Tu n'abandonnes jamais, pas vrai ?

— Tu ne t'en plaignais pas il y a deux minutes, rétorqua-t-elle avant d'ouvrir maladroitement le journal d'une seule main. Regarde.

— Je n'ai pas envie, protestai-je en écartant une mèche de ses cheveux dorés qui s'enroula autour de mes doigts comme une algue. Tout ce qu'il y a là-dedans, c'est qui a tué la vache de qui, bouffé le maïs de quelqu'un d'autre ou je ne sais quoi.

— On voit bien que tu n'y connais rien, Fido.

— Tu vas continuer longtemps à m'appeler comme ça ?

— Jusqu'à ce que tu me fasses oublier l'autre soir, oui. Puisque tu refuses de lire, je vais tout te raconter. (Elle se blottit contre moi avec un petit coup de hanche.) Le compte-rendu de la police indique que quatre jeunes ont disparu avant-hier durant la nuit. Leur voiture a été retrouvée sur la Falaise des amants.

— Disparu ? Dans une ville de cette taille ?

— C'est toi qui tenais à une lune de miel sur les routes. Cette ville est plus grande que la précédente que tu m'as infligée. Au moins, c'est un chef-lieu. Au fait, si nos enfants ont une queue et des oreilles pointues, c'est toi qui devras me donner des explications.

— La transformation n'arrive jamais avant la puberté. Une sorte de camouflage. Et j'aimais bien l'idée de pouvoir me garer sur le bas-côté chaque fois que tu avais envie de jouer les ados au drive-in. (Je poussai un soupir et calai sa tête un peu mieux sur mon épaule.) Quatre jeunes ?

— Tu te souviens de cette voiture ? Celle qui est passée juste après qu'on a supprimé les deux sanguins ?

— Une Ford. Quatre portes. Les phares ronds.

Juste après que tu as failli me donner une crise cardiaque en disparaissant sous soixante-dix kilos de buveur de sang. Un faible sentiment de malaise s'insinua en moi.

— Ah oui ? Je ne la voyais pas bien, tu me cachais la vue. Bref, le véhicule des jeunes est resté là-haut, même pas verrouillé, selon l'article. Qu'est-ce que tu en déduis ?

— Que quelqu'un va devoir expliquer pourquoi il a laissé la voiture de papa sur la falaise ?

Elle me donna un nouveau coup de hanche.

— Mais non, idiot. Ça signifie qu'il y a un nid dans la région.

— Dieu du ciel. (Je ne m'étais toujours pas remis des deux monstres que nous avions tués, trop inquiet au sujet de Kat.) Tu crois ?

— Je ne crois pas, je sais. Devine pourquoi l'histoire s'est retrouvée non seulement dans le compte-rendu de ce matin, mais aussi en deuxième page.

Je n'avais aucune envie de le savoir.

— Pourquoi ?

— Parce que deux autres jeunes ont aussi disparu la semaine dernière. Un garçon et une fille, un joli couple : la star de l'équipe de foot locale et la pom-pom girl. Tu veux parier sur le lieu de leur disparition ?

Cette ville de trente mille habitants ressemblait fort au décor de trou perdu d'un film des années 1950. Kat refusait carrément de dormir dans une ville possédant moins de deux feux de circulation. Je ne suis pas le seul de nous deux à préférer un environnement urbain.

Le premier arrêt de Kat fut évidemment la bibliothèque de la ville, un bâtiment en briques coincé entre une animalerie et la mairie de Cotton Crossing, qui ne payait pas de mine.

En creusant un peu, vous découvrirez que les Argentum Astrum sont à la fois des bourreaux de travail et des partisans de l'ordre public, sans parler de leur passion sans bornes pour les recherches.

— Chut ! fit-elle en posant un doigt sur mes lèvres avant de se retourner vers l'écran. Tu vas te tenir tranquille, oui ?

— Il n'y a personne ici.

Les bibliothèques me rendent nerveux, avec tout ce silence et cette poussière dans l'air. Les bibliothécaires ont toujours l'air prêts à vous dévorer si vous faites trop de bruit.

Kat leva les yeux au ciel. Elle changea de position, et les muscles de ses épaules tressaillirent.

— C'est un peu le principe du lieu, Mitch.

— Toi et tes principes. Comment es-tu devenue une Étoile d'Argent ?

Ma veste en cuir crissa. Il faisait plus de trente degrés à l'ombre, mais j'avais besoin de mes poches. Et puis nous n'avions pas prévu d'aller nous promener dehors, et dans cette région du pays, la climatisation était la règle plutôt que l'exception.

— Ils m'ont recrutée au lycée. Ma mère était l'une des leurs avant sa mort. (Kat tourna un bouton sur le lecteur de microfiches et poussa une petite manette tout en scrutant l'écran.) Mmm. Intéressant.

— J'adore t'entendre dire ça.

Je passai la main sous ses cheveux pour lui caresser la nuque. Elle frissonna, mais pas assez pour que cela réussisse à la déconcentrer.

— Alors, en quoi t'es-tu transformé ? me demanda-t-elle en bougeant de nouveau la manette et en tournant la tête pour regarder les rayonnages par-dessus son épaule.

Était-ce pour vérifier que personne ne nous écoutait, ou s'assurer que rien ne se trouvait dans son angle mort, en bonne Argentum ?

Beau changement de sujet, Kat.

— En loup gris. Je suis un Coureur du Soleil.

— *Loup-garou*[*].

Elle prit des notes dans son petit carnet de journaliste qu'elle gardait toujours avec elle. Le dessin en creux qui figurait sur la couverture – une croix dans un cercle – prenait à présent tout son sens.

— Ou bien es-tu un *dents-soleil*[*] ? Les Coureurs doivent faire partie de cette catégorie. Donc tu es allergique au bois de frêne.

Elle avait bien appris sa leçon. La seule surprise était qu'elle ne s'en soit pas rendu compte plus tôt. Mais nous sommes prudents, nous les Coureurs du Soleil. Nous sommes obligés de faire attention.

— Seulement s'il est introduit sous la peau, ma puce. J'ai reçu mes injections, ça ne me tuera pas. J'aurai seulement le nez bouché. Comme avec la poussière qu'il y a ici.

— Alors va m'attendre dehors, dit-elle en griffonnant tandis que j'admirais la chute de ses cheveux parsemés d'or. Tu me casses les pieds.

---

* En français dans le texte. (*NdT*)

— Et toi, tu me brises le cœur. J'ai faim.

Mon ventre gargouilla. Cela faisait des heures qu'elle lisait des articles. Je gigotai sur ma chaise en bois dur. Pourquoi les endroits comme celui-là n'offraient-ils jamais de sièges confortables ?

— Vraiment très faim, insistai-je.

— Sale pleurnicheur. J'imagine que tu veux aller tester cette petite gargote que tu lorgnes avec envie depuis des jours. (Elle referma son calepin d'un coup et éteignit la machine.) On n'a qu'à y aller. De toute façon je ne pourrai pas travailler tant que tu m'asticoteras comme ça.

— Je croyais qu'on était en lune de miel, non ?

— Bien sûr que si.

Elle pivota sur sa chaise et me lança un de ses sourires éblouissants. Le genre qui vous atteint juste en dessous de la ceinture et explose comme une supernova.

— Mais on ne peut pas laisser un nid se développer comme ça, tu sais. On est dans le coin, et on doit agir.

— La population locale ne peut pas subvenir aux besoins de beaucoup de buveurs de sang. Ce sont des créatures opportunistes.

Je suis surpris de ne pas avoir entendu parler de plus de mutilations animales, d'ailleurs. Des vaches, ou des cochons saignés à blanc.

— Écoute, dit-elle, on en a tué deux avant-hier soir. Ces jeunes ont disparu après ça. C'est trop gros pour être une coïncidence. C'est une aberration statistique, à moins qu'il y ait un nid dans les parages. Le nid va se développer si la population grandit, ce qui est le cas… Tu as vu le nombre de chambres d'hôtes dans le coin ? Cette bourgade est sur le point de devenir une ville. Un nid récalcitrant par ici, alors que le nombre d'habitants est en pleine croissance, va mener droit à la catastrophe. Il faut qu'on intervienne.

Son regard brillait d'optimisme.

— Une spécialiste en renseignements et un seul Coureur du Soleil contre un nid de vampires ? Tu m'étonnes qu'on va à la catastrophe ! On chasse en meute d'habitude, tu sais. La bonne moyenne, c'est deux Coureurs contre une sangsue.

Je rentrai la tête dans les épaules. Si je croisais un buveur de sang esseulé dans les rues, je me débrouillais assez bien pour pouvoir m'en débarrasser. J'étais né pour cela. Une mangouste n'a pas besoin de savoir quoi faire quand elle voit un cobra. Son instinct suffit.

Mais l'idée d'un nid, avec sa puanteur et sa moiteur oppressante, et ma Kat au milieu... Elle se leva en faisant glisser la chaise en arrière sur le lino vert.

— Je crois qu'on va s'en sortir. On ne peut tout simplement pas laisser un nid proliférer ici, Mitch.

Que pouvais-je bien répondre à cela ? Je lui passai un bras autour des épaules.

— J'ai faim. Allons manger.

Nous ne restons qu'une seule nuit de plus, de toute façon.

— J'ai dit à Mme Evans qu'on restait encore une semaine, dit Kat en me passant un bras autour de la taille tout en se débrouillant pour pousser quelqu'un deux fois plus grand qu'elle jusqu'à la porte. On reviendra examiner la fiche une fois que tu auras avalé tes beignets de maïs à la graisse de porc. J'ai trouvé des choses intéressantes. Tu savais que cette ville existait depuis 1784 ?

Ma Kat. Mettez un obstacle en travers de son chemin et elle passera par-dessus sans même s'en rendre compte.

Il allait falloir que je trouve un autre moyen de la préserver du danger.

Le *diner*, un endroit fort sympathique décoré de rideaux à carreaux rouges dans lequel la climatisation soufflait à fond, se trouvait sur la grand-rue. La majorité de la clientèle était composée de routiers ou de gens du coin, et de nombreuses paires d'yeux se levèrent pour observer Kat lorsqu'elle franchit le pas de la porte, avec son débardeur en coton blanc et son jean moulant, sa chevelure lumineuse tombant sur ses épaules et un fin semainier en argent au poignet. Ils n'avaient sans doute rien vu d'aussi appétissant depuis l'élection de la Miss Cacahouète locale.

Kat parcourut ses notes.

— Ça fait un moment que des gamins disparaissent dans la région. J'ai calculé la moyenne : une disparition par mois, depuis les premiers articles sur microfiche qui, je le reconnais, ne sont pas si vieux que ça – 1932 seulement. Les vieilles archives ont disparu dans une sorte d'incendie.

Je pris une autre bouchée de mon hamburger et mâchai pensivement. À côté d'elle, je me sentais encore plus débraillé que d'habitude. Ma barbe naissante assombrissait ma mâchoire, et mes yeux me piquaient après toute cette poussière. Ma veste crissait, et mes baskets étaient presque fichues. L'atmosphère était déjà chaude et moite, et la peau de Kat brillait légèrement de sueur, ce qui n'était pas pour me déplaire. Quant à moi, avec un métabolisme plus élevé que la normale pour faire fonctionner des muscles et des os plus denses, j'ai plus de mal à me réchauffer. J'ai déjà passé un hiver dans le Maine, et je me les gelais sévère quand je ne portais pas ma fourrure.

— Tout s'passe bien ? demanda la serveuse qui devait avoir quarante ans mais en faisait cinquante-cinq, avec sa chevelure en choucroute qui empestait la laque et le bourbon. J'vous ressers un p'tit café ?

— C'est très bon. Merci beaucoup. (Mes paroles semblaient froides et peu aimables à côté de son accent traînant du Sud.) Ça fait beaucoup de gamins disparus, ajoutai-je une fois qu'elle se fut éloignée. Je ne savais même pas qu'ils faisaient autant de gosses, dans le coin.

— C'est bien connu, les ploucs se reproduisent comme des lapins, mais tout de même. On s'attendrait à ce que quelqu'un dise quelque chose. Pourtant, tous les articles sont en dernière page, ils ne font jamais beaucoup de bruit, et je ne peux pas m'empêcher de me dire que…

— Ça semble être une agréable petite ville.

Et je le pensais, Cotton Crossing était d'un calme prospère. Le kitsch appalachien se mélangeait bien avec la grâce sudiste, sur un fond de colonnades, de drapeaux confédérés et de bâtiments publics de l'époque du New Deal.

Kat prit une bouchée de son sandwich au rôti de bœuf.

— Il y a assez de matière grasse là-dedans pour que mes artères se bouchent rien qu'à le regarder.

Elle but plusieurs gorgées de jus d'orange et fit la grimace en se rappelant sans doute la mauvaise expérience de son premier thé glacé du Sud. Ils le boivent assez sucré pour vous faire pourrir les dents.

— Oui, poursuivit-elle, c'est une agréable petite ville. Mais les médias devraient se concentrer sur les jeunes qui s'évanouissent dans la nature. Et d'après les statistiques, les adolescents courent plus le risque de…

— Bien le bonjour, ma jolie.

Un homme costaud qui passait près de notre table porta la main à son chapeau pour saluer Kat, qui lui adressa un sourire et un signe de la tête. Elle a l'habitude. Sa réaction aurait pu me rendre jaloux, mais Kat tourna ensuite ses beaux yeux bleus vers moi et oublia aussitôt M. Péquenaud. Elle se pencha vers moi et murmura :

— C'est hyper bizarre, Mitch. Fais le calcul.

Presque mille jeunes. Je sais que les humains sont parfois négligents avec leurs petits, ce qu'aucun Coureur du Soleil ne comprend. Mais là…

— C'est plus que bizarre. C'est carrément horrible.

Je croisai le regard de l'homme qui s'éloignait d'un pas nonchalant et enregistrai mentalement son image : yeux et cheveux marron, chemise à carreaux sur marcel jaune, la ceinture du jean sous la bedaine, les bottes de travail couvertes de boue noire séchée, une casquette John Deere. Un cliché ambulant.

— Je suppose que tu veux passer l'après-midi entier à la bibliothèque.

— Non, seulement deux heures. Ensuite on ira au palais de justice pour vérifier les actes de naissance et de décès, puisqu'on se trouve dans le chef-lieu. (Elle entama son sandwich du bout des lèvres.) Et puis on retournera chez Mme Evans pour faire des statistiques.

— Des statistiques, répétai-je en m'efforçant de ne pas gémir. Par pitié, Kat !

— Ça va te plaire. Le calcul me donne envie de te déshabiller.

Soudain, j'avais hâte de finir le déjeuner.

L'air moite parfumé de jasmin vint me souffler dans la nuque et le dos, et mon tee-shirt se colla aussitôt à ma peau comme du film plastique. Kat était appuyée à la rambarde du porche, au milieu d'une treille pleine de feuilles vertes et de petites fleurs blanches en forme d'étoiles. Le crépuscule ensanglantait le ciel, et la robe d'été blanche de Kat, dont les bretelles laissaient des marques sur ses tendres épaules, donnait l'impression d'un fantôme qui flottait.

Je m'accoudai à la balustrade et me laissai aller contre elle malgré la chaleur.

— Salut, ma belle.

— Salut, Rex, répondit-elle avec un sourire qui adoucit la pique qu'elle me lançait. Regarde un peu.

Le jardin s'étendait en rangées bien droites et les fleurs se balançaient sous la brise nocturne qui descendait des montagnes jusque dans la vallée où se trouvait Cotton Crossing. On voyait le tournant de la route poussiéreuse, et la Falaise des amants, un rocher escarpé qui s'élançait hors de la végétation estivale sous la bosse érodée de la montagne. Il était tendu vers la ville comme un doigt accusateur.

— Toujours fâchée ?

Je ne le pensais pas, mais avec Kat, on ne sait jamais. Je ne savais même pas qu'elle envisageait de sortir avec moi avant cette nuit-là dans le bar, quand j'avais repoussé deux types bourrés qui les embêtaient, elle et ses collègues. Je croyais qu'elle était seulement revenue boire un coup avec lesdits collègues, mais elle m'avait plus tard expliqué en m'enfonçant son doigt dans les côtes que c'était moi qu'elle cherchait à revoir.

Il faut croire que j'ai de la chance.

— Non. Mais je ne suis tout de même pas près de l'oublier.

— Il va falloir que je te trouve un joli petit surnom qui rime avec Argentum.

Elle me donna un petit coup de hanches. Elle était pieds nus, et tenait dans les mains un grand verre étroit rempli d'un liquide dont l'odeur ressemblait étrangement à celle du sirop de menthe.

— Je crois que passer un peu plus de temps à la bibliothèque pourrait t'aider dans cette tâche, dit-elle.

Je devrais savoir qu'il ne sert à rien de lui répondre.

— Très drôle. J'éternue encore à cause de la poussière que j'ai respirée cet après-midi. Et tu m'as promis un striptease.

— Ah oui ? répondit-elle d'un ton inquisiteur à moitié sérieux en faisant tourner son verre entre ses doigts fins. C'est vrai, j'ai fait des statistiques. Quand on prend en compte les disparitions, cette commune a un taux de criminalité comparable à celui d'une ville beaucoup plus grande et plus agressive.

— Comme c'est étrange.

— Vu la dose de saindoux qu'ils mettent dans leur nourriture, je suis surprise qu'il ne soit pas plus élevé. (Elle poussa un charmant bâillement et but une autre gorgée de son sirop.) Si on considère les disparitions comme des meurtres, même si on prend en compte le pourcentage de personnes portées disparues qui pourraient n'être en fait que des jeunes atteints de la bougeotte ou même des délinquants, les statistiques restent très inhabituelles.

— J'adore quand tu parles comme une comptable.

Sous les effluves sucrés du jasmin se cachait son odeur : féminine, mélangée à son parfum pareil à la senteur du cèdre, et à celui de l'adoucissant. Je baissai un peu la tête et me rapprochai pour la respirer, elle, et pas le jardin.

La rivière n'était plus qu'une ombre, et on entendait l'eau clapoter derrière la maison.

—Alors, Kat, qu'est-ce que tu en déduis ?

J'avais le sentiment angoissant que je n'allais pas aimer sa réponse.

—Il ne s'agit pas d'un simple nid, mais de quelque chose d'autre. (Elle porta le verre à ses lèvres et prit une gorgée.) Ce qui est une terrible nouvelle. Je devrais appeler des renforts.

L'idée de laisser tomber l'affaire ne l'avait même pas effleurée.

—Kat, on est en lune de miel, enfin !

—Tu crois vraiment qu'on peut s'en charger tout seuls ?

Elle regardait le jardin sans le voir, une ride profonde creusée entre ses sourcils et la bouche crispée.

Pour l'amour du ciel. Es-tu toujours obligée de te lancer comme ça, tête baissée ? Je me retins de dire ce qui me brûlait les lèvres et décidai de montrer un peu de tact.

—Pourquoi est-ce qu'on ne partirait pas ce soir ? Une fois qu'on aura quitté le comté, on fera venir les Argentum. Tu es en vacances, tu sais.

Je n'aime pas l'idée que tu sois mêlée à ça, même si je suis là pour te venir en aide.

Je ne pourrais décrire le regard éberlué qu'elle leva alors sur moi autrement que comme une expression choquée. Elle se redressa, ses yeux bleus écarquillés, et se tourna vers moi en faisant bruisser sa jupe et en manquant de renverser sa boisson mentholée brunâtre.

—Mais j'ai effectué toutes les recherches préliminaires, et j'ai pris les contacts. Je ne peux pas partir maintenant.

Jésus Marie Joseph.

— Kat. C'est notre lune de miel. J'ai de meilleures suggestions pour occuper notre temps libre.

— Fuir les problèmes, par exemple ?

Elle avait soudain pris une voix basse, très douce.

Attention, danger !

— Tu n'es pas obligée de prendre ce ton.

Elle fit une petite grimace gênée.

— Désolée, concéda-t-elle avec sincérité. Mais je ne peux pas partir.

C'est bien ce que je craignais.

— Tu peux au moins demander de l'aide, non ?

— Je ne suis pas sûre que des renforts soient possibles. Et toi ? Tu ne peux pas appeler la Brigade des Chiots ou quelque chose du genre ?

Je m'efforçai de ne pas m'énerver.

— Je n'ai aucun contact dans la région. Je ne suis même pas certain qu'il y ait des Coureurs du Soleil par ici. Les buveurs de sang de l'autre soir se sont montrés terriblement imprudents.

Tu ne le comprends peut-être pas, ma douce, mais les Coureurs du Soleil tuent les buveurs de sang car ils représentent un danger pour leurs louveteaux. Pas parce qu'ils menacent les humains. Nous ne pouvons prendre soin que de nous-mêmes. L'âge des ténèbres nous l'a enseigné.

Mais l'heure n'était pas aux leçons d'histoire.

— Alors nous sommes peut-être seuls, après tout. (Elle passa son bras sous le mien et m'éloigna de la balustrade.) Allons nous promener. Je suis désolée, Mitch. Vraiment.

— Ne t'en fais pas.

On descendit jusqu'au chemin de béton et j'ouvris l'œil, car elle marchait toujours pieds nus.

— Je passerai un coup de fil quand on sera remontés, dit-elle. Avec un peu de chance, quelqu'un pourra venir depuis la vraie ville la plus proche.

— Ça me semble être une bonne idée.

Je faillis rentrer dans un rosier en essayant de lui faire éviter celui qui se trouvait de l'autre côté. Sa jupe accrocha une épine, et elle la dégagea simplement en continuant de marcher comme si de rien n'était.

— Tu as faim, ma puce ?

Elle fit une autre adorable petite grimace et finit son verre.

— Pas vraiment, le déjeuner était assez lourd. Je ne dirais pas non à un autre verre de la même chose, par contre.

— Aucun problème.

Je l'entraînai le long du chemin. Du jasmin grimpait le long d'un petit treillage qui formait une arche au-dessus d'un banc en bois. L'idée de s'asseoir sous la treille et se laisser peut-être aller à quelques bêtises me plaisait assez.

— Je sais ce que tu as derrière la tête, me taquina-t-elle en me forçant à m'arrêter. Tiens. Va me chercher un autre verre pendant que je t'attends sur ce banc que tu lorgnes. Et quand tu reviendras, je te donnerai une récompense.

— Quel genre de récompense ? demandai-je en lui prenant le verre des mains.

— Elle te plaira. Va me resservir une autre drôle de boisson à la menthe, Mitch. Sois gentil.

— J'aime être gentil avec toi.

Je lui déposai un chaste baiser sur la joue et me mis en route pour la maison. La brise du soir était retombée, et la nuit s'était installée entre les arbres tandis que l'ombre s'étendait sur la vallée. La Falaise des amants brilla encore un moment, et les pans de roche réfléchirent les derniers rayons du soleil avant qu'il sombre derrière l'horizon.

Je venais de poser un pied sur la marche grinçante du porche lorsque j'entendis un craquement de branches et le cri étouffé de Kat.

L'instinct prit le dessus. Je fis volte-face et sentis la puanteur des buveurs de sang brûler mes narines sensibles. Cette odeur, c'est comme d'être frappé au visage par un sac de ciment humide. L'adrénaline me fouetta le sang. Je laissai tomber le verre et m'élançai.

Un Coureur du Soleil contre trois sangsues, c'était plutôt mal parti.

— Tiens ça en place.

Mes mains tremblaient mais je ne lâchai pas le sac de glace que j'appuyais contre son front. *Pourquoi ne les ai-je pas sentis plus tôt ? Je n'aime pas ça.*

Kat cligna des yeux à travers son masque sanglant.

— Mais qu'est-ce qui s'est passé ? demanda-t-elle d'une voix un peu trop endormie à mon goût.

— Il t'a mordue. Ne t'inquiète pas.

Je baissai la voix avant d'ajouter :

— Je l'ai tué.

Je n'aurais pas dû le lui dire. Elle ouvrit de grands yeux et pâlit encore plus. Elle devint blanche comme un linge, excepté là où le sang séché lui colorait la peau. Un horrible hématome enflait sur sa joue droite, et elle avait failli se faire démettre l'épaule. Sa robe était fichue, couverte de boue et de saleté gluante, et je fis la réflexion que la treille ne serait sûrement plus jamais la même.

Mme Evans s'agita.

— Oh ! là, là ! Oh ! là, là !

Son chignon grisonnant était légèrement défait, et elle dégageait une odeur d'excitation nerveuse, à la limite de la peur, ainsi que de talc et de parfum entêtant – un truc appelé Tabou, dont ma grand-mère aspergeait le sac de son aspirateur avant le ménage quotidien.

— Le shérif devrait arriver dans quelques minutes, ajouta-t-elle. Harv a dit qu'il était en route.

Elle secoua ses mains potelées en faisant tinter les perles de jais de la chaîne qui retenait ses lunettes à double foyer contre son impressionnante poitrine.

— Vous avez appelé le service de contrôle de la faune sauvage ?

Selon ma version des faits, un chien errant avait saccagé le jardin et attaqué ma belle épouse. C'était idiot, j'en conviens, mais, dans le feu de l'action, je n'avais pas trouvé mieux.

— En fait, Harv et son adjoint se chargent en général de ce genre de choses par ici. Est-ce que je peux lui apporter quelque chose ? La pauvre petite.

Mme Evans tremblait encore plus que moi. Je devais faire une sale tête.

— Encore un peu d'eau ?

Je ne pensais pas que Kat en avait réellement besoin, mais il fallait que je fasse sortir cette femme de la pièce. Kat prit une brusque inspiration et leva sur moi un regard terrifié. Elle était bien trop pâle et haletait comme si elle souffrait d'asthme. Les glaçons craquèrent dans le sac au contact de sa fièvre.

— D'accord, dit Mme Evans. Repose-toi, ma chérie.

Elle fit mine de tapoter l'épaule nue de Kat sans vraiment la toucher. Une bretelle de sa robe s'était déchirée et Kat serrait ses bras autour de sa poitrine.

Elle avait sali le coton blanc en se roulant par terre, et les épines des rosiers lui avaient lacéré une bonne partie du dos et des épaules. J'avais hâte de lui faire couler un bain et de la nettoyer.

Mais chaque chose en son temps. Je lui retroussai la lèvre pour regarder ses dents et lui donnai un petit coup d'ongle sur la gencive au-dessus des canines. En voyant qu'elle n'avait pas de mouvement de recul et ne poussait pas de cri, je me détendis un peu. Puis j'examinai ses pupilles : rien de suspect. Son pouls était normal, un peu rapide sous le coup du stress mais pas irrégulier comme cela aurait été le cas si l'infection s'était répandue dans son système sanguin.

Les quinze premières minutes qui suivent une morsure sont cruciales. Je pris le verre à moitié rempli d'eau que Mme Evans avait apporté, et murmurai au-dessus quelques phrases en latin de cuisine. Je soufflai à la surface de l'eau jusqu'à ce qu'elle se ride, puis portai le verre aux lèvres de Kat. Elle but sans rechigner, et je ne vis aucune brûlure là où l'eau avait touché sa peau.

Soleil miséricordieux, merci. On l'a échappé belle.

— On s'en va, annonçai-je. Demain matin. Dès l'aube, si ce n'est avant. (Je ne me ressemblais plus.) Parle-moi, ma puce.

— J'ai mal à la tête.

Elle non plus ne se ressemblait plus. Elle cligna des yeux, et un éclair de compréhension brilla dans ses yeux. Ses joues retrouvèrent un peu de leur couleur.

— Il m'a mordue ?

— Oui. Je l'ai tué, et tu ne manifestes aucun signe d'infection.

Elle ne courait pas beaucoup de risques ; la morsure ressemblait plus à une écorchure, car je m'étais jeté sur l'espèce de monstre pour le repousser et l'avais tué aussitôt. Le système immunitaire de Kat n'avait pas été atteint, et les Argentum devaient lui administrer régulièrement des piqûres d'ail et de traitement à l'argent pour éviter les infections.

— Tu n'as pas été contaminée, Kat. Tout va bien.

Ma voix se brisa.

— Tu n'as pas l'air convaincu.

Ses yeux se révulsèrent un court instant. Elle leva la main et posa ses doigts sur les miens en appuyant la glace un peu plus contre la bosse sur son front.

— J'ai mal. De l'armoise.

— Ça vient.

Dès que je serai assuré que tu vas bien.

— Qu'est-ce que tu as raconté ?

— Chien errant.

Chose étonnante, un sourire illumina son visage blême. Ses jambes étaient couvertes d'égratignures et de griffures, et le sang et la boue tachaient la housse de couette en chintz sur laquelle elle était allongée.

— Elle est bien bonne, Fido.

— Ha ha, fis-je en m'efforçant de me sentir soulagé, sans aucun succès. Reste tranquille.

— Je veux de l'armoise.

— Une seconde.

Je me crispai en entendant un crissement de pneus sur le gravier, puis m'obligeai à me détendre muscle après muscle.

— Il faut qu'on parle à ce plouc de shérif.

— Merde, dit-elle en clignant des yeux comme elle reprenait ses esprits. Tu as une mine affreuse.

Je me sentais en effet assez mal, notamment parce que je m'étais déchiré quelque chose dans la jambe. Un Coureur du Soleil contre trois sangsues. L'unique raison pour laquelle je vivais toujours était qu'elles n'avaient pas eu le temps de trouver comment causer de réels dégâts. Aucune d'entre elles n'avait dû être changée plus de quarante-huit heures auparavant, car elles se trouvaient encore dans la phase transitoire entre l'état d'humain et celui de machine à boire le sang.

Ce qui me poussa vers de très intéressantes réflexions, quand je ne vérifiais pas la respiration de Kat ou le sang qui séchait sur son visage.

Un moteur s'arrêta de tourner devant l'hôtel, et l'espace d'un instant, je ne fus que trop conscient de notre extrême isolement. Nous voyagions hors saison, et étions les seuls clients de tout le gîte. La solitude nous avait semblé charmante quand nous étions arrivés.

À présent je me sentais vulnérable, et mes genoux n'étaient pas les seuls à trembler.

Des bruits de pas sur le perron. Un coup à la porte, bref et poli. Mme Evans sortit de la cuisine d'un air affairé au moment où la porte à moustiquaire s'ouvrait. Un homme large et corpulent apparut, portant un uniforme marron et une ceinture de cuir noir. Il ôta son chapeau en laissant voir des mèches éparses plaquées sur le dôme élevé de son crâne, et je m'efforçai de chasser les picotements dans mes bras et mes jambes. J'étais déjà assez poilu comme ça ; nul besoin de me transformer en cet instant pour pimenter la situation. Une paire d'yeux minuscules, rapprochés et enfoncés croisa les miens, et Harv le shérif me déplut sur-le-champ.

Il faut dire qu'il empestait le vampire. Deux auréoles de transpiration s'étendaient sous ses bras, mais les plis de son uniforme étaient encore bien amidonnés. Son crâne luisait de sueur.

Il parla d'une petite voix aiguë et chantante, surprenante chez un homme aussi costaud.

— Eh bien, Mme Evans. Qu'avons-nous donc là ?

— Un chien errant.

Elle posa le verre d'eau fraîche et agita ses mains blanches et flasques en entrechoquant ses perles avant de s'éloigner doucement du shérif, remarquant sans doute l'odeur de façon inconsciente.

— Il a attaqué une de mes hôtes dehors, dans le jardin, poursuivit-elle. Un beau grabuge.

— J'ai vu qu'une de vos treilles était tombée.

Le shérif posa son regard sur moi, le type du Nord aux vêtements boueux et déchirés. J'aurais soudain aimé savoir si je saignais, et où.

— Bonsoir fiston, reprit le shérif. Comment se porte votre amie ? Besoin d'un vaccin contre la rage ?

Je n'étais pas du tout préparé à la vague de fureur qui monta tout à coup en moi. La main de Kat sur la mienne était fiévreuse, la glace si froide qu'elle me brûlait. Entre ces deux douleurs, ma fureur fut forcée de redescendre.

— Ma femme semble aller bien, merci. Elle n'a pas été mordue, seulement égratignée.

— Je vais vous chercher du thé, intervint Mme Evans.

Elle passa un peu trop près de moi, et les émanations de talc, de bourbon, de parfum et de laque me prirent à la gorge. Je ravalai un grondement et me penchai pour respirer l'odeur de ma Kat, des tiges cassées, de la boue, du cèdre et de la senteur métallique du sang.

— Tu veux du thé, ma chérie ?

— Avec plaisir, marmonna-t-elle.

Son visage reprit encore quelques couleurs. Le sac en plastique bougea et une traînée propre coula le long de sa joue là où la condensation du sac avait commencé à perler.

— Pouvez-vous décrire le chien, m'dame ? dit le shérif sans s'avancer au-delà du vestibule, appuyé contre le chambranle de la porte du salon.

Il parcourut du regard les chaises et les canapés, le poêle en fonte, les lampes décorées de franges et les fauteuils rembourrés. La maison avait autrefois été une belle demeure historique, mais à présent le décor donnait l'impression que l'ère victorienne avait vomi à l'intérieur.

— Fourrure marron, dents acérées, a dit Kat en lui lançant un sourire timide et un grand regard ingénu. Je n'ai pas vu grand-chose de plus.

Le shérif ne tressaillit même pas.

— Un gros chien, ou un petit ?

Il braqua sur moi ses yeux plissés, presque dissimulés dans les replis de chair, puis jeta un coup d'œil à Kat avant de reporter son attention sur moi.

J'ai déjà vu ce regard une fois ou deux, et il me hérisse toujours le poil.

Il sait quelque chose.

Sans déconner. Il puait le buveur de sang, transpirait comme un porc… c'était évident qu'il savait quelque chose.

— Plutôt gros. Mitch l'a fait fuir.

Chose surprenante, Kat battit des paupières. Elle se laissa retomber sur le chintz, les doigts toujours serrés sur les miens.

— Tu as été blessé, mon chéri ?

N'importe qui la connaissant aurait tiqué en entendant le sarcasme dans sa voix. Le shérif Harv se gratta le front tout en tenant son chapeau d'une main épaisse.

— On dirait que vous avez eu de la chance, vous deux. Les chiens, faut pas s'amuser avec.

Je la vis briller de nouveau, la petite lueur furtive au fond de ses yeux quand il prononça le mot « chien ».

Je déteste ça.

— Bon, bah j'vais p'têt faire un rapport, conclut-il.

Il essuya la sueur qui perlait à grosses gouttes sur son vaste front et réunit toutes ses forces pour ce qui ressemblait à un sourire authentique, qu'il adressa à Kat avant d'ajouter :

— Vous et votre petit ami, restez là.

— Je ne pense pas être d'humeur à partir crapahuter, rétorqua Kat d'un ton irrité. (Je compris soudain qu'elle prenait ma défense, et mon cœur bondit dans ma poitrine.) Pas tant qu'il y aura tellement de dangereuses créatures en liberté.

Le sourire de Harv s'effaça si vite de son visage que je fus surpris de ne pas l'entendre se fracasser sur le plancher, qui d'ailleurs était recouvert d'un tapis orné de roses cent-feuilles d'un goût exquis…

— J'vous comprends, m'dame.

Il fit mine de tirer son chapeau à l'attention de Mme Evans, qui émit un petit son ridicule, puis partit en faisant claquer la porte à moustiquaire derrière lui.

— Il va revenir avec des documents, nous informa Mme Evans.

Elle tenait deux grands verres de thé glacé couverts de condensation, et je sentais la dose de sucre qu'elle y avait mise de là où je me tenais.

— Voilà, ma chérie, lança-t-elle à Kat. Tu as besoin de thé. Ça arrange tout.

Kat lui offrit un faible sourire et je retirai la poche de glace de son front.

— Quel homme charmant, railla-t-elle d'un ton plat et ironique entièrement adressé à Mme Evans. Est-ce que j'ai l'air de vouloir décamper, Mitch ?

— Tu es superbe.

Je pris un des verres de thé glacé pour que Kat ne se sente pas obligée de le faire et, comprenant mon geste, elle attrapa le verre d'eau.

— Tu mens bien, dit-elle, avec un sourire.

Nous étions couverts de sang, contusionnés, nous avions mal partout. Mais nous avions eu beaucoup de chance, et je le savais parfaitement.

— J'ai bien réfléchi, dit Kat en se tournant sur le côté avec une grimace de douleur.

Je réprimai un grognement.

— Seigneur. Tu étais obligée ?

J'avais mal partout, et les œufs au bacon que Mme Evans m'avait préparés me pesaient sur l'estomac malgré la quantité de thé glacé que j'avais versée par-dessus. Ma nausée était pire que d'habitude. Mon corps réclamait des protéines pour alimenter mes muscles et leur permettre de se rétablir. L'envie de salade de Kat avait été exaucée par une mixture faite de concombres, de tomates encore tièdes de soleil et de mozzarella fraîche, le tout arrosé de vinaigrette à l'huile d'olive. Elle aimait ça, mais avait très peu mangé.

J'avais commencé à faire nos bagages dès que nous avions regagné notre suite et ne m'étais arrêté que pour avaler quelques bouchées de l'assiette toute chaude. Kat avait picoré avant de se mettre au lit.

Faire les valises ne m'amusait plus trop quand je regardais la forme de son corps sous le drap. Mais je continuai malgré tout.

— Je croyais que tu m'aimais pour mon esprit, dit-elle.

Elle était couverte d'une épaisse pâte verte à base d'armoise et d'eau bénite qui avait séché et commençait à présent à s'effriter. L'odeur herbeuse mélangée à la sienne me donnait froid dans le dos.

Mordue. La deuxième fois en deux jours qu'elle aurait pu être gravement blessée. Bon sang.

— L'esprit ne sert à rien sans un corps pour l'abriter, ma puce. Trois buveurs de sang...

— ... se sont comportés d'une façon qui ne leur ressemble pas du tout. On dirait que quelqu'un veut que j'arrête mes recherches.

Pendant un instant, seul le ronronnement de la climatisation perturba le silence.

Quelle tête de mule.

— Kat, commençai-je en faisant des efforts pour me contenir. On part à l'aube. Tu pourras appeler les Argentum depuis la prochaine ville. On s'arrêtera quelque part où il y a un Starbucks et plus de trois feux de signalisation, sans parler d'un restaurant italien digne de ce nom. Je te saoulerai au chianti et profiterai de toi, puis on prendra la route pour Disney World. La Floride est agréable à cette époque de l'année.

— Je n'ai aucune envie d'aller à Disney World. Tu veux que je te dise à quoi je pensais, oui ou non ?

Je fourrai quelques tee-shirts pêle-mêle dans ma valise.

— D'accord. Très bien. Mais on part demain matin. Tu ferais bien de dormir un peu.

— Je ne me suis pas assise sur ce banc, parce que j'ai eu une idée. J'ai trouvé des similarités à toutes ces disparitions. Dans la majeure partie des articles, il est fait mention de la Falaise des amants. (Elle changea de position avec précaution et poussa un soupir.) Viens par ici, Mitch. Je me sens seule.

En temps normal, j'aurais brûlé le tapis en ramenant mon derrière poilu jusqu'à elle à toute vitesse. Mais à ce moment-là, je rangeai un jean dans la valise et me souvins des vêtements qu'on avait laissés tremper dans la machine.

— J'arrive, dis-je.

— Tu es ridicule. Je propose qu'on aille jeter un œil à la Falaise des amants demain matin.

C'est moi qui suis ridicule ?

— Hors de question, Kat. Certainement pas, *niet*. Non !

— Tu peux rester ici si tu as peur, Fido. Mais je veux partir en repérage. Je passerai mon coup de fil avant qu'on y aille, ça ne devrait pas nous prendre longtemps pour arriver là-bas.

— Je ne trouve pas ça amusant du tout, déclarai-je, la tête dans la valise.

Mes poings me démangeaient tant j'avais envie de les serrer. L'atmosphère de la pièce était étouffante, même avec l'air conditionné.

— On sera en plein jour. N'importe quel sanguin sera lent et facile à supprimer. Les autres bestioles aussi.

Elle poussa un bâillement. Mes épaules étaient raides comme les câbles d'un pont.

— Non, Kat. Un point c'est tout.

Un silence tendu s'installa dans la pièce, se répandit, puis finit par se rétracter sous l'effet du ton doux et inflexible de Kat.

— Si j'entends encore une fois les mots « un point c'est tout » sortir de ta bouche, Mitchell Black, ce seront les derniers. (Énervée, elle changea de position en faisant crisser les draps.) Je ne t'ai pas épousé pour que tu me donnes des ordres. Je suis adulte, et Chevalier des Argentum Astrum qui plus est. Soit tu m'aides, soit tu prends ta Jeep et tu rentres à Las Vegas pour te trouver un divorce, et une gentille petite chienne avec qui faire des louveteaux.

Je ne crois pas qu'elle avait l'intention de dire ça. Ma nausée atteignit son paroxysme et je dus ravaler ma bile. *Seigneur, ne te dispute pas avec elle. Tu es encore en lune de miel, nom de Dieu.*

— Je ne veux pas qu'il t'arrive quelque chose, Kat.

Elle soupira :

— On s'est bien débrouillés jusqu'à maintenant. Et j'appellerai les Argentum demain matin, dès qu'on sera levés.

Je n'avais plus la force d'acquiescer ni de protester. Mon estomac se soulevait comme un bateau au milieu d'une tempête. J'aurais pu accuser le bacon, mais n'importe quel Coureur du Soleil avec un odorat fonctionnel n'avale pas de viande avariée. J'abandonnai tout de même les bagages pour aller m'allonger sur le lit à côté de Kat. Elle pensa sans doute que le débat était clos car elle n'ajouta rien et se contenta d'éteindre sa lampe de chevet. Je restai sur le lit dans le noir, l'estomac en boule, jusqu'à ce que je finisse par tomber de sommeil.

Quelque chose clochait. Je sentais une odeur de terre nauséabonde, et mes yeux me piquaient. Ça puait la mort. Quelque chose de lourd, humide et doux, comme en décomposition, coulait le long de ma joue. Tout était plongé dans le noir.

Où est Kat ?

Des effluves de terre mouillée, de légumes pourris et d'eau de Cologne entêtante déclenchèrent une association d'idées. *Tous mes hommes portent le parfum English Leather, ou ne portent rien du tout* [1]. Quelque chose me pesait sur les jambes ; je crispai les doigts et de la terre humide s'infiltra sous mes ongles.

Kat ? Je ne la sentais pas.

Les hommes qui m'enterraient n'avaient pas pu prévoir que les os de mon cadavre craqueraient et bougeraient, que de la fourrure apparaîtrait sur ma peau et que mes membres se tordraient d'une manière que leur expérience de la réalité ne leur permettait pas d'envisager. Ils se mirent à hurler. Une voix adolescente se brisa sous le coup de la peur, une autre plus grave vint ajouter une harmonie stridente. Je me réveillai en pleine décharge d'énergie,

---

1. Référence au slogan de l'eau de Cologne pour hommes English Leather. (*NdT*)

alors que mon métabolisme alimentait ma transformation. À mi-chemin, je compris ce qui se passait, mais il était trop tard. J'avais déjà tué le garçon et, couché sur l'autre homme, grondais en lui soufflant au visage une haleine qui sentait la chair fraîche et le sang chaud. J'en avais le museau éclaboussé.

Le sang est dangereux quand on est entre l'homme et le loup. Il peut vous faire sombrer dans la folie. Le loup connaît le sang, mais l'instinct de survie passe avant ; un homme digne de ce nom ne laissera pas sa soif de sang le pousser trop loin. Mais à mi-chemin ? On entre en terrain miné.

La nuit embaumait, une trame complexe de senteurs. Pas le mélange de trottoirs froids et d'ordures comme dans une ville, mais un bouquet de terrain boisé, de marécages tièdes et de matières végétales en décomposition. Nous étions dans les bois, et ils m'avaient enterré dans un trou peu profond. Je sentais encore les racines des arbres me rentrer dans la chair.

Qu'est-ce qui se passe, bon sang ? J'essayai de parler, mais mes dents et ma langue étaient difformes et les bruits que je produisis n'avaient rien d'humain.

Les sons qu'émettait mon prisonnier non plus. Sa casquette était tombée de son crâne dégarni. Il sentait la bière et les Lucky Strike. J'avais déchiré sa salopette d'un coup de mes longues griffes ambrées.

Je finis par reprendre mes esprits, et inversai lentement la transformation. Ma fourrure se rétracta. Il faisait sacrément chaud, et je portais un jean et rien d'autre.

Mes genoux s'enfonçaient dans la terre humide. La question la plus pertinente sortit toute seule :

— Où est ma femme ?

L'homme bafouilla et s'étrangla de peur. Ses glandes s'activèrent et sécrétèrent le composé chimique de la terreur qui se répandit dans sa chair. *Et merde*. Je n'obtiendrais rien de sensé de sa part pendant un moment.

Je décidai d'essayer de le calmer.

— Hé. Pourquoi essaies-tu de m'enterrer ?

C'était du poison, espèce d'abruti. Et tu as tout gobé. Je n'ai jamais compris les choses très vite, je laisse cela à Kat. Je me contente d'être le plus méthodique de nous deux, la plupart du temps. Mes doigts me picotèrent, ma poitrine se serra et je sentis quelque chose d'étrange brûler dans mon métabolisme et faire monter une vague de faiblesse en moi. Un des avantages à être un Coureur du Soleil, c'est que la plupart des poisons sont vite dispersés, vaincus par notre régénération cellulaire et nos résistances neurologiques conçues pour supporter la surcharge sensorielle de la transformation.

Au pire ? Ça faisait un mal de chien et nous rendait grincheux.

Je n'ai senti aucune odeur dans le bacon. Puis cette vague de nausée douceâtre me frappa de nouveau, et je poussai un juron en enfonçant un peu plus le petit gros dans la terre.

Le thé. Assez sucré pour vous pourrir les dents, et le sucre peut masquer toutes sortes de choses à un membre de l'espèce canine.

— Oh, mon Dieu ! Mon Dieu…

Une odeur âcre s'éleva. L'homme s'était carrément fait pipi dessus.

Doux Jésus. Qu'est-ce que je vais faire, maintenant? Je montrai les dents en grimaçant comme un loup, et il poussa un cri en se débattant pour essayer de reculer. Je le lâchai et me mis debout tandis qu'il bégayait et gémissait.

Je suis un type bien, je ne veux de mal à personne [1]... *C'est ça, oui.* Je me penchai, le fouillai de mes doigts agiles et trouvai un lourd trousseau de clés. J'aurais gagné à apprendre qui était ce gars et pourquoi il enterrait des corps pour le compte de quelqu'un, mais j'avais une préoccupation plus urgente.

Le thé empoisonné signifiait que Mme Evans était impliquée. Ce qui voulait dire que Kat était vulnérable, et courait un grand danger. J'attrapai l'homme par la salopette et la chemise, et le soulevai de terre.

— Où est ta voiture, mon pote ? Sois gentil, dis-le-moi, et je t'épargnerai.

Je coupai le moteur et laissai la camionnette descendre la pente en roue libre dans un bruit de ferraille. Je me trouvais à environ un kilomètre et demi de chez Mme Evans, et étais convaincu qu'elle reconnaîtrait le véhicule de mon bienfaiteur involontaire. J'avais ligoté l'homme avec du gros scotch et l'avais jeté à l'arrière, au milieu de deux boîtes à outils et autre bric-à-brac, puisque je ne voulais pas l'assassiner.

Du moins pas tout de suite.

Je sortis et mes bottes crissèrent sur le gravier. La lune s'était levée et brillait haut dans le ciel en jetant des ombres acérées le long des fossés et sous le moindre caillou

1. Paroles du générique original de la série télévisée américaine *Shérif, fais-moi peur!* composé par Waylon Jennings. (*NdT*)

du chemin. L'atmosphère était toujours chaude et moite, et les volutes de poussière qu'avait soulevées la camionnette ne se verraient pas trop. Surtout qu'il faisait nuit.

Et s'il ne s'agit pas simplement de buveurs de sang, Mitch ? La voix de la panique résonnait dans ma tête. *Où est Kat ? Bon sang. Qu'est-ce que je vais faire ?*

Je posai une main sur le capot du véhicule pendant un instant. Le métal cliquetait en refroidissant. Cet engin merdique sentait le pet au diesel, et avançait encore moins bien qu'un alcoolo bigleux. Si je le laissais sur le bas-côté, quelqu'un finirait par le trouver tôt ou tard et la personne qui avait manigancé tout cela saurait que je n'étais pas mort.

Je devais soit me débarrasser à la fois du type et de sa camionnette, soit me dépêcher.

Évidemment, si Kat était déjà morte…

Arrête ça tout de suite. Ça ne fait pas longtemps. Ils avaient à peine commencé à t'enterrer. Kat est probablement encore en vie, il faut qu'ils découvrent ce qu'elle sait et si elle en a parlé à quelqu'un d'autre.

Cela dit, si Mme Evans m'avait effectivement empoisonné, elle ne serait peut-être pas tentée de garder Kat en vie non plus.

Dieu du ciel, Mitch, dépêche-toi un peu !

Au final, je décidai de laisser la camionnette sur le bord de la route. Si quelqu'un trouvait le type scotché sur la banquette, ça ne changerait absolument rien.

Je ne suis pas un tueur. Mais s'ils touchaient ne serait-ce qu'à un cheveu de la tête de Kat, on allait voir ce qu'un Coureur du Soleil énervé pouvait infliger à de fragiles êtres humains.

La vieille maison à l'architecture chaotique était sombre et déserte. Ma Jeep était garée sur le parking bordé sur trois côtés de saules élancés et d'une étendue de vigne sauvage sur le quatrième qui descendait vers la route. La rivière gazouillait discrètement sous d'autres saules, quelques mètres plus loin. Forcer la porte de derrière fut un jeu d'enfant ; les verrous sont solides, mais les portes en bois ont tendance à s'en détacher quand on applique la force nécessaire.

La cuisine était impeccable, de même que tout le rez-de-chaussée. Je pris l'escalier pour monter au premier étage, tournai à droite et me retrouvai devant la porte de notre suite, grande ouverte. La pièce semblait avoir été dévastée par un ouragan.

Kat s'était bien défendue. La fenêtre était complètement défoncée et laissait entrer l'air humide de la nuit tandis que la climatisation s'échappait au-dehors. Il y avait du sable partout, et l'odeur des sangsues réveillait mes instincts. Les miroirs étaient brisés, la moustiquaire au-dessus du lit déchirée, le lit tellement éventré que je ne le reconnaissais plus, et nos valises éparpillées. Les chaises gisaient renversées, le canapé, derrière lequel elle avait sans doute essayé de se barricader à en croire l'état du papier peint et du plâtre, était poussé dans un coin. Les ampoules étaient toutes éclatées, les plafonniers arrachés pendaient par un fil comme des dents de lait, et les deux lampes étaient renversées, la frange tout emmêlée.

Petite mais costaud, ma Kat. De la vraie dynamite. Des pieux en bois de bouleau étaient éparpillés un peu partout et l'un d'entre eux était enfoncé dans le sol comme une paille dans une pomme de terre.

Sacrée nana ! Si le contexte avait été différent, j'aurais peut-être souri.

Aucun indice. Seulement les traces d'une belle bagarre. La violence planait encore dans l'air, comme une volute de fumée. Et je n'avais rien entendu de tout ça, empoisonné par le thé sucré ?

Je redescendis, toujours dans l'obscurité. Le bureau de Mme Evans se trouvait de l'autre côté de la cuisine, dans une aile de la maison rattachée à la partie dans laquelle je me trouvais et assez récente pour que mon odorat sensible détecte l'odeur de poutres neuves. La serrure était de meilleure qualité que les verrous sur la porte d'entrée et celle de derrière, et le montant lui-même était en métal. Par chance, le nouveau mur en Placo n'était pas aussi résistant que le reste, et je le traversai sans problème, baissant simplement la tête pour éviter de me heurter à la barre transversale. Les nuages de poussière de plâtre me firent éternuer.

La pièce était impeccable, avec une immense porte-fenêtre donnant sur le jardin et un bureau enseveli sous les papiers. Je jetai un coup d'œil vers la porte et me figeai, parcouru de frissons. Je dus lutter contre l'envie de me transformer pour faire face à la nouvelle menace.

Une petite bourse en mousseline était accrochée à la poignée par un ruban rouge. Elle dégageait une odeur de mort, accompagnée d'un étrange relent de bonbon au marrube. L'amulette se balançait doucement contre la porte en vibrant méchamment, comme si elle fredonnait une menace. Le bruit de son mouvement rappelait celui de doigts flasques contre une vitre mouillée.

Je restai immobile et parcourus le bureau du regard. L'air était lourd, épais, et il empestait la magie noire.

Un pas de plus, et l'antre de la sorcière risquait de se réveiller. Qui sait quels pièges y avaient été tendus ?

Super, Mitch. Espèce d'abruti. Comment as-tu pu rater ça ? Son parfum, et ce talc, c'était parfait pour tromper un odorat trop sensible. Et puis elle avait peur, pas de moi, mais du shérif. Soleil miséricordieux.

Quelque chose attira mon regard. Je me penchai un peu pour regarder par la fenêtre. Quand elle était assise à son bureau, Mme Evans tournait le dos au mur et pas à la porte. Des armoires couraient le long du mur opposé. La fenêtre offrait une vue du jardin, de la route, de la forêt et de la Falaise des amants brillant après la pluie au clair de la lune presque pleine.

— Bordel de merde, soufflai-je avant de ressortir par le trou du mur.

De tous les gîtes de Virginie, il avait fallu qu'on aille tout droit dans celui qui était tenu par une sorcière. Je contemplai le clair de lune qui éclairait le bureau par l'ouverture en forme de Coureur du Soleil dans le mur. Une grosse lune du Sud, bien mauvaise, qui baignait tout de sa lumière morte. Il devait y avoir dans cette pièce des preuves de ce qui se passait et des explications concernant l'enlèvement de Kat.

Tu es bête, Mitch, mais pas à ce point. Tu n'es pas détective, mais Coureur du Soleil, et ta femme est en danger. Si tu veux finir cette lune de miel, va donc la chercher. Tu sais où la trouver.

— La Falaise des amants.

Ma propre voix, plate et furieuse, me prit par surprise. La maison craqua et soupira son habituelle chanson nocturne. Les vieilles demeures sont ainsi, elles se chantonnent à elles-mêmes la nuit tandis que la chaleur de la journée s'échappe des jointures et des poutres.

— Tiens bon, Kat. Je viens te chercher.

Je galopais le long de la route, complètement transformé, mes pattes silencieuses sur la terre de la forêt. La brûlure de la lumière sur la texture mouvante de ma fourrure chatouillait mes terminaisons nerveuses et la nuit explosait comme du champagne au fond de ma gorge. Un effluve qui n'aurait pas dû se trouver là suivait la route, une odeur qui avait voyagé comme celle d'un prédateur aux abords d'un troupeau. J'en eus des frissons, et accélérai. La joie du loup goûtant à sa liberté était à la hauteur de l'urgence de la situation.

Kat, ma chérie, tiens bon. Je suis en route.

Un Coureur du Soleil peut parcourir de grandes distances sous sa forme de loup, mais la lune descendait déjà vers l'horizon lorsque j'arrivai au pied de la montagne, là où la route commençait l'ascension jusqu'à la Falaise des amants. J'avais le choix entre couper à travers les virages en épingles à cheveux ou bien les suivre et perdre du temps, mais rester prudemment dissimulé.

Kat. Je décidai de prendre le chemin direct et de grimper une pente rocailleuse couverte de toutes sortes de branches et de buissons, de petits pins et de roche qui affleurait. L'instinct me disait que je pouvais passer par là.

Je fis très peu de bruit en avançant parmi les broussailles, et me servis des pierres comme points d'appui. Je ne suis pas un bouquetin, mais les loups sont tout à fait aptes à grimper une montagne. Plus on va vite, plus l'équilibre est facile à trouver, comme sur une corde raide. Chaque fois que je traversais la surface poussiéreuse de la route, l'anxiété précipitait le rythme de mon cœur, qui semblait dire son nom à chaque battement. *Kat. Kat. Kat.*

Je sautai de rocher en rocher, et le dernier tournant se présenta devant moi. Je me tordis en plein bond pour atterrir sur un affleurement, aux aguets. Sur ma gauche se trouvait un large demi-cercle de gravier, le parking de la Falaise des amants. D'instinct, j'allai me tapir dans l'ombre, tout au bout, pour éviter de m'exposer à tous les regards. Je flairai les abords du parking en essayant de détecter un indice sur cet inquiétant effluve.

Rien. La nuit était calme, troublée seulement par le chant des grenouilles quelque part dans la vallée et un raton laveur qui farfouillait un peu plus loin. Les appels doux et flegmatiques des chouettes me parvenaient parfois.

C'était le seul indice que j'avais, et il ne me servait strictement à rien.

Il y a forcément quelque chose par ici. Forcément. Cherche encore. Fais plus attention.

Je m'arrêtai et scrutai la vaste étendue de cailloux et d'herbe aplatie, éclairée par la lune. J'entendis le ronronnement lointain d'un moteur qui s'efforçait d'enchaîner les virages. Quelqu'un arrivait.

Je décidai de tenter ma chance, et m'avançai tout près du bord, la truffe au ras du sol. Je sortis de l'ombre d'un pas furtif, la queue basse pour garder ma silhouette le plus petite possible, puis m'avançai dans le vent qui remontait de la vallée et transformait l'exhalation de la montagne en inhalation. Tous les sens en éveil, j'observai. La ville faisait des petits points de lumière au fond de la vallée, comme des étoiles descendues sur terre.

Le moteur poussif se rapprochait. Il ne s'agissait pas du camion du type à la salopette, mais mon instinct me criait de reculer me mettre à l'abri.

Un courant d'air vint me chatouiller le nez, et je reconnus l'odeur des buveurs de sang. Je me raidis, puis me faufilai à travers la barrière branlante à moitié pourrie destinée à empêcher les crétins de plonger du haut de la falaise. Je posais mes pattes de devant avec délicatesse, testant la solidité du terrain avant d'avancer.

Le courant d'air revint jusqu'à moi et je baissai la truffe. L'odeur venait d'en bas, une puanteur de mort, de chair décomposée et de sang avarié. Des relents de fermentation, chauds et humides.

Un nid,

J'hésitai. La falaise n'était pas complètement à pic à cet endroit, mais bombée, comme si elle pointait un doigt accusateur en direction de la ville. Ma transformation s'inversa à moitié lorsque je me mis à plat ventre et passai les jambes par-dessus bord en m'étirant pour essayer de trouver des fissures du bout de mes orteils toujours poilus.

Ça ne marchera pas.

Peu importe. Il faut que tu trouves le moyen d'y arriver. Et puis, l'odeur était toute proche. Assez pour que la fourrure mouvante de mon dos se hérisse tout droit en une crinière chargée d'adrénaline.

Le moteur crachotait à toute vitesse et j'entendais les freins hurler dans les virages. Il arrivait vite. J'hésitai, puis tendis mon pied droit, qui ne rencontra que du vide.

Qu'est-ce que c'est que ça ? Une chaleur épaisse caressa ma jambe nue et poilue, à moitié loup, à moitié humaine. Mes os craquèrent lorsque j'essayai de me transformer de façon à trouver une forme plus adéquate, les doigts coincés dans des fissures et mon autre jambe tordue pour m'accrocher à la paroi.

La présence d'un nid à cet endroit, juste en dessous d'un endroit où des adolescents venaient se bécoter, me donnait la chair de poule. La bile me montait à la bouche à l'idée que Kat puisse être enfermée dans cette moiteur étouffante de putréfaction, attendant peut-être que les sangsues reviennent les unes après les autres pour trouver un casse-croûte matinal à leur disposition.

Je déplaçai mon pied gauche vers une autre prise et descendis de quelques mètres supplémentaires en faisant très attention. Mon pied droit se balançait toujours dans le vide. J'étais tout près de l'entrée d'une grotte, et je frissonnai à l'idée de ma jambe qui apparaissait peut-être sous le nez d'un des monstres.

Je me démenai quelques instants de plus tandis que le moteur grondait de plus en plus fort en se rapprochant. Soudain, la chance me sourit et je touchai du pied droit quelque chose de dur et râpeux. Je me laissai tomber sur un long surplomb rocheux qui s'étendait devant la crevasse dans la paroi de la Falaise des amants, où il faisait noir comme dans un four. J'examinai le surplomb et les rochers en contrebas, à la recherche de prises. Elles étaient nombreuses et rendaient l'ascension facile pour un Coureur du Soleil ou un vampire stimulé par la faim ou l'énergie volée à un humain et qui chercherait à rejoindre la protection de son antre pour la nuit. Un nid comme celui-là pouvait rester ainsi caché pendant longtemps. Très peu de gens auraient l'idée d'aller le chercher, ou comprendraient ce qu'ils avaient découvert.

Le nid était sans doute vide, les créatures qui en avaient fait leur tanière avaient dû sortir chasser leurs proies au clair de lune. Je me glissai dans les ténèbres, contraint et forcé. La sorcière n'avait peut-être eu qu'à monter Kat jusque-là – chose facile si elle avait des complices – et à la laisser attachée. Un bon petit amuse-gueule pour vampires, avant que l'aube les envoie dans les bras de Morphée.

Je ne sentais pas son odeur. La puanteur des buveurs de sang était trop forte.

J'essayai de chuchoter le nom de ma femme en oubliant que j'étais encore à moitié loup, et ne pus qu'émettre un petit gémissement. Les infâmes relents me piquaient atrocement les yeux et le nez. Deux pas de plus m'amenèrent jusqu'à une pierre qui dépassait au-dessus de ma tête et aurait pu m'assommer si je n'avais pas été averti par la sensibilité exacerbée qui allait de pair avec ma demi-transformation. Je dus me mettre à quatre pattes et me faufiler par-dessus un monticule sur le sol rocailleux. Presque inconsciemment, je remarquai l'irrégularité géologique qui empêchait la lumière du jour de pénétrer par la faille.

C'est alors que j'aperçus une phosphorescence devant moi. La fissure s'élargissait en un petit couloir dans lequel je m'engageai, tête basse. Tous les mauvais souvenirs du monde étaient associés à cette ignoble odeur humide. Les sangsues ne ramènent pas leurs proies jusque dans leur trou, sauf si elles sont petites et faciles à transporter, mais elles appliquent des phéromones et des sécrétions gluantes sur les murs de leur nid pour faire monter la température. Après un léger virage, le couloir débouchait sur un terrain de sable fin en pente. Une lueur brillante et malsaine émanait de certains rochers recouverts d'une sorte de lichen, et je sentis mes poils se dresser. La grotte était assez vaste pour former un nid de bonne taille, et des os gisaient éparpillés sur le sol sale. Contre la paroi du fond étaient amoncelés tout un tas d'objets en vrac, des vêtements, des tessons de poteries brisées, des éclats de verre, et plein d'autres conneries.

Au milieu de la grotte, enseveli aux trois quarts, se dressait un bloc d'obsidienne noire. La lumière qui effleurait sa surface ne se reflétait pas, mais sombrait dans sa matière, disparaissait à jamais dans ses profondeurs. Une odeur de sorcellerie transpirait à travers l'immonde cloaque, et je dus cligner plusieurs fois des yeux pour chasser les larmes qui m'aveuglaient avant de me rendre compte que l'ombre devant l'obsidienne était de forme humanoïde et se balançait d'avant en arrière en chuchotant des paroles qui se perdaient dans le susurrement de l'air chaud sifflant par la fissure.

Je battis furieusement des paupières pour essayer de mieux voir. Kat ne se trouvait nulle part dans les parages.

Mme Evans, le chignon propre et mieux tiré que jamais, se tenait accroupie devant moi, sa robe de chambre traînant dans le sable souillé. Le volume de ses psalmodies passa soudain d'un murmure à celui d'une mélopée funèbre. La pierre noire étincela et une lueur sanglante monta de ses profondeurs. Tout à coup je flairai la présence toute proche des buveurs de sang.

Ce n'est pas le moment de regretter ne pas avoir étudié plus avant les sorciers et leur art. Mais les Coureurs du Soleil n'ont pas beaucoup affaire à eux. Nous sommes trop occupés par les sangsues la plupart du temps.

J'ignorais ce que trafiquait Evans, mais ça ne pouvait être rien de bon. Et si quelqu'un savait où se trouvait ma femme, c'était bien elle.

Je me mis en boule, les jambes repliées, et laissai la transformation m'amener un peu plus vers ma forme de loup. Le sable bruissa sous moi, et Evans se détourna brusquement du sort qu'elle concoctait. Trop tard.

Je lui sautai dessus avec force avant de retomber dans le sable collant. J'entendis un os craquer au moment où je l'envoyais voler à travers la grotte. Les psalmodies cessèrent, étouffées lorsque sa mâchoire claqua assez fort pour lui sectionner un bout de langue. C'était une vieille femme, corpulente et sacrément forte. Pourquoi ne l'avais-je pas remarqué plus tôt ?

Parce que tu n'y faisais pas attention, Mitch. Vilain chien.

Je lui plaquai une main sur la bouche et lui donnai un coup dans le ventre, en poussant un grognement, les babines retroussées. Elle se débattit et des mèches de ses cheveux gris se détachèrent. Je dus altérer légèrement ma transformation de façon à ce que ma bouche redevienne assez humaine pour parler.

— Où est ma femme ? grondai-je en faisant claquer et résonner mes mots à travers la grotte. Dites-le-moi, ou bien je jure que je vous tuerai !

J'avais toujours une main collée sur sa bouche. Comment allais-je lui soutirer des informations sans qu'elle marmonne encore des sortilèges ?

Mme Evans tremblait, les yeux écarquillés sous l'effet du choc, une jambe tordue selon un angle étrange. Son front au teint cireux était couvert de grosses gouttes de sueur.

J'entendis, faible et lointain, le toussotement du moteur qui m'avait suivi jusqu'à la Falaise des amants. Soudain il se tut, et d'autres bruits s'infiltrèrent dans l'obscurité dense et moite de la grotte.

Des pas feutrés, et un sifflement. L'obsidienne au milieu de la tanière émit comme un bruit de terre mouillée qui s'effrite. Je connaissais ce son, c'est celui que produisent les buveurs de sang quand leur proie se tient toute proche et inconsciente du danger.

Je regardai par-dessus mon épaule. Des points de lumière brillaient devant la phosphorescence en arrière-plan : des yeux de vampires, qui ne renvoyaient qu'un minuscule éclat tant leurs pupilles étaient contractées. Ils sont tous pratiquement aveugles dès que l'éclairage dépasse la pénombre, mais leur sensibilité à la chaleur compense cette faiblesse. Ils peuvent également déceler un rythme cardiaque à un kilomètre et demi.

Je perçus le claquement lointain des portières de la voiture au moment où les sangsues entrèrent en foule par l'ouverture de la grotte. Certaines paires d'yeux se figèrent ; des silhouettes se mirent à quatre pattes et tournèrent la tête pour écouter le bruit des proies au-dessus d'elles.

Le vent porta un cri perçant mais affaibli par la distance, un cri que j'aurais reconnu entre mille.

— Mitch ! Mitchell Black ! Mais où es-tu, bordel ?

Kat ? Je baissai les yeux, et ceux de la sorcière se révulsèrent. Ce sont des créatures retorses, et une fois qu'elles sont allées assez loin dans leur sortilège, il s'achève de lui-même, qu'on l'interrompe ou non.

Je me relevai avec maladresse. Une bonne demi-douzaine de buveurs de sang envahirent la grotte en reniflant, sans doute incertains de la marche à suivre. Sans la volonté de la sorcière pour les guider, ils allaient tourner en rond quelques minutes avant de retrouver leur esprit de groupe.

D'autres cris retentirent à la surface.

— Mitch ! Mitch, bon sang…

Plus rien. Évidemment, s'il y avait des buveurs de sang dans la tanière, il devait y en avoir aussi là-haut : c'était un de leurs terrains de chasse préférés. De la nourriture servie juste devant leur porte.

Voilà qui va être intéressant. Quel con tu fais, Mitch.

Pas de temps à perdre en réflexions de ce genre. Je fis volte-face et m'élançai vers l'entrée de la grotte. Vers la lumière et l'amour – vers Kat.

Un coup de feu déchira le silence qui précédait l'aurore. Harv retira son pied du cou du buveur de sang au moment où sa tête explosait en un nuage de poussière.

— C'est un truc que j'ai toujours détesté dans cette ville.

Il s'interrompit au moment où Kat abattait d'un geste convulsif le dernier pieu, qui s'enfonça dans la chair de la sangsue comme une hache qui aurait profondément entaillé du bois. Je relâchai ma prise autour du cou de la créature quand elle commença à se désagréger.

— Tous ces vampires à la con, ajouta le shérif.

Il rangea son arme dans son étui. Un brouillard dense et cotonneux flottait dans la vallée et avançait tout doucement. Sur le côté, une Chevy Caprice cabossée d'un gris terne était garée avec les deux portières avant grandes ouvertes. Je me laissai tomber au sol, le souffle court, et sentis le gravier s'incruster dans mes genoux.

J'observai le carnage qui était en train de se dissoudre en poussière.

— Est-ce que ça va ? demanda Kat en jetant le pieu au sol avant de prendre mon visage entre ses mains pour m'examiner. Mitch ? Dis quelque chose. Est-ce que tout va bien ?

J'en sais rien, ma puce. Est-ce que je vais bien ? Je recouvrai ma voix, et me rendis compte avec soulagement que j'avais repris forme humaine. Quand m'étais-je transformé ? Je n'en avais aucune idée. J'avais mal aux os et étais couvert d'égratignures qui me piquaient alors que la poussière ultra-fine se collait à ma peau et me râpait comme du papier de verre.

— Que s'est-il passé ? dis-je d'une voix rauque en toussant jusqu'à recracher une boulette de quelque chose de sec en direction de la falaise. L'aurore était en train de se lever, morose et striée de gris à l'est.

Kat me lâcha et s'assit sur ses talons en jetant un regard aux volutes de poussière qui retombaient dans l'air calme.

— Tu dormais, alors je suis sortie sans bruit pour explorer le jardin de nouveau. Cette attaque me semblait bizarre, et j'ai trouvé ceci.

Elle sortit une petite bourse en cuir de la poche de son jean. L'objet, qu'elle tenait par le cordon, semblait bourdonner. Une autre amulette, sans doute celle qu'Evans avait utilisée pour que les sangsues se jettent sur Kat dans le jardin.

— J'ai entendu le bruit d'un moteur, et me suis cachée dans les buissons. Un type est arrivé dans une camionnette, est entré dans la maison puis ressorti avec Evans en transportant quelque chose qui ressemblait très étrangement à un corps. Je me suis faufilée dans la maison pour venir te chercher, mais tu avais disparu. Et puis Evans est revenue et a lâché ses sanguins sur moi. (Kat haussa les épaules.) Ils étaient perturbés par l'amulette, et après leur avoir flanqué une raclée, j'ai sauté par la fenêtre et détalé à toute vitesse. La camionnette avait disparu, toi aussi, et j'avais un très mauvais pressentiment. Alors j'ai marché jusqu'à cet autre gîte, celui que tu n'as pas aimé, tu te rappelles ? J'ai cogné à la porte jusqu'à ce qu'ils ouvrent, et leur ai demandé d'appeler la police. Il s'avère que Harvey ici présent est un Argentum. Marrant, non ?

— Hilarant.

Il me fallut de gros efforts pour digérer tout ça. Kat était en vie, assise devant moi et couverte de terre, de sang, de boue, de saletés gluantes et d'un reste de pâte d'armoise séchée. Elle avait une égratignure sur le front, sa joue était encore d'un violet foncé et une de ses mains était bandée de gaze sale. Son tee-shirt était déchiré, mais elle l'avait noué sous la poitrine et ses tétons étaient clairement visibles sous le tissu fin.

La large ceinture en cuir noir de Harv grinça lorsqu'il se baissa avec raideur pour mettre un genou à terre. Il ne bougeait pourtant pas mal, pour un gros vieillard.

— Que Dieu ait pitié de ces pauvres monstres. Ça fait des années que j'essaie de comprendre ce qui se passe à la Falaise des amants. Tous ces gamins qui disparaissent, et toujours un rapport avec cet endroit… Mais ces buveurs de sang sont pas faciles à choper, j'en ai jamais eu plus d'un ou deux à la fois. Je connais la veuve Evans depuis des années, me suis jamais imaginé qu'elle pouvait être une sorcière.

— Elle a dû apprendre son art de quelqu'un, souligna Kat. Où étais-tu, Mitch ?

— Il y a une grotte, expliquai-je en déglutissant, la gorge sèche. Là, sous la saillie. Y a un truc dedans. Evans s'y trouve aussi, avec quelques-unes de ses sangsues. Je crois que je l'ai tuée.

Un silence total s'abattit sur la Falaise des amants pendant quelques instants. La lumière grise s'intensifia à l'est, et le brouillard s'épaissit devant les éclairages lointains de Cotton Crossing.

— Merde alors, dit Harv d'un air dégoûté. J'aurais bien aimé l'interroger, fiston. Une grotte, tu dis ?

Je pensais à autre chose qu'à l'arrêter, espèce de brute sudiste pleine de graisse.

— Juste sous la saillie.

Je tendis la main et serrai l'épaule de Kat. Elle était en vie, elle respirait, et ses yeux bleus brillaient lorsqu'ils croisèrent les miens. Elle avait l'air heureuse comme tout.

— Mais je vous déconseille d'y aller seul, ajoutai-je. Il a l'air d'y avoir de l'action là-dedans, et j'ai vu un bloc de ce qui ressemble à de l'obsidienne. Evans s'en servait pour quelque chose.

— Harv a appelé des renforts. Quelques Argentum de plus arriveront en fin de matinée. Tu imagines qu'ils doivent venir depuis Richmond ?

Soleil bien-aimé et miséricordieux. Elle est vivante.

— Je vais te tanner le cuir, tu vas voir. Sortir traîner en pleine nuit.

— C'est moi qui devrais te tanner le cuir, Fido. Entrer dans un nid tout seul.

Mais elle se pencha vers moi, et sans que j'aie le temps de m'en rendre compte, je la tenais dans mes bras. Sous la puanteur des sangsues, elle était bien là, chaude et vivante. Ma Kat.

— Navré de vous interrompre, dit Harv en remontant sa ceinture, ses petits yeux brillants dans la lumière de l'aube. Mais il y a encore du boulot, et il vaudrait mieux que vous m'aidiez à le finir. Ensuite vous feriez bien de partir. Je peux nettoyer tout ça avec l'aide de l'Ordre, mais je veux pas que les gens sachent que vous étiez mêlés à cette histoire.

Seigneur, j'ai tellement hâte de me barrer de ce patelin. Je grommelai mon assentiment avant de poser un baiser reconnaissant sur les cheveux sales de Kat et de l'aider à se relever.

— Mitch, souffla-t-elle en me donnant un petit coup dans les côtes. Réveille-toi. Il est midi passé.

Je poussai un grognement, me retournai et enfouis ma tête dans l'oreiller.

— Va-t'en.

Passer la nuit à courir dans tous les sens sans cesser de se transformer, juste après avoir été empoisonné – il y avait de quoi rendre un Coureur du Soleil grincheux.

Elle sauta au bord du lit, pleine d'impatience. *Où trouve-t-elle toute cette énergie ?* Les fenêtres de la chambre du motel étaient poussiéreuses, mais Kat releva les stores et la lumière du soleil entra à flots pour venir caresser le vieux tapis. Nous étions à trente kilomètres de Cotton Crossing ; c'était toute la distance que j'avais réussi à parcourir sans risquer de m'endormir et nous envoyer dans le fossé. Le motel était un de ces établissements du Sud, en bord de route, qui n'acceptent que le liquide et ne posent pas de questions quand un homme tout crotté arrive à l'aube et demande une chambre.

— Je viens d'appeler Harv. C'est vraiment quelqu'un de très gentil. Il y a du nouveau.

Soleil tout-puissant.

— On ne s'était pas mis d'accord sur le fait que…

— … que je ne m'impliquerais plus dans cette enquête, oui, je sais, *ad nauseam*, *ad infinitum*. Je voulais juste prendre des nouvelles. Savais-tu qu'il existe une vieille légende à propos de la Falaise des amants ?

Je n'ai aucune envie de l'entendre.

— Mmpf.

Je m'écrasai l'oreiller sur la tête pour ne pas entendre, mais elle me l'arracha des mains. Je ne luttai pas vraiment ; elle était sans doute fatiguée elle aussi, pleine d'ecchymoses et de courbatures.

Ouais. Comme si ça pouvait arrêter quelqu'un comme elle.

— Apparemment, une fiancée confédérée a appris la mort de son bien-aimé pendant la guerre de Sécession et s'est jetée du haut de la falaise. Après ça, les gamins ont commencé à se faire peur en racontant des histoires sur Mary Evans la Sanglante. Mme Evans était sa descendante directe. (Elle me secoua gentiment l'épaule.) Fais au moins semblant de t'intéresser. Il y a une autre légende, plus ancienne.

— Ah oui ?

J'entrouvris un œil, surtout pour le plaisir de la regarder. Elle était toujours couverte de bleus, sa joue gonflée et son front blessé étaient maculés de pâte d'armoise séchée. Elle avait les cheveux encore humides de sa douche, et portait une de mes chemises qui lui descendait presque aux genoux.

Mince alors, elle était sublime. Ai-je déjà dit qu'elle n'a aucune pitié ?

— Les Algonquiens dans la région ont un mythe sur la Falaise des amants. Ils l'appelaient d'un nom qui signifie « le rocher affamé ». L'histoire dit que la pierre appartenait autrefois à un de leurs chamans, mais que l'homme s'est fait mordre par une bête sauvage et en est mort. Mais son esprit s'est installé dans le rocher puis a grandi de plus en plus et causé la disparition de la majorité de la tribu. C'était juste après l'arrivée des Blancs sur le territoire, et les chercheurs pensent qu'il s'agit d'une légende pour expliquer la variole. Sauf que…

— Le rocher affamé. Ça paraît logique. Mmm.

Je frissonnai, soudain complètement éveillé.

— Les Argentum s'occuperont de ce qui se trouve dans la grotte, peu importe ce que c'est. Il n'y a qu'une chose qui m'inquiète.

Elle fronça les sourcils, et je vis les ennuis se profiler à l'horizon.

— Oh non. Non. Arrête, Kat. Harv nous a dit de partir et de ne plus revenir. Il ne pourra pas nous aider si les forces de l'ordre ont vent de la mort d'Evans.

— S'il te plaît, répondit-elle sans tenir compte de ma remarque. C'est lui, la force de l'ordre par ici. Et il aurait bien besoin d'un coup de main. Il se fait vieux, et il lui faut un apprenti. Et justement, c'est ça qui me tracasse.

J'entrelaçai mes doigts derrière ma tête. Sa chevelure brillait dans les reflets du soleil, et même dans une chambre d'hôtel au rabais, elle était la plus belle chose que j'aie jamais vue.

— Quoi, ma puce ?

— Eh bien, où est-ce qu'Evans a appris la sorcellerie ? Harv savait qu'elle était un peu excentrique, mais il jure qu'il n'y a plus de magicien dans la ville depuis une bonne cinquantaine d'années. Il a dit qu'il l'aurait su, et je le crois. Et aussi, le type que tu as laissé ficelé dans sa camionnette a disparu de la circulation.

Je poussai un autre grognement.

— Plus de mystères. On a tué le méchant, on respire encore tous les deux. Considère ça comme une victoire, et laisse tomber !

— Je ne sais pas. Ça m'embête, c'est tout.

Mais elle sourit et se pencha sur moi, faisant tomber ses cheveux sur mon visage.

— Tu es allé jusque là-bas pour me secourir, pas vrai ? demanda-t-elle.

Évidemment.

— Ouais.

— Mon héros.

Elle posa sa bouche sur la mienne, et la situation progressa de manière très satisfaisante pendant un bon moment, jusqu'à ce qu'elle me repousse pour reprendre son souffle.

— Mais c'est moi qui choisis le prochain hôtel, Mitch. Et je te fais toujours la tête.

Un des secrets de la vie de couple, j'imagine, implique qu'il faut savoir la fermer. L'autre secret est sans doute de savoir quand l'ouvrir. Ce qui, pour n'importe quel homme sensé, signifie à peu près jamais.

Je décidai donc de rester diplomate, puisqu'on était en lune de miel.

— Aucun problème, ma puce. Maintenant embrasse-moi encore.

Elle obtempéra.

J'ai vraiment de la chance.

Lilith Saintcrow est surtout connue pour sa série *Danny Valentine*, qui met en scène une nécromante à la gâchette facile et tout un tas de démons. Elle vit à Vancouver, dans l'État de Washington, aux États-Unis avec son mari, ses trois enfants, ses quatre chats et d'autres animaux errants. Vous pouvez la retrouver en ligne sur www.lilithsaintcrow.com (site en anglais).

Qui a peur de Sam Wulf ?

Ronda Thompson

Le nom de Wulf est maudit. Dès que les hommes de la lignée connaissent le grand amour, le monstre qui sommeille en eux se réveille. Pour se débarrasser de ce démon, faut-il qu'ils affrontent un ennemi plus terrible encore, tapi au plus profond de leur être ?

Laura Wulf était citadine jusqu'au bout des ongles. Elle savait que, pour rien au monde, celui qu'elle avait épousé cinq heures plus tôt n'aurait manqué ses virées mensuelles en forêt. Sam adorait aller pêcher, chasser et ne plus faire qu'un avec la nature, tandis que Laura refusait de s'éloigner d'une prise de courant pour son sèche-cheveux ou même d'un Starbucks.

Elle avait omis de lui signaler ce détail depuis qu'ils avaient eu le coup de foudre l'un pour l'autre, huit mois auparavant. En fait, Laura lui avait même laissé entendre le contraire. Sam croyait qu'elle adorait les grands espaces au moins autant que lui. Comment allait-elle pouvoir faire illusion toute une semaine durant ?

— Que pensez-vous de notre petit nid d'amour, madame Wulf ?

Le cabanon ressemblait en effet à une sorte de nid ; mais Laura ne voyait pas ce qui en faisait « l'endroit idéal pour passer sa lune de miel ». Des lampes étaient allumées, en revanche ; comme il le lui avait promis, il y avait l'électricité. Il flottait dans l'air un léger parfum de pin et de cire au citron, signe que Sam avait tenté d'y mettre un peu d'ordre avant leur arrivée.

Mais les lieux étaient exigus, quelque peu décrépits, et les fenêtres étaient ornées d'horribles rideaux écossais. Les murs lambrissés de pin et le sol en vieux parquet étaient si fatigués qu'ils auraient eu besoin d'une bonne couche de vernis. Mais ce n'était pas le bois à l'intérieur du cabanon qui lui posait problème. C'était la forêt, dehors.

— Je sais que tu aurais mérité mieux mais, avec nos emplois du temps et ce que nous a coûté le mariage, je ne peux pas faire mieux pour le moment, mon cœur.

En voyant ses grands yeux de cocker, Laura en aurait presque oublié les rideaux écossais et le paysage encore plus effrayant au-dehors. Sans doute ne s'agissait-il pas du voyage de noces dont elle avait rêvé, mais ils étaient ensemble. Ils étaient mariés. C'était tout ce qui comptait.

— Ce n'est pas si mal, mentit-elle. Et tu as raison, c'est très intime.

Sam la prit dans ses bras.

— Nous allons passer un moment merveilleux, ici. Quel individu sain d'esprit n'aimerait-il pas passer une semaine au calme en pleine forêt ?

Boucle d'Or n'avait sans doute pas beaucoup apprécié sa brève équipée dans les bois. Ni le Petit Chaperon rouge, d'ailleurs. Quant au Petit Poucet… Et la liste était longue. Laura fut soudain frappée de constater à quel point on incitait les enfants, dès leur plus jeune âge, à se méfier des bois. Sans doute parce qu'il s'y produisait de drôles de choses.

— C'est vraiment charmant, s'obligea-t-elle à dire, ne serait-ce que pour s'en convaincre elle-même.

En regardant autour d'elle, elle remarqua les lits superposés. *Des lits superposés ?* C'était leur nuit de noces ! Désignant les couchages d'un signe de tête, Laura demanda :

— Tu préfères être au-dessus ou en dessous ?

Blotti contre son cou, il lui répondit :

— On prendra la position que tu préfères, ma chérie.

Voilà qui était bien dit. Il y avait au moins un sport pour lequel Laura n'hésitait pas à transpirer, quand elle le pratiquait avec son séduisant mari. Mais elle voulait d'abord se préparer pour sa lune de miel.

— Je vais prendre une douche.

— La salle d'eau est là. (Sam lui indiqua l'unique porte du cabanon en plus de celle de l'entrée.) Je vais rassembler les couchages pour en faire un seul lit. Ce sera très romantique. Tu verras.

Romantique ? Laura avait des doutes, mais elle s'empara de son nécessaire de voyage et se dirigea vers la salle d'eau. Elle actionna l'interrupteur et fut ravie de constater la présence d'une prise pour son sèche-cheveux. Peut-être que ce séjour de cinq jours en forêt, loin de la ville et de leur vie trépidante, se révélerait finalement plus romantique qu'elle l'imaginait.

Ils avaient tous les deux besoin de ralentir le rythme après leur relation éclair et le stress dû à l'organisation du mariage. Certains avaient jugé leur décision un peu hâtive, mais Laura était certaine d'avoir fait le bon choix en épousant Sam Wulf. Elle avait eu le coup de foudre pour lui, et son amour s'était renforcé quand elle avait appris à le connaître, au cours de ces derniers mois.

En plus d'être délicieusement beau, Sam était attentionné, sensible, et un amant exceptionnel. Il était presque trop parfait pour être vrai. Et elle lui avait mis le grappin dessus. Cette idée la fit sourire, même si la salle d'eau n'était pas beaucoup plus grande qu'un placard à balais.

Il y avait heureusement de l'eau chaude, et elle n'avait pas la même teinte brunâtre que les horribles rideaux de l'autre pièce. Laura se savonna avec du gel douche au parfum sensuel. L'odeur de lavande l'apaisa. Elle n'avait pas le trac mais était juste anxieuse à l'idée de devoir rester une semaine dans les bois. Sam et elle n'allaient pas passer tout leur temps au lit. Qu'allaient-ils bien pouvoir faire d'autre ?

Connaissant son mari, il était probable que leurs activités seraient plutôt physiques. Aussi bien à l'intérieur qu'à l'extérieur. Sam dirigeait une entreprise d'aménagement paysager, et c'était par ce biais que Laura l'avait rencontré. Elle avait fait appel à ses services pour que son équipe et lui redonnent un coup de jeune à quelques propriétés qu'elle comptait ajouter au catalogue de sa propre agence immobilière. La première fois qu'il s'était présenté dans une maison à retaper pour discuter des tarifs, elle l'avait embauché. Rien que pour voir s'il allait travailler torse nu, le prix de Sam était le sien. Ce fut le cas, et Laura passa bien trop de temps dans la propriété, à le regarder œuvrer sous un soleil de plomb.

De fil en aiguille, ils commencèrent à sortir ensemble. Huit mois plus tard, elle était Mme Sam Wulf, et se sentait plus heureuse que jamais. L'eau de la douche se fit soudain glaciale, et Laura poussa un petit cri perçant. D'accord, elle aurait pu être un poil plus heureuse. Elle aurait pu passer sa lune de miel ailleurs.

— Ça va, Laura ? demanda Sam, derrière la porte.

Après avoir aussitôt refermé le robinet, dont la pression n'était pas très forte, elle répondit :

— L'eau est glacée !

— Le ballon d'eau chaude n'est pas très gros. Il va falloir prendre des douches rapides, tant qu'on sera ici.

Des douches rapides ? Un petit ballon d'eau chaude ? Des lits superposés ?

— D'accord, promit-elle en sortant de la douche et en empoignant une serviette moelleuse.

— Tu as besoin d'un coup de main pour te sécher ?

— Non ! s'esclaffa Laura. Je vais te faire une surprise avec ce déshabillé coquin, même si je ne compte pas le garder plus de cinq minutes. Tu es censé créer une atmosphère romantique.

— Je n'attends plus que toi. Je suis prêt, mon cœur. Plus que prêt, même.

Le cœur de Laura se mit à battre plus fort. Elle se sécha, se donna un coup de brosse et enfila un déshabillé noir indécent assorti à un minuscule string, ainsi que des mules noires à hauts talons. Elle éteignit la lumière et ouvrit la porte.

Pendant le peu de temps qu'elle avait passé sous la douche, Sam avait transformé le petit cabanon. Il avait allumé plusieurs bougies et les avait disposées dans toute la pièce. Il avait ouvert les deux grandes fenêtres pour laisser pénétrer la lueur argentée de la pleine lune, de sorte qu'elle illuminait les deux petits couchages qu'il avait serrés l'un contre l'autre. Son mari était déjà au lit, baigné par une douce clarté qui faisait ressortir sa musculature cuivrée et dissimulait son visage dans la pénombre.

— Ouah, chuchota-t-elle.

— Pareil, répondit-il du lit. Approche un peu, femme. J'ai l'intention de te combler !

La voix de Sam résonna comme un grondement, et Laura se laissa submerger par une vague de désir. Elle s'approcha du lit en titubant. Elle avait pourtant l'habitude de se déplacer sur des talons aiguilles de près de huit centimètres, mais ceux-là ne cessaient de se coincer dans les fissures, entre les lames du plancher. À mi-chemin du lit, elle s'en débarrassa d'un coup de pied. Sam se mit à rire doucement.

— J'aurais dû te prévenir qu'il était inutile d'apporter des hauts talons en forêt. Tu as bien pris une paire de chaussures de marche, hein ?

Des chaussures de marche ? La question la figea tout net. Laura avait apporté une adorable paire de tennis en jean, mais elle s'était imaginé qu'ils feraient, au pire, quelques balades au clair de lune autour du cabanon, rien de plus. Comme elle le redoutait, Sam avait d'autres idées en tête.

— Oui, répondit-elle. J'ai pris tout ce qu'il faut pour aller dans les bois.

— J'adore ce que tu portes en ce moment, mais quelque chose me dit que tu ne vas pas le garder longtemps. (Il tapota le lit.) Viens vite, ou je vais te chercher !

Toutes ses inquiétudes à propos de la marche se dissipèrent. C'était sa nuit de noces. Elle s'approcha de lui dans un déhanchement langoureux, ce dont elle avait été incapable avec ses talons. Laura avait presque atteint le lit quand quelque chose de pointu s'enfonça sous la plante de son pied. Elle poussa un cri de douleur. Une seconde plus tard, Sam était là pour la recueillir dans ses bras.

— Que s'est-il passé ? demanda-t-il en la portant jusqu'au lit.

— Je crois que je me suis enfoncé une écharde dans le pied !

Après l'avoir déposée en douceur sur le matelas, Sam se pencha auprès d'elle.

— Fais-moi voir ça.

Laura doutait qu'il puisse distinguer quoi que ce soit à la faible lueur des chandelles. Toutefois, avec ses mains brûlantes, il parvint à apaiser quelque peu sa douleur. Même si Sam était grand et costaud, il savait faire preuve de délicatesse. Laura tendit la main et l'enfonça dans l'épaisse chevelure blonde de son jeune époux. Elle adorait ses boucles qui lui tombaient sur les épaules.

— Ce n'est qu'une petite écharde, dit-il. Je crois pouvoir la retirer sans pince à épiler. Prête ?

Elle se demanda comment son mari avait pu repérer le minuscule morceau de bois dans son pied, et comment il ferait pour l'extraire.

— Aïe !

— Un baiser magique, et tu ne sentiras plus rien, lui promit-il.

Laura n'était pas fétichiste, loin de là. Pourtant, quand Sam commença à lui mordiller les orteils, elle se demanda si elle n'allait pas changer d'avis. Il poursuivit jusqu'à sa cheville, puis plus haut, jusqu'à ce que l'écharde ne soit plus qu'un lointain souvenir. Il fit remonter ses mains sous la légère chemise de nuit de Laura, avant de faire glisser sa culotte presque inexistante le long de ses cuisses.

— Tu sens bon, chuchota-t-il d'une voix rauque. Tu as la peau si douce… Tu es magnifique.

Même si Laura se savait séduisante, avec Sam, elle avait l'impression d'être une déesse. Elle aimait cette façon qu'il avait de la vénérer. Lentement, il fit remonter son déshabillé au-dessus de ses cuisses, autour de sa taille. Quand il se mit à lui mordiller l'intérieur des cuisses, elle poussa un léger gémissement, les yeux mi-clos, en prévision des plaisirs à venir. La lune, dont l'éclat brillait par les fenêtres ouvertes, baignait Sam de ses rayons argentés. Sauf que… Ce n'étaient pas des rayons de lune, mais des insectes !

Se redressant d'un bond, Laura voulut écraser l'une des bestioles et frappa Sam sur la tête.

— Eh ! (Il recula.) Pourquoi m'as-tu giflé ?

— Il y a des insectes géants !

Laura serra les jambes d'un geste brusque et bondit du lit, manquant, dans sa précipitation, de faire tomber Sam.

— Ce ne sont que quelques moustiques, Laura, la réprimanda-t-il doucement. Va dans la salle d'eau et asperge-toi d'insecticide pendant que je les chasse et que je referme les fenêtres. Le répulsif se trouve dans l'armoire à pharmacie. C'est sans doute le parfum de ton gel douche qui les a attirés.

Il était donc interdit de sentir bon en forêt ? Laura piqua un sprint jusqu'à la salle d'eau et ferma la porte derrière elle. Elle actionna l'interrupteur, craignant que la petite pièce soit elle aussi infestée d'insectes, mais les moustiques étaient manifestement aussi claustrophobes qu'elle. Comme Sam le lui avait affirmé, l'insecticide se trouvait dans la pharmacie. Elle s'en aspergea le corps et entrebâilla la porte.

— Ils sont partis ?

Sam fit le tour du cabanon en allumant de nouvelles bougies.

— Je crois que j'ai réussi à en chasser une bonne partie, répondit-il. Je dispose quelques chandelles à la citronnelle autour du lit. L'odeur les tiendra à distance.

Les bougies sentaient à peu près aussi bon que le répulsif qu'elle s'était vaporisé sur le corps. Elle quitta la salle d'eau, prenant garde à ne pas traîner ses pieds nus, de crainte de récolter une nouvelle écharde.

— On peut sans doute attendre jusqu'à demain soir, pour la lune de miel.

— Quelle idée ! (Sam déposa encore une bougie incandescente sur parquet et s'approcha de Laura.) Je veux faire l'amour à ma femme. C'est la tradition.

Jusque-là, leur nuit de noces n'avait rien de traditionnel.

— Ce n'est pas comme si c'était la première fois qu'on couchait ensemble. Je sens mauvais, et il y a des insectes dans la pièce. Allons nous coucher, et on refera une tentative demain.

Il secoua la tête et la prit dans ses bras.

— C'est la première fois, Laura. Nous n'avons jamais fait l'amour en tant que mari et femme. En ne faisant plus qu'un ce soir, c'est comme si nous confirmions les vœux que nous avons prononcés tout à l'heure.

Laura sentit les larmes lui monter aux yeux. Les paroles de Sam étaient certes romantiques, mais c'était surtout l'arôme des chandelles qui lui chatouillait les narines. Elle avait voulu que cette soirée soit parfaite… enfin, autant que possible compte tenu de l'endroit où ils se trouvaient. Mais, jusqu'à présent, tout s'était déroulé de travers. Néanmoins, Laura n'allait pas empêcher son nouvel époux d'accomplir son devoir conjugal. Elle ne le lui avait d'ailleurs jamais refusé alors qu'ils n'étaient pas encore mariés. Une idée lui traversa l'esprit. Prenant Sam par la main, elle le guida jusqu'à la salle d'eau.

Après avoir fait passer son léger déshabillé par-dessus sa tête, Laura ouvrit le robinet de la douche.

— Bon, mon chéri, tu as dix minutes avant que l'eau devienne glacée.

Sam était assis dans le rayon de lune qui se déversait par les fenêtres, observant Laura dormir. Avec sa peau de porcelaine, sa chevelure aussi noire que la nuit et ses yeux bleus étincelants, elle était à tomber. Il avait eu le coup de foudre pour sa femme, et plus les mois s'écoulaient, plus il l'aimait. Elle était drôle, effrontée et raffinée. Cette femme était censée être l'Élue, alors comment se faisait-il qu'il ne ressente aucun changement, au fond de lui ?

Scrutant la nuit, Sam distinguait encore des choses qu'aucun humain ne pouvait voir. Son ouïe lui permettait de percevoir le léger craquement des branches quand un animal nocturne filait dans les broussailles. Le mal dont Laura avait été le révélateur aurait dû s'estomper, ce soir-là. Il avait rencontré la femme qui lui était destinée. Il l'avait épousée, et ils avaient consommé leur mariage lors de leur nuit de noces. Que s'était-il passé ? Pourquoi était-il toujours victime de cette malédiction ?

— Sam ? marmonna Laura d'une voix endormie.

Il repoussa une mèche de son visage.

— Je suis là.

— Les ressorts du lit me rentrent dans le dos.

Après s'être emparé de deux oreillers, Sam tenta d'installer sa femme plus confortablement. Il se tourna vers elle et se sentit honteux. Il lui avait menti, et pas uniquement à propos de la destination de leur voyage de noces. Sam avait de l'argent. Il aurait pu proposer à sa jeune épouse une croisière des plus romantiques. Il aurait même pu l'emmener à Paris, mais le fléau de ses ancêtres le rendait prisonnier de la forêt et de la pleine lune.

Si la malédiction n'était pas rompue, contrairement à ce que le poème qu'ils se transmettaient de génération en génération suggérait, il fallait que Sam puisse se fondre dans un environnement propice. Il devait dissimuler la vérité à la seule femme pour laquelle il ne voulait avoir aucun secret.

Il était sur le point de se transformer. Le monstre tapi au fond de lui était près de s'échapper. Il fallait que Sam s'éloigne de son épouse et aille s'aventurer dans les bois pour céder à son instinct animal. Il jeta un dernier coup d'œil à Laura, se pencha au-dessus d'elle et lui déposa un léger baiser sur le front.

— Je suis vraiment désolé, mon cœur.

Il se leva et dirigea ses pas vers la porte, qu'il ouvrit avant de se glisser hors du cabanon. Il huma à pleins poumons le parfum de la terre humide, de l'humus et de l'air frais. Il se sentait aussi bien attiré par la forêt que par la pleine lune, suspendue au milieu du ciel nocturne. Il répondit à l'appel, se déplaçant tout d'abord avec lenteur, avant d'accélérer et de laisser la bête s'exprimer. Il se précipita dans les ténèbres, bondissant par-dessus les troncs d'arbres, sans prêter la moindre attention aux épines de pins et aux petits cailloux sous ses pieds nus.

Même si le fléau de ses ancêtres s'était abattu sur lui, il considérait ce châtiment lié à son nom comme un don. Jamais Sam ne se sentait si libre que lorsqu'il ne faisait plus qu'un avec la nuit. Ces derniers mois, il s'était habitué à la douleur de la transformation, et acceptait à présent l'intégralité de cette mutation. Elle se produisait en douceur : il courait sur ses deux jambes et, l'instant d'après, il filait à quatre pattes.

Il se sentait chez lui au milieu des autres créatures de la nuit. Mais il voulait également que sa femme l'accepte, et n'était pas certain de savoir comment elle réagirait en apprenant la vérité. Peut-être ne s'agissait-il ce soir-là que d'un coup du hasard et que, le lendemain, il serait capable de résister à l'appel de la pleine lune. Même s'il appréciait sa liberté, il éprouvait pour Laura un amour bien plus fort. Même s'il acceptait cette présence monstrueuse en lui, il était prêt à s'en défaire.

Quand il se transformait, il lui était de plus en plus difficile de tenir un raisonnement sensé. Sa complète liberté l'emplissait de joie, mais cela n'effaçait pas toute inquiétude. Si la malédiction n'était pas rompue le soir suivant, que diable allait-il pouvoir raconter à sa femme ?

Laura se réveilla à cause d'une forte douleur dans le dos. Les ressorts métalliques du sommier, sous le fin matelas, lui semblaient avoir fusionné avec sa colonne vertébrale. Une salve de mots choisis lui vint à l'esprit mais, soudain, elle se rappela. Il s'agissait de sa lune de miel. Elle était Mme Sam Wulf. Le sourire aux lèvres, elle se retourna vers l'autre côté du lit. Son mari n'était pas là. Les bruits d'ablutions et la porte close de la salle d'eau lui permirent de le localiser. Sam était sous la douche.

Après avoir rassemblé ses forces pour se redresser en position assise, elle jeta un coup d'œil dans le cabanon, espérant qu'il aurait un aspect plus engageant à la lueur du jour. La vision de la kitchenette, avec son plan de travail vieillot, lui remit du baume au cœur. Il y avait une cafetière. Pleine. Elle repoussa le léger duvet qui la recouvrait et se leva. Elle avait enfilé un pyjama plus douillet une fois que Sam et elle avaient transformé une douche tiède en moment torride.

Chaussettes aux pieds, Laura se dirigea vers la kitchenette. Elle repéra une tasse et y versa une dose de remontant. Quel genre d'horreurs Sam lui réservait-il, ce jour-là ? En jetant un coup d'œil par les deux fenêtres, au-dessus du lit, elle remarqua la présence de montagnes abruptes et d'un soleil radieux. La journée s'annonçait splendide. *Flûte!*

La porte de la salle d'eau s'ouvrit. Sam en sortit, une serviette autour de la taille. Il avait tiré ses cheveux blonds en arrière, révélant ses traits virils. Une barbe naissante lui assombrissait la mâchoire de manière très sensuelle. Des gouttelettes s'étaient accrochées à son torse musclé. Elle poussa un soupir. Qu'est-ce qu'il était beau…

— Tu as bien dormi, mon cœur ?

Malgré le matelas aussi fin que bosselé et les ressorts du sommier, Laura avait relativement bien dormi, blottie contre Sam, entre ses bras protecteurs.

— Comme une souche, déclara-t-elle, estimant que le côté sylvestre de sa réponse était des plus appropriés.

Il esquissa un sourire.

— Tu es terriblement sexy dans ce pyjama en pilou.

D'habitude, Laura évitait cette matière. Mais Sam l'avait prévenue que les nuits pouvaient être fraîches à la montagne, même en plein été. Pivotant sur elle-même tel un top-model, elle déclara :

— Il va falloir t'y habituer. C'était la dernière fois que je mettais des dessous coquins. Maintenant que nous sommes mariés, tu vas voir le monstre que je suis parvenue à te cacher pendant tous ces mois.

Sa menace n'obtint pas le sourire escompté. Il se contenta de détourner le regard, avant de hisser sa valise sur le lit.

Laura le rejoignit.

— Tu as bien compris que je plaisantais, hein ?

— Bien sûr, répondit-il en continuant à fouiller dans ses vêtements. Je m'étais dit qu'on aurait pu marcher jusqu'au lac et pêcher quelques truites pour le dîner. Qu'est-ce que tu en dis ?

Elle fut ravie qu'il ait la tête enfouie dans sa valise : il fut donc dans l'incapacité de la voir blêmir. Pêcher ? Marcher ? Il allait falloir qu'ils s'enfoncent dans les bois pour atteindre le lac, non ?

— On ne peut pas y aller en voiture ?

Il secoua la tête.

— Il va falloir traverser des étendues de terrain plutôt sauvage avant de pouvoir gagner le lac, mais on devrait y être en moins d'une heure, si on ne traîne pas trop.

Il ajouta en enfilant un tee-shirt :

— Asperge-toi bien de répulsif avant de partir.

Elle esquissa un sourire aussi bref que jaune, puis saisit sa valise et la fit rouler jusqu'à la minuscule salle d'eau. Elle aurait dû être franche dès le début et lui avouer tout de suite qu'elle avait une peur bleue de la forêt. Elle s'était enfoncée dans son mensonge, prétendant adorer les grands espaces parce qu'elle savait que Sam était du genre à apprécier la nature. Elle n'avait pas voulu réduire à néant ses chances avec lui uniquement parce qu'ils n'avaient pas le même point de vue sur ce détail. Pendant des mois, Laura s'était efforcée d'imaginer des prétextes au cas où il lui aurait proposé de l'accompagner dans son cabanon, mais Sam ne l'y avait jamais invitée. Pourquoi, d'ailleurs ? Et pourquoi se posait-elle cette question à cet instant précis ?

— Tu viens, Laura ? J'ai tout ce qu'il nous faut. Ça mord mieux, le matin !

En se regardant dans le miroir, Laura se redressa.

— Je peux le faire, répéta-t-elle.

Au bout de dix minutes de marche, Sam fut à peu près certain que Laura n'avait jamais pris part à la moindre randonnée. Même si elle avait de jolies chaussures, celles-ci n'étaient pas faites pour la marche et, dès qu'il les avait vues, il avait décidé d'opter pour un chemin plus facile que celui qu'il avait initialement prévu. La première fois où ils s'étaient rencontrés, sa nouvelle épouse lui avait pourtant affirmé qu'elle adorait les grands espaces.

Cela l'avait inquiété, à l'époque, car il avait craint qu'elle insiste pour l'accompagner à son cabanon, auquel il se rendait chaque mois. Mais Laura ne lui avait jamais posé la question. Il savait pourquoi, à présent. À sa réaction quand elle avait vu le cabanon la veille au soir – sans parler des insectes –, Sam avait compris que c'était la première fois qu'elle mettait les pieds dans une forêt.

— On est bientôt arrivés ? demanda Laura en haletant.

D'après sa façon de regarder partout autour d'elle bouche bée en marchant, Sam était persuadé qu'elle n'allait pas tarder à trébucher et à rompre son joli cou.

— On n'est plus très loin, lui assura-t-il. Ça te plaît, Laura ?

— Bien sûr, répondit-elle en butant contre une branche. (Elle retrouva l'équilibre et lui adressa un sourire.) Comme tu l'as dit hier soir, qui n'aime pas les bois ?

Son épouse. Laura ne contemplait pas le paysage comme si elle était stupéfaite par la beauté des montagnes. Elle était terrifiée. L'instinct animal de Sam lui permettait de sentir sa peur. Il lui prit la main.

— Tu n'as rien à craindre, Laura.

Elle humecta ses lèvres appétissantes.

— Tu veux dire qu'il n'y a pas d'ours ou d'animaux sauvages dans les environs ?

Il jugea qu'il serait irresponsable de lui mentir sur les dangers potentiels qu'ils couraient.

— Il y a toutes sortes d'animaux sauvages dans les bois, lui expliqua-t-il. Et, si, il y a des ours, bien que, la plupart du temps, ils préfèrent rester en altitude. Tant que nous éviterons de laisser de la nourriture derrière nous, ils ne nous embêteront pas. Il est sage de rester vigilant mais, quand on a peur, il est impossible de profiter de la beauté de la nature.

Il sentit la tension qui émanait de Laura diminuer un peu. Elle avait confiance en lui. Elle avait raison : il la protégerait, de sa vie si c'était nécessaire, mais il fallait également que Laura apprenne à se fier à ses propres instincts.

— J'ai déjà emprunté ce chemin de nombreuses fois, je le connais donc plutôt bien. Mais, si ça n'avait pas été le cas, j'aurais apporté des morceaux de tissu et balisé la piste pour pouvoir regagner le cabanon sans problème au cas où mon sens de l'orientation m'aurait fait défaut.

— C'est une excellente idée, dit Laura. Et pour les animaux ? Comment ferais-tu pour les tenir à distance ?

Sam ajusta les cannes et le matériel de pêche qu'il tenait dans une main.

— La plupart du temps, ça ne pose pas de problème. Les animaux sauvages évitent en général de s'approcher des hommes. Ils préfèrent ne pas se montrer. Seul un animal malade ou affamé, ou une femelle voulant protéger ses petits, attaquerait un humain.

Laura tourna brusquement la tête vers lui.

— Ne me dis pas que dans cette immense forêt il n'y a pas au moins l'un d'entre eux.

Il avait du mal à se faire comprendre. Sam voulait apaiser ses craintes, et non les exacerber. Il s'immobilisa et saisit Laura par le bras.

— Tu veux rentrer ? On peut rester dans le cabanon, aujourd'hui, si tu préfères.

Les magnifiques yeux bleus de son épouse se mirent à briller. Puis elle fronça les sourcils.

— Mais tu veux pêcher… (Elle se redressa et poursuivit.) Non, je veux continuer. Peut-être que je me découvrirai une nouvelle passion.

— Je croyais que tu avais déjà pêché.

Elle se mit à rougir.

— Eh bien, pas longtemps. J'ai oublié tout ce que j'avais appris.

Il soupçonnait fort qu'il s'agissait pour elle d'une première. Il ne lui en voulait pas d'avoir tenté de lui faire croire qu'elle adorait la nature, même s'il était désormais évident qu'elle n'y avait jamais mis les pieds. Un petit mensonge bien inoffensif par rapport à ce qu'il lui avait dissimulé.

La malédiction aurait dû être rompue. Il avait espéré ne jamais être obligé de lui en parler. Comment un homme pouvait-il révéler à sa femme, qui avait manifestement une peur bleue des animaux sauvages, qu'elle en avait épousé un ?

— Quelque chose ne va pas, Sam ?

Il se rendit compte qu'il n'avait pas cessé de la dévisager. Il secoua la tête.

— Non, allons pêcher.

Comment avait-elle pu croire un seul instant qu'elle aimerait la pêche ? La gibecière de Sam était pleine de choses malodorantes, d'horribles asticots en plastique et de petits poissons en métal brillant équipés d'hameçons.

— Je vais appâter ton hameçon, dit Sam.

Elle aurait pu l'embrasser ! Au moins, il ne s'attendait pas à ce qu'elle sache comment faire une telle chose, ou même qu'elle le veuille. Quand il plongea la main dans un bocal de ce qui ressemblait à une sorte de caviar rouge spongieux, elle fit la grimace. Il garnit son hameçon d'un œuf, puis fixa une boule rouge et blanc sur la ligne.

Il lança la ligne et lui tendit la canne.

— Les truites aiment particulièrement les œufs de saumon. Surveille le bouchon, et s'il se met soudain à s'agiter ou à s'enfoncer, tire sur la canne et commence à mouliner.

Hein ?

— D'accord, répondit-elle, faisant mine de comprendre ses instructions.

Laura surveilla le bouchon. Il se mit à remuer, et elle tira d'un coup sec sur sa canne à pêche.

— C'était juste le courant, lui dit Sam. Tu verras la différence quand ça se mettra à tirer sur la ligne, ou quand le bouchon disparaîtra sous l'eau.

— Je le sais bien, mentit-elle. Je voulais juste repositionner le bouchonnet.

Elle sentit qu'elle n'était pas crédible.

— Si tu veux, installe-toi confortablement sur ce rocher. La pêche requiert une bonne dose de patience.

Confortablement ? Sur une pierre ? Elle allait juste salir son joli short, oui !

— Je crois que je vais rester debout, décida Laura.

— D'accord, comme tu voudras.

Sam se dirigea vers le rocher avec sa canne. Il lança la ligne avant de s'asseoir. Son solide mari semblait très à l'aise dans cet environnement. Il était tout à fait détendu, tandis que Laura se demandait déjà ce qu'elle ferait si elle parvenait à prendre un poisson.

Au bout d'une demi-heure, elle semblait moins inquiète.

— Tu es sûr qu'il y a des poissons, dans ce lac ? demanda-t-elle à Sam.

— J'en rapporte toujours des quantités quand je viens ici. Il n'y a rien de meilleur que de la truite fraîche frite.

Laura n'avait pas de goût particulier pour le poisson. Elle aimait le crabe et le homard, mais le reste l'indifférait. En revanche, si Sam parvenait à pêcher quelque chose, elle s'était juré d'en manger. Elle avait induit Sam en erreur, la première fois qu'ils s'étaient rencontrés. Le temps était venu de tout lui avouer.

— Sam, il faut que je te dise quelque chose.

Il se tourna vers elle et haussa un sourcil.

Elle eut du mal à soutenir son regard de cocker, et baissa la tête.

— Je n'ai pas été tout à fait honnête avec toi quand on s'est rencontrés. Je ne suis pas une fille de la nature, Sam. Si je l'ai prétendu, c'était uniquement parce que je croyais que tu préférerais une femme qui partage les mêmes centres d'intérêt que toi. Je voulais te plaire autant que tu me plais.

Soudain, Sam se dressa devant elle. Il lui prit la canne à pêche des mains et la déposa par terre. Lui tenant le menton, il l'obligea à le regarder.

— D'habitude, je suis en effet plus attiré par les femmes qui partagent mon amour des grands espaces mais, la première fois que je t'ai vue, tout était différent. Je n'arrivais à rien faire d'autre que de te regarder, de constater à quel point tu es belle, intelligente et drôle. J'ai immédiatement su que tu étais celle que j'attendais.

Les larmes commençaient à piquer les yeux de Laura, et cette réaction n'avait rien à voir avec l'odeur du répulsif dont elle s'était aspergée avant de quitter le cabanon. Sam était adorable. Les hommes de sa trempe ne couraient pas les rues. Ils étaient en voie d'extinction.

— Je ne te déçois pas trop ? demanda-t-elle. Tu ne m'en veux pas de ne pas avoir été franche avec toi ?

Il lui caressa les joues pour essuyer ses larmes.

— Ce n'était qu'un petit mensonge. Naturellement, j'aurais adoré que tu me demandes de passer un peu de temps ici avec moi, mais si ce n'est pas ton truc, je comprends. Ce n'est pas parce que j'adore ça qu'il faut que tu te croies obligée d'aimer.

Le cœur de Laura battait dans sa poitrine.

— J'ai épousé le prince charmant.

Laura se dressa sur la pointe des pieds et lui déposa un baiser sur les lèvres. Comme il ne répondait pas, elle recula pour mieux le voir. Il avait l'air hagard.

— Que se passe-t-il, Sam ? Qu'est-ce qui ne va pas ?

Il détourna le regard.

— Moi non plus, je ne t'ai pas tout dit…

Elle attendit qu'il poursuive mais, soudain, sa canne à pêche fut projetée en avant, sur le sol. Sam recula et se précipita dans sa direction. Il s'en empara de justesse.

— Viens, Laura. Tu es sur le point de pêcher ton premier poisson.

Plus tard dans la soirée, blottie dans les bras de Sam, Laura ne se souciait plus du matelas bosselé, ni des douloureux ressorts métalliques. Ils avaient mangé le poisson qu'elle avait pris dans la journée. Elle avait trouvé ça bon, mais tout de même moins que le moment qu'ils avaient passé au lit après le dîner. Qui aurait cru que Laura Wulf était une bonne pêcheuse ? Certainement pas elle.

Le souffle lent et régulier de Sam lui indiqua qu'il s'était assoupi. Ils étaient tous les deux épuisés après leur randonnée jusqu'au lac, sans parler de leur longue partie de jambes en l'air. Sur le chemin du retour, Laura avait vraiment pris le temps d'apprécier la nature environnante et les bois plutôt que de se demander ce qui pourrait bien se jeter sur eux pour les dévorer.

Peut-être apprendrait-elle à aimer les grands espaces. Cela ferait certainement plaisir à Sam et, même s'il lui avait affirmé que ce n'était pas très important pour lui, ça l'était pour elle. Laura refusait que quoi que ce soit puisse les empêcher de passer du temps ensemble. Il était sans doute possible de réaménager le cabanon. Elle le faisait tout le temps, pour son agence immobilière. La priorité serait d'y installer un lit confortable, à deux places, sans trou au milieu. Elle en avait assez de se retrouver coincée entre les deux matelas au milieu de la nuit.

Laura s'endormit en songeant aux modifications qu'elle pourrait apporter. Un peu plus tard, quelque chose la réveilla. Le bruit de la porte que l'on refermait doucement. Elle se tourna vers Sam, mais le lit était vide. Elle se redressa en tendant l'oreille.

— Sam ?

Pas de réponse.

Le clair de lune illuminait la pièce, ce qui lui permit de constater que la porte de la salle d'eau était ouverte, et la lumière éteinte. Sam n'était pas dans le cabanon. Se hissant jusqu'à la tête du lit, elle jeta un coup d'œil dehors. Son mari avait les yeux rivés sur la lune bien pleine. Il était nu !

— Bon sang, mais qu'est-ce qu'il fabrique ? marmonna-t-elle.

L'espace d'un instant, elle se demanda s'il était somnambule, même si cela ne s'était jamais produit jusque-là et que Sam ne lui avait jamais avoué être sujet à ce genre de problème. Mais, tandis qu'elle continuait à l'observer, il semblait parfaitement éveillé. Il se dirigea vers les arbres, à la lisière de la clairière. Puis il se mit à courir. Nu. Pieds nus. Loin du cabanon.

Son amusement passager se dissipa aussitôt. Laura avait peur. Pas pour elle, cette fois, mais pour Sam. Ce qu'il faisait était sans aucun doute dangereux, même s'il se sentait chez lui dans les bois. Elle se leva et s'empara d'un peignoir en éponge qu'elle avait emporté pour avoir bien chaud. Après avoir retrouvé et enfilé ses chaussures, Laura fit une chose dont elle ne se serait jamais crue capable, même un jour plus tôt. Elle quitta le cabanon au beau milieu de la nuit.

— Sam ! appela-t-elle.

Mais son mari avait disparu. Qu'allait-elle faire, à présent ? Devait-elle partir à sa recherche ? En aurait-elle le courage ? Au clair de lune, les arbres avaient l'air de monstres géants, dont les branches taillées comme autant de griffes n'attendaient que de se refermer sur elle si elle s'en approchait trop.

Sam lui avait dit plus tôt dans la journée que les animaux ne manquaient pas, dans la forêt. Pour quelle raison se serait-il donc précipité vers le danger ? Une terrible idée lui vint à l'esprit. Sam avait-il toute sa tête ? Ne lui manquait-il pas une case ? Laura avait du mal à le croire. Il était parfait. *Trop parfait*, s'était-elle souvent dit.

— Il n'est ni fou ni dérangé, se gourmanda-t-elle.

Si son époux s'était glissé hors du cabanon au beau milieu de la nuit et pour se précipiter dans les bois nu comme un ver, il avait forcément une bonne raison de le faire. Il ne restait plus à Laura qu'à découvrir quelle était cette raison.

Sam avait endossé son apparence de loup. Un jour, il avait lu que, en se transformant, les hommes de la famille Wulf perdaient la faculté de maîtriser leurs pensées et leurs actes. En plus du poème composé par le premier Wulf maudit – à l'encre si passée qu'il en était presque illisible – les membres de sa famille s'étaient transmis de génération en génération des lettres qui expliquaient certains aspects de cette transformation.

Quelle partie du poème – ou de ce qu'il en restait – Sam avait-il pu mal interpréter ? La malédiction était censée être liée à l'amour, mais ce sentiment devait également en être la clé. Depuis des siècles, les Wulf avaient mis un terme à cette calamité en épousant leur âme sœur ; Sam était donc parti du principe qu'il en irait de même pour lui.

À moins que Laura ne soit pas l'Élue. Sam avait esquivé cette possibilité. Si ce n'était pas elle, alors tant pis. Il l'aimait. Il ne quitterait pas sa femme, même si cela signifiait qu'il serait maudit pour le restant de ses jours. Mais Laura accepterait-elle de rester avec lui ?

À travers la végétation, grâce à sa vue perçante, il distingua l'éclat d'une faible lueur. Une lampe torche, comprit-il bientôt. Quittant sa cachette à pas de loup, l'animal contourna les arbres jusqu'à la source lumineuse. Il fut surpris de constater qu'il s'agissait de Laura. Elle était revêtue de son peignoir miteux en éponge et, de temps à autre, elle s'arrêtait pour accrocher un morceau de papier toilette à un arbre afin de marquer son chemin. Sam se sentit alors immensément fier d'elle. Il comprit à quel point sa femme l'aimait.

Même si elle avait admis un peu plus tôt que les bois l'effrayaient, elle était partie à sa recherche. Du moins, il présumait qu'il s'agissait de la raison pour laquelle Laura avait décidé de faire face à ses craintes, n'hésitant pas à se mettre en danger. Sam voulait aller la rejoindre, la serrer dans ses bras et lui avouer tout ce qu'elle représentait pour lui… Mais c'était impossible. Laura serait terrorisée de le voir sous sa forme lupine. En même temps, il fallait qu'elle retourne au cabanon.

Sam étant dans l'impossibilité de modifier son apparence à volonté, il aurait jusqu'au matin pour réfléchir au mensonge le plus approprié. Pour le moment, il voulait qu'elle retourne en lieu sûr. Il savait comment s'y prendre pour lui faire regagner le cabanon, même si cela ne lui plaisait guère. S'efforçant de surmonter toute la répugnance qu'il éprouvait à l'idée de duper celle qu'il aimait, et évitant de songer à la possibilité de la perdre, Sam exprima ses sentiments sous la forme d'un hurlement des plus inquiétants.

Laura se figea. Ses cheveux se dressèrent sur sa tête et son cœur se mit à battre la chamade. C'était le cri d'un loup. Y en avait-il encore dans les bois ? Elle avait entendu dire qu'ils avaient presque disparu, sauf dans quelques parcs naturels comme Yellowstone. S'il s'agissait d'un loup… À moins que ce soit quelque chose d'encore plus terrifiant. Peut-être s'agissait-il d'une sorte de yéti ? Personne ne savait s'ils hurlaient, puisqu'ils étaient censés ne pas exister.

Toutes les créatures effrayantes qu'elle avait vues au cinéma ou à la télévision ou dont on lui avait parlé lors de soirées pyjama au collège lui revinrent à l'esprit. Les trolls. La créature du marais. Ces affreux singes volants du *Magicien d'Oz*. Le monstre de Frankenstein. Les momies. Les vampires. Les loups-garous. Cette dernière catégorie l'interpella. Les loups-garous étaient censés hurler à la lune, non ?

— Ressaisis-toi, Laura, chuchota-t-elle.

Elle fut pourtant incapable de cesser de faire trembler la lampe torche dans sa main, réduisant à néant sa tentative de se faire passer pour quelqu'un qu'elle n'était pas, quelqu'un qui ne serait pas terrifié.

Un second hurlement fendit la nuit. Laura sursauta. Elle aurait juré qu'il s'était rapproché. Elle perdit toute rationalité et se mit à courir, sans tenir compte du chemin qu'elle avait balisé avec soin. Cela n'avait plus aucune espèce d'importance. La créature était sur ses talons, et tout ce qu'elle voulait, c'était lui échapper.

Quand elle aperçut enfin le cabanon, elle avait un point de côté. De toute sa vie, Laura n'avait jamais été si heureuse de voir quelque chose. Elle se précipita vers l'abri, se glissa à l'intérieur et verrouilla la porte.

— Sam ? appela-t-elle dans l'obscurité. Sam, je t'en prie, réponds…

Mais personne ne répondit. Son jeune époux était parti gambader nu dans les bois alors qu'un animal sauvage était en train de pourchasser sa femme. Elle alluma la lampe et tira les horribles rideaux écossais. Elle s'étendit et attendit. À son retour, Sam allait devoir lui fournir quelques explications.

Même si elle était trop soucieuse pour s'endormir, Laura parvint à somnoler tout au long de la nuit. Elle se réveilla en sursaut. Sam se tenait près d'elle et la regardait fixement. L'amour qui se lisait dans son regard la fit presque fondre. Puis elle se ressaisit. En se redressant, elle lui demanda :

— Où étais-tu passé, cette nuit ?

Il recula et détourna le regard.

— Je suis allé courir.

— Nu ?

Il reporta son attention sur elle.

— Tu m'as vu ?

— Oui. Je me suis réveillée quand tu es sorti. Quand j'ai regardé par la fenêtre, j'ai vu à la lueur de la lune que tu étais nu. Ensuite, tu t'es enfoncé sous les arbres.

Il se passa une main sur le visage.

— Tu n'aurais pas dû me suivre. Ça aurait pu être dangereux.

Fronçant les sourcils, elle lui demanda :

— Comment sais-tu que je t'ai suivi ?

Sam se leva et lui tourna son large dos hâlé. Il ne portait qu'un jean taille basse.

— Parce que je te connais, et je sais que tu réagirais de cette façon, même en étant parfaitement consciente des risques.

Malgré la vue qu'il lui offrait, Laura ne se laissa pas distraire.

— Si c'est ce que tu penses, tu me connais mieux que moi, lui assura-t-elle. Mais je m'inquiétais pour toi. Il y a un loup dans la forêt. Je l'ai entendu hurler, cette nuit. Je crois qu'il m'a poursuivie jusqu'au cabanon.

Quand il se retourna, elle eut une meilleure vue encore sur son large torse nu.

— Et tu avais peur.

Elle s'efforça de lever les yeux.

— Bien sûr que j'ai eu peur. J'étais terrifiée à l'idée qu'il puisse me dévorer.

Il se rassit auprès d'elle, lui prit ses mains glacées dans les siennes, bouillantes.

— Et si je te disais que tu n'avais aucune raison d'être effrayée par ce loup ? Qu'il ne t'aurait jamais fait le moindre mal ?

Sam avait l'air tout à fait sérieux. Était-il aussi complètement fou ?

— Comment peux-tu en être certain ?

— Ce n'est pas la première fois que je le vois. Il ne ferait jamais de mal à un humain. Du moins, tant qu'on ne représente aucune menace pour lui.

Au contact de ses mains rassurantes, elle s'apaisa un peu.

— Est-ce que c'est l'animal de compagnie de quelqu'un qui habite dans les environs ?

— On peut dire ça.

— Il est domestiqué, alors ?

— Autant qu'un loup puisse l'être.

Elle comprenait, à présent.

— Comme un chien ?

Sam tressaillit.

— Quand même pas. C'est un loup.

Laura n'était même pas sûre d'aimer les chiens. Ce dont elle était certaine, c'était qu'elle détestait les loups.

— Tout cela ne m'explique pas pourquoi tu courais nu dans la forêt.

Sam lui libéra les mains, se leva et se dirigea vers la kitchenette. Il se versa une tasse de café.

— J'adore courir nu dans les bois, la nuit. C'est un plaisir.

Comment pouvait-on éprouver du plaisir à courir nu dans une forêt infestée de moustiques ? Laura craignait qu'il s'agisse d'un problème plus profond, inavouable.

— Serais-tu exhibitionniste, Sam ?

Il manqua de recracher la gorgée de café qu'il venait de boire.

— Bien sûr que non, Laura. Les exhibitionnistes veulent se montrer. Si c'était mon cas, je ne courrais pas nu dans un endroit isolé, au beau milieu de la nuit, qui plus est.

Elle fut soulagée.

— Je crois que j'ai compris, reconnut-elle. Mais tu sais, tu peux courir nu devant moi tant que tu veux. Tu as des avantages non négligeables.

Il éclata de rire, ce qui rompit la tension entre eux. Il s'approcha d'elle et se mit à lui mordiller l'oreille.

— Ton pyjama en pilou commence sérieusement à m'exciter.

Même si elle lui avait découvert une étrange manie, son mari était encore le même homme que celui dont elle était tombée amoureuse. Lui aussi en avait beaucoup appris sur elle. Sans doute huit mois ne suffisaient-ils pas pour connaître quelqu'un, mais Laura restait convaincue d'avoir fait le bon choix. Ils ressentaient le besoin de réaffirmer leur amour après cette nuit orageuse. Elle savait comment s'y prendre. Elle lui adressa un clin d'œil en ouvrant légèrement son peignoir miteux, révélant ainsi quelques centimètres carrés de pilou.

— Reviens te coucher. La nuit a été longue, sans toi.

Ils passèrent une bonne partie de la journée au lit, profitant l'un de l'autre, riant, se taquinant. Puis la nuit était tombée, et Sam se demandait comment il allait pouvoir s'éclipser sans la réveiller de nouveau. Il se demandait également si la malédiction était enfin rompue, ce qui lui éviterait de devoir s'enfuir. Si ce n'était pas le cas, le cycle prendrait fin le lendemain. Mais uniquement jusqu'au prochain. Pourrait-il continuer à mentir à Laura jusqu'à la fin de ses jours ? Ce n'était pas dans ses intentions. Peut-être, au bout d'un certain temps, serait-elle en mesure d'accepter la vérité.

Blottie contre lui, elle déclara :

— Je viens de penser à quelque chose.

Il l'embrassa sur le sommet du crâne.

— À quoi donc ?

— J'ai peur d'un loup, alors que mon nouveau nom de famille sonne comme « loup » en anglais.

Il lui avait fallu du temps pour faire le rapprochement. La malédiction, qui remontait à présent à plusieurs siècles, était liée à ce nom. Au fil des ans, elle s'était affaiblie, et il était rare qu'elle se manifeste, désormais. Mais Sam était la preuve vivante qu'elle avait encore cours. Ses parents en avaient vite décelé les signes avant-coureurs et l'avaient préparé au jour où il trouverait le grand amour et commencerait à se transformer. Il faudrait également que Sam fasse la même chose pour ses propres fils, un jour. Encore un secret qu'il avait omis de révéler à Laura.

Persuadé que la malédiction aurait dû prendre fin pour lui lors de leur nuit de noces, Sam décida d'attendre et de voir, en ce qui concernait ses enfants. Inutile d'inquiéter Laura pour rien.

— Tu vois, tu n'as rien à craindre de lui. Vous êtes presque parents, finit-il par lui répondre.

Elle se mit à glousser et se pelotonna tout contre lui.

— Tu m'as épuisée. Je vais dormir comme une pierre, cette nuit.

Il l'espérait de tout son cœur. Si rien n'avait changé pour lui, Sam n'allait pas tarder à devoir la quitter. Comment allait-il pouvoir rompre la malédiction si le fait d'avoir trouvé son âme sœur et de l'avoir épousée ne suffisait pas ? Il avait lu quelque chose à propos d'un homme devant affronter son pire ennemi. Pour autant que Sam le sache, il n'en avait pas le moindre. Est-ce que cette strophe était une manière archaïque de dire qu'un homme devait faire face à sa plus grande peur ? Pour lui, c'était de perdre Laura. Le seul moyen d'y faire face serait de lui révéler la vérité.

S'il s'y résolvait, Laura, effrayée par les bois et les créatures qui les peuplaient voudrait certainement mettre le plus de distance possible entre elle et son nouvel époux. À moins qu'il lui explique qu'il était inutile de craindre tous les animaux. Il y avait un moyen de le lui faire comprendre. Mais elle n'allait pas aimer.

Il faisait un froid glacial dans le cabanon. Même le pyjama en pilou de Laura ne lui suffisait pas, ce soir-là. Elle franchit le trou entre les deux lits, en quête d'un peu de chaleur humaine. Non seulement il y faisait aussi froid, mais son mari n'était pas là. Il faisait encore noir. Les horribles rideaux qu'elle avait tirés avant d'aller se coucher empêchaient toute lumière de filtrer dans la pièce. Mais elle aperçut un rayon de lune, par la porte ouverte.

— Sam ? appela-t-elle, espérant qu'il était quelque part dans le cabanon.

Pas de réponse.

— Ça alors. (Laura repoussa les couvertures.) Si tu veux absolument aller courir nu dans les bois en pleine nuit, tu pourrais au moins refermer la porte derrière toi.

Même si elle savait qu'il était inutile de se plaindre, elle se sentit mieux. Elle était sur le point de se lever quand elle remarqua quelque chose. Une ombre, sur sa gauche. Une paire d'yeux rougeoyants. Elle voulut pousser un cri mais se ravisa, craignant d'inciter l'animal à se jeter sur elle.

Une fois sa vision ajustée à l'obscurité, Laura s'aperçut que l'ombre était en fait celle d'un loup. Il devait s'agir de celui qu'elle avait vu la nuit précédente. Celui dont Sam lui avait certifié qu'il ne s'attaquerait jamais aux humains. Mais son mari n'était pas là pour le mettre dehors.

— Gentil loup, dit-elle. Sors, maintenant.

Le loup se leva et s'approcha d'elle. Laura roula de l'autre côté du lit et se précipita vers la porte. Grâce à l'adrénaline, elle parvint à l'atteindre et sortit en courant, puis referma la porte derrière elle.

— Ah, ah ! s'écria-t-elle. Je t'ai bien eu, hein ?

Elle ne fit pas longtemps la maligne. Il faisait froid, dehors. La voiture était verrouillée, et les clés étaient dans le cabanon. La seule possibilité qui s'offrait à elle était de partir à la recherche de Sam. Elle savait que ce n'était pas une bonne idée d'aller traîner dans la forêt sans la moindre lampe ni quoi que ce soit qui lui aurait permis de baliser son chemin, mais elle pouvait au moins aller y jeter un coup d'œil. Peut-être Sam n'était-il pas très loin du cabanon.

Suivant la direction dans laquelle Sam était parti la nuit précédente, Laura tenta de garder son sang-froid. La lune illuminait la clairière, mais elle dessinait également le contour des arbres. Ils étaient toujours aussi effrayants. De petits nuages de vapeur s'échappaient de sa bouche à chacune de ses respirations, et ses chaussettes étaient trempées par la rosée. Derrière elle, le loup continuait à hurler, presque comme s'il demandait à Laura de rentrer au cabanon.

— Ouais, reviens pour que je puisse te dévorer, grommela-t-elle. Sam !

Aucune réponse.

Plus elle s'enfonçait sous les arbres, plus le silence aurait dû lui sembler rassurant ; au contraire, elle avait l'impression de ne plus se trouver sur terre. Comment Sam pouvait-il supporter de courir nu par un tel froid ? Elle était frigorifiée. Elle se souffla dans les mains et aurait tapé des pieds si elle n'avait pas redouté de se blesser en marchant sur quelque chose.

Plus elle s'enfonçait dans les bois, moins elle savait où elle allait. Elle était complètement perdue. Elle avait la voix éraillée à force d'appeler Sam. Elle était sur le point de céder à la panique. Laura se laissa tomber sur une souche et prit de profondes inspirations pour se calmer. Se frottant les bras pour se réchauffer, elle continua à appeler son mari. Toujours pas de réponse.

Même si elle n'y connaissait rien à la forêt, elle savait que ce qu'elle avait de mieux à faire, à présent, c'était de retourner au cabanon. Peut-être que, si elle rouvrait la porte, le loup s'enfuirait. Et puis, peut-être Sam était-il déjà rentré et s'était-il chargé de l'animal.

À présent, il ne lui restait plus qu'à retrouver son chemin. Elle se leva et se dirigea avec peine dans la direction par laquelle elle était venue. Elle marcha ce qui lui sembla durer une éternité avant d'entendre un bruit familier. Le hurlement du loup.

Elle était sur le point de fondre en larmes. Au moins, à présent, elle avait un repère pour regagner le cabanon. Elle poursuivit son chemin d'un pas plus assuré, au son des hurlements. Elle ne tarda pas à apercevoir le refuge. Ses genoux se dérobèrent presque sous son poids tant elle fut soulagée. Mais il restait un problème à résoudre. Sam n'était manifestement pas encore revenu, et le loup se trouvait encore dans l'abri.

Avec ses deux mains tremblantes, elle saisit la poignée de la porte du cabanon. Elle l'ouvrit en grand et se plaqua contre le mur extérieur.

— Sors de là, le loup ! exigea-t-elle. Je ne veux pas de toi chez moi !

L'animal bondit dehors et se précipita vers les arbres. Laura courut se réfugier à l'intérieur et verrouilla la porte. Le cœur battant, elle prit une profonde inspiration pour tenter de retrouver son calme. Elle était en lieu sûr. Saine et sauve. Mais où diable était Sam ? Laura s'écarta de la porte et se dirigea vers la salle d'eau. Elle avait toujours aussi froid, et une douche bien chaude d'une dizaine de minutes parviendrait sans doute à la réchauffer. Si Sam revenait alors qu'elle était sous la douche, il pourrait se servir de la seconde clé, qu'il avait dissimulée sous le paillasson.

Comme elle l'avait espéré, la douche ranima sa circulation sanguine. Elle évita d'utiliser le gel douche au parfum sensuel. Sam lui avait dit qu'il attirait les insectes. Elle sortit, se sécha et noua une serviette autour de ses cheveux mouillés. De retour dans la pièce principale, elle actionna l'interrupteur et fronça les sourcils à l'idée d'enfiler son pyjama en pilou.

Elle préféra s'emparer dans la vieille commode du cabanon d'une chemise de nuit sexy et de la robe de chambre qui allait avec. Ce n'était pas vraiment pour faire plaisir à Sam quand il reviendrait. Laura avait juste besoin de se sentir féminine. De plus, une femme se devait d'être irréprochable, la première fois qu'elle tançait son mari.

Cette nuit-là, Sam souffrit comme jamais. Il lui fut impossible de se laisser submerger par la bête et de courir dans les bois. Il avait eu l'intention de prouver à Laura que le loup en lui ne lui ferait aucun mal, mais son plan s'était retourné contre lui. Il avait été très loin de s'imaginer que Laura s'enfuirait du cabanon, l'enfermant à l'intérieur. Il s'était jeté à plusieurs reprises contre les grandes fenêtres au-dessus du lit, mais c'était compter sans ce satané double vitrage qu'il avait installé pour mieux isoler la pièce. Il avait mal à la gorge à force de hurler pour guider Laura si elle venait à trop s'éloigner de la cabane.

Non seulement sa citadine d'épouse avait retrouvé son chemin, mais elle lui avait ordonné de quitter l'abri. Sam était sacrément fier d'elle mais, après ce qui s'était produit cette nuit-là, il savait qu'il se devait de lui révéler la vérité. Elle était plus robuste qu'il l'avait imaginé, à lui de faire preuve d'autant de courage qu'elle. Au risque de la perdre à tout jamais.

Il pénétra dans le cabanon, nu et couvert de terre. Laura savourait une tasse de café sur le lit. Elle ressemblait à de la barbe à papa dans sa chemise de nuit moulante et sa robe de chambre roses.

— La chasse d'eau est cassée, furent ses premiers mots.

Sam saisit un pantalon de pyjama dans sa valise et l'enfila.

— J'y jetterai un coup d'œil dès que nous aurons discuté.

— Tu vas la réparer tout de suite, rectifia-t-elle. Il faut que j'aille aux toilettes, et je n'irai pas tant que je ne pourrai pas tirer la chasse d'eau.

Sam s'approcha d'elle en la regardant fixement.

— Ce que j'ai à te dire est beaucoup plus important qu'une chasse d'eau cassée.

Elle croisa ses longues jambes.

— Ça dépend du point auquel on a envie d'aller aux toilettes.

Sa discussion avec Laura devrait attendre.

— D'accord, je vais la réparer.

Il ne lui fallut qu'un instant pour comprendre que la chaîne du flotteur s'était détachée. Sam corrigea le problème, se lava le visage et les mains et se brossa rapidement les dents. Il sortit ensuite de la salle d'eau.

— C'est réparé.

Elle se leva et se dirigea vers lui dans un bruissement de soie rose. Quand elle parvint à sa hauteur, elle lui tendit sa tasse de café.

— Tu pourrais avoir besoin de prendre des forces. J'ai l'intention de te crier dessus.

Il en but une gorgée.

— Merci de me prévenir.

Il se dirigea vers le lit, déposa la tasse sur la table de nuit et s'installa. Laura ressortit peu après des toilettes. Il remarqua ses mules à hauts talons. Il avait l'impression que ses jambes étaient interminables.

— Je vois que tu as appris à marcher entre les fissures, dit-il.

— Tu serais surpris de savoir tout ce qu'une fille peut apprendre quand elle est mariée à un homme qui sort la nuit.

Laura plaçait ses coups où elle le pouvait. Elle n'était pas du genre à se laisser marcher sur les pieds par un homme. Sa femme était drôle, intelligente et raffinée. C'était ce qui lui était arrivé de mieux dans la vie, même si elle était à l'origine de la malédiction qui le frappait. Et il était sur le point de la perdre.

— C'est ce dont je voulais te parler, dit-il.

Elle poussa un adorable petit gloussement.

— Ah bon ? Quelle coïncidence. Moi aussi, je voulais t'en parler.

Même si Sam n'avait qu'une envie, lui faire l'amour, il fallait qu'il cesse de lui dissimuler certaines choses.

— Il faut que je t'avoue quelque chose.

Le sourire sarcastique de Laura se dissipa.

— Tu as un secret inavouable, n'est-ce pas, Sam ?

Il allait devoir ajouter « intuitive » à la liste de ses merveilleux traits de caractère.

— Oui.

Elle se dirigea vers le lit en soupirant et s'installa auprès de lui.

— Tu fais partie d'un culte étrange dont les membres se réunissent nus dans la forêt pour y chanter et danser, c'est ça ?

Si seulement c'était aussi simple. Il allait être difficile de lui parler de son problème. Autant aller droit au but.

— Je suis un loup-garou, ma chérie.

Pour seule réponse, elle écarquilla ses grands yeux bleus innocents. Puis elle éclata de rire.

— Bien essayé. Vas-tu me dire ce qui se passe vraiment ?

Sam aurait bien aimé pouvoir rire, lui aussi, prétendre que ce qu'il venait de dire était ridicule. Il prit les mains de Laura dans les siennes.

— Je suis maudit. Je croyais qu'en t'épousant, comme tu es mon âme sœur, je serais libéré de cette malédiction, mais ça n'a pas été le cas. J'avais espéré ne jamais être obligé de te dévoiler mon secret. Le loup dans les bois. Le loup dans le cabanon, cette nuit. C'était moi.

L'espace d'un instant, elle sembla accuser le coup, puis elle ôta ses mains de celles de Sam. Elle se leva et lui lança un regard noir.

— Ça n'a rien de drôle, Sam !

Non, rien du tout, en effet. C'était horrible… du moins, la réaction de Laura l'était. La malédiction en elle-même n'était pas si terrible.

— C'est la vérité, Laura.

Elle lui tourna le dos et se passa les doigts dans les cheveux. Quand elle lui fit de nouveau face, elle avait l'air étonnamment calme. Très lentement, elle lui demanda :

— Est-ce que tu as oublié de prendre des médicaments ? Tu veux que j'aille les chercher dans ta valise ?

Laura ne le croyait pas. Elle était persuadée qu'il était malade. Sam voulait lui dire qu'il plaisantait et reprendre le cours de leur voyage de noces. Mais il en était incapable. Il lui avait déjà menti trop longtemps.

— J'aimerais bien que tout cela puisse disparaître en prenant un simple cachet, mon cœur, mais ce n'est pas le cas. Le fait de t'avoir épousée et d'avoir consommé notre mariage lors de notre nuit de noces n'ayant pas mis fin à la malédiction, contrairement à ce que j'avais espéré, je crois que je vais devoir la garder à vie.

Elle porta la main à sa poitrine, puis le rejoignit sur le lit.

— Tu es en train de me dire que tu es un loup-garou. Tu ne plaisantes pas. Tu es tout ce qu'il y a de plus sérieux. Tu te rends compte à quel point ça peut paraître dément ?

À présent qu'il lui avait révélé son secret, Sam était décidé à la convaincre qu'il disait vrai.

— Quand le loup était là, cette nuit, tu as dit : « Gentil loup », puis tu m'as demandé de sortir. Au lieu de cela, je me suis approché de toi. Tu as roulé de l'autre côté du lit, tu t'es précipitée vers la porte, et tu m'as enfermé à l'intérieur. Quand tu es revenue, tu m'as ordonné de partir. Si je n'étais pas le loup, comment pourrais-je le savoir ?

Elle fronça les sourcils puis plissa les yeux.

— Tu étais là pendant tout ce temps ? Tu te cachais pendant que j'avais la peur de ma vie ?

Sam se leva, ressentant le besoin de se dégourdir les jambes.

— Jamais je ne me cacherais alors que tu es effrayée. J'espérais que tu comprendrais que le loup ne te voulait aucun mal, mais tu ne m'en as pas laissé l'occasion. Aujourd'hui, j'ai mal à la gorge à force d'avoir hurlé pour que tu puisses retrouver ton chemin. Je redoutais qu'il t'arrive quelque chose.

Laura déglutit bruyamment. Les larmes lui montèrent aux yeux. Il parvenait enfin à se faire comprendre.

— Tu ne plaisantes pas. Tu es vraiment un loup-garou.

Toutes sortes d'émotions lui traversèrent l'esprit. De l'horreur. De la tristesse. Tout sauf de la résignation. Sam se planta devant elle.

— Je sais que ça doit être très dur à comprendre, à croire, mais…

— Non, l'interrompit-elle en baissant les yeux sur ses mains croisées. Étonnamment, je n'ai aucune difficulté à te croire. Si, inconsciemment, j'ai continué à avoir peur de tout ce qui m'effrayait quand j'étais petite, ça peut signifier que, au fond de moi, je continue à croire à l'existence des sorcières, des ours qui parlent et des singes volants. (Elle leva de nouveau les yeux vers lui.) Alors, comme ça, tu es victime d'une malédiction... (Sam haussa les épaules.) Et en m'épousant, tu étais censé t'en affranchir, mais ça n'a pas fonctionné ? S'agit-il de la seule raison pour laquelle tu as voulu qu'on se marie ? Parce que tu croyais que ça allait mettre un terme à ta malédiction ?

La douleur qui se lisait dans le regard de Laura le piqua au vif. Il s'inclina devant elle.

— Si je t'ai épousée, c'est parce que je t'aime, Laura. C'est cet amour qui a déclenché la malédiction. Dès l'instant où je t'ai vue, ça m'est tombé dessus. Je savais que tu étais l'Élue.

Laura secoua la tête. Une larme roula sur sa joue blafarde.

— Mais ça ne peut pas être le cas, puisque la malédiction n'est pas levée. Peut-être y a-t-il une autre femme quelque part qui pourra t'aider.

Essuyant les larmes de sa femme, Sam tenta de la rassurer.

— Je ne veux personne d'autre que toi, Laura. Si tu veux encore de moi, je me moque d'être maudit le restant de mes jours. Si tu acceptes de vivre avec moi tel que je suis, je le pourrai aussi.

Comme il l'avait fait un instant plus tôt, Laura essuya les larmes de Sam.

— En deux jours, j'ai beaucoup appris sur moi-même. Je sais désormais que je peux survivre en forêt si je me sers de ma tête. Je sais que je suis capable d'affronter mes peurs. Je suppose que je pourrais vivre sans toi, Sam. Mais je n'en ai pas envie. Je t'aime. Pour le meilleur et pour le pire, tu te rappelles ?

Ses paroles le réconfortèrent bien plus que les vœux qu'ils avaient prononcés à peine trois jours auparavant. L'amour inconditionnel de son épouse était une leçon d'humilité pour lui. Ainsi que sa résignation et son courage. Il aurait dû lui dire la vérité depuis le début, lui faire confiance et parvenir à se convaincre qu'il avait fait le bon choix. Mais il ne lui avait pas encore tout dit.

— Il se peut que nos fils soient également porteurs de cette malédiction, Laura. Elle ne se manifeste que rarement de nos jours, mais je suis la preuve vivante qu'elle est encore active.

Elle fronça les sourcils.

— On le saura ?

Il acquiesça.

— Mes parents l'ont su alors que je n'étais encore qu'un nourrisson. Ils m'ont aidé et m'y ont préparé.

Laura lui prit la main et l'incita à venir la rejoindre sur le lit.

— Je comprends à présent la lueur d'espoir dans leur regard, à notre mariage. Elle était si intense. Ils n'attendaient pas simplement que nous coulions des jours heureux. Ils espéraient que je pourrais te délivrer de la malédiction dont je suis à l'origine. Et je n'ai pas été à la hauteur de leurs attentes. Ni des tiennes.

Sa femme n'avait rien à se reprocher. Sam refusait qu'elle se sente coupable de quoi que ce soit.

— Je peux vivre avec cette malédiction. Ce n'est pas si terrible. J'aime avoir ma liberté, mais je suis prêt à la sacrifier pour toi. Je sacrifierais n'importe quoi, pour toi.

Les larmes se mirent à couler à flots sur les joues de Laura, mais elle parvint tout de même à lui adresser un sourire.

— On va se tirer de ce mauvais pas, hein, Sam ?

La prenant dans ses bras, Sam lui répondit :

— Tout se passera bien. J'y veillerai.

Il se pencha pour l'embrasser, mais fut soudain projeté en arrière, sur le lit. Il ouvrit grand la bouche. Une vive lumière bleue en jaillit, comme une sorte d'apparition. Il en eut le souffle coupé. Au-dessus de lui, la silhouette indistincte prit forme. La forme d'un loup incandescent.

Laura poussa un cri déchirant. Le loup tressaillit. Elle continua de crier jusqu'à ce que l'esprit se jette sur elle. L'animal fantomatique se dématérialisa et se déversa dans sa bouche grande ouverte. Sam parvenait à peine à respirer, mais il bondit sur l'esprit. Trop tard. Il avait disparu dans la gorge de Laura, qui déglutit bruyamment.

— Oh, non ! (Sam se mit à la secouer.) Non !

Elle rota. Les yeux encore écarquillés, elle demanda :

— Bon sang, qu'est-ce qui m'est arrivé ?

Sam l'attira vers lui.

— L'esprit du loup a quitté mon corps. La malédiction est rompue, mais elle est à présent en toi.

Elle le repoussa, les yeux encore ronds.

— C'était censé se dérouler de cette manière ? Tu le savais ?

Il secoua la tête.

— Je n'ai rien lu à ce propos, mais… Attends, je me souviens d'un passage sur les esprits qui s'approprient une nouvelle enveloppe.

La lèvre inférieure de Laura se mit à trembler.

— Es-tu en train de me dire que je suis désormais un loup-garou ?

Sam n'avait aucune réponse à lui fournir. Il n'avait jamais lu que des esprits pouvaient vouloir posséder le corps d'un être vivant autre que celui d'un homme de la lignée des Wulf. Si, il y était fait allusion dans un texte ancien. Il faudrait qu'il le retrouve pour l'étudier. Il devait exister un moyen de faire sortir cet esprit d'un hôte non consentant. Comme un exorcisme.

— Ce n'est que temporaire, lui assura-t-il. Je vais trouver le moyen de t'en débarrasser.

Elle leva les mains.

— Génial. Je suis une femme. J'avais déjà une malédiction par mois, et m'en voilà avec une autre. Je n'aime même pas les bois, mais il va falloir que j'aille y courir à chaque pleine lune.

N'ayant jamais véritablement considéré cette malédiction pour ce qu'elle était, mais plutôt comme un don, Sam ne savait pas trop comment s'y prendre pour la réconforter. Il prit de nouveau son épouse dans ses bras.

— Au moins, maintenant, tu sais que ce qu'il y aura de plus effrayant dans les bois, ce sera toi.

Les yeux noyés de larmes, elle hoqueta.

— J'imagine que tu as raison. Tant qu'on n'aura pas trouvé le moyen de me débarrasser de cet esprit, je serai une sorte de reine de la forêt, c'est ça ?

Sam pensait qu'il serait difficile de la rassurer. Il fut surpris de constater avec quelle aisance elle gérait la situation.

— Les autres animaux et même les humains n'iront jamais se frotter à un loup.

Laura le repoussa, se dirigea vers la fenêtre et jeta un coup d'œil dehors.

— Il faudra que l'on continue à venir ici tous les mois, mais ce sera à cause de moi, désormais.

— Je prendrai soin de toi, Laura, lui promit Sam. C'est plus un inconvénient momentané qu'une malédiction. Ce sera pour toi un excellent moyen d'apprendre à aimer la nature. J'en connais déjà les ficelles, je pourrai donc t'aider à gérer ta transformation. Et, un jour, il faudra que nous y préparions nos enfants, ensemble.

Elle demanda alors d'une voix tremblante :

— Ça va se produire dès ce soir, Sam ?

Il la rejoignit devant la fenêtre.

— Non. Ça n'arrivera qu'à la prochaine pleine lune. Le reste de notre voyage de noces nous appartient. Nous allons pouvoir discuter, rire et nous aimer.

— Ça, je saurai le faire, dit-elle. On s'en sortira tant qu'on sera ensemble, hein ?

Il était sur le point d'éclater de joie. Il avait choisi celle qu'il lui fallait. Il aimait Laura, mais il l'avait mal jugée. Il aurait dû lui faire confiance et comprendre qu'elle était assez forte pour accepter la vérité.

— Tant qu'on sera ensemble, approuva-t-il en la faisant pivoter face à lui pour pouvoir l'embrasser.

Laura l'en empêcha.

— Tu as dit tout à l'heure que tu ferais n'importe quoi pour moi. (D'un signe de tête, elle indiqua les fenêtres, au-dessus du lit.) Il faudra enlever ces rideaux. Et je voudrais refaire le plancher, et agrandir la salle de bains. Si l'on doit passer quelques jours ici tous les mois, il faut que l'on en fasse une retraite de luxe.

Tout bien considéré, sa demande était loin d'être extravagante.

— Tout ce que tu voudras, ma chérie.

Attirant le visage de son époux près du sien, elle déclara :

— Tout ce que je veux, pour le moment, c'est que mon mari me fasse l'amour. Ensuite, je souhaite que tu me racontes tout ce que tu sais à propos de cette malédiction que tu m'as transmise. Ce qui se produit, ce que tu ressentais quand ça t'arrivait, ce que moi, je vais éprouver. Et dès qu'on sera rentrés chez nous, on cherchera le moyen d'exorciser cette chose.

Sam était certain qu'il y avait un moyen. Il avait l'intention d'insister pour que Laura accepte, au moins une fois, de connaître le sentiment de liberté que l'on éprouve quand on est un loup. Cela devrait faire des merveilles pour la mettre en confiance quand elle serait confrontée à la nature. Ce n'était pas parce qu'il n'était plus obligé de venir séjourner dans son cabanon que Sam ne voudrait plus y mettre les pieds. Ils y amèneraient même leurs enfants, un jour. Leur avenir était tracé. Et, plus que jamais, il comprit qu'ils resteraient ensemble pour toujours, quelles que soient les embûches que la vie dresserait en travers de leur chemin.

— Tout ce que tu voudras, Laura, répéta Sam avant de l'embrasser.

Ronda Thompson, acclamée par le *New York Times* et *USA Today*, est connue pour sa série *La Malédiction des Wulf*. Son dernier roman s'appelle *Confessions of a Werewolf Supermodel*. Pour plus d'informations, consultez www.rondathompson.com (site en anglais).

BRAGELONNE – MILADY,
C'EST AUSSI LE CLUB :

Pour recevoir le magazine *Neverland* annonçant les parutions de Bragelonne & Milady et participer à des concours et des rencontres exclusives avec les auteurs et les illustrateurs, rien de plus facile !

Faites-nous parvenir votre nom et vos coordonnées complètes (adresse postale indispensable), ainsi que votre date de naissance, à l'adresse suivante :

Bragelonne
60-62, rue d'Hauteville
75010 Paris

club@bragelonne.fr

Venez aussi visiter nos sites Internet :
www.bragelonne.fr
www.milady.fr
graphics.milady.fr

Vous y trouverez toutes les nouveautés, les couvertures, les biographies des auteurs et des illustrateurs, et même des textes inédits, des interviews, un forum, des blogs et bien d'autres surprises !

Achevé d'imprimer en novembre 2011
Par CPI Brodard & Taupin - La Flèche (France)
N° d'impression : 66350
Dépôt légal : décembre 2011
Imprimé en France
81120644-1